Zum Buch:

Als ein kleines Kind an der Küste Cleethorpes, im Osten Englands, allein umherirrt, ruft ein Ladenbesitzer die Polizei. Zwanzig Minuten später taucht die Mutter auf, panisch und aufgelöst. Nach einem kurzen Gespräch mit der Sozialarbeiterin darf die Mutter mit dem Kind gehen, scheinbar hat alles seine Ordnung.
Zur selben Zeit wird Detective Inspector Joanna Harper in Sheffield zu einem Tatort gerufen. Ein Mann liegt halb tot in der Badewanne. Gesucht wird eine Frau mit einem kleinen Kind, die von einer Zeugin nahe des Tatorts gesehen wurde. Zwei Fälle, die anscheinend nichts miteinander zu tun haben. Bis Joanna die Personenbeschreibungen abgleicht und eine schreckliche Entdeckung macht.

Zur Autorin:

Melanie Golding lebt in Bath, hat dort Kreatives Schreiben studiert und mit Auszeichnung abgeschlossen. Im Jahr 2017 gewann sie den Preis für eine Kurzgeschichte beim Mid Somerset Festival sowie den Evelyn-Sanford-Preis. »Dunkle Seele« ist ihr zweiter Roman.

MELANIE GOLDING

DUNKLE SEELE

THRILLER

Aus dem Englischen
von Malte Krutzsch

HarperCollins

Die Originalausgabe erschien 2021 unter dem Titel
The Replacement bei HQ, London.

1. Auflage 2022

Deutsche Erstausgabe

Umschlaggestaltung von zero-media.net, München
Umschlagabbildung von Jojo Textures / Shutterstock
Gesetzt aus der Stempel Garamond und der Gotham
von GGP Media GmbH, Pößneck
Druck und Bindung von CPI books GmbH, Leck
Printed in Germany
ISBN 978-3-95967-430-0
www.harpercollins.de

Klimaneutral
Druckprodukt
ClimatePartner.com/15109-2009-1001

FSC
MIX
Papier
FSC® C083411

KAPITEL 1

Sie huscht ans Fenster und blickt auf den Sand
Und über den Sand zum Meer,
Und starr wird ihr Blick,
Und ein Seufzer entweicht
Und eine Träne fällt
Aus dem trauertrüben Aug,
Denn das Herz ist schwer,
Und der Seufzer geht
Zu den kalten, fremden Augen einer kleinen Nixe
Und dem Glanz ihres goldenen Haars.

MATTHEW ARNOLD, »DER VERLASSENE MEERMANN«, 1849

JETZT
Leonie
Freitag, 21. Dezember

Leonie drückt die Handfläche von außen gegen das Schaufenster. Die Scheibe ist kalt; das dicke Sternchen ihrer Hand hinterlässt, als sie sie wegzieht, einen Abdruck auf dem feuchten Glas. Sie lacht und klatscht die Hand noch einmal drauf, und noch mal und noch mal, wie beim Kartoffeldrucken am Küchentisch, wo die Kartoffel schnell ausgedient hat, weil Leonie lieber gleich die Hände in den Farbtopf tunkt. Konzentriert zieht sie die Umrisse der Handabdrücke mit der Fingerspitze nach, ehe sie verblassen.

»Mama«, sagt sie. »Guck mal. Ich mach Bild.«

Hinter ihr steht eine Handtasche verlassen auf dem Gehsteig. Sie dreht sich um, tapst rüber und hebt die Tasche auf. Sie schaut die Straße rauf und runter, wobei ihr ganzer Körper sich erst nach links, dann nach rechts dreht. Niemand da. Der kalte Wind bläst ihr ins Gesicht und wirft sie beinah um, reißt ihr fast die rosa Bommelmütze vom Kopf. Zwei Bommeln, wie Teddybärohren.

Leonie runzelt ein wenig die Stirn. Dann stülpt sie die Tasche auf dem Gehsteig um. Windeln und Wischtücher fallen heraus, Windeltüten werden die Straße hochgeweht. Eine Geldbörse liegt da, ein Bündel Kassenbons, ein Schlüsselbund an einem glatten kleinen Stein mit einem Loch. Sie hebt den Stein auf, schüttelt das Bund, sodass die Schlüssel klimpern, und wirft es wieder hin. Dann greift sie zu einem angebissenen und in seiner aufgerissenen Hülle verstauten Obstriegel. Den hat sie im Mund, als sie die Ladenglocke hört. Knarrend öffnet sich die schwere Tür, und gelbes Licht und Wärme ergießen sich auf die vor Kälte schon fast blauen Finger des Mädchens, die aus den Ärmeln seiner Jacke hervorschauen.

Es wird bereits dunkel, obwohl es noch nicht spät ist jetzt, am kürzesten Tag des Jahres. Das Mädchen tapst auf die Ladenbeleuchtung zu, auf den Weihnachtsbaum nicht weit vom Eingang, vorbei an dem Fremden, der ihr Platz gemacht hat und fragt: »Wo ist denn deine Mami?«

Leonie greift nach einer glänzenden, funkelnden Christbaumkugel. Eine Schokoglocke hängt auch da, und sie lässt den Obstriegel fallen, um sie in die Hand zu nehmen.

»Wem gehört das Kind?«, ruft der Fremde, als der Mann, der hinter der Theke steht, sich die Hände reibend mit besorgtem Blick nach vorn kommt.

»Mama?«, spricht Leonie den Ladeninhaber an, der für sie nur eine besorgte Miene ist. Ihre Unterlippe zittert unsicher. Dann gleitet ihr die in Folie gehüllte Weihnachtskugel aus der Hand und zerspringt auf dem Steinboden. Überrascht und reglos betrachtet sie die vielen Splitter. Das scheint sie so aus der Fassung zu bringen, dass sie weinen muss. Sie schließt die Augen, ballt die Fäuste, hebt das Gesicht zur Decke, und acht gesunde Zähne zeigen sich in ihrem Mund. Der Kunde geht vor ihr in die Hocke, ohne sie anzufassen, und sagt: »Scht, das ist doch nicht schlimm, wir holen deine Mami.«

Die beiden Erwachsenen machen sich auf lautstarkes Heulen gefasst. Das Weinen, das dann kommt, ist aber nur ein dünner, scharfer Ton, wie ferner Wind. Im Gesicht des Kindes steht ein Schrei, doch zu hören ist fast nichts.

Die Männer wechseln einen Blick, der besagt, dass da etwas nicht stimmt, aber im Moment gibt es Problematischeres, als dieses seltsame Weinen. Der Kunde tätschelt die Schulter der Kleinen leicht mit den Fingerspitzen, schaut sich wiederholt dabei um und fragt den Ladenbesitzer: »Haben Sie gesehen, wer bei ihr war?« Leonie schlägt die Augen auf und schreit ihm lautlos ins Gesicht. Nichts davon zu hören ist im Grunde schlimmer, als wäre es ohrenbetäubend. Der Mann steht auf, pflückt noch ein Schokoteil vom Baum und nimmt die eine zitternde Faust des Kindes in die Hand. Er drückt die Fingerchen auseinander und legt ihr die Süßigkeit in die offene Hand. Ihr Mund schließt sich, und sie betrachtet den roten Weihnachtsmann und dreht ihn auf der Suche nach einer Stelle zum Öffnen um. Sie hickst. Rotz läuft an ihrem Kinn herunter.

Die Glocke an der Tür läutet, als der Ladenbesitzer sie aufreißt. Er geht raus, schaut nach links und rechts, zum dunkelnden Himmel hoch und schließlich runter auf den Gehsteig mit der ausgeschütteten Handtasche. Er geht hin, stößt die Windeln mit dem Fuß an, sieht das Schlüsselbund, die Packung Wischtücher. Er sucht nach einem Handy oder einer Brieftasche, einem Ausweis irgendwo, aber Fehlanzeige. In der Geldbörse ist nur Geld. Er hebt die leere Tasche auf und wiegt sie in der Hand. Er öffnet das Reißverschlussfach vorne. Da scheint ein Stein drin zu sein, aber als er nachsieht, ist es eine Muschel.

Eine oder zwei Schneeflocken wirbeln im Wind, landen auf dem Beton und bilden nasse Flecke. In der Ferne rufen sich die Robben über die Wellen hinweg mit Lauten, die sich nach Menschengeschrei anhören, aber der Mann dreht nur mal kurz den Kopf. Für die hier Lebenden ist der Seehundgesang so vertraut wie das Lied der Wellen und die Möwenschreie.

Ein Stück außer Sichtweite seufzt das Meer, wenn die Flut den Strand berührt und den Sand in neue Formen bringt: weiche, anders geschwungene Wellenlinien als gestern, die morgen und mit jeder neuen Flut wieder anders aussehen.

Ein Stück außer Sichtweite wird ein hastig im Sand verbuddelter kleiner Haufen Kleider vom vordringenden Wasser überspült. Sanfte Wirbel lockern die Stofflagen, sodass ein Parka langsam auseinandergeht wie eine im Dunkeln sich öffnende Blüte. Bald wird die See weiter vorstoßen und den Absatz eines Stiefels freilegen. Später werden die vielen starken Hände der Strömung die Kleider vollständig aus ihrem provisorischen Versteck entfernen. Noch später werden sie auf sieben verschiedene Strände verteilt sein. Der andere Stiefel bleibt hier, zwischen zwei Steinen verkeilt, und wird erst entdeckt werden, wenn im Frühling die Müllsammler kommen.

KAPITEL 2

JETZT
Badewasser
Freitag, 21. Dezember

Die Wanne läuft über mehrere Stunden langsam voll. Dabei hebt sich der Körper des Mannes mit dem Wasserpegel, sein bisschen Fett und die Luft in ihm halten ihn noch an der Oberfläche. Das aus dem Hahn kommende Wasser ist klar. In der Wanne mischt sich der dünne Strahl mit dem Blut des Mannes, sodass die Farbe des Badewassers schwankt zwischen Hellrosa an seinen Füßen und knallrotem Gewölk an seinem Kopf, wo der Pulsdruck das Blut in regelmäßigen Stößen aus der Wunde treibt. Es dauert lange, doch als die Wanne voll ist, gelangt das Blutwasser in den Überlauf und sickert durch viele Meter Rohrleitung in die Kanalisation tief unter dem Wohnblock.

In der Wanne befindet sich neben dem Mann, dem Wasser und dem Blut ein Handtuch. Das Handtuch wird von den Beinen des Mannes gegen den Überlauf gedrückt, bis sein verknäuelter dicker Stoff die Öffnung vollständig verschließt. Es ist niemand da, der den Hahn zudrehen könnte; die Wanne läuft voll und voller, bis sie wie eine schwarzmagische Version des Zaubertopfs schließlich überläuft, das Bad überflutet, die Ränder des Bodenbelags abtastet, drunterläuft, zwischen die Fußbodenbretter dringt und sich im Hohlraum unter dem Fußboden ausbreitet. Die Decke ist versiegelt und gedämmt, doch das Wasser sucht sich den tiefsten Punkt. Es sammelt sich, wird schwerer, schwächt die Gipsdecke. Es braucht nur ein winziges Loch, einen Nadelstich, um durchzubrechen.

In der Wohnung darunter ist Mrs. Stefanidis im Begriff, ein kleines Käsesandwich auf Weißbrot zu Mittag zu essen. Sie hört nicht, aber spürt, dass etwas durch die Luft an ihrem Gesicht vorbeifällt, doch als sie die Hände auf den Tisch legt und herumtastet, scheint da nichts zu sein. Kurz irritiert nimmt sie das Sandwich vom Teller und führt es zum Mund. Da sie mit ihrer kranken Netzhaut nur noch peripher sehen kann, fällt ihr der sich ausbreitende, nasse rosa Fleck mitten auf dem Brot nicht auf, dort wo der Tropfen blutvermischten Badewassers gelandet ist, der von der Decke über ihr kam. Als sie den Mund öffnet, fällt wieder ein dicker Tropfen, der auf ihrer Hand zerplatzt, und sie legt das Sandwich weg.

In der Decke gibt etwas nach. Die Tropfen kommen schneller, wie aus einem kaputten Ausguss klatschen sie auf den Küchentisch, bespritzen die Wände, die weißen Netzgardinen, die sauberen Tassen auf dem Abtropfbrett. Mrs. Stefanidis tastet nach dem Eimer unter der Spüle, macht die undichte Stelle aus und stellt den Eimer drunter. Dann trocknet sie die Hände an ihrer Schürze ab und greift in die Schürzentasche, um den Hausmeister anzurufen. Mit den extragroßen Handytasten gibt sie Terrys Kurzwahlnummer ein, lauscht dem Klingeln, hofft, dass er ihr helfen kommt, sonst weiß sie keinen. Der Eimer auf dem Tisch läuft langsam, aber sicher voll. Bald wird sie ihn nicht mehr heben können. Ihre Schürze ist aus kräftiger Baumwolle. Die rosa Abdrücke, die ihre Finger darauf hinterlassen haben, sieht sie nicht.

KAPITEL 3

JETZT
Ruby
Freitag, 21. Dezember

Als Ruby um die Ecke kam, wusste sie, dass sie in der Bredouille saß. Auf dem Papier war der Plan aufgegangen, aber natürlich hatten sie auch gesehen, dass die Zeit knapp war und kein Zug sich verspäten durfte. Schön dumm also, anzunehmen, die Scheißbahn würde ausgerechnet heute pünktlich sein. Sie eilte die Straße entlang zu dem Laden, vor dem mit blinkendem Blaulicht ein Streifenwagen stand. Wenn die Polizei da war, musste etwas Schlimmes passiert sein. Was hatte Constance getan, weshalb hatte man sie gerufen? Es sollte doch unauffällig über die Bühne gehen – die heimliche Übergabe eines unbekannten Kindes auf einer Kleinstadtstraße, damit sich die Mutter unbemerkt davonmachen konnte. Wenn die Polizei eingeschaltet war, war alles vorbei, bevor sie überhaupt angefangen hatten. War Constance so verzweifelt, dass sie Leonie vor Rubys Ankunft allein zurückgelassen haben könnte? Wenn es nach Constances Geisteszustand in den letzten Tagen ging, glaubte Ruby die Antwort zu kennen. Schreckliche Möglichkeiten gingen ihr durch den Kopf: Leonie zerquetscht unter den Reifen eines Autos, Leonie ertrunken beim Versuch, ihrer Mutter ins Meer zu folgen. Lächerliche zehn Minuten zu spät, mehr war es nicht, und sie konnte nichts dafür, die blöden Züge waren schuld.

Rubys Lunge brannte, als wäre sie stundenlang gelaufen. Dabei waren es höchstens zehn Minuten gewesen. Nicht der Rede wert. Genug Zeit zum Sterben, widersprach sie sich, ohne es zu wollen.

Eine Polizistin kam aus dem Laden, und der Anblick ihrer Uniform versetzte Ruby einen Schlag. Für den Bruchteil einer Sekunde dachte sie, es könnte Joanna sein, doch die Vernunft ging dazwischen: Joanna wohnte und arbeitete in Sheffield, achtzig Kilometer entfernt. Und Joanna trug auch keine Uniform mehr; als Kriminalbeamtin war sie weniger sichtbar.

»Guten Abend, Madam«, sagte die Polizistin. »Kann ich Ihnen helfen?«

Durch das mit Werbung beklebte Schaufenster des Ladens sah Ruby, wie der Inhaber Leonie auf die Theke setzte.

»Ach, es geht schon«, sagte Ruby und dachte: *Fehlt ihr was? Ist sie verletzt?* Damit wollte sie an der Polizistin vorbei und griff nach der Türklinke.

Mit einem Schritt zur Seite verstellte ihr die Frau den Weg.

»Da können Sie jetzt leider nicht rein. Es ist was passiert.«

Neben der Theke hielt ein Polizist die Tasche mit den Sachen zum Windelwechseln in der Hand, die Constance Ruby zusammen mit dem Kind hatte übergeben wollen. Er durchsuchte sie und legte die Sachen der Reihe nach auf einen Haufen. Von Constance selbst war weder draußen noch im Laden etwas zu sehen. Ruby wurde auf das Wellenrauschen im Hintergrund aufmerksam und hätte sich gerne umgedreht und nach dem Boot Ausschau gehalten, das laut Constance kommen sollte, um sie abzuholen, aber sie wagte es nicht. In der hereinbrechenden Dunkelheit hätte sie es vielleicht ohnehin nicht gesehen. Nach allem, was Constance erzählt hatte, lebte ihre Familie sehr einfach. Ruby stellte sie sich als seefahrende Amische vor, die wie vor hundert und mehr Jahren noch ohne Elektrizität und moderne Technik auskamen.

Ein seltsamer, halb melodischer Schrei ertönte weit draußen auf See, vom Wind verweht, sobald sie ihn gehört hatte. Vielleicht war es ein Schiffshorn. Oder der Wind selbst, wie er zwischen Land und Meer durch die Felsen pfiff.

Sie funkelte die Polizistin an. »Würden Sie mich bitte durchlassen. Ich muss da rein. Das ist mein Baby.« Mein Baby, dachte sie und begriff im selben Moment, dass es stimmte. Biologisch gesehen vielleicht nicht, aber im einzigen Sinn, auf den es ankam. *Sie ist jetzt mein Baby.*

Bei dem Gedanken straffte sich ihr Rücken, und sie war stolz auf sich.

Ruby reckte den Hals, sah den hilflosen Ausdruck in Leonies Augen und machte erneut einen Schritt zur Tür hin. Die Kleine hatte sie noch nicht bemerkt, und Ruby hätte sie so gern geherzt und ihr gesagt, es würde alles gut. Sie kam aber nicht durch, die Polizistin versperrte ihr immer noch den Weg.

»Sie sind die Mutter?«

»Ja«, sagte Ruby. Ihre Stimme war hoch und leise, und sie befürchtete, ihre Antwort könnte sich zu unsicher angehört haben. Sie räusperte sich. »Darf ich jetzt bitte rein? Sie hat bestimmt Angst.« Wie lange war sie schon in der Obhut der Polizei? Zehn Minuten nur. Allenfalls zwanzig. Ein Klacks.

Die Polizistin baute sich so vor ihr auf, dass sie zurückweichen musste. »Kommen Sie bitte mit, Madam. Gleich wird sich jemand kurz mit Ihnen unterhalten.« Mit leicht ausgebreiteten Armen lenkte die Beamtin Ruby vom Laden weg in Richtung Streifenwagen.

»Kann ich nicht zu ihr?«, fragte Ruby und versuchte, über ihre Schulter hinweg durch die Scheibe zu schauen. »Geht's ihr denn gut? Ist sie in Sicherheit?« Wie sollte sie das nur erklären? Selbst zehn Minuten waren unverzeihlich. »Es tut mir so leid, ich hab nur einen Moment ihre Hand losgelassen, und weg war sie. Ich hab sie aus den Augen verloren.«

Die Schuldgefühle setzten ihr zu. Tränen traten in Rubys Augenwinkel, und ihr Hals war schmerzhaft belegt. In dem ausdruckslosen Gesicht der Beamtin konnte sie keine Regung erkennen. Weder Mitgefühl noch Verständnis. Dann begriff sie, dass es nicht nur an der Blondfärbung und der Uniform lag – die Frau erinnerte sie wirklich an Joanna, und nicht im Guten. Die kühle, distanzierte Haltung war's, sie betrachtete Ruby wie ein fremdes Lebewesen, ein Insekt oder eine Außerirdische.

»Seien Sie so gut und setzen Sie sich hinten rein«, sagte die Beamtin. *Seien Sie so gut* – ihr blieb offensichtlich nichts anderes übrig.

»Wollen Sie mich etwa festnehmen? Ich habe nichts getan. Es war ein Versehen. Ein Missgeschick.«

Die Beamtin öffnete die Tür des Streifenwagens und bedeutete Ruby einzusteigen. Das Funkgerät rauschte und knarzte, und sie beugte sich vor, um es leiser zu stellen.

»Haben Sie Kinder?«, fragte Ruby, doch die Polizistin antwortete nur wieder: »Seien Sie so gut.«

Am besten tat sie wohl, wie ihr geheißen. Vorsichtig stieg sie ein, saß dann mit zusammengedrückten Knien steif da und blickte auf die Kopfstütze vor ihr.

»Geht ganz schnell, Madam.«

Als sich die Tür schloss, hüllte sie Dunkelheit ein. Die Polizistin ging davon, und Ruby fasste nach der Tür, um zu sehen, ob notfalls eine Fluchtmöglichkeit bestand. Der Griff entglitt ihr, als sie daran zog – nichts da. Kindergesichert. Das musste ein Missverständnis sein. Sie konnten sie ja wohl nicht gefangen halten, wenn sie nichts getan hatte.

Sie sah den Besitzer und den Polizisten im Laden miteinander reden. Die Tür war genauso mit Postern und Aufklebern bepflastert wie die Schaufenster, sodass man nur halbe Gesichter oder kurz einmal gestikulierende Hände sehen konnte. Als die Beamtin, die sie in den Wagen verfrachtet hatte, zur Ladentür kam und sie öffnete, war Leonie ganz zu sehen, wie sie auf der Theke saß und Schokostückchen aus einer Goldpapierschale aß, die neben ihr stand. Eine Schale aus der Dekoration. Dem Sondergast spendiert. Leonie war ganz ins Schleckern vertieft, wählte in aller Ruhe ein Stückchen aus, nahm es behutsam in die Finger, sperrte übertrieben weit den Mund auf, um es hineinzustecken, und traf noch bevor sie mit Kauen fertig war ihre nächste Wahl. Erleichtert schloss Ruby die Augen. Das kleine Gesicht war fleckig vom Weinen und schokoladenverschmiert, aber Leonie ging es gut. Nur darauf kam es letztlich an. Alles würde sich finden.

Die Ladentür schloss sich, und wieder war ihr die Sicht versperrt. Halb sah sie den Rücken der Polizistin, die sich mit ihrem Kollegen unterhielt, dann einen Ausschnitt vom Gesicht des Kollegen, wie er sein Funkgerät in die Hand nahm und hineinsprach. Dabei wanderte sein Blick zu Ruby, aber gesehen hatte er sie im Dunkeln wohl nicht. Sie strich ihren Rock glatt, legte etwas Lippenbalsam auf und bemühte sich, ruhig zu atmen. Das war jetzt die Feuerprobe. Nie hätte sie gedacht, dass die so schnell kommen würde. Ruby wusste nicht, ob sie schon dafür bereit war.

Sie holte lange und tief Luft. *Das Mädchen hat sonst keinen auf der Welt. Ich muss das machen. Es wenigstens versuchen.* Draußen kam ein lang gezogener lauter Ruf fern von den Wellen her und hallte rings um die Bucht wider. Diesmal wusste sie, was es war. Die Seehunde riefen. Fragte sich nur, was. Ihr kam das Wiegenlied in den Sinn, das Constance ihr beigebracht hatte und das sie Leonie oft vorsang: *Ionn da, ionn do, ionn da, od-ar da.* Laut Constance hieß es »Die Freude der Seehundfrau«. Der Titel kam ihr jetzt verfehlt vor, und im Kopf hörte sie die Worte in Moll.

Zwei Autos fuhren vor: ein Streifenwagen, der an der Strandmauer gegenüber parkte, und ein großer schwarzer Lieferwagen, der direkt hinter dem Wagen hielt, in dem sie gefangen saß. Im Seitenspiegel sah sie, wie eine Frau im Hosenanzug aus dem schwarzen Fahrzeug stieg und den Laden betrat. Nach einiger Zeit kam die Frau wieder heraus, hielt Leonies kleine Hand in der ihren und führte sie davon.

Ruby klopfte von innen an die Scheibe und rief Leonies Namen. Die Kleine hob den Kopf, wunderte sich vielleicht, wo das Klopfen herkam. Ihr Mund formte das Wort »Mama«, aber sie schaute in die falsche Richtung, über die falsche Schulter, zurück zum Laden.

»Hier!«, rief Ruby, »hier bin ich, Schätzchen. Hier drin. Baby? Hier ist Mama-Bi!« Rubys Augen brannten wieder von zurückgehaltenen Tränen. Ihre Fingernägel bohrten sich in ihre Handteller und hinterließen dunkelrote Mondsicheln. Sie spürte es kaum.

Als sich die Beifahrertür des Streifenwagens öffnete, erschrak Ruby. Sie hatte niemanden kommen sehen. Es war die Frau im Hosenanzug, dick, mit Brille und kurzen Locken. Sie stieg ein und zog die Tür zu. Wer war bei Leonie? Ein Polizeibeamter vielleicht. Eines war sicher: *Sie* würden das Kind niemals unbeaufsichtigt lassen.

»Tag. Ich bin Diane vom Sozialdienst. Sie sind die Mutter des kleinen Mädchens, ja?«

Ruby nickte. Diane zog ein kleines Notizbuch und einen Stift hervor. »Wie heißen Sie bitte?«

»Constance.«

Die Lüge kam ihr über die Lippen, ehe sie die Konsequenzen bedacht hatte. Als sie aber ausgesprochen war, entspannte sich Ruby. Es war sinnvoll, jetzt Constance zu sein. Constance war ja die leibliche Mutter. Vor allem aber besaß Constance im Gegensatz zu Ruby keine amtliche Identität und war nicht aktenkundig. Sie hatte nie Steuern gezahlt, nie einen Beruf ausgeübt, nie ein Auto besessen. Constance war für die Behörden und die Gesellschaft unsichtbar, genau wie Leonie, ihr unregistriertes, unsichtbares Kind.

KAPITEL 4

JETZT
Joanna
Freitag, 21. Dezember

Detective Sergeant Joanna Harper nickte Police Constable Steve Atkinson zu, der die Ramme hielt. Mit geübter Präzision stieß er den schwarzen Metallzylinder gerade so fest gegen das Türschloss, dass es zerbrach.

Die Tür zu Apartment 7 sprang auf, und Joanna holte vorsichtig Luft, da sie ungern Leichengeruch in die Nase bekommen wollte; der setzte sich da immer für eine Weile fest. Zum Glück roch es aber nur nach der Feuchtigkeit der überschwemmten Fußböden. Die Rettungssanitäter warteten zusammen mit Terry, dem Hausmeister, draußen vor der Wohnung. Sie musste an den Eimer mit blutigem Wasser denken, den Terry ihnen gezeigt hatte, stemmte die schwarz beschuhten Füße fest auf den Boden und atmete noch einmal tief durch, bevor sie eintrat.

Joanna hatte den Hausmeister gefragt, was er über den Eigentümer, einen gewissen Gregor Franks, wusste.

»Der ist alleinstehend, glaube ich. Ganz gut bei Kasse. Eine Art Verkaufsleiter irgendwo. Oder er handelt mit Aktien.«

»Alter?«, fragte Jo.

»Um die dreißig, würde ich sagen.«

»Wann haben Sie ihn zuletzt gesehen?«

Terry musste überlegen. »Das weiß ich nicht. Ist schon länger her. Vor zwei, drei Jahren? Ich komme nur, wenn ich gerufen werde. Er ruft mich nie.«

»Sie haben doch einen Schlüssel zu Mr. Franks' Wohnung«, sagte PC Atkinson. »Aber Sie haben trotz der undichten Stelle nicht nach ihm gesehen?«

Terry schaute vielsagend auf den Eimer, der zwischen ihnen auf dem Boden stand. »Ich wusste ja nicht, was ich da finde. So was liegt mir nicht. Wenn ich Blut sehe, kippe ich um, und es muss noch ein Krankenwagen her.«

Der Schlüssel hatte nichts genützt, als sie die Treppe hoch zu dem Apartment im siebten Stock gekommen waren. Franks musste das Schloss ausgetauscht haben. Joanna hatte wiederholt geklopft und gerufen, Gregor solle ihnen aufmachen, aber noch während sie dabei war, hatte Atkinson seine schwere Tasche abgestellt und die Ramme ausgepackt.

In der Wohnung ging Joanna voran. Da sie nur die undichte Stelle hatten und der Wohnungseigentümer nicht polizeibekannt war, hieß es abwarten. Bei so viel Blut konnte alles Mögliche in der Wohnung los sein: zahlreiche Verletzte, gefährliche Verdächtige noch am Tatort, ein schrecklicher Unfall. Ebensogut konnte es sein, dass sie gar nichts fanden. Als Jo mit dem Einsatz betraut worden war, hatte der diensttuende Sergeant nur spekulieren können: Womöglich ist es gar kein Blut, sondern Holzbeize, Farbe oder Rost. Und wenn es doch Blut ist, könnte es sich um einen Haushaltsunfall handeln, nach dem der Betroffene ins Krankenhaus gefahren ist, ohne den Wasserhahn zuzudrehen.

»Oder um eine Ritualschlachtung, und das Blut stammt von einem Schaf?«

Murrays Sprechfunkstimme klang nicht belustigt. »Jo, wir haben lediglich einen Eimer, der voll Wasser und Blut zu sein scheint. Keine anderen Hinweise auf etwas Ungewöhnliches, keine Leiche, keinen Anhaltspunkt, dass jemand verletzt oder in Gefahr ist oder vermisst wird. Nehmen Sie Steve mit, und gehen Sie der Sache einfach mal nach. Wenn ihr was findet, bekommt ihr sofort Verstärkung.«

»Ich nehme an, Sie setzen mich ein, weil Sie sonst keinen haben?«

»Das nehmen Sie zu Recht an. Die Notrufe stauen sich hier, während wir uns unterhalten. Die Schusswaffen sind bei einer Messerstecherei in der City, alle anderen Streifen sind wegen Dringenderem unterwegs. Ein Krankenwagen kommt mit, aber nur unter der Bedingung, dass die Polizei den Einsatzort sichert, bevor sie eingreifen.«

»Versteht sich.«

So kurz vor Weihnachten war die Polizei immer überlastet. Jedes Jahr wurde es schlimmer. Viele Beamte nahmen Urlaub, und deshalb blieb oft nur ein Skelett an Einsatzkräften übrig, das halbe Kontrollteam und ein paar Sergeants wie Joanna und Murray.

»Ach ja, Jo – nehmen Sie eine Stichschutzweste mit.«

»Klar, nimm die Stichschutzweste mit, es ist wahrscheinlich nichts«, brummelte Jo, als sie das schwere Teil überzog, um dann mit Atkinson hinaus zum Streifenwagen zu gehen. DS Harper moserte so gern wie alle anderen Leute, aber in

Wirklichkeit genoss sie es, wenn Personalmangel dazu führte, dass sie wieder zum aktiven Einsatz kam. Joanna war zur Kripo gegangen, weil sie dachte, sie würde die Ermittlungsarbeit vorziehen. Murray gegenüber hätte sie es zwar nicht zugegeben, aber wie sich gezeigt hatte, machte es ihr viel mehr Spaß, eine Stichschutzweste zu tragen und Türen aufzubrechen.

»Mr. Franks?«

Jo schob sich den Flur entlang und stieß die Wohnzimmertür auf. Kalt und dunkel war es da drin, weil mit dem Wasser auch der Strom abgeschaltet worden war. Im Schein der Taschenlampe sah sie, dass das Zimmer leidlich aufgeräumt und relativ sauber war. Ein Teller mit Toastkrusten stand auf der Lehne des Ecksofas neben einer nicht ausgetrunkenen Tasse Tee. Eine Spielzeugkiste war an die Wand gerückt worden.

In der Küche lag ein Päckchen Brot offen auf dem Tresen. Sie nahm die erste Scheibe heraus und schnupperte daran. Etwas muffig. Ein Telefon war an eine Steckdose angeschlossen. Jo nahm es in die Hand und wischte das Display ab, doch es war tot. In der Brieftasche, die daneben lag, sah sie einen Führerschein und zog ihn heraus. Ein freundliches Gesicht, volles, welliges Haar, wie Atkinson es vor zehn Jahren hatte.

Im Zimmer nebenan stand ein ungemachtes Doppelbett, und der zusammengeknüllte kleine Schlafsack auf dem bezogenen Kindergitterbett in der Ecke sah aus, als wäre das Kind eben erst herausgenommen worden. Auch ein Sommerkleid mit Blumenmuster lag da, gekrönt von einem einzelnen rosa Babysöckchen mit weißem Spitzenrand. Joanna schaute sich rasch um und ging in die Hocke, um unters Bett zu schauen. Außer einem Karton mit Muschelschalen war da nichts.

»Frei!«, rief sie.

Es gab noch ein Schlafzimmer, ein makellos sauberes, ohne ein Fältchen in der Steppdecke, und auch auf dem Boden lag nichts herum. Joanna öffnete die Schränke und fand akkurat gebügelte Hemden und Hosen, alle nach Farben geordnet.

»Frei!«, rief sie noch einmal.

Im Flur standen die beiden Beamten dann vor der letzten Tür. Atkinson stellte fest, dass sie sich nicht öffnen ließ.

Joanna klopfte mit geschlossener Faust dagegen. »Mr. Franks?«, rief sie. »Gregor? Hören Sie mich? Jo ist mein Name. Ich bin von der Polizei. Können Sie die Tür aufmachen?«

Die Stille war intensiv – wie konzentriert man auch lauschte, man hörte nichts.

»Wir brechen die Tür auf, Mr. Franks«, sagte Jo. »Treten Sie zurück.«

Atkinson nahm die Ramme hoch. Jo ging zur Seite, als er die Klinke anvisierte und zustieß.

Ein einziger Schlag, und die Tür schwang in den Angeln. Dahinter herrschte ein Chaos aus Rot und Weiß, Blut und Fliesen, in der randvollen Badewanne umschloss blutiges Wasser die bleiche Haut des Mannes. Atkinson hustete, vermutlich, um ein Luftschnappen zu kaschieren. Der Körper selbst war unversehrt, völlig reglos und weiß, die Hände und Füße blaufleckig, das Gesicht friedlich, die Augen geschlossen.

Joanna musste an Rote-Bete-Suppe mit Klößen denken, und ihr Magen knurrte. Sie hatte das Mittagessen ausgelassen und sich aufs Abendessen gefreut. Jetzt sah es aus, als würde daraus nichts.

»Und?«, fragte einer der Rettungssanitäter.

»Hier liegt jemand«, rief Jo. Sie warf einen Blick hinter die Tür, um sicherzugehen, dass ihnen wirklich niemand auflauerte, aber das war nur Routine. Ihr Polizistinneninstinkt hatte ihr schon gesagt, dass der Mann allein war. »Es ist sicher. Sie können reinkommen.«

Sie sah nur die Handrücken des Mannes, nicht die Unterseiten. Aber sie kannte das Bild von früheren Polizeieinsätzen, und verständlicher wurde es auch jetzt nicht. Warum hatte sich der Mann das angetan?

»Ist das der Wohnungseigentümer?«, fragte Atkinson.

Joanna ging noch mal zum Küchentresen, um den Führerschein zu holen. Sie verglich das tot aussehende Gesicht in der Wanne mit dem lebenden auf dem Passfoto. Und Atkinson nickte, als sie ihm das Foto zeigte. »Das ist er.«

Die beiden Rettungsleute betraten das Bad vorsichtig, um nicht auf dem Blut-Wasser-Gemisch am Boden auszurutschen. Einer kniete sich vor die Wanne. »Mr. Franks?«, sagte er. »Hören Sie mich?« Er legte dem Mann die Hand auf die Stirn. Dann drehte er den vorn liegenden Arm um, sodass die Unterseite des Handgelenks sichtbar wurde. Joanna hatte dort einen tiefen Schnitt erwartet und auch, dass sie später vielleicht ein Rasiermesser finden würden, das unter den Mann gerutscht war, als er das Bewusstsein verlor. Aber nein, die Haut am Handgelenk war intakt. Der Sanitäter griff nach dem linken Arm: ebenfalls keine Schnittverletzungen.

»Wo kommt das Blut denn her?«, fragte Jo.

»Das kann ich im Moment nicht sagen. Von irgendwo hinten.« Er legte einen Finger an den Hals des Mannes, dann horchte er an seinem Brustkorb; seine Wange wurde nass.

»Der Mann lebt.«

Das überraschte Joanna, die ärgerlicherweise die erste Regel der Polizeiarbeit gebrochen hatte: Sie war davon *ausgegangen*, dass Franks tot sei, weil seit der Entdeckung der undichten Stelle Stunden vergangen waren, weil es in der Wohnung eiskalt war, wegen des vielen Bluts und weil er in einer vollen Badewanne lag. Vor allem aber, weil er so nach Leiche aussah, und Leichen hatte sie mehr als genug gesehen.

Der Sanitäter hob Gregors Kopf aus dem Wasser. »Kopftrauma. Davon blutet er.«

Jo sprach in ihr Funkgerät. »Zentrale, Update zur Lage in Apartment 7 des Nordblocks am New Park. Wir haben einen Verletzten, ich wiederhole, ein Verletzter, Notfallplan für schweres Trauma bitte, Kopfverletzung, starke Blutung sichtbar. Bewusstlose männliche Person, Vitalzeichen positiv.«

»Verstanden, Jo. Sind Verdächtige anwesend?«, antwortete Sergeant Murray.

»Nein. Noch ist unklar, womit wir es zu tun haben, ob Dritte beteiligt sind. Warten Sie auf Updates.«

»Verstanden, ich warte.«

Der Sanitäter sagte: »Gregor, wir holen Sie jetzt aus der Wanne. Können Sie mich hören, Gregor?«

Er rollte einen Ärmel hoch und zog den Stöpsel, um das Wasser abzulassen. Dann wandte er sich an Atkinson.

»Holen Sie ein paar Wolldecken oder so was. Die Bettdecke. Und helfen Sie uns bitte, ihn rauszuholen. Sie beide; wir müssen zur Sicherheit alle mitanfassen.«

Während das kalte rosa Badewasser ablief, bauten die beiden Polizeibeamten auf dem Boden des Bads ein weiches Bett aus Decken. Joanna legte dem Mann die Hand unter den Kopf, als sie ihn zu viert heraushoben, und war überrascht, wie schwammig weich sich das anfühlte. Eine Schädelpartie, die hart und glatt hätte sein sollen, lag wie nasser Kuchen in ihrer Hand.

KAPITEL 5

JETZT
Ruby
Freitag, 21. Dezember

Jetzt wird Diane wohl eine Bemerkung zu dem Namen machen, dachte Ruby, nachdem sie der Sozialarbeiterin gesagt hatte, sie heiße Constance. Sie selbst war auch darauf eingegangen, als sie Constance kennenlernte. Der Name war ungewöhnlich. Altmodisch.

Diane notierte ihn und richtete ihren kühlen Blick wieder auf Ruby.

»Und Ihre Tochter heißt?«

»Hat Sie Ihnen das nicht gesagt?«, antwortete Ruby. »Weil, schüchtern ist sie normalerweise nicht. Sie redet mit jedem, läuft mit jedem mit. Findet nichts dabei. So hab ich sie auch verloren. Außerdem ist sie schnell.«

Bleib ruhig, ermahnte sie sich. Sie brauchte sich nur Leonie zu schnappen und abzuhauen, zu verschwinden, ehe Polizei und Sozialdienst schnallten, dass hier etwas Ungewöhnliches vorging.

»Die Polizei war ja ziemlich schnell hier, was?«, sagte Ruby und hoffte, es klang eher bewundernd als nach Kritik.

»Sicher stand die Streife schon an der nächsten Ecke. Sehr … beruhigend.«

Diane blinzelte. »Wie heißt bitte Ihre Tochter?«

»Ach so, Entschuldigung! Leonie.« Sie buchstabierte es. Diane schrieb es auf.

»Nachname?«

»Ihrer oder meiner?«

»Beides bitte.«

Für das darauf folgende Zögern hätte Ruby sich treten können. Diane sah sie scharf an. Sie hatte es auch bemerkt. »Douglas. Wir heißen beide Douglas.« Douglas musste reichen; ihren richtigen Namen, Harper, konnte sie nicht nehmen. Es wäre typisch für sie, wenn jemand von der Polizei darüber stolpern und sich fragen würde, ob eine Verbindung zu der Kollegin in Sheffield bestand.

Diane schürzte beim Schreiben die Lippen. Dann hob sie den Kopf.

»Und der Vater?«

Ruby schloss die Augen und sah sein Gesicht vor sich wie manchmal in der Erinnerung an ihre erste Begegnung, sein scheues Lächeln und wie er dann wegschaute. Sie schüttelte es ab. Dann sah sie Diane böse an.

»He!«, rief sie. »Ist das nicht ein bisschen persönlich?«

Die beiden Frauen blickten sich in die Augen. Ruby strahlte selbstbewusste Empörung aus, wenn sie auch insgeheim unsicher war, ob die Täuschung gelang. Es war ein schmaler Grat: nicht betteln, aber auch nicht so auftreten, dass sich die Frau ärgerte oder misstrauisch wurde. Ruby sah zuerst weg. Sie ließ den streitlustigen Ton. »Es tut mir leid«, sagte sie. »Ich bin halb verrückt vor Sorge. Ich wollte wirklich nicht unhöflich sein. Darf ich bitte meine Tochter sehen?«

Diane schien über die Frage nachzudenken. Sie musterte Ruby, deutete und beurteilte ihre Kleidung: teure Lederstiefel, Winterrock, trendiger Parka. Ruby wusste, dass sie gut aussah, hoffte aber, auch glaubwürdig auszusehen – eine Frau, die vielleicht mal einen Fehler macht, aber keine, die dauernd welche macht. Keine, bei der man *eingreifen* muss. Dieser erste Eindruck, diese sekundenschnellen Einschätzungen der Vertrauenswürdigkeit, der gesellschaftlichen Stellung eines Menschen waren entscheidend. Diane vom Sozialdienst hatte die Macht, Leonie einzukassieren, wenn es ihrer Meinung nach gerechtfertigt war. Ruby betete, dass ihr Gegenüber hier nicht zu diesem Schluss kam.

Diane lächelte unergründlich und sagte: »Sie werden verstehen, Ms. Douglas, dass wir schon ein wenig nachforschen müssen, wenn ein Kind bei so einem Wetter allein und verlassen in einem Geschäft auftaucht und die Polizei gerufen wird. Das verlangt der Kinderschutz. Man kann nicht vorsichtig genug sein.« Diane legte mit um Entschuldigung bittender Miene den Kopf schräg, während die gewichtigen Worte ihr Ziel fanden.

Ruby schluckte schwer. *Denk nach.* »Das ist doch alles nicht nötig«, sagte sie. »Lassen Sie mich bitte erklären. Sie war ja nicht herrenlos. Ich habe sie aus den Augen verloren. Wir waren am Strand und hatten den Wellen zugeschaut. Sie findet es lustig wegzulaufen, das macht sie ständig, den ganzen Tag lang, es schafft einen. Ich habe also Chips gekauft und sie bezahlt, und als ich mich umdrehte, war sie schon wieder abgehauen! Ich geriet in Panik – sie konnte in zwei Richtungen gelaufen sein, und ich hatte wohl die falsche erwischt. Ich hab sie die ganze Zeit gesucht, und wie lange ist das jetzt her – zehn, zwanzig Minuten? Ich hab jede Menge Leute gefragt. Ich wollte schon selbst die Polizei rufen, aber die waren so schnell da. Ich würde sie *niemals* im Stich lassen. Das ist kein Fall für den Kinderschutz. Man braucht sie sich ja nur anzusehen – sie ist doch warm angezogen, oder? Ist sie vielleicht unterernährt? Ich möchte sie einfach nur sehen. Ihr sagen, dass es mir leidtut. Ich möchte …«

Ein Schluchzen beendete den Wortschwall. Diane bot ihr ein Taschentuch an. Die Miene der Sozialarbeiterin schien etwas sanfter geworden zu sein.

»Das hätte jedem passieren können«, sagte Ruby. Sie schnäuzte sich. »Ich bin keine schlechte Mutter.«

Diane steckte ihr Notizbuch ein.

»Wo wohnen Sie, Liebes?«

»In Sheffield.«

»Was tun Sie dann in Cleethorpes? Für einen Ausflug ans Meer ist es ein bisschen kalt, oder nicht?«

Ruby holte Luft, bevor sie antwortete. »Man muss aber doch raus, wenn man Kinder hat. Die kann man nicht den ganzen Tag einsperren.«

Diane zog in müder Zustimmung die Brauen hoch. Sie hat selbst Kinder, dachte Ruby.

Die Sozialarbeiterin sah sie aufmerksam an. Dann klopfte sie ans Fenster, und jemand öffnete von draußen die Wagentür.

»Ich muss kurz mit der Polizei sprechen, Constance. Dann lassen wir Sie zu Ihrer Tochter. Okay?«

Ruby wollte *Danke* sagen, war aber von Gefühlen überwältigt und brachte das Wort nicht rechtzeitig genug heraus. Wenn sie Leonie sehen durfte, hatte sie jedenfalls etwas richtig gemacht. Aber Vorsicht, ermahnte sie sich. Kam ihnen bei der Wiedervereinigung irgendetwas komisch vor, war es aus. Dann drohte ihr Gefängnis wegen versuchter Kindesentführung oder Vorspiegelung falscher Tatsachen. Sie würde Leonie vielleicht nie wiedersehen.

Ein paar Minuten später öffnete die Polizistin die Tür auf Rubys Seite. Mit zitternden Beinen stieg Ruby aus und zog gegen Wind und Schneeregen die Jacke um sich. Auch die Tür des schwarzen Lieferwagens weiter oben war offen, und sie sah, wie Leonie herausgehoben wurde. Am liebsten wäre Ruby hingelaufen, hätte sich das Kind geschnappt und das Weite gesucht, aber ihr war klar, dass die Polizei und die Sozialarbeiterin sie beobachteten. Sie trat einen Schritt näher und sah, wie das Kind den Kopf hob, sie erkannte und gleich zu ihr wollte.

»Mama-Bi!«, rief Leonie und versuchte sich von Diane, die sie an der Hand hielt, loszureißen.

Ruby hielt es nicht mehr aus. Sie lief hin, nahm Leonie auf den Arm und drückte sie an sich.

»Mama ist ja bei dir, Schatz«, sagte sie, »es tut mir so leid.«

»Mama«, sagte Leonie. »Mama hier. Mama weg.« Ruby hoffte, dass nur sie verstand, was Leonie ihr mitzuteilen versuchte: *Mama war hier, Mama ist weg*.

»Ich weiß, es tut mir so leid, Schätzchen. Jetzt bin ich wieder da und lass dich nicht mehr weg. Nie wieder.«

Sie bedeckte Leonie mit Küssen und trat dann einen Schritt zurück, um ihr Gesicht zu sehen. Sie lächelten sich an. »Bi«, sagte Leonie. So jedenfalls hörte sich das Wort *Ruby* aus Leonies Mund an.

Ob ihnen das auffiel?

»Mama-Bi«, sagte Leonie und kicherte. So hatte Constance Ruby vor dem Kind fast vom ersten Tag an genannt. *Mama Ruby ist da, sie möchte dich in den Arm nehmen*. Sobald Leonie sprechen konnte, war Ruby Mama-Bi.

Das Gesicht der Kleinen war immer noch verschmiert von dem Zuckerzeug, das sie ihr gegeben hatten. Schaufensterdeko, das war noch nicht mal richtige Schokolade.

»Du bist ganz schmutzig, Kind, wir müssen dich mal sauber machen.« Sie befeuchtete ihren Daumen und rieb an den Pausbäckchen. Ein Wischtuch wäre jetzt gut gewesen, aber sie konnte die Windeltasche nirgendwo entdecken.

Der Ladeninhaber kam zu ihr. »Gehört die Ihnen?«

»Danke.« Ruby nahm die Tasche an sich, die Constance am Morgen mit Leonies Sachen gepackt hatte – genug Windeln für ein, zwei Tage, Wechselwäsche, Spielzeug.

»Die stand auf dem Gehsteig vorm Laden.« Er runzelte ein wenig die Stirn, als käme er nicht drauf, was daran merkwürdig war.

»Die hat sie mitgenommen, als sie weggerannt ist«, sagte Ruby etwas zu schnell. Sie kramte in der Tasche nach den Tüchern, aber Leonie hatte gemerkt, was sich anbahnte, und wand sich in ihren Armen, um dem zu entgehen. »Kein Wischi!«, rief sie und strampelte derart, dass Ruby sie absetzen musste. Im Bruchteil einer Sekunde war sie Rubys Griff entwischt und rannte volle Pulle in Richtung Straße.

»He!«, rief die Polizistin und stellte sich dem Mädchen auch schon in den Weg.

»Das meinten Sie also mit dem Hang zum Weglaufen«, sagte Diane, und ein Polizist lachte leise.

»Sieht aus, als hätten Sie da eine kleine Ausreißerin«, sagte die Polizistin, als sie die immer noch zappelnde Leonie Ruby übergab. Die verzichtete aufs Sauberwischen.

»So macht sie das dauernd. Ich hoffe, es ist nur eine Phase.«

»Also gut«, sagte Diane, »die Sozialarbeiterin für Ihren Bezirk bekommt einen Bericht von mir. Das heißt, Ihre Akte wird gekennzeichnet, aber nur, damit sie im Auge behalten wird. Es spricht nicht gegen Sie.«

»Sie … nehmen sie mir nicht weg?«

»Nein. Ich glaube nicht, dass Sie im Augenblick unsere Hilfe brauchen. So was kommt eben vor. Hätte jeder passieren können. Ihr Engelchen türmt eben gern. Haben Sie mal über so einen Kinderrucksack mit Zügeln nachgedacht?«

Ruby nickte. »Hab ich ausprobiert. Einen teuren in Marienkäferform. Sie sitzt nur da und schreit alles zusammen, bis ich ihr den abnehme oder sie die Zügel selber halten lasse, was irgendwie dem Zweck widerspricht.«

Beim Stichwort »schreien« gab der Ladeninhaber einen Laut von sich, als wollte er etwas sagen. Ruby fragte sich, was er mitbekommen hatte. Wenn Leonie geweint hatte … tja. Sie mussten schleunigst weg hier.

»Und ein Kinderwagen?«, fragte Diane. »Da könnten Sie sie anschnallen.«

Ruby schüttelte müde den Kopf. »Sie legt großen Wert auf Selbstständigkeit.« Leonie zappelte immer noch unter ihrem Arm. Ruby ging in die Hocke und wollte sie überreden, sich hinzustellen, aber ohne Erfolg.

Als eine strenge Stimme ertönte, hörte Leonie auf zu zappeln.

»Sie werden andere Saiten aufziehen müssen, wenn Sie die kleine Dame schützen wollen.« Es war der Polizeibeamte. »Nehmen Sie das in die Hand. Sie schreien zu hören ist wesentlich besser als die Alternative in so einer Situation.«

Der Blick des Mädchens wurde glasig. Es ließ den Kopf hängen.

»Ich weiß«, sagte Ruby. Sie nahm Leonie hoch und liebkoste sie, denn ihr war klar, dass die Kleine die tiefe Männerstimme nicht ertrug. »Tut mir leid. Von jetzt an stecke ich sie in einen Kinderwagen.«

»Das tun Sie mal«, sagte er. »Kommen Sie auf der Rückfahrt nach Sheffield zurecht? Haben Sie Angehörige, die Sie am Bahnhof abholen können?« Ruby merkte, wie Leonie erstarrte, als der Mann weitersprach, und das Kind gab einen fast unhörbaren Heulton von sich.

»Geht's ihr gut?«, fragte Diane.

Ruby stieß die Luft aus. »Sie ist nur müde, glaub ich.« Zu dem Beamten gewandt sagte sie: »Ich komme klar. Ich lasse sie nicht aus den Augen. Versprochen.«

»Sonst kann ich dort anrufen und zusehen, dass jemand Sie nach Hause begleitet.«

»Nein danke. Wir sind schon so gut wie da, stimmt's, Kleines?«

Sie schaute Diane an. »Ich habe meine Lektion gelernt, okay?«

Der Polizist nahm die Sozialarbeiterin beiseite. Als sie wiederkamen, schien der Mann zufrieden. Er nickte seinen Kollegen zu, dass sie jetzt gehen könnten.

Diane lächelte erst Leonie, dann Ruby an. »Ich habe auch eins, ein bisschen älter. Für die tut man alles, hm?«

»Ja«, sagte Ruby und sah auf das kleine Mädchen in ihren Armen. »Alles.«

Sie drehte sich um und schlug den Weg zum Bahnhof ein. Jeder Schritt, der sie von der Polizei wegführte, war ein Schritt in ein neues Leben, ein neues Dasein für sie beide. Ihre Absätze klackerten ein Mantra, das in der Straße widerhallte: *Geschafft, wir haben's geschafft, geschafft, wir haben's geschafft.* Sie ging schneller, bog um die Ecke, fing an zu laufen. Jetzt gab es kein Zurück mehr. Ihr blieb nichts anderes übrig, als mit Leonie endgültig zu verschwinden.

KAPITEL 6

»Lebwohl, *peerie buddo*!«, sagte sie zu dem Kind und lief hinaus. Sie eilte zum Strand, warf ihre Haut über und stürzte sich mit einem wilden Freudenschrei ins Meer. Ein Mann des Selkievolkes empfing sie dort und begrüßte sie mit allen Anzeichen des Entzückens. Und das war das Letzte, was er je von seiner geliebten Frau zu sehen bekam.

G. F. BLACK, »DER FEINE HERR VON WASTNESS«, 1903

EINE STUNDE FRÜHER
Constance

Das Wasser lebt. Es atmet, seine weite Oberfläche bewegt sich unter dem Einfluss des tief stehenden Mondes, von dem nur ein schwacher Schein hinter dichten Wolken zu sehen ist. Am Meeresrand steht eine Frau mit dem Gesicht zum Horizont. Stiefel und Socken liegen am Grund des hastig gegrabenen Lochs im Sand hinter ihr. Wo ihre Haut dem Landwind ausgesetzt ist, macht er sie taub. Sie mag es, das taube Gefühl. Sie möchte, dass es sie umfängt, den ganzen Körper auskühlt, sodass sie gar nichts mehr empfindet. Wieder dem Loch zugewandt, zieht sie ihren Parka aus und wirft ihn hinein. Dann schließt sie die Augen und nimmt dankbar einen tiefen Zug Seeluft. Der kalte Salzwind der Heimat.

Obwohl sie hier oder an ganz ähnlichen Stellen schon oft gestanden hat, fühlt sich der Strand heute Abend anders an. Zum ersten Mal, seit sie vor vielen Monaten an Land ging, ist die Freiheit in Reichweite. Der Sand zwischen ihren Zehen, das Kommen und Gehen des Wassers; ihr Herz klopft vor Aufregung, vor Erwartung. Sie öffnet den Mund und stimmt eins der alten Lieder an: *Ionn da, ionn do, ionn da, od-ar da.* Ihr Brustkorb vibriert davon, die Töne vermischen sich mit den Geräuschen des Windes und der Flut. Seehunde rufen geradezu, als ob sie antworteten. Sie hört die Antwort, vielleicht nur in ihrem Kopf, aber welche Freude das ist! Ein Chor von Stimmen singt: *Hi-o dan dao, hi-o dan dao, hi-o dan dao, od-ar da.*

Im schwindenden Licht geht die Frau einen Schritt aufs Wasser zu, das jetzt eine glänzend schwarze Decke ist, die Wellen sind für sie bereit. Sie möchte darin eintauchen, darin aufgehen, so weit hinausschwimmen, wie sie nur kann, untergehen, alles vergessen, was sie gewesen ist und getan hat, alles, was ihr angetan wurde.

Nackt jetzt, zögert die Frau; das Kind ist hinter ihr, auf der anderen Seite der Strandmauer, bei dem Laden, vor dem sie sie zurückgelassen hat. Sie hat so lange es ging auf Ruby gewartet, doch ihre vermeintliche Freundin kam nicht. Zorn flammt in ihr auf. Ein heiliger Pakt wurde gebrochen.

Ruby behauptete, das Kind zu lieben, sie beide zu lieben … vielleicht war das gelogen. Vertrauen ist immer riskant. Den Fehler macht sie nicht noch einmal. Muss sie auch nicht, weil heute Abend das alles zu Ende geht, dieses ganze Leben und alles, was damit zusammenhängt.

Sie tröstet sich damit, dass sie das Kind nicht ganz sich selbst überlassen hat. In dem Laden waren Leute, als sie losgelaufen ist. Die kümmern sich schon um sie; garantiert. Und wenn nicht? fragt eine leise Stimme ... Das Schuldbewusstsein setzt ihr zu, es wird mit jeder Sekunde stärker.

Sie macht einen Schritt zurück, Richtung Straße. Wie kann sie weggehen, wenn sie nicht mal weiß, ob ihr Töchterchen in Sicherheit ist?

Eine Stimme drängt sie so energisch wieder zum Wasser hin wie eine Hand im Rücken. Constance, sagt sie, wie es scheint. Als sie sie zum zweiten Mal hört, klingt sie nach den Wellen auf dem Kies. War sie da? Oder war die Stimme bloß Einbildung, ausgelöst von ihrer großen Sehnsucht? Sie dachte, sie hätte sie gehört, für sie singen gehört, nach ihr rufen gehört, aber jetzt ist sie überzeugt, dass sie sie nicht hören kann. Sie wollen sie nicht holen. Es ist zu lange her. Sie sind nicht gekommen.

Eine Welle streicht ihr über die Füße. Sie schaut hin: Die Füße glitzern.

Salzige Tränen gesellen sich zum Meerwasser. Sie sollte zurück zu Leonie. Das Kind wird bald merken, dass seine Mutter weg ist. Aber wenn sie umkehrt, ist sie so gut wie tot.

Egal was das Wasser bereithält und für wie lange, wenn sie jetzt reingeht, ist sie erst mal wieder frei.

An diesem Scheitelpunkt – sollst du reingehen, sollst du nicht reingehen? – fragt sie sich, ob das Wissen, dass sie sie verlassen hat, ihre Tochter fürs ganze Leben prägen wird, eine tiefe Narbe, die Befürchtung, sie könnte selbst schuld sein, ihr Aufderweltsein sei für ihre Mutter kein Grund gewesen, bei ihr zu bleiben. Sie spürt den Zug ihres Kindes, der sie an diesen Ort, an dieses Leben bindet. Doch dann hört sie es wieder, das Lied der Seehunde, und ihr geht das Herz über. Sie kann nicht bleiben. Unter Wasser besteht immerhin die Möglichkeit, dass sie wieder werden kann, was sie war. Diese Chance muss sie nutzen. Wenn es schiefgeht, wenn sie schlicht ausgelöscht wird, ist das immer noch besser als das, was sie jetzt hat. Sie steigt ins Wasser, taucht unter, lässt sich von ihm tief hinab und in die Ferne tragen.

KAPITEL 7

JETZT
Joanna
Freitag, 21. Dezember

Nachdem die beiden Polizisten den Sanitätern geholfen hatten, den Mann aus der Wanne zu heben, trockneten sie ihn so gut wie möglich ab und hielten ihn mit dem Bettzeug warm, bis die Trage oben war. Sie hüllten Gregor in silberne Rettungsdecken und brachten ihn ins Erdgeschoss, wo der Notarzt erste Infusionen verabreichte.

Obwohl noch bewusstlos, sah der Mann nicht mehr ganz so tot aus wie im Badezimmer, was Joanna als gutes Zeichen nahm. »Kommt er durch?«, fragte sie.

Einer der Sanitäter schaute sie an. »Noch lebt er. Mehr kann ich Ihnen nicht sagen.«

Die Hecktür des Krankenwagens schloss sich, und einen Moment später sah Joanna zu, wie er davonfuhr, über die Bremsschwellen noch langsam, dann schneller, von der Umgehung an mit Blaulicht und Sirene.

Zwei weitere Streifenwagen mit Beamten zur Sicherung des Schauplatzes trafen ein. Drei von ihnen beorderte sie an die Eingänge: einen an den Aufzug, einen an die Treppe und einen an die Tür von Apartment 7. Sie selbst blieb am Haupteingang des Wohnblocks, um auf ihren Vorgesetzten, Inspector Thrupp, zu warten.

Vorübergehend allein, schaute Jo zum Westblock hoch und dachte an Ruby. Welches dieser kleinen Fenster war ihres? Ruby wohnte genau wie das Opfer unterm Dach, aber in Sozialwohnungsblocks nannte sich das nicht »Penthouse«. Der siebte Stock des Westblocks war in vier Wohnungen unterteilt, jede ein Viertel so groß wie die des Opfers. Das wusste sie, weil sie, als sie letztes Mal dort gewesen war, beinah angeklopft hätte. Sie war bis zur Sprechanlage gekommen, hatte sich die Klingelschilder angesehen, im letzten Moment aber den Mut verloren und lieber eine SMS geschickt.

Das war über einen Monat her, und seitdem hatten sie keinen Kontakt mehr gehabt. Wobei die SMS eigentlich gar nicht als Kontakt zählte, da Ruby nicht geantwortet hatte. Anfang Oktober hatten sie zuletzt miteinander gesprochen, gleich nach Rubys Geburtstag, als sie Jo von einer Telefonzelle aus anrief, weil sie angeblich ihr Handykonto überzogen hatte. Jo wusste, das war gelogen: Ihrer beider Mutter kam immer noch für Rubys Telefonrechnung auf. Jo wollte sich damals mit ihr treffen, aber weil Ruby nicht auf den Vorschlag eingegangen war, lag das Geburtstagsgeschenk für sie, ein Silberring mit Rubin und einem Motto auf Latein, nach wie vor in Joannas Tasche.

Jo griff zum Handy, scrollte zu Rubys Bild runter und tippte es an. Genau wie letztes Mal und immer, wenn sie es in den vergangenen sechs Wochen versucht hatte, kam lediglich die automatische Ansage: *Dieser Anschluss ist vor-*

übergehend nicht erreichbar. Bitte versuchen Sie es später noch einmal. Ein Frustschluchzen stieg ihr bis zum Kehlkopf hoch. Sie unterdrückte es.

Eine Bewegung am Rand ihres Gesichtsfelds weckte ihre Aufmerksamkeit. Hinter den Streifenwagen versammelten sich bereits Jugendliche mit hochgezogenen Kapuzen, wärmend ums Gesicht gewickelten Schals und Glitzeraugen. Es waren ungefähr fünfzehn, in Zweier- und Dreiergruppen.

»Die Gaffer sind also auch schon da«, meinte Atkinson, der hinter ihr auftauchte.

Sie steckte ihr Handy ein. »Das interessiert sie eben«, sagte Joanna. »Verständlich. Am New Park war ja schon länger nichts mehr los, oder?«

»Seit der Cannabisfarm, die wir auf dem Ostblockdach entdeckt haben, nicht mehr. Ach ja, den Kurzzeitpuff gab's noch.«

»War aber alles vor der Modernisierung. Jetzt ist das eine nette Gegend, Steve.« Sie zog eine Braue hoch.

»Ja, klar. Schade, dass denen das keiner verklickert hat.« Er wies mit einer Kopfbewegung auf die Jugendlichen, die sich mehrheitlich in die Schatten zwischen den Gebäuden zurückgezogen hatten, erkennbar an der roten Glut ihrer Zigaretten. »Worunter läuft der Einsatz hier, Chefin? Verdächtige Umstände?«

»Auf die amtliche Bezeichnung warte ich noch. Neues System. Tatortuntersuchung oder so was gibt's erst, wenn ein Inspector das abgesegnet hat.«

»Beeinträchtigt das wegen der verlorenen Zeit nicht die Ermittlungen?«

»Ja, natürlich. Aber es geht ums Budget. Anscheinend müssen wir unsere Mordfälle strecken oder den einen oder andern aufs nächste Finanzjahr verschieben.«

Atkinson schwieg. »Ein Tötungsdelikt? Hat es Franks nicht geschafft?«

»Es steht auf der Kippe«, sagte Joanna. »Warten wir ab, was in den nächsten Stunden passiert. Wenn es kein Mord ist, dann hätte es leicht einer sein können: Irgendjemand hat sich redlich bemüht, den Mann umzubringen. Wir müssen vorgehen wie bei einem Mord und alle Einzelheiten klären. Richtig loslegen können wir aber erst, wenn der DI sich das angesehen hat.«

Jo blickte immer wieder zum Westblock, auf das Fenster, hinter dem vielleicht Ruby wohnte.

Atkinson räusperte sich. »Denken Sie an eine Tür-zu-Tür-Befragung da drüben?«

Sie riss ihren Blick los. »Warten wir erst mal ab«, sagte sie. »Überall anzuklopfen ist vielleicht nicht nötig.«

Ein Schatten, sei es von Misstrauen oder Verwirrung, huschte über seine Züge. Ihre Blicke trafen sich kurz, ehe sie sich gleichzeitig umdrehten und wieder ins Haus gingen.

Es war spät, als Detective Inspector Thrupp schließlich mit seinem großen schwarzen BMW Kombi eintrudelte. Er hielt vor dem Gebäude an, stieg aus, und das Wagenschloss schnappte hörbar ein, als er auf Joanna im Foyer des Gebäudes zukam.

Thrupp, groß und imposant in grauem Anzug und blanken Lederschuhen, musterte die Jugendlichen, die im Dunkeln zwischen den Wohnblocks herumlungerten.

»Hier gibt's nichts zu sehen, meine Damen und Herren«, dröhnte er. »Gehen Sie jetzt nach Hause.«

Worauf sich die Angesprochenen noch weiter ins Dunkel zurückzogen.

»So, Joanna. Was haben Sie gefunden? Und auch noch am Abend der Weihnachtsfeier. Dafür werden Ihnen die Jungs nicht dankbar sein, was?«

»Meine Liebste auch nicht«, antwortete sie. »Ich hab ihr versprochen, heute zu einer normalen Zeit nach Hause zu kommen.«

»Normal«, wiederholte Thrupp. »Haha. Sie weiß doch, womit Sie Ihren Lebensunterhalt verdienen.«

Im selben Moment klingelte Joannas Handy. Sie zog es hervor, sah aufs Display und wischte Amys Anruf weg. Sie hatten vorgehabt, vor der Feier am Abend essen zu gehen. Die Reservierung war für acht Uhr gewesen, und seither waren Stunden vergangen. Sie konnte nur hoffen, dass Amy nicht allein hingefahren war und auf sie gewartet hatte.

»Das Gespräch hätten Sie doch annehmen können«, sagte der DI. »Gegen einen kurzen Anruf von zu Hause habe ich nichts.«

Jo schüttelte den Kopf. »Der wäre nicht kurz geworden. Sie hat mir bestimmt eine Menge zu sagen. Ich ruf sie nachher an. Hier entlang, Chef.«

KAPITEL 8

Die Atmosphäre unter den Tiefen des Ozeans ist diesen Geschichten zufolge wie geschaffen für die Atemwege bestimmter Lebewesen, die äußerlich dem Menschen gleichen, von außergewöhnlicher Schönheit sind und über begrenzte übernatürliche Kräfte verfügen, aber nicht dem Tod entgehen. Sie bewohnen weit unterhalb der Region der Fische ein großes Gebiet der Erde, über dem die See wie unser gewölktes Himmelszelt dahinschwebt.

GEORGE BRISBANE SCOTT DOUGLAS,
»DER FISCHER UND DER MEERMANN«, 1901

DAMALS
Ruby
August

Ruby beobachtete den Yogamann aus dem sicheren Dunkel. Sie saß auf dem Abtropfbrett, die Füße im Spülbecken, eine Steppdecke um die Schultern. Es war das gewohnte Programm. Sie beobachtete ihn tagtäglich schon so lange, dass sie das Muster, in dem sich die Abläufe wiederholten, inzwischen vorhersagen konnte. Heute war Kopfstandtag.

Morgens um halb vier wach zu sein war Routine für Ruby, seit Arbeitszeiten und Geselligkeit keine Rolle mehr spielten. Sie wohnte in permanentem Halbdunkel; wann immer sie zwischen den geschlossenen Vorhängen hindurch ein Sonnenstrahl traf, fühlte sie sich verbrannt. Ganz geöffnet waren die Vorhänge nur nachts, wenn sie den Yogamann beobachtete. Ein lasterhaftes Vergnügen, vielleicht sogar beschämend, aber in diesen stillen Stunden, eingehüllt in die samtene Dunkelheit und die Wärme der Bettdecke, fühlte sie sich so lebendig wie lange nicht mehr. Seine Bewegungen beruhigten und erregten sie gleichzeitig. Wenn er gegen Ende der Übung auf sie zukam, um vor dem nahenden Sonnenaufgang die Jalousien herunterzulassen, war ihr, als schaute er sie an, als grüßte er sie. Er schien ihr direkt in die Augen zu blicken, obwohl er sie an ihrem Platz hinter der Scheibe, im Schutz der Dunkelheit, niemals hätte sehen können.

Wenn es vorbei war, verließ Ruby ihren Posten, band sich einen Schal um die Augen, um die Helligkeit auszusperren, und schlief bis Mitte des Nachmittags. Es war genau, wie ihre Vorgesetzte Barbara gesagt hatte, als sie Ruby am Tag ihrer Krankschreibung von der Arbeit nach Hause fuhr: Yoga hält den Kopf gesund. Barbara hatte damit zwar gemeint, sie solle einen Yogakurs machen, aber vielleicht war es genauso heilsam, jemandem beim Yoga zuzuschauen. Jedenfalls stimmte es, dass Ruby, seit sie den Yogamann entdeckt hatte, weniger deprimiert und produktiver war. Er inspirierte sie: Wenn sie ihm nicht zuschaute oder schlief, arbeitete sie an ihrer Musik.

Ruby verbrachte immer mehr Zeit mit Spielen und perfektionierte Teile von Sibelius' Konzert in d-Moll. Das Stück war teuflisch schwer, und wenn sie es spielte, hatte sie ein Ziel vor Augen, die Hoffnung, es zu meistern, ihm gerecht zu werden, wie nur die Besten es konnten. Erst wenn das Blut von den verschwielten Fingerspitzen auf das schwarze Ebenholz des Griffbretts lief und die von der Spielhaltung verspannten Schultern aufschrien, wickelte sie das Instrument in sein uraltes Staubtuch und legte es gut weg. Sie bemühte sich zu spielen, bis es Zeit für den Yogamann war, aber manchmal ging das nicht. Welch ein Glück also, dass sie in den vergangenen Wochen ein neues Erwachen gespürt hatte. Sie hatte angefangen, selbst etwas zu komponieren, ein Stück, das, wenn sie sich hineinvertiefte, die schlechten Gedanken so vollständig vertrieb, dass sie nur noch aus Musik bestand. Es war, als würde sie sich, wenn sie spielte, in ein Medium für Sibelius, Mozart oder Grieg verwandeln. Wenn sie jedoch komponierte, war das Medium etwas anderes, kein Mensch. Ein Geist vielleicht, aber kein besonders netter. Ihre Muse hatte Persönlichkeit.

Die Melodie, an der sie schrieb, war ihr eines Abends fertig in den Sinn gekommen, und sie hatte sie in der Überzeugung notiert, sie sei etwas irgendwo Gehörtes. Sie summte sie vor sich hin, und ihre berückende Schönheit ließ sie ans Meer bei Nacht denken. Das Thema begann mit einem Tritonus – *des Teufels Intervall* –, und in ihrem Kopf wurden die ersten drei Noten langsam, fast zögernd von einer tiefen Flöte gespielt, der eine Solo-Bratsche antwortete. Wo hatte sie das schon mal gehört? Nirgends, wie sich zeigte. Die Melodie erschien ihr sehr geschlossen, sehr filmisch und wie von einer Vorahnung erfüllt. Als sie tiefer in die Komposition hineinging, wich der Eindruck, sie sei von jemand anderem verfasst, dem Gefühl, sie schreibe sich von selbst.

Und wenn sie sich jetzt dem Manuskript zuwandte, war es jedes Mal so, als kämen die Noten von anderswo her, nicht von ihr, sondern durch sie hindurch. Ihre Finger hielten den auf dem Papier ruhenden Stift, und die Musik entströmte ihm, unverhofft, mitunter schaurig und von höchster Qualität.

Wegen der Musik hatte sie gar nicht erst mit den Antidepressiva angefangen, die ihr der Arzt verschrieben hatte. Mehr als einmal hatte sie die Schachtel in der Hand gehalten, den Beipackzettel herausgeholt, die Liste möglicher Nebenwirkungen durchgelesen und die Tabletten wieder weggelegt. Der Arzt hatte ihr gesagt, sie würden die Chemikalien in ihrem Gehirn ins Gleichgewicht bringen, doch die Vorstellung war beängstigender als die schlechten Gedanken. Vielleicht dämpften die Tabletten ihre Kreativität, die sie ohnehin als schwach und wacklig ansah. Womöglich nahmen sie ihr die Lust am Komponieren und damit das erste wirklich Schöne, das sie hervorgebracht hatte. Nein, es war zu riskant.

Der Hahn tropfte ihr auf den Zeh und holte sie ins Zimmer zurück. Der Yogamann stand am Fenster, die Hand an der Zugschnur der Jalousie. Ruby schaute ihm wie üblich direkt in die Augen. Er schien sie auch anzusehen, und sie genoss das Gefühl, den Gedanken, dass er sich von ihr beobachtet wusste und das Ganze für sie veranstaltete. Dann beschirmte er die Augen mit der Hand und drückte das Gesicht an die Scheibe. Seine Körpersprache wechselte von entspannt zu aufgeregt. Er sah sie wirklich. Er drehte sich um und lief zu seinen Lichtschaltern hinüber. Plötzlich war das große Fenster in Dunkelheit getaucht.

Ruby stieg zu schnell vom Abtropfbrett, landete hart auf der Seite und blieb schwer atmend auf den Fliesen liegen. Nach einer Weile schlich sie geduckt in ihr Wohnschlafzimmer für den Fall, dass der Mann immer noch drüben in dem verdunkelten Raum stand, durchs Fenster spähte und sich fragte, von wem er da bespitzelt wurde.

Schlafen war unmöglich. Stattdessen arbeitete sie, als die Sonne aufging, an ihrer Komposition und fügte einen Satz hinzu, der mehr als disharmonisch, sperrig und unerfreulich wurde. Bei den letzten Noten angelangt, stellte sie fest, dass er sie einfach nur abstieß. Sie knüllte den neuen Teil zusammen und warf ihn in den Papierkorb.

Am nächsten Tag übte sie den Sibelius über den Punkt hinaus, an dem ihre Finger schmerzten. Sie aß den ganzen Tag nichts, sodass bei Einbruch der Dunkelheit ihr Hunger überwunden war und sie das Gefühl der Leichtigkeit im Magen genoss, während ihr Kopf ungezügelt von einem Gedanken zum anderen sprang, keinem auf den Grund ging und jeden gleich wieder vergaß, ohne sich daran zu stören. Zur gewohnten Zeit zog sie die Vorhänge auf und spähte zu Yogamanns Fenster hinüber in der Hoffnung, ihn dort wie immer mit nichts als seiner Yogahose bekleidet zu sehen. Heute war Brettertag; wie gern sah sie seinen gestreckten Körper, die nur von seinem straffen Hintern unterbrochene perfekte Gerade von Kopf und Schulter zur Ferse. Herbe Enttäuschung: Die Jalousie war unten. Vorbei die Privatvorstellung, der ganze Spaß verdorben. Das Yoga würde weitergehen, nur würde sie es nicht mehr mitbekommen. Ruby empfand nichts als Scham und Verlust.

Im Wohnschlafzimmer schlug sie ihr Manuskript auf und schaute auf die vielen Hundert sorgfältig gezeichneten Notenreihen. Die Arbeit umfasste mittlerweile mehr als fünfzig zweiseitig beschriebene Blätter, doch plötzlich wusste sie nicht mal mehr, warum sie damit angefangen hatte.

Die Melodie, von der sie so bezaubert gewesen war, der Ausgangspunkt des Ganzen, erschien ihr seicht, zusammengeschustert. Kein Mensch würde das hören wollen, geschweige denn spielen. Nicht mal der Teufel; der am allerwenigsten. Da war nichts Böses oder Finsteres, kein Witz und keine Tiefe. Alles nur stumpf, mechanisch, vorhersagbar. Sie stand auf, stopfte das ganze Papier in die Recycling-Rutsche und ging ins Bett. In einem Anfall von »Wenn schon, denn schon« schüttete sie sich obendrein vier Schlaftabletten in die Hand und zerkaute sie, bevor sie sich hinlegte, die Augen schloss und die Pillen ihre Wirkung tun ließ.

Als sie am Nachmittag aufwachte, war es nur noch eine halbe Stunde bis zum Termin bei ihrem Hausarzt. Rasch zog sie was über und lief los, Haare und Zähne ungebürstet, die nackten Füße in alten Turnschuhen. Der Arzt musterte sie kurz und schrieb sie für weitere sechs Wochen krank. Ein Blick über den Rand seiner Brille hinweg: »Wie bekommen Ihnen die Antidepressiva?«

»Gut«, sagte Ruby. »Mir geht es wirklich schon viel besser.«

»Keine Nebenwirkungen?«

»Nichts von Bedeutung.«

Dass sie nicht vorhatte, auch nur eine von den Tabletten zu nehmen, behielt sie für sich.

Der Arzt schrieb ihr noch ein Rezept, dass sie beim Verlassen der Praxis in ihre Tasche steckte. Was wohl passierte, wenn sie die ganzen Pillen auf einmal nahm? Würde sie schnell sterben, auf einer Glückswolke des Vergessens entschweben? Oder würde ihre Leber versagen und ihr unfassbare Schmerzen und Leiden bereiten? Das herauszufinden wäre schon interessant. Zumindest würde sie dann etwas anderes als Scham und Einsamkeit erleben.

In der Straßenbahn sah sie erschöpft und lustlos aus dem Fenster, sodass sie ihn zunächst gar nicht bemerkte. Der Yogamann saß zwei Reihen vor ihr. Sie schaute hin, sah wieder weg und fragte sich: Ist er das wirklich? Sie erkannte seinen Hinterkopf, die Halsbeuge. Ihr Herz fing an zu pochen. Sie drückte auf den Halteknopf, stand auf und ergriff, als die Tram sich verlangsamte, die Haltestange bei der Tür. *Mach es nicht zu auffällig*, ermahnte sie sich und warf nur einen kurzen Blick in seine Richtung, als sie ausstieg. Er schaute mit leicht gekrauster Stirn genau zu ihr hin. Erschrocken stürzte sie hinaus, ehe sich die Tür noch ganz geöffnet hatte, und hielt den Kopf gesenkt, bis die Tram außer Sicht war.

Ruby stapfte im Regen zurück zur Wohnung. Bis sie dort ankam, war in ihrem Kopf scheinbar von selbst ein Plan entstanden, ähnlich wie bei der Melodie. Die Muse leitet mich auch jetzt und nicht nur in der Musik, dachte sie und schauderte. Sich dagegen zu wehren oder darüber nachzudenken kam ihr nicht in den Sinn: In der Wohnung ging sie geradewegs unter die Dusche, drehte sie so heiß auf, wie sie es nur aushielt, und fing an zu schrubben. Bald hatte sie zwei Wochen Schmuddel entfernt und sich dreimal die Haare gewaschen. Sie rasierte sich Achseln und Beine und schälte die Haut vom ganzen Körper wie früher auch. Sie trocknete sich ab, cremte sich ein, formte ihre Brauen mit der Pinzette. Sie schminkte sich und holte ein Kleid aus dem Schrank, das sie seit Monaten nicht getragen hatte. Da schau, bewunderte sie sich im Spiegel. Ich bin nicht wiederzuerkennen. Stehst da wie bestellt und nicht abgeholt, sagte eine fiese Stimme in ihrem Kopf. Noch holt mich keiner ab, gab sie zurück. *Aber bald vielleicht.*

An diesem Abend zog sie Stöckelschuhe an, beobachtete im Dunkeln stehend das Spiel der Schatten auf den Jalousien seines Wohnzimmers und stellte sich die Szene im Inneren vor. Es war tröstlich zu wissen, dass er noch sein Yoga machte, auch wenn sie es nicht sah. Der perfekt bemuskelte Körper musste ja irgendwie trainiert werden.

Ruby ging ins Bett und schlief so gut wie lange nicht mehr, ohne Schlaftabletten, zwischen sauberen Laken. Am nächsten Tag zog sie sich sorgfältig an, zwang sich, Rührei zum Frühstück zu essen, und ging auf Straßenbahnfahrt.

Da von ihm nichts zu sehen war, fuhr sie bis zur Endstation und wieder zurück, wobei sie im Zentrum ausstieg und eine Weile den Leuten zuschaute. Mit Vergnügen sah sie sich von etlichen jungen Männern beachtet, wenn sie auch auf ihre neugierigen Blicke nicht reagierte. Gestern noch war sie unsichtbar gewesen, ein krummes, schmuddeliges Etwas, das sich durch die Menge schob, ohne auch nur einen Blick auf sich zu ziehen. Außer seinem. Er hatte sie angeschaut. Er hatte sie gesehen.

Auf dem Markt kaufte sie einen Apfel und aß ihn, während sie an der Straßenbahnhaltestelle auf die Tram stadtauswärts wartete, nur um gleich wieder reinzufahren.

Als er auch in der nächsten Tram nicht war, konnte Ruby die Enttäuschung nicht mehr zurückdrängen. Sie hörte auf zu hoffen, pendelte aber weiter. Es gab ja keinen Grund, nach Hause zu fahren. Siehste, sagte die fiese Stimme in ihrem Kopf. *Ich hab's dir ja gesagt.*

Das Apfelgehäuse welkte braun und dünn zwischen ihrem Daumen und ihrem Zeigefinger, und sie war im Begriff, sich geschlagen zu geben, da sah sie ihn plötzlich. Mit gesenktem Blick stieg er ein, ließ die Augen dann irgendwie nervös über die Fahrgäste schweifen und, wie ihr schien, einen Moment lang auf ihr ruhen. Ruby beobachtete ihn mit abgewandtem Gesicht aus dem Augenwinkel. An der Haltestelle bei den Banken hatte er gewartet, der Yogamann: größer als sie dachte, relativ lange, wellige Haare, ziemlich schlecht sitzender Anzug. Wie ein Banker kam er ihr nicht vor – zu alternativ. Eine Perle an einer Lederschnur schaute unter seiner Manschette hervor, sodass er eher wie ein Surfer wirkte, der ein Vorstellungsgespräch absolviert hatte. Als er im Gang an ihr vorbeikam, sah sie ihm ins Gesicht, und ihre Blicke trafen sich.

Er blieb stehen. »Kenne ich Sie?«

»Ich glaube nicht«, sagte Ruby mit einem kleinen Lächeln und hob kurz die Brauen, ehe sie sich wieder zum Fenster wandte.

Er rührte sich nicht. »Ich bin mir so sicher. Sie kommen mir wirklich bekannt vor. Gehen Sie manchmal ins Fitness-Center an der Umgehung?«

»Ich nicht, nein.«

»Ah, okay.« Er schien enttäuscht über ihre Antwort.

»Warten Sie«, sagte sie. »Wollen Sie damit andeuten, ich

hätte ein Fitness-Center nötig? Das wäre ziemlich unhöflich.« Ruby strich über ihr Kleid und verschränkte die Arme. Sie wusste, dass sie nicht dick war – eher viel zu dünn, obwohl sie tatsächlich kaum Sport trieb. Vielleicht fand er, sie sollte sich in Form bringen.

»Natürlich nicht.« Er kam ins Stottern und wurde rot. »Ich meinte nur … Ich dachte, ich hätte Sie vielleicht schon mal gesehen. Mein Büro ist in der Nähe vom Fitness-Center. Ich wollte Ihnen nicht …«

Es verblüffte sie, dass jemand wegen etwas, das sie gesagt hatte, ins Stottern kam.

»Ich geh auch selbst nicht hin«, redete er weiter. »Ich kann Fitness-Center nicht ausstehen. Es war ja, war ja nur …« Einen beunruhigenden Moment lang dachte sie, er würde anfangen zu weinen.

Sie legte ihm die Hand auf den Unterarm. »Keine Sorge, ich war nicht gekränkt. Ich wollte Sie nur aufziehen.«

Die Bewegung der Tram riss seinen Arm weg, sodass ihre Hand kurz in der Luft hing und sie beide darauf schauten, ehe sie sie zurückzog. »Entschuldigen Sie«, sagte er, »es ist sonst nicht meine Art, wirklich … Es liegt mir nicht, Mädchen anzusprechen. Frauen, meine ich.« Er fuhr sich mit der Hand durch die Haare, sah auf seine Schuhe, schien zu schlucken. »Pardon. Leute, wollte ich sagen.« Dann warf er seine Tasche über die Schulter und drückte den Halteknopf. Ruby hätte ihn am liebsten gepackt, damit er blieb, wo er war.

»Ehrlich, es war nichts«, sagte sie.

»Doch, es war ein dummer Spruch. Aber nett, dass Sie das sagen. Es tut mir wirklich leid.«

Er schob sich weiter von ihr weg.

»Warten Sie«, sagte sie. »Ich weiß nicht, wie Sie heißen.«

Ein Ausdruck der Verwirrung huschte über sein Gesicht, als könnte er sich nicht vorstellen, warum sie seinen Namen wissen wollte. Dann sah er ihr in die Augen und wurde wieder rot. »Gregor heiße ich.« Fragend zog er die Brauen hoch.

»Ruby.«

»Wie der Edelstein«, sagte er und verzog auch schon das Gesicht, als hätte er eine Albernheit von sich gegeben.

Die Straßenbahn bremste, und Leute, die aussteigen wollten, drängten sich in den Raum zwischen ihnen. Ruby hätte gern etwas Kluges gesagt, um ihn zum Bleiben zu bewegen, sich weiter mit ihm zu unterhalten, ihm nochmals zu versichern, dass er sie nicht gekränkt hatte, aber heraus kam nur ein: »Bis dann.«

Der Rest der Heimfahrt war ein Durcheinander. Sie fragte sich, warum er schon ausgestiegen war – ob er sie hatte loswerden wollen oder aus Verlegenheit oder weil er noch woandershin musste. Dass sie ihm bekannt vorkam, fand sie ebenso beunruhigend wie aufregend. Es war schon möglich, dass er sie von der Siedlung her kannte oder sie in der City gesehen hatte, bevor die Welt für sie auf die Größe ihrer Wohnung geschrumpft war. Vielleicht hatten sie, als sie noch arbeitete, denselben Weg gehabt. Oder sie war nicht so unsichtbar, wie sie dachte.

Am Wohnblock angelangt, hatte sie so viel überschüssige Energie, dass sie die Treppe hochlief, statt den Lift zu nehmen. Sie hatte mit dem Yogamann geredet! Er meinte sie zu kennen! Er schien nett zu sein! Sie schaute in den Briefkasten und fand einen Brief von Sam, endlich mal. Heute war wirklich ein guter Tag.

Um drei Uhr früh war Ruby immer noch wach, aber doch langsam in Einschlaflaune. Das Üben hatte sich wirklich gelohnt, sie hatte einige recht virtuose Passagen des Konzerts gemeistert und auch aufgehört, bevor der Arm anfing wehzutun. Danach hatte sie Sam geantwortet, ein leicht überdrehter 3-Seiten-Erguss, der begann mit: *Sam! Ich glaub, ich hab jemanden kennengelernt. Na ja, vielleicht nicht direkt kennengelernt, aber vielleicht eben doch! Scheint jedenfalls, ich habe eine Bekanntschaft geschlossen. Und ich hab ein gutes Gefühl bei ihm. Manchmal weiß man das ja einfach. Und ich komponiere wieder, das ist was ganz Großes für mich. Musst du dir anhören, wenn es fertig ist. Es könnte gut sein, und das Gefühl hatte ich bisher noch nie bei meinen Sachen …*

Sie hatte den Brief in den Briefkasten gesteckt und dann schon mal zwei Stunden darauf verwendet, aus den Bruchstücken, an die sie sich erinnerte, ihre Komposition wiederherzustellen. Das war schwierig, und doch kam sie zu dem Schluss, dass es gut gewesen war, das Ganze wegzuwerfen und von vorn anzufangen. Sie hatte befürchtet, ihre launige Muse sei verschwunden, der Geist des *Diabolus in musica* sei das Warten leid geworden und habe sie verlassen, doch sobald sie anfing, das Leitthema zu summen, stellte er sich wieder ein, genau wie ihre Leidenschaft. Das Ganze war von einer knisternden Intensität, die der vorherigen Inkarnation gefehlt hatte. Im Kopf hörte sie es von einem Orchester dargeboten, sie sah sich sogar das Solo spielen, ein glasklares Bild bis hin zum Blauton des Kleides, das sie tragen würde, der Bühnenrundung und der Beleuchtung. Sie sah die verzückten Gesichter der Zuschauer vor sich, spürte den Schauer, der sie durchlief und auch die Ruby auf der Bühne erfasste. Den Beifall, der über sie hinwegbrandete in endlosen Wellen.

Die Zeit verflog, und schon war die Nacht fast vorüber. Kurz vor Sonnenaufgang schminkte sie sich ab, und sie war erfüllt von neuen Möglichkeiten, von positiven Gedanken an Veränderung. Sie nahm sich vor, künftig früher ins Bett zu gehen, sich Normalität anzutrainieren, bevor sie in ein paar Wochen wieder als Lehrerin arbeitete. Vielleicht brauchte sie nicht mal so lange wegzubleiben; es ging ihr doch schon viel besser. Sie würde Barbara anrufen und ihr sagen, sie finge gern früher wieder an. Außerdem würde sie aufhören, Gregor auszuspähen – schon der Name; die runden Vokale, die weichen Konsonanten, dieser Klang –, denn das war kein normales Verhalten! Noch während sie das dachte, ging sie in die Küche und sah schon wieder zu Gregors Wohnblock hinüber in der Hoffnung, ihn dort im Schein einer Tischlampe bei einer schwierigen Inversionsübung zu sehen.

Das große Fenster war dunkel, die Jalousie allerdings offen. Sie löschte das Licht und stellte sich vor, sie stände in seinem Wohnzimmer drüben auf der anderen Seite und schaute hier herüber. Die Vorstellung war so lebhaft, dass sie tatsächlich ihre Silhouette in seinem Fenster sehen konnte. Sie drückte die Hand flach an ihre eigene Fensterscheibe und betrachtete das Bild ihres künftigen Selbst, das so gelassen in Gregors Wohnung und vielleicht auf den Beginn der Yogaübungen wartete, die sie jetzt gemeinsam machen würden. Er würde es ihr beibringen, sie seine gelehrige Schülerin sein, und die Übungen würden ihrer inneren Unruhe abhelfen.

Da erstarrte sie, und kalte Angst kroch ihr den Rücken hinauf. Sie rieb sich die Augen und schaute noch mal hin. Die Silhouette von vorhin hatte Gestalt angenommen, sich verfestigt, wurde vor ihren Augen zu einer Person: In dem halbdunklen Raum stand wirklich jemand und sah herüber. Nicht Gregor; es war eine Frau.

Ihr in Panik versetztes Hirn suchte nach einer Erklärung. Immer wieder wandte sie den Blick ab und hoffte, sie beim nächsten Hinschauen nicht mehr zu sehen. War es eine Halluzination? Gerade jetzt, wo sie anfing, sich obenauf zu fühlen? Wer weiß, dachte sie, vielleicht spiegele ich mich da so, wenn ich hier stehe? Doch als sie die Hand von der Scheibe nahm, blieb die Hand der Gestalt weiß am Fenster sichtbar. Und direkt hinter der Hand tauchte aus der Dunkelheit ein mondbleiches Gesicht mit dunklen Augen auf, die in ihre starrten. Das Gesicht kam näher ans Glas, drückte fast dagegen, ein geisterhafter Anblick. Ruby duckte sich Deckung suchend, doch es war zu spät, sie war gesehen worden.

Wer immer es war – was immer es war –, drehte sich um und ging wieder ins Zimmer.

Eine Zeit lang schaute Ruby mit Herzklopfen nur auf das blinde Auge des Fensters und fragte sich, ob sie träumte. Nein, natürlich nicht, sie spürte den kalten Fußboden der Küche unter ihren Füßen, den Rand der Edelstahlspüle unter ihren Fingern. Sie blinzelte, und die Frau war wieder da, an derselben Stelle, doch diesmal hielt sie ein Bündel im Arm. Es schien ein Baby zu sein. Ihre freie Hand legte die

Frau mit gespreizten Fingern wieder flach auf die Scheibe. Mit dem Baby sah sie weniger geisterhaft und mehr wie ein Mensch aus, aber Ruby hatte dennoch Angst. Wie sie schaute – so anklagend. Wie sie starren Auges das Kind an sich drückte. Wer war sie für Gregor? Seine Frau? Seine Freundin?

Ach, Gregor. Ruby spürte die Enttäuschung körperlich, wie einen Sturz, und hielt sich am Rand des Spülbeckens fest, um nicht zu fallen. Gleichzeitig rügte sie sich: Warum regte sie das so auf? Sie hatte ja eigentlich nichts verloren, denn sie hatte nichts zum Verlieren gehabt außer vielleicht einen Hoffnungsschimmer. Auf kranke Weise war sie froh, die Frau, Freundin, Partnerin oder was auch immer gesehen zu haben, denn damit wusste Ruby jetzt, wo sie stand: auf dem Boden der Tatsachen, wo Gutes nur anderen passierte und die besten Männer alle vergeben oder nicht interessiert waren. Wobei ein Interesse Gregors nicht vorauszusetzen war. Wie hätte sie zum Beispiel das Ausspähen erklären sollen.

Die Frau in Gregors abgedunkelter Wohnung schaute immer noch über den Platz und in Rubys Augen. Nach sehr langer Zeit – jedenfalls kam es Ruby so vor – ergriff sie die Zugschnur und ließ, ohne den Blick von Ruby zu wenden, langsam die Jalousie herunter.

KAPITEL 9

JETZT
Joanna
Freitag, 21. Dezember
Mitternacht

»Alle Wohnungen in diesem Block sind also an die Eingangsüberwachung angeschlossen«, sagte Thrupp.

»Ja«, antwortete Joanna und fand es bedauerlich, dass es solchen Luxus nicht auch in Rubys Block gab. »Aber diese hat hier noch eine Kamera.« Sie zeigte auf die Überwachungskameralinse an der Decke im Eingangsbereich von Gregors Wohnung. Es war eine im Putz verborgene Kamera, aber Joanna hatte sie sofort entdeckt. Trupp überlegte.

»Und haben Sie sich von beiden schon die Bänder ansehen können?«

»Die Eingangsüberwachung unten zeichnet nur auf, wenn sie vom Summer aktiviert wird. Der Monitor sitzt innen an der Tür, aber anscheinend ist seit vorigem Monat nichts aufgezeichnet worden. Entweder gab es keinen Besuch, oder jemand hat's gelöscht.«

»Und die hier?« Er wies auf die kleine Linse.

»Da wissen wir nicht, wo der Monitor ist. Eine Handy-App wahrscheinlich.«

Jo nahm zwei Paar blaue Tatort-Überschuhe aus dem Päckchen in ihrem Seesack. Ein Paar gab sie Thrupp, dann führte sie ihn in die Wohnung, wo ihre Füße feuchte Abdrücke auf dem Teppichboden hinterließen. Terry, der Hausmeister, hatte inzwischen den Strom wieder eingeschaltet; Jo knipste auf dem Weg zur offenen Badezimmertür mit behandschuhter Hand die Lampen an.

Die Badewanne wies unterm Rand einen Streifen getrocknetes Blut auf, und schmalere rote Streifen lenkten den Blick auf den Abfluss. Auf dem Fliesenboden lag zusammengeknüllt eine an einem Ende nasse und blutgetränkte Steppdecke, ein rosa Kranz um einen schwarzroten Fleck, wo der Kopf des Mannes gelegen hatte.

»Das Opfer lag in der Badewanne, als wir die Tür aufgebrochen haben«, sagte Jo. »Sie war voll Wasser. Er trieb darin, und da ruhte sein Kopf.« Sie wies auf den Badewannenrand an der Wand, wo sich das Blut gesammelt hatte.

»Armer Kerl. Bewusstlos und allein in einer vollen Badewanne. Glück gehabt, dass er nicht ertrunken ist.«

»Was man so Glück nennt, Chef. Der Mann war in keiner guten Verfassung, als ihn die Rettungsleute mitgenommen haben.«

Thrupp inspizierte den Türrahmen, aus dem in bizarren Winkeln Splitter hervorstachen, wo Atkinson das Schloss zertrümmert hatte. »Könnte es selbst verschuldet sein? Versuchter Suizid?«

»Nur, wenn er sich selbst den Schädel eingeschlagen hat, Sir.«

Er strafte sie mit einem Seitenblick. »Haben Sie den Schauplatz fotografiert, bevor Sie was verändert haben?«

»Nee. Wir sind leider überall rumspaziert. Die Sanitäter auch. Hat sich das Krankenhaus noch mal gemeldet?«

»Das Opfer ist noch ohne Bewusstsein, hieß es zuletzt. Das war vor einer Stunde.«

»Keine Morduntersuchung also«, sagte Joanna.

»Noch nicht.« Er sah ihr in die Augen. »Welche Ressourcen erhoffen Sie sich?«

»Wir brauchen die komplette Spurensicherung, ein Ermittlungsteam, alles.«

»Trotz von innen verschlossener Tür? Sie halten das nicht für einen Unfall? Er könnte umgekippt und mit dem Kopf aufgeschlagen sein. Vielleicht war er aufgestanden, um etwas aus dem Schrank zu holen.«

Ihr Bauch schrie, dass das kein Unfall war, doch ihre Ausbildung verlangte, dass sie in alle Richtungen dachte. Sie ließ ihren Profiblick über die Szene schweifen, suchte nach Möglichkeiten, die ihr entgangen sein mochten. An der Wand neben der Wanne hing ein kleiner Spiegelschrank. Von der Wanne aus unter Umständen zu erreichen, aber wer das versuchte, konnte dabei wirklich leicht ausrutschen. Eine Schranktür stand einen Spaltbreit offen. Denkbar war es. Und doch schied das Szenario schnell aus. Hätte der Mann nach dem Schrank gegriffen, wäre er von der Wanne auf den Boden gestürzt, nicht rückwärts ins Wasser.

Joanna überlegte, wie schwer Ausrutschen und Hinfallen sich bei einem Sturz in die richtige Richtung hätten auswirken können. »So schlimm kann man sich, glaub ich, nicht verletzen, wenn man in der Wanne umfällt. Das Wasser hätte den Sturz halbwegs gemildert.«

Thrupp trat vor und inspizierte den Wannenrand. »Der Hahn lief doch«, sagte er. »So kam's zu der Überschwemmung, die die Nachbarin alarmiert hat, richtig?«

»Ja.«

»Die Wanne könnte also noch trocken gewesen sein oder nur so weit gefüllt, dass er den Halt verlor. Dann hätte der Sturz mehr Wucht gehabt.«

»Steigen Sie in die Wanne, bevor sie voll ist?«, fragte sie. »Ich nicht. Den Mann hat etwas so schwer getroffen, dass sein Schädel verletzt wurde, die Haut aufgeplatzt ist und er das Bewusstsein verloren hat. Ich weiß nicht, ob ein bloßes Hinfallen dafür ausreicht.« Mit Schaudern dachte sie an das Gefühl von kaltem Brei in ihrer Hand, als sie seinen Kopf abgestützt hatte.

Auf den Badfliesen bemerkte Joanna etwas, das ein wenig herausstach. Fast so weiß wie das Vinyl, ein kleiner Dreieckszacken, wie ein Stück vom Griff einer Tasse.

»Was ist das?«

Thrupp beugte sich vor und begutachtete das Teil. »Keine Ahnung. Irgendwo von einer Fliese abgesprungen? Das gibt nicht viel her.«

»Darum geht's, Sir. Mit der Spurensicherung können wir dem auf den Grund gehen. Ich bin sicher, dass hier noch jemand anders war.«

»Wieso denn? Jo, Sie müssen das schon begründen. Ich kann Ihnen nicht einfach so glauben. Angenommen, hier war noch jemand – wie ist er rausgekommen?«

Über der Wanne befand sich ein hohes Fenster. Im siebten

Stock hätte ein Angreifer das unmöglich als Fluchtweg nutzen können. Sie wandten ihre Aufmerksamkeit der Tür zu.

Joanna ging in die Hocke, um das Türschloss in Augenhöhe genauer zu betrachten. »Das ist kein Hindernis. Hätte man von draußen leicht mit einem Schraubenzieher aufgekriegt.«

»Auch das genügt nicht«, sagte Thrupp. »Ich brauch einen Verdächtigen. Oder zumindest eine Waffe. Im Moment ist das ein Grenzfall. Ich könnte Sie und Atkinson dransetzen und fertig. Wozu brauchen Sie die Spurensicherung?«

Jo ließ erneut ihren Blick durch den Raum streifen. Den Kopf dicht an der Wanne, bemerkte sie ein Klümpchen braunen Haars am Metallsieb des Abflusses. Ein Hautfetzen hing noch daran. Nichts an der glatten Fläche des Badewannenrands wäre geeignet gewesen, Haut aufzureißen, weder Sprünge noch scharfe Kanten.

»Hier, Sir«, sagte sie.

Thrupp kam zu ihr. Er griff zum Handy und fotografierte den Fetzen. Dann richtete er sich auf, nickte Jo zu und sagte: »Sie können haben, was Sie wollen.«

Sie räusperte sich. »Danke, Sir.«

Als Thrupp gegangen war, rief sie Atkinson über Funk herauf. Jeden Moment würde Verstärkung kommen. Bald würde es in der Wohnung von Spurensicherern wimmeln, deshalb wollte sie sich vorher noch einmal gründlich umsehen.

Als Atkinson in der Tür stand, fiel ihr auf, dass er etwas grün im Gesicht war. Immer wieder schaute er auf seine Hände, an denen noch Gregor Franks' Blut klebte.

»Geht's Ihnen gut?«

»Mir? Aber ja. Alles okay.«

Jo wusste es besser. »Für solche Situationen gibt es eine psychologische Betreuung, Steve. Soll ich die für Sie anfordern?«

»Da hängt's nicht.«

»Sondern?«

»Na ja, doch, irgendwie schon. Das Blut anderer Leute hat keiner gern an sich.«

»Möchten Sie abgelöst werden?«

Er schluckte und drückte das Kreuz durch. »Nein, ich will weitermachen.«

Sie sah ihn prüfend an und beschloss, ihn beim Wort zu nehmen. Für etwas anderes war auch gar keine Zeit. »Okay. Ein Team soll nach einer Waffe suchen – schwerer Gegenstand mit scharfen Kanten, denke ich mal, das lässt sich aber näher bestimmen, wenn die Gerichtsmedizin die Wunde untersucht hat.«

Atkinson trat zur Seite, um die Anweisung an die anderen Beamten vor Ort weiterzugeben. Als er sein Funkgerät einstellte, veranlasste ein roter Streifen an seiner Hand Jo, die eigenen Hände zu inspizieren. Das getrocknete Blut unter den Nägeln kratzte sie raus, empfand dabei aber wenig, außer Mitleid mit ihrem Kollegen und Verständnis dafür, dass ihn der Einsatz so aufgewühlt hatte. Auch Polizeibeamte waren Menschen. Einigen fiel es, wie ihr, lediglich leichter, mit den grimmigen Seiten des Berufs fertigzuwerden. Jo betrachtete diesen Aspekt ihrer Persönlichkeit zwar als Stärke, fragte sich hin und wieder allerdings auch, ob andere Menschen vielleicht über etwas verfügten, das ihr fehlte, mehr Gefühlsoffenheit.

Im Wohnzimmer suchte Joanna den Fußboden ab und fand zwar nichts, das nach Waffe aussah, doch neben der Bodenleiste lag ein Teelöffel, der ihr bisher nicht aufgefallen war. Atkinson kam herein, und sie wies mit einer Kopfbewegung auf den Löffel.

»Soll ich ihn eintüten, Chefin?«

»Nein, warten Sie auf die Spurensicherung, die muss erst durch. Außerdem müssen Sie für die Akten Ihre und meine Bewegungen hier seit Betreten der Wohnung dokumentieren.«

»Bis wann brauchen Sie den Bericht?«

»So bald wie möglich. Heute Abend, wenn's geht. Was sehen Sie noch, Steve?«

Er blickte sich um.

»Ein Sofa. Einen Teller. Hm. Eine TV-Fernbedienung?«

»Irgendetwas Ungewöhnliches?«

»Die Spielzeugkiste ist etwas ungewöhnlich. Der Hausmeister wusste nicht, dass hier ein Kind wohnt. Das ergibt doch keinen Sinn, oder?«

»Weiß ich nicht. Es ist eine Privatwohnung. Wenn's ihm keiner gesagt hat, gibt es keinen Grund, warum er das wissen sollte.« Sie schaute durch die Küchentür auf den Kühlschrank, an dem mit rautenförmigen Magneten Kinderzeichnungen befestigt waren. »Okay, mal anders gefragt: Was sehen Sie nicht?«

»Was fehlt, meinen Sie? Na ja, nicht viel. Der Fernseher ist noch da. Ein schickes drahtloses Soundsystem. Wenn es ein Einbruch war, dann haben die nichts Naheliegendes mitgenommen. Ich kann mir nicht vorstellen, was sonst fehlen könnte, es sei denn, Sie meinen persönliche Gegenstände wie Brieftasche, Handy?«

»Nein, die liegen in der Küche, schauen Sie. Die Wagenschlüssel auch. Sein Handy war an ein Ladegerät angeschlossen und ist nur ausgefallen, weil der Strom abgeschaltet war. Das Handy ist das neueste Modell. Tausend Pfund kosten die.«

»Okay«, sagte Atkinson. »Wir können also sicher sein, dass kein Einbrecher hier war, sonst wäre das alles nicht mehr da. Aber ich weiß nicht. Wie sollen wir feststellen, was fehlt, wenn nicht klar ist, was vorher da war?«

Joanna sah ihren Kollegen aus zusammengekniffenen Augen an. Ein paar Sekunden ließ sie ihm Zeit, ehe sie aussprach, was für ihr Gefühl jedem hätte auffallen müssen: »Es gibt keine Fotos.«

Atkinson zog die Brauen hoch. Er überflog die Wände. Keine Fotos, keine Stellen, wo Fotos gehangen haben könnten. Selbst heute im digitalen Zeitalter hatten die Menschen noch Familienfotos an den Wänden. Und hier in diesem eleganten Apartment, das ein kleines Kind beherbergt hatte – sicher die meistfotografierte Daseinsform auf Erden –, war nichts. Kein einziges Porträt.

»Vielleicht hat er Fotos auf seinem Handy.«

Joanna dachte darüber nach. »Möglich wär's. Aber ein bisschen seltsam ist es schon, oder?«

In ihrem Beruf bekam Joanna viele Wohnungen zu sehen, und wo Babys waren, gab es immer auch Babyfotos. Ihre Mutter hatte überall Fotos von ihrem Nachwuchs. Körnige Babyfotos von Joanna und Studioaufnahmen von Ruby als kleinem Kind. Den Ehrenplatz über dem Fernseher hielt ein großes Porträt von ihnen beiden, Joanna in ihrer Polizeikadettenuniform und Ruby in ihrer neuen Schuluniform, die eine achtzehn, die andere vier, beide grinsend und in Habachtstellung vor dem Kamin. Hier gab es zwar Bilder, aber keine, auf denen Menschen zu sehen waren. Beim Gang durch die Wohnung stellte sie fest, dass alle Bilder an den Wänden Seelandschaften zeigten. Das Foto eines weiten Strandes, ein Druck mit Seevögeln, ein ferner Horizont. Auch im Schlafzimmer Gemälde von stürmischer See, ruhiger See, Sonnenaufgängen über dem Meer. Nichts aber zeigte die Menschen, die hier wohnten, nichts ließ erkennen, wer sie waren, außer den wenigen Dingen, die sie zurückgelassen hatten. Sie stand in dem Schlafzimmer, das aussah, als hätte dort ein Kind geschlafen. Keine Kuscheltiere, keine Babydecke; diese Sachen würden jetzt bei dem Kind sein, wo immer es war. Und wer immer das Kind hatte, würde auch wissen, was mit Gregor passiert war. Diese Person mussten sie finden, und zwar schnell.

KAPITEL 10

DAMALS
Ruby
September

Die Wohnung war zu klein und zu düster, um noch einen Tag untätig dort zu verbringen. Zu tun gab es genug: aufräumen, putzen, Geige spielen, aber nichts davon reizte sie im Moment. Die Bude war in einem furchtbaren Zustand, die Küche versifft, aber das war nichts Neues. Neu war, dass sie seit vielen Tagen ihr Instrument nicht aus dem Kasten genommen hatte. Warum den Sibelius perfektionieren, wenn sie damit nicht auftrat? Erst vor einer Woche hatte sie Sam geschrieben, dass es aufwärts ging, dass sie wieder komponierte und dass sie vielleicht jemand Neuen kennengelernt hatte, wenn das auch noch ganz am Anfang stand. Letzteres zu schreiben kam ihr jetzt albern vor. Sie hatte bloß jemanden in der Straßenbahn kennengelernt und sich fünf Minuten mit ihm unterhalten. Lachhaft, Gregor als »jemand Neuen« zu bezeichnen, das sah sie jetzt ein. Leider hatte sie den Brief ein paar Stunden vor dem Auftauchen der Frau mit dem Baby am Fenster abgeschickt, das den schon liebgewonnenen Traum von Gregor unverzüglich platzen ließ.

Sam war ein wirklicher Freund und immer da gewesen, wenn sie ihn brauchte. Der einzige Mensch überhaupt. Wenn er einen Fehler hatte, dann den, dass er kein Handy besaß, aber sie hatte sich ans Briefeschreiben gewöhnt, obwohl er manchmal wochen- oder monatelang nicht antwortete, da er im Land umherzog. Als sie vergangene Weihnachten bei ihren Eltern ausziehen musste, war ihr prompt sein Kanalboot als Unterkunft eingefallen, und er hatte sie gern dort aufgenommen und beherbergt, bis die Stadt ihr die Wohnung besorgte. Fünf Wochen glückliches Hausbootleben ohne Kontakt mit der Familie hatte das bedeutet, ohne ein Gespräch mit Jo oder Marianne, so lange wie noch nie. Als dann die Wohnung gefunden war, hatte sie beschlossen, sich mit Joanna in Verbindung zu setzen. Auf der Raucherinsel vor der Folk Bar hatte Ruby in der Februarkälte gezittert und gezaudert, bevor sie Joannas Bild auf dem Handy antippte.

Ein Klingelton, zwei. Fast hätte sie aufgelegt, aber schon war sie dran.

»Ruby?«

Zunächst brachte Ruby kein Wort heraus. Die Gefühle schnürten ihr die Kehle zu.

»Ruby? Bist du das? Hörst du mich? Sag was.«

Jo klang nicht verärgert. Hätte sie sich verärgert angehört, hätte Ruby sofort aufgelegt.

»Geht's dir gut? Bitte, Ruby, sag doch was. Sag mir, dass es dir gut geht.«

»Geht mir gut«, antwortete Ruby mit belegter Stimme.

»Gott sei Dank«, sagte Jo. »Wir haben uns solche Sorgen gemacht. Hast du mit Mum gesprochen?«

»Nenn sie nicht so.«

»Glaub mir, die könnte ich alles Mögliche nennen. Was sie gesagt hat, war unfassbar. Ich hab selbst eine Woche lang nicht mit ihr geredet.«

»Aber jetzt sprichst du wieder mit ihr?« Ruby fühlte sich verraten. Jo hatte den Streit miterlebt. Sie wusste, wie verletzend Mariannes Worte gewesen waren.

»Es musste sein. Allein wäre Dad mit alldem nicht fertiggeworden. Ich würde niemals verteidigen wollen, was sie getan hat, aber ...«

»Du willst sie doch gerade verteidigen.«

»Ja, was soll ich denn sagen? Dass sie ein Aas ist? Alkoholikerin? Eine Versagerin? Das haben wir beide schon gedacht. Und mich hat auch verletzt, was sie gesagt hat – es war gehässig und dumm. Aber sie hat es nicht so gemeint. Sie ist krank, Ruby, und daher kommen ihre Worte. Es war eigentlich gar nicht sie selbst, die da gesprochen hat. Wir müssen manchmal ein Auge zudrücken. Letzten Endes ist sie unsere Mum. Sie hat dich großgezogen. Sie hat dich genauso lieb gehabt wie mich. Wenn nicht noch mehr.«

Ruby schnaubte ungläubig. Marianne liebte Ruby nicht annähernd so sehr, wie sie Joanna liebte. Wäre Ruby als Teenager ungewollt schwanger geworden, hätte Marianne dann etwa das Kind zu sich geholt und als ihr eigenes aufgezogen? Natürlich nicht. Als Ruby dreizehn war – so alt wie Joanna, als sie sie bekommen hatte –, hätte Marianne ihr kleines Problem nicht das ganze Adoptionsverfahren hindurch verbergen können wie beim ersten Mal. Sie hätte beim Anhörungsgespräch nach Schnaps gerochen.

»Alkohol macht einen ehrlicher, hab ich gehört.«

»Von wegen«, sagte Joanna. »Selbstzerstörerisch macht er.«

Ruby spürte eine Anwandlung von Mitgefühl für Marianne und unterdrückte sie. »Darauf will ich jetzt nicht eingehen. Ich wollte dir nur sagen, dass es mir gut geht, dass ich bei einem Bekannten gewohnt habe. Das brauche ich jetzt aber nicht mehr, ich hab eine Sozialwohnung.«

»Du kommst nicht nach Hause?«

»Nach Hause? Zu Marianne, meinst du? Dein Zuhause ist es ja nicht mehr. Du bist seit Jahren weg.«

Sam hatte sie erzählt, dass Joanna ihre leibliche Mutter war, aber im Allgemeinen behielt sie das für sich. Sie ertrug den Gesichtsausdruck der Leute nicht, das Mitleid, das Fasziniertsein. Denn es war eine seltsame Situation, sosehr ihre Mutter sich in den ersten Jahren auch bemüht hatte, sie normal erscheinen zu lassen.

»Ich wollte immer schon zwei haben«, hatte Marianne Ruby mehr als einmal gesagt. »Es war zwar schwierig, als Joanna in andere Umstände kam, aber für mich warst du ein Geschenk. Für uns alle. Jo bekam endlich die kleine Schwester, die sie sich schon immer gewünscht hatte.« Als Heranwachsende begann Ruby zu zweifeln: *Stimmt es wirklich, dass sie eine Schwester wollte?* Ihr kam es eher so vor, als wollten sie mit der Story kaschieren, dass Jo sich bequem ein von Anfang an unerwünschtes Kind vom Hals geschafft hatte. Schlimmer als eine Story: eine Lüge. Marianne wollte noch ein Baby, das glaubte sie schon, aber Ruby hatte sie sich nicht gewünscht. Ruby würde immer ein schwacher Ersatz für das Baby sein, das sich Marianne ersehnt und nicht selbst hatte bekommen können.

Joanna wiederum schwieg auffällig zu dem Thema. Seit sie von daheim weggegangen war, um die Polizeiausbildung zu machen, als Ruby gerade mal fünf war, gab es diese Distanz zwischen ihnen. Für Außenstehende, Schulfreundinnen und so weiter waren sie Schwestern, aber daheim war das schwer auszusprechen. Eigentlich hielt sich nur Marianne an die »Schwester«-Regel. Wenn Jo zu Besuch kam, sagte Marianne: »Deine Schwester ist da.« Ruby zog dann eine Braue hoch, und Jo wandte sich ab. Es hatte immer etwas von Theater.

Als sie älter wurde, kam ihr, wenn sie anderen gegenüber von Jo sprach, das Wort *Schwester* völlig daneben vor, aber *Mutter* saß auch überhaupt nicht. Meistens war es einfacher, nicht darüber zu reden. Und dann war es zu dem Streit gekommen, bei dem Mariannes wahre Gefühle unmissverständlich durchbrachen. Und damit war für Ruby Sense. Ein für alle Mal Schluss. Schluss mit dem ganzen Blödsinn.

»Also nein, Jo. Ich komme nicht *nach Hause*. Nach allem, was sie gesagt hat.«

Eine kleine Pause trat ein. »Das hört sich doch … gut an«, sagte Jo. »Ganz wunderbar eigentlich. Du bist jetzt alt genug, um für dich zu wohnen.«

»Genau. Ich bin sechsundzwanzig. Nicht gerade ein Säugling.«

»Stimmt schon. Ich sehe dich irgendwie immer als Baby.«

»Nicht von ungefähr, hm?«

Joanna gab einen kleinen Würgelaut von sich.

»Jedenfalls braucht ihr keine Angst zu haben, dass ich obdachlos bin oder so. Das kannst du Marianne sagen. Und sie soll nicht dauernd bei mir anrufen. Ich melde mich schon, aber erst, wenn ich so weit bin.«

»Red doch um Himmels willen mal mit ihr, sie ist am Boden.«

Ruby hielt den Hörer vom Ohr weg und war drauf und dran, das Gespräch zu beenden. Ihr Mund stand leicht offen. *Sie* ist am Boden, wollte sie schreien. Was ist denn mit *mir*? Jo hätte auf *ihrer* Seite sein müssen. Wenigstens diesmal. Aber auf Rubys Seite war keiner, oder? Alle hatten sich von Anfang an nur um sich selbst gekümmert. Schon bevor sie auf die Welt kam.

Tränen standen ihr in den Augen. »Mir ging's gut, bis ich mit dir gesprochen habe. Ich muss Schluss machen. Ich ruf dich wieder an. Aber vorerst nicht. Tut mir leid.«

Sie hatte den Anruf beendet und den Akku aus dem Telefon genommen.

Seit sie in der Siedlung wohnte, hatte Ruby vielleicht jeden dritten Anruf von Joanna entgegengenommen. Von Marianne nicht einen. Das Handy diente fast nur noch zum Musikhören.

Neben dem Park stand eine Bank, die ihr gefiel. Da das Spätsommerwetter langsam umschlug, zog sie einen Pullover an und nahm einen Thermobecher Tee mit. Vor und hinter ihr ragten die Gebäude auf, doch der Platz selbst war ein kleiner Sonnenfang. Sie stöpselte sich die Ohrhörer ein, ließ sich von der Musik davontragen, spürte die Sonnenstrahlen auf ihrem Gesicht und schloss die Augen, sodass sie Gregor, der aus dem Nordblock trat und auf sie zukam, erst sah, als er fast bei ihr war.

»Hallo noch mal.« Er hob die Hand zum Gruß.

Ruby lächelte und nahm einen Ohrhörer raus. »Hi.« Er sah besser aus, als sie ihn in Erinnerung hatte, war aber noch genauso linkisch und lief wieder rot an.

Gregor blieb einen Meter vor der Bank stehen und zögerte, als wüsste er nicht recht, ob er sich setzen sollte. »Was hören Sie? Wenn ich fragen darf.«

»Rusalka«, sagte sie und wartete darauf, dass sein Blick ausdruckslos wurde wie bei den meisten Leuten.

»Die Oper?«

»Ja, kennen Sie die?«

»Klar. Ich liebe Dvorak. Wenn ich auch die Neunte ein bisschen leid bin.«

Sie setzte sich gerader. Die Neunte. Die meisten Leute nannten sie *Die Sinfonie aus der neuen Welt*. Kein Wunder, dass er linkisch war – er war genauso abgedreht wie sie. Gregor setzte sich im größtmöglichen Abstand von ihr auf die Bank. Sie rückte den Abstand vergrößernd ans andere Ende und nahm die Ohrhörer heraus. Die Musik lenkte sie ab.

»Lied an den Mond«, kommentierte er den leisen Musikstrom aus ihrem Ohrhörer. »Wunderschön. Obwohl es meiner Erinnerung nach nicht gut ausgeht. Für beide nicht.«

Das Handy in Rubys Tasche drückte gegen ihr Bein. Sie zog es heraus und stellte die Musik ab. »Geht so was ja nie.«

»Traue niemals einem Märchenprinzen.«

»Ha.« Ruby musterte ihn von der Seite mit seinen golden in der Sonne glänzenden Haaren. »Eine Regel fürs Leben.«

Es entstand eine Pause, die zunehmend angespannt wurde. Gregor räusperte sich.

»Als ich Sie in der Tram sah …« Er brach ab.

Ruby trank einen Schluck Tee aus ihrem Becher. »Ja?«

»Also … ich glaub, ich weiß jetzt, woher ich Sie kenne.«

Ruby merkte, wie sie heiße Wangen bekam. Sie blickte zu Boden, wartete, überlegte, ob sie einfach aufstehen und wortlos davongehen könnte.

»Sie wohnen im Westblock, ja?« Er zeigte in die Höhe, wo ihr Fenster lag. »Siebter Stock, nicht? Ihr Fenster liegt meinem gegenüber.«

Ruby fiel der Thermobecher aus der Hand, sodass er ein Stück über den Boden rollte und ein wenig Tee auf seine Schuhe schwappte. »Oh!«

Gregor beugte sich vor und hob den Bambusbecher auf. Er hielt ihn ihr hin.

»Hören Sie, ich weiß, was Sie jetzt sagen wollen. Sie haben gesehen, wie ich Sie beobachtet habe, ja?« Sie musste weg. Ihre Stimme zitterte von den Tränen, die sie zurückhielt. Was sollte er bloß von ihr denken? »Es tut mir leid. Sonst weiß ich nicht, was ich sagen soll. Es war armselig. Ich bin armselig.«

»Nun mal langsam«, sagte Gregor mit einem verwirrten Ausdruck im Gesicht. »Das stört mich nicht. Das hab ich nicht gemeint. O Gott …« Seine Hände flatterten, als steckte er fest, als wüsste er nicht, wie er sagen sollte, was er sagen wollte.

»Heißt das, Sie haben mich *nicht* gucken sehen?« Dass sie gerade unnötigerweise etwas so Peinliches zugegeben haben könnte, erschien ihr in dem Moment schlimmer als die Sache selbst. Eine Welle der Übelkeit erfasste Ruby.

»Doch, doch, gesehen hab ich Sie. Aber …«

Panik setzte ein. »Ich muss gehen.«

»Bitte nicht.«

Ruby senkte den Blick. Er hatte ihre Hand ergriffen.

»Es ist meine Schuld«, sagte er. »Ich wollte mich bei Ihnen entschuldigen. Ich sollte die Jalousien schließen. Der Gedanke ist mir nie gekommen. Wahrscheinlich hab ich nicht damit gerechnet, dass jemand schon so früh morgens auf ist, und Ihr Fenster ist das einzige, das meinem gegenüberliegt. Die Wohnung stand immer leer, deshalb war mir nicht bewusst …«

Sie konnte den Blick nicht von seiner Hand auf ihrer abwenden. Alles, nur nicht ihm ins Gesicht sehen. Er folgte ihrem Blick und ließ ihre Hand los, als wäre ihm gar nicht klar gewesen, dass er sie ergriffen hatte.

»Als ich einzog, hieß es, sie hätte leer gestanden. Ein Computerfehler bei der Stadtverwaltung. So lange bin ich noch nicht da.«

»Wann sind Sie eingezogen?«, fragte er.

Sie hockte sich auf die Bankkante. »Vor ein paar Monaten. Aber bis vor Kurzem hatte ich einen Vollzeitjob, da werden Sie mich tagsüber nicht gesehen haben.«

Er hatte einen Bartschatten im Gesicht, nicht die schicke Sorte, eher die leicht ungepflegte, so als ob er sich in der Regel rasierte, aber jetzt mal einen Tag ausgelassen hatte. Und da war sein Geruch. Seife und Zitrus, und dahinter etwas beinah Animalisches. Es erinnerte sie an das Harz, mit dem sie ihren Rosshaarbogen einrieb.

»Ich sollte diskreter sein. Nie hätte ich die Jalousie hochgezogen … wenn ich geahnt hätte, dass Sie …«

Ihre Blicke trafen sich, und die Anspannung löste sich. Beide fingen an zu lachen.

»Ich sollte auch gar nicht wach sein«, sagte Ruby. »Aber ich schlafe eben schlecht.«

Er musterte plötzlich ernst ihr Gesicht. »Ach, das ist was Schreckliches. Schlafmangel kann einen wirklich um den Verstand bringen.«

Wem sagst du das, dachte sie. »Warum sind Sie denn dann um diese Zeit wach?«, fragte sie. »Ich hab Sie immer in den frühen Morgenstunden gesehen.«

Er seufzte. »Langweilige Gründe. Ich gehe früh schlafen. Yoga mache ich gern vor Sonnenaufgang. Ich will mich zwar nicht unbedingt wie ein Hippie anhören, aber das ist ... magisch. Die ganze Welt schläft, selbst die Vögel noch, und da bin ich, völlig im Einklang mit Körper, Geist und Natur. Hu, jetzt höre ich mich doch wie ein Erzhippie an.«

Sie lachte kurz und wartete. Früher oder später musste es einer von ihnen ansprechen.

»Was ist?«, fragte Gregor.

»Ach, nichts weiter. Ich dachte, Sie würden jetzt sagen, dass Sie das Baby aufweckt. Ihre Frau ist bestimmt auch müde ...«

»Meine was?«

»Ihre Frau? Ihre Partnerin? Sie schläft sicher auch schlecht. Wegen dem Baby.«

»Sie haben Constance gesehen?«

»So heißt sie? Was für ein hübscher Name.« Was für ein hübsches Konzept. In Rubys Leben gab es keine Konstanten.

Was Gregor dann sagte, war halb geflüstert, aber Ruby verstand jedes Wort. »Sie ist nicht meine Frau. Wir sind kein Paar.«

»Das geht mich doch gar nichts an.«

»Nein«, sagte er. »Schon gut. Ich versteh ja, wie Sie darauf kommen. Aber sie ist nicht … wir sind nicht … wir waren mal. Aber …«

»Aber was?«

»Wissen Sie, das spielt keine Rolle. Außerdem ist es langweilig.« Er saß leicht vornübergebeugt da. Dann stand er auf und stellte sich mit trauriger Miene vor sie hin.

Ruby sah ihn an. »Sagen Sie's mir. Es interessiert mich.«

»Nein, wirklich. Ich habe Sie gerade erst kennengelernt. Es wäre nicht fair. Im Ernst, die ganzen öden Einzelheiten möchten Sie gar nicht wissen.«

»Wie kommen Sie darauf? Sie kennen mich ja auch noch nicht.« Noch nicht? Warum hatte sie das gesagt?

»Ich weiß, dass ich Sie mag.« Er verzog das Gesicht. »Einfach so. Ohne Absichten … Nicht dass ich das ausklammern wollte … ach, Mist.«

Sofort wurde er rot, röter denn je. Verlegen für sie beide wandte Ruby sich ab.

»Ich geh dann mal«, sagte Gregor. »Es war nett, Sie kennenzulernen, Ruby. Ich hoffe, wir laufen uns noch mal über den Weg.«

Er ging einen Schritt weit. Er war im Begriff, davonzugehen, und sie sah ihn vielleicht nie wieder. Nachdem sie erst selbst hatte weglaufen wollen, wollte sie jetzt unbedingt, dass er blieb. »Gregor«, sagte sie, »erzählen Sie's mir. Ich kann doch selbst entscheiden, ob es öde ist, oder?«

Er schien darüber nachzudenken. Dann setzte er sich wieder.

»Kann ich Ihnen vertrauen?«

»Natürlich nicht. Sie haben mich doch gerade erst kennengelernt.«

Sie lachten beide.

»Ich glaub, ich bin ein ganz guter Menschenkenner«, sagte Gregor. »Sie sehen mir nicht nach einer Klatschtüte aus.«

»Stimmt. Ich bin die Verschwiegenheit in Person.«

Sie mimte das Schließen eines Reißverschlusses am Mund.

Er stieß einen langen Seufzer aus. »Constance leidet an Platzangst. Wir waren zusammen, sind es jetzt aber nicht mehr. Sie wohnt noch bei mir. Das ist die Kurzfassung.«

Ruby merkte erst, dass sie die Luft angehalten hatte, als sie ihm antwortete. »Und das Baby?«

Bei der Erwähnung des Babys lächelte er.

»Das Baby – sie ist schon fast zwei, also eigentlich kein Baby mehr – wurde in der Nacht gezeugt, als wir uns kennenlernten. Ungewollt, das war nicht vorgesehen. So was mache ich normalerweise nicht.«

Gregor blickte verstohlen zu Ruby. Sein Gesicht war voll Bedauern, Verlegenheit, Hoffnung auf Verständnis.

»So was kann jedem passieren«, sagte sie. »Gerade ich weiß das sehr gut.« Er warf ihr einen fragenden Blick zu, hakte aber nicht nach. Sie dachte an ihre unehrenhafte Herkunft, aber dann fielen ihr die eigenen Jugendtorheiten ein, nämlich eine ganze Reihe von sinnlosen Sexbegegnungen in einem besonders deprimierenden Sommer. Sie hätte sich das gern verziehen, aber die Scham darüber saß tief und genau da, wo der Wunsch nach Intimität hätte sein sollen.

»Wo haben Sie sich kennengelernt?«

»Ganz zufällig. Auf einer Strandparty.«

»Hört sich wild an.«

»Es hat Spaß gemacht. Und ich mochte sie wirklich. Als sie aber so schnell schwanger wurde … wir kannten uns ja eigentlich gar nicht. Eine Beziehung mit so wenig Gemeinsamkeiten war einfach nichts für mich.«

»Also haben Sie sie beendet?«

»Ja. Aber ich mache mir jeden Tag Vorwürfe, dass ich sie nicht hinbiegen konnte. Mit dem Baby und allem. Ich muss die Schuld auf mich nehmen, weil die Trennung allein meine Entscheidung war, aber … ich wünschte, ich könnte sie noch so lieben, wie sie mich liebt.«

»So was lässt sich nicht erzwingen.«

Wie das wohl für sie war, zusammenleben und doch nicht zusammenleben? Eine Seite noch verliebt, und als Komplikation das Baby. Und die Platzangst hatte sicher alles noch verschärft. Kein Wunder, dass er so müde aussah. Das nächtliche Yoga leuchtete jetzt auch ein – wahrscheinlich war es nur nachts ruhig in der Wohnung.

Gregors Augen nahmen einen abwesenden Ausdruck an. Er stand auf. »Ich muss jetzt wirklich zurück. Ich wollte nur Milch holen. Constance wird unruhig, wenn ich zu lange wegbleibe.«

Ruby stand ebenfalls auf, und sie gingen ein paar Schritte zusammen. »Ist es so schlimm für sie?«

»Unterschiedlich. Mal geht's ihr gut, und sie kommt zurecht. An Tagen wie heute dann wieder nicht so. Danke, dass Sie mir zugehört haben, Ruby. Vielleicht sehen wir uns noch mal.«

Und weg war er, losgetrottet in Richtung des Ladens, bevor sie noch etwas sagen konnte.

KAPITEL 11

Er umwarb sie so ernst und liebevoll, dass sie die Frauenkleider, die er ihr aus seiner Kate brachte, anzog, ihm nach Hause folgte und seine Gattin wurde.

PATRICK KENNEDY, »DIE SILKIE-FRAU«, 1891

ZWEI JAHRE UND SECHS MONATE ZUVOR
Constance
Die Sommersonnenwende

Sie sieht die Felsen vom Meer her, und ein Schauer durchfährt sie. Die Sommersonnenwende ist die Nacht der Möglichkeiten, die Nacht, in der etwas geschehen kann. Der Sandstrand ist ein heller Streifen vor dem wogenden Wasser, den dunkleren Klippen dahinter. Sie gleitet elegant durchs Wasser, unter ihrem Bruder dahin oder um ihn herum und bringt ihn zum Lachen, weil er sie nicht kommen sieht. Andere sind bereits am Strand, entzünden schon das Feuer. Bald wird das Trommeln beginnen und danach ihr Lieblingsteil, das Tanzen.

Es ist ihre besondere Nacht heute, sie hat den Segen der Ältesten erhalten. Normalerweise verkehren sie mit niemandem, der nicht von der Insel stammt, aber wenn sie heute Nacht einen Außenstehenden sieht, dessen Anblick ihr gefällt, darf sie ihn erwählen, mit ihm gehen, sich ihm hingeben. Nur für eine Nacht. Das ist ein seit Jahrhunderten geübter alter Brauch mit dem Ziel, die Lebensweise ihres Volkes zu bewahren und zugleich die Blutlinie zu stärken. Es kann nur jetzt, in dieser Nacht geschehen, denn morgen ist ihr Hochzeitstag. Diese neun Monate nach der Zeremonie geborenen Säuglinge sind etwas ganz Besonderes, wenngleich es den Männern mitunter schwerfällt, anzuerkennen, dass es so sein muss. Ihr Verlobter hat den ganzen Tag nicht zu ihr hergesehen. Er kann sie kaum erwarten, die Zeremonie, die sie bis zum Tod aneinanderbinden wird. Beide wissen, dass in Ausnahmefällen, vielleicht einmal in einer Generation, die Mädchen nicht zurückkommen. Sie ziehen es vor, bei dem Außenstehenden zu bleiben. Constance möchte ihn trösten, ihm sagen, dass sie die Seine ist, dass sie ihn nie verlassen würde. Was immer heute Nacht geschieht, wird bald vorüber sein, mit keinem Wort zwischen ihnen erwähnt werden. Sie weiß, dass er verletzt ist, doch er muss genau wie sie bis morgen warten. So hält es ihr Volk, und daran können beide nichts ändern.

Glänzend vom Salzwasser taucht sie aus dem Meer auf. Mit Füßen, die sich wie neu erschaffen anfühlen, noch unsicher auf den Beinen nach der weiten Strecke, die sie geschwommen ist, tritt sie auf den Sand. Doch als sie sich dem Feuer nähert, hört sie den Rhythmus, das Trommeln; der Takt geht in ihren Körper ein, und sie bewegt sich, tanzt, beginnt sich in dieser einen letzten Nacht der Freiheit zu verlieren. An morgen, an den Jungen, der mit verwundetem Herzen da im Dunkeln sitzt, darf sie nicht denken. Morgen fängt ein langes gemeinsames Leben an; sie haben Zeit zu heilen, zu reisen und die Kinder zur Welt zu bringen, die das Brauchtum fortführen.

Als der Mann in den Lichtkreis tritt, begegnen sich ihre Blicke, und sie weiß, dass er der Außenstehende ist, auf den sie gewartet hat. Sie schiebt die Gedanken an ihren Liebsten beiseite und geht, als der Mann sie bei der Hand nimmt, bereitwillig mit.

KAPITEL 12

JETZT
Joanna
Samstag, 22. Dezember
Früher Morgen

»Darf ich Sarah zu Ihnen sagen?«

Die alte Frau erstarrte ein wenig. »Hm. Wenn's sein muss.«

Mrs. Sarah Stefanidis saß in einem hohen, geblümten Sessel in ihrem Wohnzimmer, den weißen Stock in Reichweite. Auf ihren Knien stand ein Tablett, auf dem Joanna jetzt einen Becher Tee abstellte.

»Vorsicht, er ist heiß.«

»Das hoffe ich doch«, sagte Mrs. Stefanidis. »Gibt nichts Schlimmeres als lauwarmen Tee.« Mit den Fingerspitzen tippelte sie über das Tablett auf den Becher zu. »Eine Menge von euch sind da draußen«, sagte sie. »Treppe rauf, Treppe runter, Sprechfunk. Muss was Ernstes sein.«

»Der Mann, der über Ihnen wohnt – Mr. Franks. Wir haben ihn bewusstlos in der Badewanne gefunden, der Hahn lief noch. Deswegen hat's durch die Decke getropft. Wir müssen die Umstände klären.«

»Meinen Sie, er ist überfallen worden?«

»Ja, leider. Es ist bestimmt ein Schock für Sie, dass so was bei Ihnen im Haus passieren kann.«

»Ich wusste, dass da was nicht stimmt. Es war ja schon beunruhigend, wie das Wasser auf den Tisch geplatscht ist. Aber der gute Terry kam gleich nach meinem Anruf. Ich dachte, es wäre vielleicht ein Rohr geplatzt; war ja so kalt. Aber nach einer Weile … hab ich's gerochen, ganz schwach. Das Blut.« Sie zog die Nase kraus, als röche sie es immer noch. Möglich war das schon – es war so weit in die Küchendecke eingedrungen, dass sich der Putz wölbte und rostrote Flecke aufwies.

»Tut mir leid, dass Sie das erleben mussten.«

»Sein Angreifer … der ist also noch auf freiem Fuß?«

»Wir bemühen uns gerade, Verdächtige zu identifizieren.«

Mrs. Stefanidis rieb sich die Ellbogen, als wäre ihr kalt. »Meinen Sie, die kommen wieder? Das Gebäude ist nämlich nicht sicher. Jedem, der klingelt, wird die Tür aufgemacht, und wenn man hineingeht, drängelt sich von hinten einer mit rein. Hab hier zu tun, sagen sie, aber weiß man's? Und die wissen nicht, dass es bei mir nichts zu klauen gibt.«

»Wir glauben nicht an einen Einbruch. Es wurden keine Wertsachen entwendet, und auf den ersten Blick scheint nichts zu fehlen. Seine prallvolle Brieftasche war noch da.«

»Ach so? Warum denn dann? Wenn sie ihn nicht ausrauben wollten, meine ich. Warum macht einer denn sonst so was?«

»Das müssen wir eben feststellen.«

»Als wir hier eingezogen sind, kam er öfter mal vorbei«, sagte Mrs. Stefanidis. »Da hat aber auch seine Mutter noch gelebt.«

»Seine Mutter? Sie hat auch hier gewohnt?«

Jo notierte es.

»Ja. Eine reizende Frau, Eva. Schon ein paar Wochen nach ihrem Einzug ist sie verschwunden. Eine ganz Liebe.«

»Verschwunden? Wurde das der Polizei gemeldet?«

»So ein Verschwinden meine ich nicht. So kam es mir nur vor. Sie hat alle paar Tage mal vorbeigeschaut, bisschen erzählt, Tee getrunken. Ich dachte, wir wären Freundinnen fürs Leben. Bei unserm letzten Plausch sagte sie: Bis morgen, aber dann kam sie nicht. Nach einer Woche bin ich hoch und hab geklopft. Er kam an die Tür. Sie ist tot, sagte er. Herzanfall. Das weiß ich noch, weil er sich so anders angehört hat als sonst.«

»Wie anders?«

»Weiß ich nicht genau. Als hätte er geweint oder sich erkältet. Und ich hatte auch noch die Beerdigung verpasst. Was ich jetzt nicht groß bejammern will, so lange kannten wir uns noch nicht, aber es hat wehgetan. Danach habe ich ihn kaum noch zu Gesicht bekommen, das war schon seltsam, als hätte er vergessen, dass wir mal befreundet waren. Das kann die Trauer mit einem machen.«

»Wann haben Sie sich denn zum letzten Mal mit Mr. Franks unterhalten?«

»Wahrscheinlich vor knapp drei Jahren, als er mir sagte, dass sie tot ist. Ein echtes Muttersöhnchen, glaub ich. Muss ihn sehr getroffen haben. Kann man ihm ja eigentlich nicht vorwerfen. Und jetzt das. So viel Blut. Aber nicht tot immerhin. Ein Glück, dass er noch unter uns ist. Meinen Sie, er kommt schnell wieder auf die Beine?«

»Das wissen wir leider erst, wenn die Ärzte ihn sich angesehen haben. Den Angreifer müssen wir so schnell wie möglich finden. Und dafür brauchen wir Ihre Hilfe.«

»Ob ich Ihnen da aber viel sagen kann? Wir haben ja keinen Kontakt. Und ich bin so gut wie blind. Gerade Gesichter sind ein Problem für mich.« Sie legte die Stirn in Falten.

Während des ganzen Gesprächs saß Mrs. Stefanidis Joanna gegenüber, und der Blick der alten Frau blieb mehr oder weniger auf die Polizistin gerichtet, aber Joanna merkte, dass es nur ein Vortäuschen war, entweder aus Gewohnheit oder aus Höflichkeit. Wenn Jo sich bewegte, folgte ihr der Blick nicht. Wenn sie sprach, ging er ungefähr in die richtige Richtung. »Können Sie uns etwas über die letzten paar Tage sagen?«, fragte Jo. »Auch wenn es Ihnen unnütz erscheint. Haben Sie vielleicht was gehört?«

»Nur den üblichen Krach von der in 6D. Wann war der Überfall?«

»Heute Morgen, nehmen wir an. Na ja, gestern inzwischen. Ganz genau können wir den Zeitpunkt noch nicht bestimmen. Wie steht's denn allgemein mit Ihrem Gehör, wenn ich fragen darf?«

»Ich bin nicht taub, Detective. Manchmal wünschte ich, ich wär's. Wenn ich das Fenster aufmache, höre ich bloß das Kindergeschrei vom Spielplatz. Aus dem Treppenhaus höre ich alles, Getrampel, Geschrei und Gebrüll. Gregor ist da eine Ausnahme. Ein ganz Ruhiger, von dem höre ich keinen Piep, was man von der Bagage hier gegenüber nicht behaupten kann, wenn die Mutter nicht schreit, schreien die Kinder. Über Mr. Franks kann man nicht meckern. Wird daran liegen, dass er allein ist.«

Joanna musste an die Herde kleiner Elefanten denken, die über ihr wohnten.

»Nur der Klarheit halber. Sie haben nie etwas von einem Kind in der Penthousewohnung mitbekommen?«

»Nein.«

»Partner, Freundinnen? Besuch vielleicht, Angehörige oder so?«

Stille. »Also jetzt, wo Sie's sagen – da war was, aber es war wahrscheinlich nichts.«

»Bitte.«

»Vorige Woche hörte ich im Stockwerk über mir ein Kind auf dem Flur. Ich wollte mit dem Aufzug nach unten, um die Post aus der Lobby zu holen. Das sind die Kinder von meiner Etage, dachte ich, die spielen da oben. Die Mutter von 6D schmeißt sie nämlich jeden Morgen zur Tür raus und lässt sie unbeaufsichtigt im Treppenhaus rumlaufen. Kleine Kinder auch noch. Da sind schon welche gestürzt, und der Krankenwagen musste kommen. Die kämpfen aber auch wie Ratten im Käfig, haben sich wahrscheinlich gegenseitig runtergeschubst.«

»Aber an diesen Vorfall erinnern Sie sich besonders«, brachte Jo sie behutsam aufs Thema zurück und ließ den Satz in der Schwebe.

»Irgendwie schon.« Sie wies ungefähr in Richtung Tür. »Ich hörte ein Kind oben auf der Treppe mit jemandem reden. Als ich mit der Post wieder hochkam, hörte ich es nicht mehr. Hab's dann wohl vergessen, bis jetzt.«

»Haben Sie gehört, um was es ging? Hatten Sie eine Ahnung, wer es sein könnte?«

»Nein, nein. Das war Babysprache, hab ich nicht verstanden. Und die mit dem Baby gesprochen hat, war leise, dadurch ist mir das vielleicht erst aufgefallen. Die Frau von 6D konnte das nicht sein. Die schreit immer, auch wenn's unnötig ist. Ich kriege meistens mit, was die zu Abend essen und ob sie Cider oder Zigaretten braucht. Wie so oft.«

Jo überlegte, ob es sich lohnte, die Frau noch weiter zu befragen. Sie schaute sich um, und ihr kam ein Gedanke. »Sie wohnen richtig hübsch, Sarah, hilft Ihnen jemand im Haushalt?« Der Raum, in dem sie saßen, war ausgesprochen sauber und gepflegt.

»Meinen Sie Betreuer?« Mrs. Stefanidis lachte. »Brauche ich keine. Ich kann mich um mich selbst kümmern. So alt bin ich noch nicht.«

Jo schätzte Mrs. Stefanidis auf mindestens achtzig. »Ich dachte eher an eine Putzhilfe. Feste Hilfe im Haushalt.«

»Den Haushalt mache ich selbst. Ich sehe zwar nichts, aber deshalb bin ich noch nicht aufgeschmissen. Ich kann riechen und tasten. Die Spinnen bauen bei mir keine Netze, weil ich jeden Morgen mit einem Staubwedel rumgehe.«

»Wie steht's mit dem Einkaufen? Machen Sie das online?«

»Online? Wüsste ich nicht, wie das geht. Bis vor Kurzem bin ich noch zu Fuß in die Stadt gegangen, aber jetzt hilft mir ein Mädchen aus dem Wohnblock nebenan. Sie sagt, sie fährt sowieso einmal die Woche mit der Tram einkaufen, da ist das kein Problem, und jetzt fahren wir eben zusammen. Sie ist großartig. Spielt mir manchmal was auf der Geige vor. Wunderschön.«

Beim Stichwort Geige wurde Joanna ganz still. Eine Erinnerung stieg in ihr auf – Ruby, wie sie Weihnachtslieder auf der Geige spielte, begleitet von Marianne auf dem Klavier. Dieses Weihnachten würde das Klavier wohl, wie das ganze Jahr schon, unter der bestickten Decke bleiben. Da konnten sie dann die Getränke drauf abstellen, aber musizieren würde ihre Mutter ohne Ruby sicher nicht. Das Klavier würde stumm dastehen wie ein Möbelstück oder ein Sarg.

»Wunderschön?«

»Ja. Wunderschön spielt sie. Wie sie aussieht, weiß ich ja nicht. Eine schöne Seele hat sie auch. Nur darauf kommt's doch an.«

»Wie heißt die Frau?« Aber es war, als wüsste sie das schon, ehe die alte Frau die Lippen spitzte, um es auszusprechen.

»Ruby. Ruby Harper.«

Joanna bemerkte plötzlich die Kopfschmerzen, die sie bisher nicht beachtet hatte. Ein Gefühl wie ein Stich in die Schläfe.

»Was haben Sie, Detective? Alles in Ordnung?«

Die Möglichkeit, dass Ruby etwas darüber wissen könnte, was mit Gregor passiert war, setzte sich neonleuchtend im Kopf der Kriminalbeamtin fest. »Aber ja. Entschuldigen Sie bitte, mir ist nicht so gut. Ich glaube, ich brüte eine Erkältung aus.«

»Hoffentlich nicht«, sagte. Mrs Stefanidis. »Das hätte mir gerade noch gefehlt.«

»Haben Sie jemanden, der heute Nacht bei Ihnen bleiben kann?«

Die alte Dame schüttelte den Kopf. »Mein Mann ist vor, ach, zehn Jahren gestorben. Keine Kinder.«

»Und Freunde oder Bekannte, andere Angehörige?«

»Bekannte außer Ruby? Leider nein. Und keine Angehörigen außer zwei Nichten, die sich nie kümmern.«

»Und diese Ruby«, sagte Joanna, mit Bedacht atmend. »Wann haben Sie die zuletzt gesehen?«

»Vorgestern. Sie hat Brot und Milch vorbeigebracht.«

»Ich brauche ihre Adresse, bitte, und eine Telefonnummer, wenn's geht.«

Mrs. Stefanidis holte ihr Handy aus der Tasche. »Das ist alles hier gespeichert. Schauen Sie ruhig nach.«

»Danke.« Jo stand auf und ließ sich das Handy geben. In den Kontakten fand sie unter Rubys Namen die Adresse, die sie auswendig kannte, und eine ganz andere Rufnummer als die, die sie von Ruby hatte. Schnell fügte sie die neue Nummer zu ihren Kontakten hinzu und gab Mrs. Stefanidis das Handy zurück. Sie setzte sich, hantierte mit ihrem Klemmbrett und hätte jetzt eigentlich ein Kontaktformular für Ruby als potenzielle Zeugin ausfüllen müssen, sagte sich aber, das könne sie später noch tun, und wusste, dass sie sich damit belog – dass das nur eine Ausrede war, um Ruby nicht einzutragen.

»Lange kenne ich sie noch nicht, ungefähr sechs Wochen. Sie hat mich da draußen mit meiner schweren Einkaufstasche gesehen und sie mir hochgetragen.« Bei den Worten *da draußen* wedelte sie mit der Hand zum Fenster hin.

Typisch Ruby, einer alten Frau behilflich zu sein. Typisch für sie, wochenlang weiterzuhelfen, uneigennützig einer Bedürftigen beizuspringen.

»Kann ich sonst noch was für Sie tun?«, fragte Mrs. Stefanidis.

»Oh.« Joanna wurde sich bewusst, dass sie in die Luft gestarrt hatte, ohne etwas zu sagen. »Danke, im Augenblick nicht. Es kann sein, dass wir uns noch mal unterhalten müssen. Falls Sie das alles zu sehr aufgewühlt hat, könnte ich eine Kollegin kommen lassen, die Ihnen eine Weile Gesellschaft leistet.«

»Nein danke. Sie brauchen kein Mitleid mit mir zu haben. Ich bin gern allein. Es ist gut so.«

Joanna war schon halb zur Tür hinaus, als Mrs. Stefanidis sie zurückrief.

»Leonie«, sagte Mrs. Stefanidis. »Jetzt weiß ich's wieder. Das hat die leise sprechende Person oben zu dem Kind gesagt. Sonst hab ich nichts verstanden, nur den Namen Leonie. ›Leonie, komm wieder her.‹«

»Sagt Ihnen der Name etwas?«

»Nein. Auf meiner Etage heißt kein Kind so, wenn's nach dem Geschrei geht. Das war nicht geschrien, eher laut geflüstert. Seltsam.«

Jo notierte den Namen *Leonie*.

»Sie hören von mir«, sagte sie und schloss die Tür hinter sich.

KAPITEL 13

DAMALS
Ruby
September

Ihr Handy lag an keiner der gewohnten Stellen. Ruby ging ihre Taschen durch, ihre Schultertasche, sogar die Arbeitstasche, die sie seit ihrer Krankschreibung nicht angerührt hatte. Es lag weder unter noch auf dem Bett noch in der Küche. Sie versuchte, ihre Schritte zurückzuverfolgen – auf der Bank hatte sie es definitiv noch gehabt, denn da hatte Gregor sie ja gefragt, was sie sich anhöre.

Auf der Bank und drumherum keine Spur. Dabei lohnte es sich gar nicht, so ein Modell zu stehlen, und fast hätte sie schon im Papierkorb nachgeschaut, ob es jemand weggeworfen hatte. Aber vielleicht hatte Gregor es auf dem Rückweg vom Einkaufen gesehen. Sie ging zum Nordblock und klingelte bei Nummer 7. Es klickte, dann kam ein Rauschen aus der Sprechanlage. Sie schaute direkt in die Kamera.

»Hallo?« Sie meinte Atemgeräusche zu hören. »Gregor? Sind Sie das?«

Ein zweites Klicken und Stille.

Sie drückte den Knopf erneut. Keine Reaktion auf den Summer diesmal, auch kein Klicken.

Wahrscheinlich hatte er das Handy nicht. Es war zwar lästig, so etwas zu verlieren, aber auch kein Weltuntergang. Sam hatte ihr so viele Vorträge zur Datensicherheit gehalten, dass sie nicht mal Cookies akzeptierte. Wenn das Handy weg war, war es weg. Niemand konnte damit ihr Bankkonto plündern oder so was.

»Würden Sie mir gerade mal helfen?«

Eine mit zwei Einkaufstaschen beladene ältere Frau kam auf den Eingang zu. Ruby nahm ihr die Taschen ab. Sie schnitten ihr schmerzhaft in die Finger.

»Wow, die sind aber wirklich schwer. Haben Sie's weit?«

»Nur hier rein. Sechster Stock.« Als sie ihre Schlüsselkarte hervorholte und die Tür öffnete, bemerkte Ruby den zusammengeklappten weißen Stock, der an einer Gürtelschlaufe hing.

Ruby war verblüfft zu hören, dass die alte Frau, Sarah mit Namen, ungeachtet ihrer Jahre und ihrer Sehbehinderung seit Langem allein zurechtkam. Freunde oder Angehörige, die helfen könnten, habe sie nicht, erklärte Sarah; es müsse auch so gehen.

»Nächstes Mal helfe ich Ihnen. Wir können zusammen einkaufen gehen.«

»Das kann ich doch nicht annehmen.«

»Es ist nichts dabei«, sagte Ruby. »Ich geh ja sowieso, und mit Begleitung ist es netter.«

»Also wenn Sie meinen. Geben Sie mir bitte Ihre Telefonnummer, dann kann ich Sie anrufen und Sie mich.«

»Ach ja, mein Handy. Das finde ich nicht.«

»Oh weh. Wann haben Sie's denn zuletzt gesehen?«

»Da hab ich mich mit dem Mann unterhalten, der oben wohnt.«

»Mr. Franks? Den kennen Sie?« Das schien Sarah zu wundern.

»Ich bin ihm zufällig in der Straßenbahn begegnet. Heute war er dann hier vorm Block, auf dem Weg zum Eckladen.«

»Ein netter Mensch, aber so schüchtern und still. Ein ziemlicher Einzelgänger inzwischen. Guter Fang für die richtige Frau. Wenn sie ihn ein bisschen aus der Reserve locken kann, verstehen Sie?«

Ja, dachte Ruby in Erinnerung daran, wie er an den heiklen Stellen ihrer Unterhaltung ins Stolpern gekommen war. Er war schüchtern und still. Aber nicht direkt ein Einzelgänger, noch nicht. Sie wollte etwas dazu sagen, da fiel ihm seine Frage ein: *Kann ich Ihnen vertrauen?*

»Egal«, sagte Sarah. »Was hat er mit Ihrem Handy zu tun?«

»Er hat es vielleicht gesehen oder gesehen, wer es mitgenommen hat. Da ich es zu Hause nicht finde, dachte ich, ich könnte es da auf der Parkbank liegen gelassen haben, als ich mich mit ihm unterhalten hab.«

»Ach je, dann könnte es ja jeder eingesteckt haben. Meiner Erfahrung nach lassen die Leute praktisch alles mitgehen. Sie sehen was, das ihnen gefällt, und stecken es ein, als ob es ihnen schon gehört. Gerade hier in der Gegend.«

Ruby verabschiedete sich von Sarah und ging die Treppe zur siebten Etage hoch. Der Flur führte zu einer einzigen, schwarz lackierten Tür mit einer silbernen 7 in der Mitte. Ehe sie klopfen konnte, öffnete sich die Tür. Laute Musik strömte in den Flur. Tränen traten in Rubys Augen. Elgars Cello-Konzert hatte immer diese Wirkung auf sie. Gregor stand in einem alten grauen T-Shirt mit verschwitzten Achseln da, und Schweiß perlte auf seiner Stirn. Bei ihrem Anblick zog er die Augenbrauen hoch und lächelte gleichzeitig.

»Wie sind Sie denn ins Haus gekommen?«

»Woher wussten Sie denn, dass ich hier war?«, fragte Ruby zurück.

»Ich muss gestehen, ich habe Bewegungsmelder. Auf der Treppe. Die zeigen mir an, wenn Leute heraufkommen.«

Sie konnte ihn kaum verstehen. »Warum flüstern Sie?«

»Das wird sich paranoid anhören.«

»Sieht so aus.«

»Ich hatte Ärger mit jemandem von unten. Einen Streit.«

Sie konnte sich nicht vorstellen, wie dieser zurückhaltende Mensch einen Mitbewohner verärgert haben sollte. Sarah hatte ja erzählt, dass sie kaum etwas von ihm mitbekam. »Was ist passiert?«

»Es ging um meine Musik. Der Mann hämmerte an meine Tür und sagte, sie sei zu laut. Er hat mir angedroht, mich zu ›vermöbeln‹, wenn ich sie nicht leiser stellte.«

»Echt? Man hört sie doch noch nicht mal im Flur.«

»Jetzt nicht mehr, nein. Danach hab ich die ganze Wohnung schalldicht machen lassen, damit das nie wieder vorkommt. Es war wirklich beängstigend. Ach herrje. Besonders mannhaft hör ich mich jetzt nicht an, oder?«

Sie lachten beide. »Es geht so. Haben Sie den Mann seitdem noch mal gesehen?«

»Nein, ich geh nicht so viel raus. Dem möchte ich nicht

über den Weg laufen. Aber auch sonst keinem, den ich unwissentlich verärgert haben könnte.«

»Wie mutig Sie sind!«, zog sie ihn auf und lachte.

»Tja, es hat sich auch schon herumgesprochen. Ich bin ein Sonderling, ein Feigling und stolz drauf.«

»Genau wie ich«, sagte sie. »Auch bei mir im Haus hat sich jemand beschwert, aber da ich mitten in der Nacht geübt habe, kann ich das keinem verdenken.«

»Geübt?«

»Ja, ich spiele Geige.«

»Beruflich?«

»Das war mein Traum. Aber leider nicht. Ich bin Lehrerin.«

»Hm.« Er schaute nachdenklich.

»Ich bin nicht besonders gut.«

Er runzelte die Stirn. »Bestimmt spielen Sie fabelhaft.«

»Keine besonders gute Lehrerin, meinte ich. Gespielt habe ich ganz gut. Aber wenn man davon leben will, braucht man viel Glück.«

»Ich würde Sie gerne mal spielen hören.«

Ruby wurde rot. »Ähm …«

»Natürlich nicht mitten in der Nacht. Obwohl mir einleuchtet, warum Sie das machen. Manche Musik klingt besser, wenn die Welt schläft, oder? Und manches andere, wie Yoga zum Beispiel, ist dann auch besser.« Sie sahen sich einen Moment lang nur an. Ruby war, als glühten ihre Wangen. »Also«, sagte er, »zu meiner Frage noch mal. Wie sind Sie reingekommen? Ich freue mich ja, Sie zu sehen, aber wenn da nicht jemand …«

»Die Frau unter Ihnen hat mich reingelassen. Sarah?«

»Mrs. Stefanidis? So eine liebe Person. Manchmal frage ich mich, wie sie noch allein zurechtkommt. Ich würde ihr ja helfen, aber …«

»Sie haben genug um die Ohren mit der Flucht vor Ihren rabiaten Verfolgern?«

»Erstens das und dann noch die andere Geschichte. Die Familienangelegenheit …«

Sie folgte seinem Blick zur Tür auf der anderen Seite des Flurs. Ruby nahm an, dass sich Constance und das Kind jetzt dort aufhielten.

»Ich hatte erst geklingelt, aber ohne Erfolg.«

»Sie haben geklingelt?« Gregor ging zu einem Bildschirm an der Wand neben der Tür. Er spielte die letzten Aufnahmen ab, auf denen Ruby am Eingang zu sehen war. »Constance muss drangegangen sein. Tut mir leid, ich hatte trainiert. In meinem Zimmer.«

Ruby fiel die Benennung *mein* Zimmer auf. Nicht *unser* Zimmer also. Er wohnte mit ihr zusammen, war aber nicht mit ihr zusammen. Sie sammelte Beweise, wusste aber noch nicht, ob sie ihnen so ganz trauen konnte.

»Ah ja. Sie mögen keine Fitnessstudios. Aber Gymnastik offensichtlich schon.«

Er lächelte ein wenig. »Kommen Sie mit, ich stelle sie Ihnen vor.«

Der kurze Flur führte zu einem großen, makellos sauberen Wohnzimmer. Auf einem der Sofas dort saß eine kleine Frau in einem hautengen grünen Jumperkleid, barfuß, das dunkle Haar zu einem langen Zopf geflochten, der sich über ihre Schulter ringelte und fast bis zum Schoß reichte. Neben dem Sofa, an dem es sich festhielt, stand im roten Schlafanzug ein kleines Kind mit schwarzer Haartolle, rosigen Wangen und blasser Haut.

»Das ist Leonie«, sagte Gregor. »Sag Ruby guten Tag, Spatz.« Er winkte dem Mädchen zu, das reglos dastand und Ruby mit den großen grauen Augen ihrer Mutter anstarrte. »Und das ist Constance.« Zu Constance sagte er: »Ruby wohnt im Westblock. Du weißt schon, ich hab sie neulich in der Tram kennengelernt. Ruby spielt Geige.«

Die Frau sah Ruby in die Augen. Der Einzige, der lächelte, war Gregor. Als ihm Ruby einen Blick zuwarf, machte er ein halb ermutigendes, halb um Entschuldigung bittendes Gesicht und deutete ein Schulterzucken an, als wollte er sagen: *Die sind halt so*. Mutter und Tochter schienen vor Ruby auf der Hut zu sein, geradezu erschrocken. Wildtiere im Scheinwerferstrahl, gefasst auf Kommendes.

»Hallo.« Ruby grinste und winkte mit der Hand, wusste nicht, ob sie es mit einem anderen Gruß versuchen sollte. Constance und Leonie starrten sie weiter an. Eine Umarmung oder ein Küsschen auf beide Wangen kam nicht infrage.

Das Wohnzimmer war größer als Rubys ganze Wohnung.

Zwei gleiche Sofas waren um einen eleganten Couchtisch herum angeordnet, mit Blick auf einen wandmontierten großen Flachbildfernseher. Deckenhohe Jalousien verhüllten das eindrucksvolle Panoramafenster zur Stadt, und wären sie geöffnet gewesen, hätte sie gesehen, dass diesem Fenster nur ihr eigenes gegenüberlag. Vier Türen führten aus dem großen Raum. Die Tür zur Küche stand offen, die anderen waren geschlossen.

Ruby setzte sich auf das Sofa gegenüber von Constance. Gregor griff zur Fernbedienung und stellte die Musik etwas leiser. Dafür war sie dankbar. Wenn Musik lief, konnte man sich unmöglich auf etwas anderes konzentrieren.

»Hübsche Wohnung«, sagte Ruby. »Wie lange sind Sie schon hier?«

»Zwei Jahre, drei Monate«, erwiderte Constance in einem verträumten, beinah wehmütigen Ton. »Und sechs Tage.«

Sehr genau, dachte Ruby. »Wir sprachen gerade über Ihre Nachbarn«, sagte sie. »Kennen Sie da jemanden?« Quasselte sie, sprach sie zu schnell? Ruby dachte, sie sei vielleicht nicht verstanden worden, und wollte ihre Frage schon wiederholen, da schüttelte Constance den Kopf.

»Nein.« Der Anflug eines Akzents. »Ich gehe eigentlich nicht raus.«

Sie sah sich das Kind an, wie blass es war, bis auf die Wangen. Leonie rückte näher an ihre Mutter heran, ohne Ruby aus den Augen zu lassen, die freundlich lächelte, um allen die Befangenheit zu nehmen.

»Ich hab gerade die Frau kennengelernt, die unter Ihnen wohnt«, sagte Ruby. »Sie macht einen netten Eindruck.«

»Ich kenne sie nicht.« Constance sah Ruby aus zusammengekniffenen Augen an und blickte zu Gregor. »Woher kennt ihr euch noch mal?« Schottisch, das war der Akzent. Nur weicher, mit weniger Kante, melodisch.

»Kennen ist zu viel gesagt. Ich bin Gregor heute Nachmittag zufällig in der Tram begegnet, und als ich nach Hause kam, konnte ich mein Handy nicht finden. Das lasse ich immer irgendwo liegen.« Sie wandte sich ihm zu. »Ich wollte fragen, ob Sie das zufällig gesehen haben.«

Seine Augenbrauen hoben sich. »Leider nicht. Sonst hätte ich es Ihnen schon zurückgegeben. Als Sie heimkamen, war es nicht mehr da?«

Sie schüttelte den Kopf.

»Sie könnten sich ans Fundbüro der Polizei wenden. Vielleicht hat's jemand abgegeben.«

Der Gedanke an das Fundbüro der Polizei machte sie müde. Brauchte sie überhaupt ein Handy? Sie nutzte es nur zum Musikhören und um Anrufe ihrer Familie zu ignorieren. »Wahrscheinlich hab ich's doch in meiner Wohnung verlegt. Wäre nicht das erste Mal.« Vielleicht hatte Sam recht, und ein Leben ohne Technik wäre einfacher und gesünder. Sie könnte sich einen Plattenspieler zulegen. Je mehr sie darüber nachdachte, desto unwahrscheinlicher schien ihr, dass das Handy gestohlen worden war. Sie hätte wirklich im Papierkorb nachsehen sollen.

Ruby setzte sich mit gekreuzten Beinen vor Leonie auf den Teppichboden.

»Hi«, sagte sie.

Das Baby ließ sich auf den Hintern fallen und wuppte in einer Art wanderndem Lotussitz durchs Zimmer, indem es sich mit den Füßen zu kleinen Po-Hüpfern abstieß.

»Eine interessante Fortbewegungsweise«, meinte Ruby zu Constance.

Es sah aus, als wollte Constance sich nicht mehr äußern, doch dann blinzelte sie langsam und sagte: »Ja. Krabbeln mag sie nicht. Geht ihr wohl zu langsam. Sie ist ein schnelles Kind.«

Sie hörten, wie der Wasserkocher eingeschaltet wurde und bald darauf das Wasser zu kochen anfing. Gregor pfiff unmelodisch vor sich hin, während er Schranktüren und den Kühlschrank öffnete und schloss.

Leonie hielt mit einem Plüschlöwen in der Hand auf Ruby zu. »Ist der für mich?«, fragte sie, als das Baby bei ihr war.

Leonie warf ihr das Stofftier zu. »Löi.«

»Löwe! Gut gemacht, sehr schön! Was hast du denn da noch?«

Leonie hopste zu der Spielzeugkiste.

Als sich Ruby wieder Constance zuwandte, sah sie sich prüfend angeschaut. Der Wasserkocher rauschte. »Sie sind die Frau von da drüben«, sagte Constance und wies auf die Vorhänge. »Ich habe Sie gesehen.«

Ruby erstarrte. »Stimmt. Ich wollte Sie aber nicht ausspähen. Ich habe Schlafstörungen, deshalb bin ich zu Unzeiten wach. Tut mir leid, wenn ich …«

»Und stimmt, was er gesagt hat? Sie sind Musikerin?«

»Ja. Mögen Sie Musik?«

Der Elgar auf der Stereoanlage erreichte zugleich mit dem Wasserkocher ein Crescendo, und Constance beugte sich vor.

»Was hat er Ihnen über mich und Leonie erzählt?« Sie fragte das mit einem Hauch von – ja, was? Panik? Verzweiflung? Ruby fühlte sich beschuldigt. Als hätte sie getratscht.

»Nichts weiter«, sagte Ruby.

»Nichts?« Constances Gesichtsausdruck zeigte eindeutig, dass sie ihr nicht glaubte. »Er hat nichts davon gesagt, wo ich herkomme? Nichts vom Meer?«

Sie konnte Constance schlecht sagen, was er von der Strandparty und dem zur Schwangerschaft führenden

One-Night-Stand erzählt hatte – auf einmal schien das zu persönlich.

»Wir haben uns nicht lange unterhalten. Er sagte nur, dass sie mal zusammen waren und es nicht mehr sind, wegen des Babys aber noch zusammenleben.«

Constance schloss einen Moment lang die Augen, als schmerzte sie die Aussage. Danach war ihr Blick klar und voller Entschlossenheit. Sie streckte die Hand aus, legte sie auf Rubys Unterarm und hielt sie fest, als sie sich ihrem Griff entziehen wollte. Das Konzert endete genau, als sich der Wasserkocher ausschaltete, sodass nur noch zu hören war, wie Leonie Bauklötze aus der Kiste auf den Boden warf und nebenan Wasser in Becher gegossen wurde. »Haben Sie ihm geglaubt?« Beinah ein Flüstern.

Aus der Küche: »Nehmen Sie Milch, Ruby?«

Rubys Augen blieben bei Constance. *Nehmen Sie Milch? Haben Sie ihm geglaubt?*

»Ja«, sagte sie zu beiden, doch als Constance ein langes Gesicht machte, wusste sie nicht mehr, ob das die richtige Antwort gewesen war.

KAPITEL 14

JETZT
Joanna
Samstag, 22. Dezember
Früher Morgen

Sobald sie aus der Wohnung von Mrs. Stefanidis herauskam, wählte Jo Rubys Nummer. In den Sekunden bis zum Zustandekommen der Verbindung stieg die Hoffnung in ihrer Brust, nur um von der automatischen Ansage zerstört zu werden: *Dieser Anschluss ist vorübergehend abgeschaltet.*

Wieder in der Lobby, wies sie die Spurensicherer ein, dann entschuldigte sie sich und ging zum Westblock hinüber. Da sie irgendwie ahnte, dass sie vergeblich bei Ruby klingeln würde, war sie nur halb am Boden zerstört, als es tatsächlich so kam. Schließlich war Partysaison. Seit Kurzem gab es einen Schwung neuer Freunde, über die Jo, abgesehen von einer flüchtigen Bemerkung bei ihrem letzten Gespräch im November, rein gar nichts wusste. »Boyfriend in Sicht?«, hatte sie gefragt. Ruby gab ein merkwürdiges Geräusch von sich und sagte: »Ein Typ ist dabei, aber das ist kompliziert.« Dazu hätte Joanna eine Menge Fragen gehabt, aber damals schien irgendwie nicht der richtige Zeitpunkt zu sein. *Kompliziert* bedeutete meistens nichts Gutes. Vielleicht war Ruby gerade bei ihren neuen Freunden.

Joanna fragte sich, wieso nur alles so schiefgelaufen war. Bis zum Tag des Streits hatte sie geglaubt, die Familie funktioniere bei aller Unkonventionalität ganz gut. Rubys gesamte Kindheit hindurch war alles bestens gelaufen. Sie wirkte ausgeglichen, ja, sogar glücklich. Für Jo war es einfacher gewesen, nicht dabei zu sein, wenn Ruby zu ihrer Mutter Mum sagte anstatt zu ihr, aber sie dachte, es wäre überhaupt für alle besser, wenn sie sich von zu Hause fernhielt. Sie hatte so viel verpasst und nie darüber gesprochen, wie weh ihr das tat. Hatte immer geglaubt, sie allein leide unter den Folgen der Entscheidung, die zum vermeintlich Besten aller Beteiligten getroffen worden war – damals, als sie selbst noch ein Kind war. Wie sehr und in wie vielem hatte sie sich getäuscht!

An Weihnachten war es zum Eklat gekommen. Jo betrat das Wohnzimmer und sah ihre Mutter mit einem Glas in der Hand dasitzen.

»Wo ist Ruby?«, fragte Jo. Dad schlug in der Küche Dosen platt und ließ Wasser laufen.

Marianne nahm einen großen Schluck. Im Glas war Eis mit einer klaren Flüssigkeit, doch Joanna nahm nicht an, dass es sich um Wasser handelte. Sie warf einen Blick auf die Uhr – 11:52. Vielleicht nah genug an Mittag für ein erstes Glas.

»Sie schmollt«, sagte Marianne, und Jo hörte sofort, dass das halb leere Glas in der Hand ihrer Mutter keineswegs ihr erstes heute war. Sie ging hinaus und sah Ruby mit zusammengepressten Lippen auf der Treppe sitzen.

»Sie bechert seit dem Frühstück«, zischte Ruby.

»Habt ihr euch gestritten?«, fragte Joanna.

Ruby schüttelte den Kopf. »Ich kann's bloß ... heute nicht ertragen.« Sie ging hinauf in ihr Zimmer und zeigte Joanna deutlich, dass sie allein sein wollte.

Später servierte Dad das Mittagessen, wuselte und wieselte umher, fragte jeden dreimal, ob sie noch etwas von diesem oder jenem wollten, ob auch ganz bestimmt nicht, und versuchte alle bei Laune zu halten, wie er es seit Jahren tat. Ruby saß wieder bei ihnen, weigerte sich aber, Knallbonbons zu ziehen. Sie hatte kaum ein Wort gesagt, bis sie plötzlich Dads Schaulauf unterbrach, als der ihr noch eine Portion Rosenkohl auf den Teller schieben wollte. Sie funkelte Marianne böse an und sagte: »Du brauchst Hilfe.«

Marianne schenkte sich gerade zum dritten Mal Rotwein nach, womit die Flasche dann auch leer war. »Was hab ich denn getan?«

»Ruby«, sagte Jo, »das ist jetzt nicht der günstigste Zeitpunkt ...«

»Wieso? Weil Weihnachten ist?«

»Nein, weil ... wir haben doch alle was getrunken, oder?«

»Ihr nicht. Ich auch nicht.« Sie zeigte auf ihre Gläser. Der Wein in ihren Gläsern war kaum angerührt. »Der Zeitpunkt ist nie günstig, oder?« Sie stieß mit dem Finger nach Marianne. »Sie ist andauernd betrunken. Warum redet da nie jemand drüber?«

In der Stille bot sich eine natürliche Reaktion auf die Frage an. Eine Falle, in die man tappen konnte.

Dad tappte hinein. »Worüber denn reden?« Er erstarrte halb vorgebeugt mit erhobenen Topfhandschuhen. Ein

Blick von Marianne zu Joanna, zu Ruby. In dem Moment dachten alle das Gleiche. Nicht an die Alkoholkrankheit, über die sie auch nie sprachen. An das andere.

»Dein Vater war auch so ein beschissenes kleines Großmaul«, sagte Marianne zu Ruby, und Jo stand auf, als wollte sie zwischen sie treten. Am liebsten hätte sie ihrer Mutter auf den Mund gehauen.

»Ru …«

Dad sagte: »Was? Was war ich?«

»Du nicht.« Marianne griff nach dem Korkenzieher. »Der Junge. Der, der Joanna geschwängert hat. Der Apfel fällt nicht weit vom Stamm.« Sie entkorkte eine neue Flasche Roten und füllte ihr Glas bis zum Rand. »Der sitzt doch jetzt im Knast, stimmt's, Joanna?«

»Hör auf, Mutter.« Jo trat einen Schritt auf Ruby zu, die aber hechtete von ihrem Stuhl zur Tür, wo sie innehielt und Joanna anschaute. Tu was, schien sie zu sagen. Wütend riss Jo ihrer Mutter das Glas Wein aus der Hand, sodass die dunkelrote Flüssigkeit Tisch, Teppichboden und Wände bespritzte. Marianne schrie auf wie im Schmerz. Dann legte sie die Hände flach auf den Tisch und senkte den Kopf wie eine angriffsbereite Hyäne.

»Ihr seid so undankbar. Alle beide. Ich weiß nicht, warum wir getan haben, was wir getan haben, Philip. Das war es nicht wert.«

»Was redest du da, Marianne?«, sagte Dad. »Hört nicht auf sie, Kinder, sie ist außer sich. Wir lieben euch beide. Möchtest du dich nicht ein bisschen hinlegen, Schatz?« Die Topfhandschuhe fielen zu Boden, als er versuchte, seine Frau auf die Füße zu stellen.

»Bleib mir vom Leib«, rief Marianne und ließ sich in ihren Sessel fallen.

»Ich bin weg«, sagte Ruby.

»Gut«, meinte Marianne. Dann sah sie Jo an. »Die hättest du nie bekommen sollen, Joanna. Hätte uns eine Menge Ärger erspart.«

Diesmal war Schadensbegrenzung unmöglich. Während Jo und Dad überlegten, was noch zu machen, was noch zu retten wäre, drehte sich Ruby um und marschierte ohne einen Blick zurück geradewegs zur Haustür hinaus. Sie ließ ihre Sachen da, schaltete ihr Handy ab und verschwand. Erst Tage später schrieb sie Jo eine SMS, Marianne solle sie bloß nicht anrufen, und sie würde sich wieder melden, wenn sie so weit sei. Fast zwei Monate vergingen, dann rief sie Jo an, um ihr mitzuteilen, dass sie die Sozialwohnung am New Park bekommen hatte. Jo solle sie aber nicht besuchen und ihren Eltern (die für Ruby keine Eltern mehr waren) nicht verraten, wo sie wohnte. »Ich vertraue dir«, hatte sie gesagt. »Eines Tages bin ich so weit. Aber jetzt noch nicht.«

»Warum gibst du mir dann jetzt deine Adresse?«

»Nur damit du weißt, wo ich bin. Falls jemand stirbt oder so. Ansonsten ruf ich dich an. Du bist ja nicht wie sie. Zumindest kann ich mich darauf verlassen, dass du meine Wünsche respektierst.«

Seitdem hatte sie mit Ruby vielleicht einmal im Monat gesprochen und nie besonders lange. Jo hatte nicht nur das Gefühl, für etwas bestraft zu werden, sondern auch, dass ihr das recht geschah. Zuletzt war der Kontakt ganz eingeschlafen. Im Alltag beschäftigte sich Joanna nach Möglichkeit nicht damit, am wenigsten mit ihrem Beitrag zum Auseinanderfallen der Familie. Ihre Mutter brauchte Hilfe, aber es war nicht an Jo, ihr die zu bieten. Dafür musste Dad sorgen. In Bezug auf Ruby lautete Jos Mantra mittlerweile: *Liebst du wen, lass ihn gehn*. Jo klammerte sich an die Hoffnung, dass Ruby eines Tages zurückkommen würde, wenn sie geduldig genug war, wenn sie sie nicht drängte.

Sie wählte noch einmal die neue Nummer und hörte sich die AB-Ansage fast bis zu Ende an, ehe sie auflegte. Der Satz, *Dieser Anschluss ist abgeschaltet,* schloss wenigstens nicht aus, dass er einmal wieder angeschaltet wurde. Sie stellte sich vor, was Ruby ihr sagen könnte, wenn sie jemals dranginge. *Du hast mir gefehlt*, hoffte sie, aber wahrscheinlich kam dann eher: *Ich hab dir doch gesagt, du sollst dich nicht melden, bis ich so weit bin*. Das Bemühen um Kontakt war jedoch eine Reflexhandlung, über die sie wenig Kontrolle besaß; fast hätte sie, als sie kehrtmachte und zum Nordblock zurücklief, die Nummer noch einmal gewählt, nur um zu sehen, ob sie in den letzten Sekunden wieder freigeschaltet worden war. Da aber die anderen Beamten sie kommen sahen, steckte sie das Handy ein. Sie ärgerte sich, dass sie die Funkstille so lange hingenommen hatte, aber jetzt konnte Ruby noch einen oder zwei Tage warten, der Fall nicht. Sie hatten einen mutmaßlichen Mordversuch und noch keinerlei Hinweise.

Atkinson hatte gerade einen anderen Beamten in der Lobby instruiert, als Jo hereinkam.

»Hat die Befragung der Nachbarin was ergeben?«, fragte er.

Jo erklärte, dass Mrs. Stefanidis sehbehindert sei, aber ein gutes Gehör habe, und sagte ihm, welchen Namen Sarah aufgeschnappt hatte. »Das könnte das Kind sein, dass da oben gewohnt hat, obwohl sie genau wie Terry überzeugt war, dass Mr. Franks alleine lebt. Wir sollten vielleicht die Namen aller in dem Gebäude wohnenden Kinder erfassen – setzen Sie da jemanden dran? Ich fahr zum Krankenhaus und seh nach dem Opfer, ob sich da was getan hat.«

»Soll ich mitkommen?«

»Nein, fahren Sie nach Hause, Steve.«

»Echt?«

»Klar.« Sie wies auf den diensthabenden PC an der Tür. »PC Box kann Ihnen die Schicht abnehmen. Er wird die Überstunden brauchen, damit er mein Weihnachtsgeschenk bezahlen kann.«

Der junge Beamte lachte ein wenig nervös.

Atkinson klopfte seine Taschen nach dem Handy ab, vermutlich, um gleich seine Partnerin anzurufen. »Danke, Chefin.«

»Schlafen Sie sich aus. Morgen früh brauch ich Sie frisch und munter.«

Atkinson machte ein langes Gesicht. »Morgen früh? Äh, da hatte ich mir freigenommen.«

»Tut mir leid, Steve, das müssen Sie vielleicht rückgängig machen. Als Erster am Tatort werden Sie hier gebraucht. Und ich sag Ihnen gleich, der Fall könnte sich hinziehen. Da ist erst Schluss, wenn Schluss ist.« Sie warf ihm einen stahlharten Blick zu, für den Fall, dass er vorhatte, ihr jetzt mit der nur wenige Tage entfernten heiligen Weihnacht zu kommen. Hatte er aber wohl nicht: Wer in den Polizeidienst eintrat, wusste, worauf er sich einließ. Tschüs, Privatleben. Verbrechen geschahen bekanntlich auch an Feiertagen. Man stelle sich vor, alle Polizeibeamten nähmen sich da Urlaub.

Er schien etwas sagen zu wollen, schlug dann aber die Augen nieder. »Ja, natürlich. Entschuldigen Sie, es ist nicht meinetwegen. Felicia hat sich auf einen Tag zu Hause eingestellt.«

»Sie müssen nicht arbeiten, Steve. Ich kann einen anderen Beamten mit Ihrer Aufgabe betrauen. Aber wenn Sie vorhaben, zur Kripo zu wechseln, kann so ein Fall für Sie wirklich von Vorteil sein. Es liegt bei Ihnen.«

Auf dem Weg zu ihrem Wagen war sie überzeugt, dass Atkinson die richtige Entscheidung treffen würde. Denn letzten Endes war Steve genau wie Jo – mit seinem Beruf verheiratet. Dass er seine Freundin liebte, sah man an der Art, wie er mit ihr umging, aber Felicia würde sich damit abfinden müssen, dass sie in Steves Leben immer an zweiter Stelle kam, hinter seinem Hauptanliegen, die Welt zu verbessern.

Auf der Fahrt durch die leeren Straßen schätzte sich Joanna glücklich, dass Amy so gar nicht wie Felicia war. Geplatzte Essensverabredungen spielten bei ihnen auf lange Sicht keine Rolle, da für Jo die Arbeit eben oft vorging. Amy hatte dafür Verständnis.

Daher wunderte es Jo, als sie Amy mit einem großen Koffer in der Hand und entschieden angefressenem Gesichtsausdruck aus der Tür des Hauses, in dem sich ihre gemeinsame Wohnung befand, herauskommen sah.

Jo hielt an und stieg aus, als Amy gerade den Kofferraum ihres Wagens zuklappte. Er war so vollgestopft, dass das Schloss nicht einschnappte. Sie sah zu, wie Amy die Klappe runterzudrücken versuchte.

»Was ist denn hier los?«, fragte Jo.

Amy drückte noch einmal nach, und der Kofferraum schloss sich. »Wonach sieht's denn aus?«, gab sie zurück und lehnte sich mit verschränkten Armen gegen das Auto.

»He, es tut mir leid, dass ich das Essen verpasst hab. Ich musste mich um einen großen Fall …«

»Mir egal.«

»Bitte?«

»Der Grund ist mir egal. Ich dachte, du würdest endlich mal halten, was du mir versprichst.«

»Aber Amy, ich hatte keine Wahl …«

»Das ist Blödsinn, und du weißt es auch.«

Amy zitterte in der Winterluft.

»Dir ist kalt. Lass uns reingehen, wir können darüber reden.«

»Das ist sinnlos. Du hörst mir ja doch nicht zu.«

Das überraschte Jo. »Natürlich hör ich dir zu.«

»Tatsache ist, es gibt immer irgendwas, Joanna. Immer hat irgendein kleiner Scheißkerl was gemacht, das unbedingt am Samstagabend deine Aufmerksamkeit erfordert, oder jemand ist tot umgefallen, oder sie haben einen Haufen Drogen gefunden. Klar verstehe ich, dass sich die Polizei darum kümmern muss. Aber es muss doch nicht immer du sein, oder?«

Das einzige Geräusch in der darauf folgenden Stille war das Klappern von Amys Zähnen. Joanna hörte es genau. Siehst du, dachte sie, ich hör dir doch zu! Sie trat vor, um Amy in den Arm zu nehmen, die aber wich zurück und zeigte auf Jos Hose. »Ist das Blut?«

Sie schaute an sich herunter. Ihre Jacke und die Oberschenkel ihrer Jeans waren blutgetränkt. Sie sah aus wie ein Metzger.

»Ach so. Ja.«

»Was ist passiert? Geht's um Mord?«

»Schatz, du weißt doch, dass ich dir nichts erzählen darf, bis die Details bekannt gegeben werden.«

Amy warf die Hände in die Luft. »Ach verfl …«

»Wo willst du denn eigentlich hin?«

»Zu einer Freundin. Was geht's dich an?«

»Ich möchte nicht, dass du gehst.«

»Ich auch nicht. Aber ich glaube, es wird Zeit. Ich bin zu jung, um für jemanden den langweiligen Homesitter zu machen. Ich warte nicht gern. Und werde nicht gern versetzt. Ich glaub, ich hab was Besseres verdient.«

»Wenn ich dir sagen könnte, woran ich arbeite, hättest du Verständnis. Ein großes Ding.«

»Wenn du mir das sagen könntest«, sagte Amy, »hätten wir den Schlamassel jetzt vielleicht nicht.«

»Wie meinst du das?«

»Als du und ich noch nicht verbandelt waren, brauchtest du nicht alles vor mir geheim zu halten. Wir haben zusammengearbeitet. Mit dir zu reden war meine Aufgabe, eine angenehme Aufgabe. Weißt du noch, wie ich die freche Journalistin war und du mein bester Kumpel bei der Polizei?«

»Klar, aber was wir jetzt haben, zählt auch, Amy. Es ist schon was Besonderes, stimmt's?«

»Lebensgefährtin einer Kriminalbeamtin zu sein ist anders, als ich mir vorgestellt habe. Ich dachte, ich bekomme mehr Informationen, nicht weniger.«

»Das ist es? Du darfst mich nicht mehr zu aktuellen Fällen ausquetschen, darum willst du mich verlassen?«

»Fandst du es nicht auch spannender, als wir noch kein Paar waren? Als die Vertraulichkeitsstandards noch nicht galten?«

»Die galten schon, Amy, aber es war nicht dasselbe. Wir hatten eine Arbeitsbeziehung. Mit meiner Frau kann ich nicht die Details eines laufenden Falls besprechen.«

»Ich bin nicht deine Frau.«

»Du könntest es sein.«

Sie hatte nicht vorgehabt, das zu sagen, und einen Moment lang wollte sie es zurücknehmen. War das ein Antrag?

Amy lachte beinah, unterbrach sich aber. »Soll das ein Antrag sein?«

Möglich war's. Der Gedanke erregte und ängstigte Joanna zugleich. Das Letzte, was sie wollte, war Amy verlieren. Das Vorletzte war eine Hochzeit. Aber jetzt hatte sie es ausgesprochen. Und wenn sie ihr einen Antrag machte, bewegte sie das vielleicht zum Bleiben. »Soll es? Ja, es soll. Willst du?«

»Was denn?«

»Mich heiraten?« Auch für Joanna selbst hörte sich das nicht überzeugend an. Und beängstigend.

Amy seufzte und stieß sie sanft weg. Sie sah Jo in die Augen und lächelte mit halbem Mund, wie sie es tat, wenn sie traurig war. »Du wirst erleichtert sein, dass die Antwort nein ist, Joanna. So ein Leben will ich nicht für mich. Und du auch nicht.«

Jo merkte, wie sie ihr entglitt. »An der Arbeit kann ich was ändern, wenn das so wichtig ist. Ich kann die Abteilung wechseln.«

»Nein. Damit würdest du nicht froh.«

»Wenn du mit mir Schluss machst, werde ich auch nicht gerade froh.«

Amy suchte in Jos Augen. Eine Träne glitt von ihrer Wange und fiel in die Dunkelheit. »Da wäre ich mir nicht so sicher.«

Jo sah zu, wie Amy, ohne sich noch einmal umzudrehen, zum Wagen ging. Sie machte keine Anstalten, Amy am Einsteigen und Davonfahren zu hindern. Die harte Wahrheit war, dass Amy recht hatte. Es war besser gewesen, bevor sie zusammengezogen waren, bevor Amy versucht hatte, Jos Lebensgewohnheiten zu ändern. Sie hatten trautes Heim gespielt, aber behagt hatte es ihnen beiden nicht. Jo wusste auch, dass es nicht nur an der Arbeit lag, auch ihr Training sorgte für Reibungen. An der Küchenwand hing ein Zeitplan, auf dem die Stunden, die Jo Rad fahren, schwimmen und laufen musste, um wettkampftauglich zu bleiben, eindeutig festgelegt waren, und doch wunderte und nervte es Amy immer wieder, wie eisern sich Jo daran hielt. Triathlon war für Joanna eine Leidenschaft, aber auch ein Rettungsanker. Es erlaubte ihr, mit den stressigeren Seiten ihrer Arbeit zurechtzukommen. Sie konnte die Wut und den Frust herauslassen. Ohne den Sport wäre sie verloren gewesen, und sie hätte ihn für nichts auf der Welt aufgegeben.

Jo ging in einem Wirrwarr von Gefühlen die Treppe hinauf. Sie liebte Amy, aber sie liebte auch das Alleinsein. Sie war traurig, dass ihr erster Versuch seit Jahren, eine richtige Beziehung einzugehen, schon nach weniger als einem halben Jahr gescheitert war. Ein paar Sekunden später war sie wütend, weil Amy sich offenbar mehr Sorgen um ihren eigenen Job machte als um alles andere. Dann dachte sie an ihr gemeinsames Leben, an die wunderbar aufregenden Wochen, in denen aus ihrer Freundschaft mehr als Freundschaft wurde, an Amy, wie sie morgens aussah, schlafzerknittert und ohne Make-up, und war wieder traurig. Als Jo schließlich die Wohnung betrat und sah, dass Amys geblümte Tassen fort waren, ihre tausend Schuhe nicht mehr im Flur standen und das schreckliche Gemälde von seinem erzwungenen Ehrenplatz überm Kamin entfernt worden war, empfand sie etwas, auf das sie nicht stolz war, das sie aber nicht leugnen konnte: stille Erleichterung.

Jo stieg schnell aus den blutigen Sachen und zog eine frische, schicke Jeans, ein langärmeliges Hemd und eine warme Jacke an. Sie lief die Treppe runter und sprang in den Wagen. Es war, als wäre eine Last von ihren Schultern genommen worden, von deren Existenz sie gar keine Ahnung gehabt hatte. Wenn sie nachher wiederkam, um eine Runde zu schlafen, würde ein leeres Bett auf sie warten. Bei dem Gedanken lächelte sie, dann schämte sie sich für das Lächeln und fragte sich, wo Amy jetzt wohl war und ob es ihr gut ging.

Der Arbeitsmodus setzte ein, schob die Gefühle beiseite und legte sie für später auf Eis. Sie ließ den Wagen an und fuhr zum Royal Infirmary Hospital, wo ein schwerverletzter Mann lag, dessen Angreifer es zu finden und zur Rechenschaft zu ziehen galt.

KAPITEL 15

DAMALS
Ruby
September

Gregor, in sauberem T-Shirt und Jeans, öffnete die Tür, bevor sie noch klopfen konnte. »Da sind Sie ja«, sagte er. »Und Sie haben die Geige dabei.«

Ruby fand es herrlich, dass er sich so freute, sie zu sehen.

»Aber wie sind Sie reingekommen? Mrs. Stefanidis wieder?«

Ruby nickte. »Ich hab ihr gesagt, ich helfe ihr beim Einkaufen. Wussten Sie, dass sie fast blind ist?«

»Von Constance haben Sie ihr doch nichts gesagt, oder?«

Die Wohnzimmertür öffnete sich einen Spalt weit, und ein kleines Mädchen riss sie mit einem lauten »Hi!« ganz auf, hopste auf dem Po zu ihnen hin und hielt sich zum Aufstehen am Türrahmen fest.

Leonie trug heute ein gelbes Sommerkleid und weiße Sandalen an den Füßen, die sie als Hebel zur superschnellen Teppichbodenüberquerung einsetzte. »So kannst du glatt zum Strand gehen, Liebchen«, sagte Ruby.

»Strand!«, rief Leonie. Als Ruby Gregor ansah, schnitt er ein Gesicht und deutete ein Zittern an.

»Ja, dein Dad hat recht. Dafür ist es zu kalt heute. Komm, zeig mir doch mal deine anderen Spielsachen!«

Leonie hatte den Geigenkasten erspäht. Sie ließ sich fallen, ruckelte hin und streckte die Hand danach aus, sodass Ruby ihn unwillkürlich wegzog.

»Nicht drangehen, Kleines«, sagte Gregor. »Wertvoll.«

Der Blick des Kindes huschte zwischen Ruby und Gregor hin und her. Wieder griffen die kleinen Hände nach dem Geigenkasten. Gregor hockte sich hin und nahm das Mädchen hoch. »Ruby spielt dir was vor, Leonie. Gehen wir ins Wohnzimmer?«

Constance saß an genau der gleichen Stelle wie zuvor, in einem blauen Wollrock und einem langärmeligen Oberteil. Sie grüßte Ruby mit einer kleinen Kopfbewegung, bevor sie sich wieder in das große Bild an der Wand vertiefte, ein Foto von stürmischer See. Das zum Zopf geflochtene Haar glänzte schwarz auf ihrer Schulter. Ihr versonnener Blick auf die Meerlandschaft – Constance wirkte, als würde sie gern darin eintauchen – rief Ruby plötzlich ein Ballett in Erinnerung, an dem sie als Studentin am Konservatorium mitgewirkt hatte: *Undine*. Constances lange Gliedmaßen, wie anmutig sie dasaß, die schmalen Füße gekreuzt – Ruby konnte sich sehr gut vorstellen, dass sie den Part der Wassernymphe tanzte. Es war, als wäre ihre Pose nur eine Pause in der Choreographie und sie könnte sich jeden Augenblick feengleich vom Sofa erheben und eine langsame Pirouette drehen.

»Siehst du«, sagte Gregor zu Constance. »Da ist sie wieder. Ich hab's dir ja gesagt. Und sie spielt für uns.«

»Oh«, sagte Ruby. »Nur wenn es Ihnen recht ist.«

Constance sah sie und Gregor an und nickte fast unmerklich. Ihr Gesichtsausdruck war schwer zu deuten, ihr Blick gläsern. Es war nach Mittag, aber trotz ihrer wachen Körperhaltung wirkte sie abwesend, als wäre sie gerade erst aufgewacht.

»Was für Lieder kennen wir?«, fragte Gregor Leonie. »*Funkel, funkel*?«

»Au ja!«

»Können Sie das spielen, Ruby?«

Ruby klappte gerade ihren Notenständer auseinander. *Funkel, funkel*? Dafür brauchte sie den wohl nicht. Sie nahm ihre Geige in die Hand und spielte die Melodie auswendig. Während das Kinderlied den Raum erfüllte, blieb nur Constances Blick abgewandt, auf das Bild gerichtet. Die durchs Fenster strahlende Sonne umgab sie mit einem ätherischen Glanz. Es war, als hielte sie sich abseits, sei nur halb dort im Zimmer. Ruby fragte sich, wo der andere Teil war, in was für eine Welt ihre Aufmerksamkeit gewandert war. Sicher in eine mit stürmischem Meer und dunkel dräuendem Himmel.

Am Ende des Lieds klatschte Leonie heftig. Gregor machte große Augen. »Das war sehr schön«, sagte er.

»Was?« Ruby lachte. »Es war doch nur ein Kinderlied.«

»Ja, aber die Geige. Wie die sich anhört, wie Sie sich anhören, das war …«

Sie sah, dass Constance den Kopf gedreht hatte und ihn mit zusammengepressten Lippen anschaute. Plötzlich war Ruby sich der Aufmerksamkeit, die Gregor ihr entgegenbrachte, sehr bewusst.

Sie ließ das Instrument sinken.

»Hören Sie nicht auf«, sagte er.

Leonie wand sich in seinen Armen, und er setzte sie am Boden ab, worauf sie zur Spielzeugkiste ruckelte.

Ruby legte die Geige ans Kinn und spielte noch einmal *Funkel, funkel.* Ein Laut kam von der Kleinen, die sich abgewandt hatte, während sie Bauklötze aufeinanderstapelte. Das Kind sang. Ein glasklarer Ton, im Einklang mit der Geige.

»Hör ich …«

»Ja«, sagte Gregor. »Sie singt immerzu. Es ist fabelhaft.«

Leonie verstummte, als spürte sie, dass man ihr zuhörte. Sie drehte sich um. »*Funkel, funkel*?«, sagte sie, wenn auch *Funke, funke* daraus wurde. Ruby legte die Geige wieder an.

Diesmal spielte sie Mozarts Variationen zum Thema *Ah! vous dirais-je maman.* Leonie hob Bauklötze auf und bildete, während sie mitsummte, Stapel daraus. Constance wirkte, als wäre sie wieder weggetreten, die Meeresszene vor Augen, aber Gregor stand wie gebannt da und beobachtete Ruby. Als sie zu Ende gespielt hatte, stellte er lauter Fragen: Seit wann spielte sie? Welche Ausbildung hatte sie? Wie war das Konservatorium? Hatte sie als Kind mal daran gedacht, aufzugeben?

»Ich hab mal Klavier gespielt, mit elf dann hingeschmissen«, sagte Gregor. »Aus Überzeugung, aber jetzt tut's mir leid – genau wie meine Eltern vorhergesagt haben. Ich wünschte, ich hätte auf sie gehört und weitergeübt.«

»Tja«, sagte Ruby, »mir hat sie zum Glück keine Wahl gelassen, sonst hätte ich vielleicht auch aufgehört. Damals hab ich sie dafür gehasst, aber jetzt versteh ich, warum sie so streng war.«

»Ihre Mutter?«

»Meine … ja.«

Gregor sah sie stirnrunzelnd an, hätte gern das Zögern erklärt bekommen, doch sie lächelte nur. Es war zu früh, um auf all das einzugehen.

»Ich möchte gern, dass Leonie spielt«, sagte er. »Sie haben mit drei angefangen?«

Sie nickte. »Meine Leute waren da ziemlich hinterher. Es war ähnlich wie bei Ihnen, sie hatten in jungen Jahren aufgehört zu spielen und das immer bereut. Sie könnten aber doch jetzt wieder anfangen, wenn Sie möchten, oder nicht? Ich kenne einige gute Klavierlehrer.«

Gregor lachte, als wäre der Gedanke albern.

»Ich meine es ernst.«

Immer noch lachend, schüttelte er den Kopf. »Ich war sowieso nicht besonders gut.«

»Nach Meinung Ihrer Eltern aber wohl doch, wenn sie bereit waren, den Unterricht zu bezahlen.«

Ihr war, als ob sich seine Miene für den Bruchteil einer Sekunde verfinsterte. »Mag sein.«

»Es hat mir übrigens leidgetan, das von Ihrer Mutter zu hören. Sicher war das ein Schock für Sie.«

»Meine Mutter?«, sagte er, und für einen kurzen Moment dachte sie, er sei wütend. Dann glättete sich seine Miene zu ehrlicher Verblüffung. »Woher wissen Sie denn … ach ja, natürlich. Mrs. Stefanidis.« Er verdrehte die Augen.

Mit ihrer Äußerung hatte Ruby zugegeben, dass sie hinter seinem Rücken über ihn und seine Angelegenheiten gesprochen hatte, und das war ihr jetzt peinlich. Sie wusste ja, was er von Klatsch hielt.

»Es tut mir leid …«

»Schon gut. Ist doch lange her«, sagte er auf eine Art, die deutlich machte, dass er nicht darüber reden wollte. Ruby fand drei Jahre zwar nicht besonders lange, doch was wusste sie schon von Trauer? In mancher Hinsicht, schien ihr, hatte sie wirklich großes Glück.

»Aber Leonie hat Potenzial«, sagte Gregor. »Sie könnten sie doch unterrichten, oder nicht? Ich würde Sie natürlich bezahlen.«

»Könnte ich schon, aber noch ist sie ein bisschen zu klein dafür. Den Kleinen singt man am besten vor. Wie alt ist sie jetzt genau?«

Ruby hatte Constance gefragt, die aber hatte das nicht mitbekommen. Sie war damit beschäftigt, eine Haarsträhne um ihren Finger zu wickeln und zuzusehen, wie sie verschwand und wiederkam.

Gregor räusperte sich und sagte: »Sie ist knapp zwei.«

Beide schauten zu dem Kind hinüber, das zwar richtig singen, aber noch nicht laufen konnte. Irgendetwas daran beunruhigte Ruby ein wenig. Sie erinnerte sich vage an ein Video von ihr selbst an ihrem ersten Geburtstag, wie sie auf dem Rasen ihrem Vater in die Arme lief. Videos, auf denen sie sang, kamen sicher erst viel später.

»Nächstes Jahr also«, sagte er. »Und das lohnt sich ganz bestimmt. So ein Talent muss man fördern, Ruby. Ich weiß, dass sie das ganz schnell lernen wird, sie hat ein fabelhaftes Gehör. Genau wie Sie.« Er lächelte sie voller Bewunderung an.

Ruby erfasste eine Bewegung aus dem Augenwinkel, Constances Kopf, wie er sich wieder zu ihnen wandte.

Plötzlich wirkte Gregor nervös. »Ich hab Ihnen noch nicht mal was zu trinken angeboten.«

»Keine Sorge, ich hab schon was getrunken.«

»Ich mach uns einen Kaffee.« Er eilte hinaus.

Die Energie im Raum war ohne Gregor eine völlig andere. Ruby legte die Geige weg, und als sie aufschaute, wurde ihr bewusst, dass Constance schon lange nichts mehr gesagt hatte. In der Stille lauschten sie beide Leonie, die auf dem Teppichboden hierhin und dorthin ruckelte.

»Danke, kleine Dame.« Ruby nahm das ihr angebotene Bauklötzchen entgegen. »Also Constance.« Leonie ruckelte der Länge nach durchs Zimmer. »Woher kommen Sie ursprünglich? Sie haben einen Akzent.«

Constance blickte zu der Meereslandschaft und zeigte hin. »Daher komme ich.«

Ruby stand auf, um sich das Bild genauer anzusehen. Es war kein Land darauf, nur Wasser und Himmel in verschiedenen Schattierungen von Dunkelblaugrau, Grün und dem Weiß der Wellenspitzen. Das Meer im Sturm.

»Wo ist das aufgenommen?«, fragte Ruby. Wegen des Akzents setzte sie hinzu: »Irgendwo bei Schottland?«

Gregor brachte ein Tablett mit drei Tassen und einer Stempelkanne herein.

»Hübsch, nicht? Das habe ich voriges Jahr auf einer Online-Auktion ersteigert. Das Meer bei Orkney anscheinend. Da gibt's eine Menge Unwetter. Querregen.«

»Das ist ein schönes Foto. Kommen Sie von der Insel, Constance?« Ruby fand das Bild irgendwie düster. Sie hatte noch nicht entschieden, ob es ihr gefiel.

Erst nach einer langen Pause sagte Constance: »Ja und nein.«

Verwirrt blickte Ruby zu Gregor.

»Das ist eine Geschichte«, sagte er mit einer kleinen wegwerfenden Geste. »Aber sie erzählt sie, als ob sie wahr ist.«

»Sie ist wahr«, widersprach Constance gekränkt. »Alle meine Geschichten sind wahr.«

Unübersehbar nervös lehnte sie sich auf dem Sofa zurück und drehte das Ende ihres Zopfs immer schneller. Hinten im Zimmer erstarrte Leonie, die gerade dabei war, eine Seite in einem Stoffbuch umzublättern. Sie schaute zu ihrer Mutter, sagte aber nichts und rührte sich nicht. In diesem Moment erinnerte das Kind Ruby an einen erschrockenen Vogel, der hofft, unbemerkt zu bleiben, wenn er sich vollkommen still verhält.

Gregors Gesicht war plötzlich voller Bedauern. »Verzeih, Constance. Erzähl nur. Natürlich ist sie wahr, das war unsensibel von mir.« Und er warf Ruby einen vielleicht um Entschuldigung bittenden Blick zu.

»Alle Geschichten sind in gewissem Sinn wahr«, sagte Ruby. Auch Leonie löste sich aus ihrer Erstarrung, als die Anspannung im Raum nachließ. Sie blätterte weiter. Ruby wandte sich an Constance. »Erzählen Sie. Ich wüsste gern, wo Sie herkommen.«

Constance schaute weg. »Jetzt möchte ich nicht mehr. Nicht, wenn er dabei ist. Er glaubt offensichtlich kein Wort davon.«

»Vielleicht sollte ich gehen«, sagte Gregor.

»Nein«, sagte Ruby. »Das ist nicht nötig.«

Aber Constance starrte ihn triumphierend an. »Solltest du vielleicht.«

Gregor nahm seinen Kaffee, stand auf und steuerte ein

Nebenzimmer an. »Tut mir leid, Connie. Ich wollte dir wirklich nicht zu nahe treten.«

»Aber Sie müssen doch nicht gleich gehen, oder?«, sagte Ruby. Sie wollte nicht so gern mit Constance allein sein. Etwas an der Frau verunsicherte sie.

Gregor sah auf die Wanduhr. »Doch, ich muss einen geschäftlichen Anruf machen. Das dauert nicht lange. Entschuldigung. Ein paar Minuten, dann bin ich wieder da.«

Als er gegangen war, dachte Ruby an das Büro in der Stadt und fragte sich, warum er jetzt nicht dort war. Vielleicht arbeitete er manchmal von zu Hause aus. Was machte er überhaupt? Die Gelegenheit, ihn danach zu fragen, hatte sich noch nicht ergeben. Auf einmal erschien es ihr riskant und dumm, hier heraufgekommen zu sein, zu diesen Leuten, über die sie so wenig wusste, und zu dieser Frau mit dem gläsernen Blick.

Leonie, wieder zum Leben erwacht, ruckelte auf sie zu und reichte ihr das Buch.

»Raffe«, sagte sie und wies auf die Giraffe auf dem Umschlag.

»Wunderbar! Wie klug du bist!« Ruby klatschte in die Hände, und Leonie lachte.

Eine Zeit lang spielte Ruby mit der Kleinen, die ihr Sachen brachte und dabei jedes Ding beim Namen nannte. Leonie wusste von allem, wie es hieß, und erkannte sogar eine Tarantel in einem Naturbuch richtig.

»Sie kennt so viele Wörter«, sagte Ruby.

»Ja.«

»Und sie singt. So was habe ich noch nie erlebt. Wenn ich auch nicht viele Kinder in dem Alter kenne. Singen tun ja die meisten, aber nicht so richtig, oder? Sie schreien einfach.«

Constance drehte sich um und lächelte Leonie an. »Sie hat schon gesungen, als sie ganz klein war. Ich einen Ton, sie einen Ton. Da lag sie noch in der Wiege.«

»Schilkert!«, sagte Leonie.

»Schilkert?«

»Sie meint Schildkröte.«

»Schildkröte! Natürlich.« Leonie robbte zu ihrer Spielzeugkiste, und Ruby wandte sich Constance zu. »Sie kommen also aus Orkney?«

»Nicht direkt. Die Insel liegt westlich davon, in den Hebriden. Er hat mir das Bild gekauft, weil es mich so an das Meer in der Nähe meines Geburtsorts erinnert hat. Ich schaue es mir an und sehe meine Familie vor mir.«

»Sie haben da noch Angehörige?«

Sie nickte. »Alles habe ich da. Als ich herkam, habe ich alles verloren.«

Beide blickten zu Leonie hinüber, als sie das sagte, und Ruby wunderte sich. Wie konnte sie nur behaupten, sie habe alles verloren, wenn sie doch dieses erstaunliche Kind bekommen hatte? Die Beziehung mit Gregor mochte ja gescheitert sein, aber war Leonie nicht auch etwas?

»Ihre Verwandten besuchen Sie aber sicher? Und umgekehrt?«

»Nein. Sie können nicht, das geht nicht. Nachdem ich sie so verlassen habe.«

Ruby empfand jetzt großes Mitleid mit Constance wegen der schlimmen Lage, in der sie sich befand. Wie sollte sie jemals zurückkehren, wenn die Platzangst sie gefangen hielt? Ganz abgesehen von der notwendigen Reise fragte sich Ruby, wie ein Mensch, der sich so vor der Außenwelt fürchtete, auf einer den Elementen ausgesetzten Insel am Ende der Welt zurechtkam. Kein Wunder, dass sie Heimweh nach ihren Leuten hatte. »Erzählen Sie mir von ihnen.«

Constance sah Ruby an und hielt ihren Blick erstmals so lange fest, dass Ruby merkte, wie ihr der Schweiß auf die Stirn trat. Die Intensität des Blicks irritierte sie. Die Frau strahlte eine unbeständige Kraft aus, nervös und voll von etwas anderem, unterdrücktem Zorn vielleicht. Schließlich sagte sie mit zusammengebissenen Zähnen: »Ich weiß auch nicht, ob Sie mir glauben.«

»Versuchen Sie's«, sagte Ruby, und eine Zeit lang starrte Constance sie noch mit unverhohlenem Misstrauen an. Dann entschied sie sich und nickte. »Wir sind eine Gemeinschaft. Wie ein Clan. Wir haben unsere eigene Insel.«

Für Ruby klang das wunderbar. Sie stellte sich die Frauen in langen, grob geschneiderten Kleidern vor, wie sie am Strand auf die Heimkehr der Fischer warteten. »So ähnlich wie eine Hippiekommune?«

»Bitte? Nein …«

»Ich meine das nicht abfällig …«

»Wir sind Roane«, sagte Constance.

Ruby verstand nicht. »Ist das Ihr Nachname?«

»Und, wie geht's miteinander?«, fragte Gregor von der Tür aus. Er blickte von einer zur anderen, dann zu Leonie und auf die Sachen, die um Rubys Beine herum verstreut waren.

»Mal wieder fleißig, Baby? Dz, dz«, machte er und raffte die Freundschaftsangebote zusammen, um sie in die Spielzeugkiste zu legen. »Tohuwabohu.«

»Ohuwabohu!«

Ruby stand auf. Sie musste hier weg. »Schönen Dank für den Kaffee.« Sie nahm ihre Geige an sich. »Ich muss mal los.«

»Dann wollen wir Sie nicht aufhalten. Sie üben sicher stundenlang, wenn Sie so gut sind«, sagte Gregor. »Würden Sie vielleicht …«

»Ja?«

»Würden Sie uns vielleicht noch mal was vorspielen?«

Ruby wusste nicht, ob ihr daran etwas lag. »Hm …«

»Nur, wenn Sie Zeit haben«, sagte er.

Ruby sah unwillkürlich in Constances Augen. Dann kam Leonie auf sie zu und zog an ihrem Hosenbein, um aufzustehen. Ruby bot ihr stattdessen einen Finger zum Festhalten. Dieser schwarze Haarschopf und die roten Bäckchen!

»Ich könnte mir die Zeit nehmen.«

»Tü-hüs«, sagte Leonie und schwenkte die Hand wie einen Ballon an einem Stock.

»Tschü-hüs«, erwiderte Ruby mit der gleichen Geste. Leonie lachte.

Gregor ging mit ihr die Treppe hinunter, raus und mit rüber zu ihrem Block, und bevor sie recht wusste, wie ihr geschah, fuhr er bereits im Aufzug mit hinauf zu ihrer Tür. Sie hantierte mit den Schlüsseln, wollte auf Wiedersehen sagen, aber da war er irgendwie schon in ihrer Wohnung, sah geflissentlich über deren Zustand hinweg und stakste diskret nach hinten in die kleine Küche, während sie ihre Schmutzwäsche in eine Ecke verbannte, die Bettdecke glatt strich und ein paar benutzte Teller weiter unters Bett schob. Viel mehr konnte sie an Kosmetik auf die Schnelle nicht tun, die nackte Glühbirne im Wohnschlafzimmer ließ alles billig und hässlich erscheinen. Billiger und hässlicher, als es ohnehin schon war. Nichts, was sie besaß, war teuer und schön, außer der Geige. Und wenn sie das Licht ausmachte? Stockdunkel. Sie schaltete es wieder an. Ruby wünschte, sie hätte eine stimmungsvolle Beleuchtung.

»Von hier aus können Sie wirklich bei mir reinsehen!«, rief Gregor aus der Küche.

Sie ging durch und stellte sich hinter ihn, atmete seinen Geruch ein. »Ja. Sie laden praktisch dazu ein, beobachtet zu werden.«

»Ich dachte eigentlich, ich wäre sicher. Bis ich Ihr Köpfchen hervorgucken sah, und da war's zu spät. Meine Tarnung war geplatzt.«

Sie wünschte, er würde aufhören, davon zu reden. Das war so peinlich. »Es tut mir leid. Ich wollte Ihnen wirklich nicht …«

»Mir tut es nicht leid«, sagte Gregor und drehte sich unvermittelt um, sodass sie viel zu nah beieinanderstanden. »Dadurch haben wir uns doch kennengelernt. Ich lerne nicht viele Leute kennen.«

»Nein?«

»Nein. Na ja, irgendwie schon, beruflich und so. Nur mag ich die meistens nicht.« Er lächelte scheu und unsicher.

Ruby trat einen Schritt zurück. So dicht bei ihm zu sein war gefährlich. Technisch gesehen vielleicht Single, war er doch mit Constance und dem Kind in etwas verstrickt. Da wollte sie nicht hineingezogen werden. Außerdem sprach ihr Körper auf ihn an. Sie war schon so lange nicht angefasst worden.

»Warum mögen Sie sie nicht?«, fragte sie und führte ihn aus der dunklen Küche in das grelle, ungnädige Licht des Wohnschlafzimmers.

Er zuckte die Achseln. »Weil die meisten Leute Kitt sind.«

»Kitt?«

»Na, Sie wissen schon. Grau und uninteressant. Oder sich als etwas geben, was sie nicht sind.«

»Hm.«

»Sie aber nicht, Ruby. Sie leuchten.«

Sie wurde rot, und da sie nicht wusste, was sie sagen sollte, schwieg sie. Sie fand nichts Leuchtendes an sich. Wenn sie ehrlich sein sollte, fühlte sie sich wie Kitt. Verlegen stand sie da, an die Wand neben der Tür gelehnt. Gregor ging mit ein paar Schritten zum Fenster und schaute hinaus.

»Ich hätte eine vielleicht merkwürdig erscheinende Bitte an Sie. Sie können Nein sagen.«

»Ah, okay. Und zwar?«

»Ich wollte Sie bitten, nach Möglichkeit … mit niemandem über uns zu reden.«

»Warum sollte ich denn über Sie reden?«, fragte sie und dachte, im Moment rede ich doch eigentlich mit keinem über irgendwas.

Er wurde ernst. »Über Constance, meinte ich genau genommen. Und Leonie. Niemand darf wissen, dass sie hier bei mir sind.«

»Wieso nicht?«

»Das ist schwer zu erklären, aber wegen ihrer Vorgeschichte … da gibt es ein paar rechtliche Probleme. Im Zusammenhang mit Leonie.«

»Nämlich?«

»Nichts Schlimmes. Aber seit Leonie da ist, helfe ich Constance, psychisch auf dem Damm zu bleiben. Trotz der Platzangst und … den anderen Sachen.«

Sie musste an ihren Hausarzt denken, die Antidepressiva, die sie einnehmen sollte. Den Ausdruck in Constances Augen, die Unbeständigkeit, die sie an ihr spürte, ein Feuerwerk kurz vor der Explosion. »Sie hat sich also noch nicht untersuchen lassen?«

Er schüttelte den Kopf. »Wenn es viel schlimmer wird, müsste ich darüber nachdenken. Im Moment aber kommen wir zurecht, glaube ich. Ich möchte da niemanden hinzuziehen. Weder Ärzte noch den Sozialdienst oder sonst was. Sie verstehen schon.«

»Wäre es denn nicht besser, sie würde sich behandeln lassen, wenn's ihr nicht gut geht?«

Er setzte sich langsam auf die Bettkante und schaute auf seine Hände. »Wäre das wirklich besser?«

»Was meinen Sie damit?«

»Ich verstehe Sie schon. Aber wenn man diesen Weg erst einschlägt … Ich sehe bloß Leonie vor mir und denke, wie schrecklich es für ein Kind ist, ohne Mutter aufzuwachsen.«

Gregors Rücken war krumm, die Augen verschattet. Er holte Luft und stieß sie langsam wieder aus, aber sie hörte das leise Zittern, die Bewegtheit darin.

Ruby ging zu ihm. Sie setzte sich neben ihn, ohne ihn zu berühren. Sein Atem ging stoßweise. »Was ist denn, Gregor? Was ist Ihnen passiert?« Sie griff nach seiner Hand, doch er zog sie weg.

»Ich weiß, worauf das hinausläuft. Wenn man jemanden, der in den Klauen einer psychischen Krankheit steckt, aus den Augen lässt, ihn Fremden überlässt, Ärzten überlässt, dann … gehen sie lieber.«

Sie brachte die Frage kaum über sich. »Haben Sie jemanden verloren?«

»Ich … ich kann nicht. Noch nicht. Irgendwann erzähle ich es Ihnen. Versprochen.«

Er musste etwas Furchtbares erlebt haben, dass er so vorsichtig und misstrauisch geworden war. Und ihr wollte sich dieser so verschlossene Mann anvertrauen.

»Ich mache mir Sorgen, dass ich Leonie nicht genügen könnte. Wenn wir allein dastehen.«

Wieder ergriff Ruby seine Hand. »Sie sind nicht allein.«

Er blickte ihr suchend ins Gesicht. »Aber Ruby, Sie kennen mich doch kaum.«

Sie dachte an Leonie, das fröhliche Kind, diesen Glitzerball an Potenzial. Sie dachte an Constance, die seltsame, ätherische Mutter, die schon jetzt so fern und blass erschien, als stände sie mit einem Fuß in einer anderen Welt. Die beiden zusammen mit vielen komplexen Bedürfnissen – welch eine Last auf den Schultern eines einzigen Menschen. Sie hielt seinem Blick stand. »Ich weiß genug.«

Er schüttelte vielleicht ungläubig den Kopf, doch als er sie wieder anschaute, sah sie tiefe Dankbarkeit in seinen Augen.

»Darf ich Ihnen jetzt auch eine Frage stellen?«, sagte Ruby.

»Bitte sehr.«

»Was heißt Roane?«

Ein Stirnrunzeln. »Was hat sie Ihnen gesagt?«

»Nichts, nur den Namen. Sie hat sich da merkwürdig ausgedrückt, das ist alles. Hat mich neugierig gemacht.«

»Es ist ihr Familienname. Ihr Clan, wenn Sie so wollen. Aber ihr bedeutet es mehr, Ruby. Roane ist ein altes Wort für Seehund und für Selkie.«

»Selkie? Ist das nicht so was wie eine Nixe?«

»So in der Art. Es sind Gestaltwandler: Robben im Wasser, Menschen an Land. Und deswegen glaubt sie, dass sie aus dem Meer stammt, dass sie Teil dieses Mythos ist.«

Der Namenssinn hatte demnach bei ihr zu einer Denkverzerrung geführt. Arme Constance. Ein wirrer Gedanke, der in ihrer Verunsicherung darüber, was real war und was nicht, mehr Macht bekommen hatte, als er hätte haben sollen.

»Sie behalten also für sich, dass die beiden hier wohnen?«, fragte Gregor.

»Eines kann ich Ihnen versichern: Ihre Nachbarin von unten weiß nichts von ihnen.«

»Sie haben ihr nichts gesagt?«

»Nein. Sie meint zwar, sie weiß vom Tod Ihrer Mutter an alles über Sie, aber von Constance und Leonie war wirklich nie die Rede. Ich bin mir nicht sicher, ob sie überhaupt weiß, dass ich schon mal bei Ihnen war. Ehrlich gesagt redet sie lieber, als dass sie zuhört.«

Er ergriff ihre Hand. »Danke, Ruby. Ich wusste, dass ich Ihnen vertrauen kann. Und danke auch für heute Abend. Ich weiß, dass Constance ziemlich … eigen ist. Das liegt zum Teil daran, dass sie nicht viel mit anderen zusammenkommt. Wegen der Krankheit.«

»Sie ist kein Kitt?«

Er schüttelte den Kopf. »Nein, sie ist kein Kitt. Auf ihre Art ist sie etwas ganz Besonderes. Einzigartig. Und Sie, na ja. Sie haben Talent und Leidenschaft. Was Sie aus *Funkel, funkel* gemacht haben …«

»Ich nicht. Mozart.«

»Aber Sie haben es gespielt. Es interpretiert. Und Sie hätten es vermutlich schreiben können.«

Ruby lachte ein wenig hysterisch. »Sicher nicht.«

»Sie komponieren aber doch, oder?«

Schüchtern sagte sie: »Ach, eigentlich nicht. Ich hab zwar schon komponiert, aber nichts von Wert. Nichts, was ich jemandem zeigen würde. Und nichts, was auch nur um drei Ecken an Mozart heranreicht.«

Sie dachte, das würde ihn zum Lachen bringen, doch er blieb ernst.

»Ich möchte es hören.«

»Was denn?«

»Ihre Musik. Was Ihnen einfällt. Was Sie geschrieben haben.«

»Das ist aber nicht so …«

»Bitte, Ruby.«

»Aber ich …«

Er war an der Tür und öffnete sie. »Überlegen Sie sich's, ja?«

Bevor sie antworten konnte, war er weg.

KAPITEL 16

JETZT
Joanna
Samstag, 22. Dezember

Gregor Franks war selbst in bewusstlosem Zustand sehr attraktiv. Kein »hübscher Kerl«, sondern ein Mann von klassisch gutem Aussehen, dessen Dreitagebart noch den Eindruck rauer, ausgewogener Männlichkeit erhöhte. Er besaß einen kräftigen Oberkörper mit definierter Brustmuskulatur, eine schlanke Taille, starke Oberschenkel, offensichtlich ein Fitnessfan. Als sie ihn aus der Wanne zogen, hatte sie nicht darauf geachtet, aber er war groß, seine nackten Füße reichten bis ans Ende des Betts und hingen fast über. Der gesunde Körper machte sein Hiersein noch tragischer. Bei aller physischen Anmut lag der Mann reglos auf dem Bett, die Arme angelegt, der Kopf von einer Haube aus Schaumstoff geschützt.

»Sie können wirklich nichts für ihn tun?«

Als sie auf der Intensivstation eingetroffen war, hatte Dr. Locke Joanna in das von der übrigen Station getrennte Krankenzimmer geführt.

»Das Team hat nach seiner Einlieferung knapp vier Stunden an ihm gearbeitet. Wir haben alles versucht, um seinen Blutdruck hochzubringen, aber vergeblich.«

»Und was bedeutet das?«

»Es bedeutet leider, dass sein Blutdruck nicht lebenskompatibel ist.«

Die Sauerstoffmaske auf Gregors Gesicht war um die Nasenlöcher herum leicht beschlagen.

»Wofür sind die Maschinen? Ist das ein Beatmungsgerät?«

»Nein, nur Sauerstoff. Und das andere misst seine Herzfrequenz.«

»Er atmet selbstständig?«

»Vorerst.«

»Aber Sie glauben nicht, dass er sich erholt?«

»Ich halte es für sehr unwahrscheinlich.«

Ein dicker, bärtiger Pfleger trat ins Zimmer, nahm das Kurvenblatt am Fußende des Bettes zur Hand und notierte etwas.

»Sind Sie die nächste Angehörige?«, fragte er Joanna.

»Nein, ich bin von der Polizei.«

Der Pfleger ging das Kurvenblatt durch und runzelte die Stirn. »Können Sie uns irgendetwas über ihn sagen?«, fragte er. »Wir haben nur einen Namen, und auch der ist noch nicht bestätigt worden.«

Joanna zog eine Plastiktüte mit Gregors Brieftasche hervor. »Hier sind alle Papiere, die wir von ihm haben.« Die Spurensicherung hatte Brieftasche und Inhalt bereits abgetupft und auf Fingerabdrücke untersucht. Hinweise auf Angehörige gab es keine, nur Bargeld, eine einzige VISA-Bankkarte und den Führerschein. Der Pfleger nahm die Brieftasche aus der Plastiktüte und zog den Führerschein hervor. Jo blickte von dem Foto zu dem bewusstlosen Mann im Bett, auf das schlaffe Gesicht, glatt und unbewegt wie eine Marmorbüste, kein Hauch mehr vom lebhaften Ausdruck des Lichtbilds.

»Das Gehirn ist also durch den Schlag auf den Kopf erheblich geschädigt worden?«, fragte Jo.

»Die Kopfverletzung war nicht so gravierend wie vermutet. Die Medikamente, die er genommen hat, haben zum Zusammenbruch seines Organismus geführt.«

»Medikamente?«

»Alles deutet auf Opiate hin. Keine Einstiche, also nicht injiziert. Irgendein rezeptpflichtiges Medikament wahrscheinlich. Um was es sich handelt, könnte ich derzeit nicht sagen, nur, dass die Wirkung nicht mehr umkehrbar ist. Keines der bekannten Gegenmittel hat bei ihm angeschlagen.«

»Und die Kopfverletzung? Mir kam sie ziemlich schwer vor.« Als ob sein Gehirn rausquillt, dachte sie mit einem gewissen Ekel.

»Ich gebe zu, es sah dramatisch aus, aber der CT-Scan zeigte nur ein großes extrakranielles Hämatom und ein paar Hautabschürfungen. Hätte er die Medikamente nicht genommen, wären seine Aussichten jetzt viel besser.«

»Irgendein Anhaltspunkt, wie es zu der Verletzung gekommen ist? Anfangs gab es die Theorie, er sei im Bad ausgerutscht und mit dem Kopf auf dem Wannenrand aufgeschlagen.«

Die Ärztin schüttelte schon den Kopf, ehe Joanna den Satz zu Ende gesprochen hatte. »Das glaube ich nicht. Davon wäre die Haut nicht so aufgeplatzt.«

»Sie haben doch nichts dagegen, wenn wir ihn untersuchen lassen? Ein Gerichtsmediziner muss sich die Verletzung ansehen, auch die Krankenakte und so weiter.«

»Untersuchen dürfen Sie ihn gern. Aber um die Krankenakte einzusehen, brauchen Sie, so lange er lebt, seine Einwilligung.«

Joanna blickte von dem reglosen, stummen Patienten zu der Ärztin. »Hätten Sie eine Idee, wie ich mir die besorgen kann?«

»Das ist Ihr Ressort. Sie brauchen vielleicht einen Gerichtsbeschluss. Sonst kann ich die Akte nicht freigeben.«

Irgendjemand würde bald Informationen zu diesem Mann liefern. Ein gut aussehender junger Kerl wie er musste Freunde und Familie haben. Das Handy war der Schlüssel. Die meistgewählte Nummer raussuchen und zack. Es war mit einem Passwort gesichert, aber die Jungs von der Technik knackten alles, wenn man ihnen Zeit ließ.

»Wie geht's denn nun weiter?«, fragte Jo.

»Wir beobachten ihn. Mehr können wir vorerst nicht tun, außer, dass wir ihm den Aufenthalt so angenehm wie möglich machen.«

Die Ärztin trat ans Bett, wo Gregors Kopf in dem Schaumstoffhelm auf einem schwimmreifenähnlichen Kissen ruhte. »Das hält den Druck von der Wunde ab. Gewebsverletzung und so weiter.«

Jo sagte: »Darf ich mir den Scan mal ansehen?«

Der Pfleger ging zu einem an der Wand montierten Computerbildschirm, klickte ein paarmal, und die Schichtaufnahme erschien. Harper und die Ärztin traten näher.

»Sehen Sie den Bereich da, den kreisförmigen Abdruck? Da sitzt die Verletzung.«

Jo konnte die etwa tennisballgroße Stelle, die sie meinte, gerade so ausmachen.

»Wie Sie aber sehen, liegt keine Gehirnblutung vor«, ergänzte die Ärztin. »Ich würde sagen, er wurde von etwas Rundlichem getroffen. Rundlich und schwer. Vielleicht ein dicker Hammer oder Holzhammer. Etwas mit einer scharfen Ecke oder Kante. Einmal von hinten ausgeholt, *peng*! Oder es war mehr als ein Schlag, und deshalb ist die Haut aufgeplatzt. Aber ich bin kein Waffenexperte.«

Peng! hatte sie gesagt und die entsprechende Bewegung ausgeführt wie einen Unterhandschlag im Tennis. Jo wusste, wie leicht Menschen durch das Grauen, dem sie Tag für Tag in ihrem Beruf ausgesetzt waren, desensibilisiert wurden. Bei der Polizei war das mehr als verbreitet. Sie fand es wichtig, sich daran zu erinnern, dass man es in beiden Berufen mit Extremen zu tun hatte. Da musste man sich entscheiden: Entweder alles tun, um das Augenmaß zu behalten, oder es dahin kommen lassen, dass man den Anblick eines Menschen im Koma nicht erschreckend, sondern interessant fand. Jo meinte sich das Augenmaß bewahrt zu haben. Sie konnte Gregor Franks sehen und schreckliches Mitleid mit ihm empfinden. Dann konnte sie dieses Gefühl beiseitelegen und ihre Arbeit tun.

Genau in dem Moment ertönte irgendwo auf der Hauptstation ein Alarm.

»Entschuldigen Sie mich«, sagte Dr. Locke und verschwand. Der Pfleger folgte ihr in einem solchen Tempo, dass Jo ein paar Sekunden lang mit offenem Mund dastand, die Hand an der Kante der geöffneten Tür. Man hörte Getrappel, rollende Betten, den Ruf »Zurück!« und das unverkennbare laute Piepen und Klirren des Defibrillators. Jo wandte sich wieder Gregor zu und sperrte den Lärm aus, indem sie die Tür hinter sich ins Schloss fallen ließ. Sie beobachtete das kaum merkliche Auf und Ab seines Brustkorbs beim Atmen. Ihr Handy klingelte in der Stille.

Sie betete, dass es nicht Amy war, und wurde schamrot in Erinnerung an ihren Nichtantrag. Dann dachte – hoffte – sie einen Augenblick, es könnte Ruby sein, die beim Aufwachen am Morgen ihr Handy wieder eingeschaltet und die verpassten Anrufe gesehen hatte. Weder noch. Es war Atkinson.

»Sie sollten doch nach Hause fahren.«

»Wir glauben, wir haben sie gefunden. Die Frau und das Kind aus Gregors Wohnung. Die Überwachungskamera zeigt eine Frau, die mit einem Kind passenden Alters im Arm das Gebäude verlässt und schnurstracks über den Vorplatz läuft. Das war gestern Morgen. Sie hat ihre Kapuze auf, und sie hat's eilig. Ich weiß nicht genau, was mich auf sie aufmerksam gemacht hat; sie stach einfach raus, verstehen Sie?«

Jo verstand. Gespür musste man haben, und Atkinson hatte es.

»Wir haben also ihre Bewegungen verfolgt«, redete er weiter. »Wir haben Bilder von ihr, wie sie zum Bahnhof fährt und ein Ticket kauft. Die ganze Zeit wendet sie sich von den Kameras ab, als wollte sie vermeiden, dass ihr Gesicht erfasst wird.«

»Wohin ist sie gefahren? Können Sie die Leute an den Schaltern fragen?«

»Im Moment nicht, Chefin. Die Fahrkartenschalter sind dicht. In einer Stunde öffnen sie.«

»Machen Sie denen mal Dampf. Wir brauchen ein gutes Bild von ihr.«

»Sind Sie im Krankenhaus?«, fragte Atkinson. »Wie geht es Franks?«

»Nicht gut. Er hat einen Haufen Medikamente im Körper. Sie glauben nicht, dass er überlebt.«

»Medikamente? In der Wohnung hab ich nichts gesehen, weder Schachteln noch Röhrchen oder sonst was.«

»Ich auch nicht. Mal sehen, ob die Spurensicherung was auftreibt.«

»Vielleicht hat ihm der, der ihn überfallen hat, zur Sicherheit noch was gespritzt?«

»Das gefällt mir an Ihnen, Steve. Immer bemüht, das Beste im Menschen zu sehen.«

»Ich habe von den Besten gelernt, Chefin.«

Sie lächelte grimmig.

»Wenn sein Zustand so kritisch ist«, sagte Atkinson, »müssen wir umso dringender die Frau finden. Ich glaube, wir brauchen einen Medienaufruf. Lokalradio, Fernsehen. Irgendwer wird ihr Gesicht gesehen haben, wenn auch nicht die Kameras.«

Jo dachte an Amy, an die sie sich, als sie noch kein Paar waren, in dieser Situation als Erstes gewandt hätte. Irgendwann ging das vielleicht ja wieder.

»Gute Idee. Das überlasse ich Ihnen, wenn ich darf.«

»Kein Problem.«

»Danach machen Sie aber Feierabend, ja? Sie haben nicht geschlafen.« Sie legte auf, ehe er sie darauf hinweisen konnte, dass das auch für sie selbst galt.

Jo betrachtete noch eine Zeit lang die Röntgenaufnahmen,

dann trat sie ans Kopfende des Betts, um gleich am Notfallknopf zu sein, falls Gregor einen Herzstillstand erlitt, während die Sanis anderweitig beschäftigt waren. Sie behielt die Geräte gut im Auge, aber nichts Beunruhigendes tat sich. Das Herz schlug. Die Lunge dehnte sich. Der Patient lag mit geschlossenen Augen da, die Füße gespreizt in Richtung der oberen Zimmerecken. Sie trat auf die andere Seite des Bettes und betrachtete die Fingernägel des Mannes, die wachsbleiche Haut, aufgequollen und runzlig vom langen Liegen im Wasser.

Er lebte. Aber wie lange noch? Den Worten der Ärztin zum Trotz mochte sie nicht glauben, dass keine Hoffnung auf Genesung bestand. Irgendwo gab es Menschen, denen etwas an diesem Mann lag und die wollen würden, dass er lebt, wenn sie ahnten, wie es um ihn stand. Bis diese Leute gefunden waren, hatte er nur Joanna.

»Halten Sie durch, Gregor«, sagte sie zu ihm. »Falls Sie mich hören können. Wir finden den, der Ihnen das angetan hat. Also halten Sie durch, okay?«

KAPITEL 17

DAMALS
Ruby
September

»Schließen Sie die Augen und halten Sie die Hände auf.«

Ruby tat, wie ihr geheißen. Gregor legte ihr etwas Flaches in die Hand.

Sie schlug die Augen auf. »Das ist nicht mein Handy.«

»Jetzt schon.«

Das Modell in ihrer Hand war obere Preisklasse. Es kostete gut und gern mehrere Hundert Pfund.

»Gefällt es Ihnen?«

»Das kann ich nicht annehmen.«

Er machte ein langes Gesicht. »Wieso denn nicht?«

»Na, es ist ja schön, dass Sie an mich denken, aber ehrlich, das musste jetzt nicht sein.«

»Sie haben doch Geburtstag, oder?«

Ruby war geschockt; woher wusste er denn, dass sie Geburtstag hatte? »Genaugenommen war das gestern.«

Gregor lachte laut über ihr verblüfftes Gesicht. »Ich hatte keine Ahnung! Das ist ja ein dolles Ding, ich hab das nur zum Spaß gesagt. Hatten Sie wirklich gestern Geburtstag?

Wahnsinn! Herrlich. Was für ein Zufall. Jetzt müssen Sie das aber auch annehmen!«

Vor etwas mehr als einer Woche hatte sie ihr Handy verloren, und für die paar Tage schien Rubys Leben einfacher, klarer und übersichtlicher geworden zu sein. Sie hatte in der Bücherei ein paar schottische Volksweisen für Constance herausgesucht, und die nicht mit Üben verbrachte Zeit hatte sie genutzt, um ihr Konzert voranzubringen. An ihrem Geburtstag hatte sie Geige gespielt, an ihrer Komposition gearbeitet, zwei Stunden lang gebadet und dabei auf dem gebrauchten Plattenspieler, den sie sich gegönnt hatte, *Tosca* gehört. Großartig, zumal sie keine störenden Anrufe von Joanna und Marianne ausblenden musste.

Sie drehte das Gerät in der Hand. Es war schnittig und ausgeklügelt. Ein Handy, wie sie es sich selbst niemals gekauft hätte, auch wenn sie es sich hätte leisten können.

»Ich weiß nicht, was ich sagen soll.« Auf keinen Fall konnte sie sagen, dass sie das Leben ohne Smartphone-Hektik genoss. Es hätte sich sehr undankbar angehört.

»Sie müssen doch nichts sagen.«

»Ich wollte mir bald ein neues kaufen.« Und sei es nur, damit ihre Familie nicht in Panik verfiel oder, Gott behüte, persönlich vorbeikam. »Das wäre aber kein so tolles gewesen. Das muss ja ein Vermögen gekostet haben.«

»Es ist ein Geschenk, Ruby. Ich habe es für Sie gekauft.«

»Aber …«

»Kein Aber.«

Sie zögerte. »Es ist mir ein bisschen peinlich, aber die Sache ist die, ich weiß nicht, ob ich mir die monatliche Gebühr leisten kann. Die Rechnungen für mein altes Handy habe ich nicht bezahlt. Dafür kamen meine Eltern auf. Ohne mein Lehrereinkommen kann ich jetzt unmöglich …«

»Keine Sorge. Ich habe einen wirklich guten Tarif für Sie ausgehandelt. Und die ersten sechs Monate im Voraus bezahlt.«

»Die ersten sechs Monate? Das ist doch zu viel.« Sie wollte ihm das Handy zurückgeben, doch er nahm die Hände auf den Rücken.

»Die ersten drei Monate gratis, wenn man die nächsten drei bezahlt, so in der Art. Hat mich also kaum etwas gekostet. Ich betrachte das als Unterstützung der Künste. Meine erste Tat als Ihr Mäzen.«

Ruby tippte mit dem Finger auf das Display, sodass es aufleuchtete. Das Hintergrundbild war ein Foto von ihm mit einem albernen Grinsen.

»Das können Sie ändern«, sagte Gregor. Dann schaute er sie an und runzelte die Stirn. »Hab ich was falsch gemacht?«

Sei nicht so stolz, ermahnte sie sich. *Er kann es sich leisten. Er möchte nur nett sein.*

»Nein«, sagte sie. »Natürlich nicht. Das ist sehr großzügig von Ihnen, Gregor. Vielen Dank. Ich zahl es Ihnen zurück, sobald ich kann.«

Er sah verletzt aus. »Seien Sie nicht albern, Ruby. Es ist ein Geschenk.«

»Entschuldigung, ich wollte nicht …«

»Und schauen Sie« – er entsperrte das Telefon und ging zu den Kontakten, wo nur ein Name aufgeführt war –, »meine Nummer haben Sie auch schon.«

Auswendig kannte sie nur die Festnetznummer von zu Hause und Joannas Handynummer. Alle anderen Nummern, hauptsächlich Schulfreunde, ein paar verunglückte Beziehungen und eine Handvoll früherer Schüler, waren mit ihrem Handy verloren gegangen. Durch Gregors Geschenk fühlte sie sich gedrängt, zu einigen dieser Leute Kontakt aufzunehmen und noch mal um ihre Telefonnummer zu bitten. Dann kam ihr ein anderer Gedanke. *Ist das wirklich so wichtig?* Die Einzigen außer Jo, die sie öfter anrief, waren Barbara von der Arbeit und Marianne, und mit beiden wollte sie nicht unbedingt sprechen. Mrs. Stefanidis fiel ihr noch ein. Und dazu kam Sam, der noch nicht mal Telefon hatte – seine Adresse war in dem anderen Handy gespeichert, aber sie hatte sie auch in ihrer Wohnung auf einem Zettel stehen. Mit Gregor, Sarah Stefanidis und Joanna kam sie also auf insgesamt drei Kontakte, vier, wenn sie Sam hinzunahm. War das nicht mehr als bescheiden? Wann war ihre Welt so klein geworden?

Vielleicht war es ja gut so. Vielleicht brauchte sie ohnehin niemand anderen.

»Kommen Sie durch«, sagte Gregor und führte sie in das Apartment hinein. »Leonie schläft, fürchte ich. Aber Constance ist da.«

Er öffnete die Wohnzimmertür. »Wir haben heute leider nicht unseren besten Tag.«

Constance lag katzenhaft auf demselben Sofa wie immer. Sie hatte dunkle Ringe unter den Augen; ihr Blick war stumpf, ihr Haar lose und wirr.

»Geht's ihr gut?«, fragte Ruby.

»Bald wieder. Sie hat ein Beruhigungsmittel genommen. Manchmal wird es … ein bisschen zu viel.« Er hob die Stimme. »Geht's dir schon besser, Connie?«

Es kam keine Reaktion außer einem Zucken der stumpfen Augen in Gregors Richtung.

»Soll ich gehen?«, fragte Ruby.

»Nein, nein. Sie zu sehen hilft ihr.« Er senkte die Stimme zu einem Flüstern. »Sie zeigt es vielleicht nicht, aber ich glaube, Sie vorige Woche spielen zu hören war wirklich heilsam für sie.«

Ruby war verunsichert, doch Gregor lächelte ermutigend.

»Hallo, Constance. Ich habe Ihnen ein paar Lieder mitgebracht.« Sie packte ihre Geige und das geliehene Buch aus. »*Balladen, Jigs und Reels von den Hebriden*. Ja?« Sie fing an zu spielen. Ein Volkslied, schön, uralt und kompakt, in Rubys Ohren sehr schottisch. Es erinnerte sie an die Folk Bar, in die Sam und sie immer gingen, wenn er in der Stadt war. Nach dem ersten Refrain hörte sie auf. Constance hatte sich weder gerührt noch einen Ton von sich gegeben.

»Vielleicht sollte ich ein andermal wiederkommen«, sagte Ruby.

»Nein, bleiben Sie«, antwortete Constance schließlich. Ihre Stimme knarrte, als hätte sie lange nichts gesagt. »Das kenne ich. Da gehört doch ein Text dazu, oder?«

»Den kenne ich nicht. Im Buch steht nur die Melodie.«

»Spielen Sie bitte.«

Mit Mühe richtete sich Constance auf dem Sofa auf, indem sie die dünnen Arme gegen die Kissen stemmte. Nach ein paar Takten begann sie auf Gälisch zu singen:

Chuir iad mise dh'eilean leam fhìn
Chuir iad mise dh'eilean leam fhìn
Chuir iad mise dh'eilean leam fhìn
Dh' eilean mara fada bho thìr.

Etwas furchtbar Trauriges lag im Klang der Worte, in der Art, wie sie sie sang. Gregor stand da und schaute Constance an, als sähe er sie zum ersten Mal. Genauso hatte er Ruby angeschaut, als sie ihnen neulich vorgespielt hatte. Ruby beobachtete ihn, beobachtete die Mutter seines Kindes und fragte sich, was zwischen den beiden vorgefallen war, dass sie sich so voneinander entfernt hatten. Es bestand aber offensichtlich immer noch ein starkes Band, nur war es nicht leicht zu benennen.

Nach dem Lied trat eine Stille ein, in der niemand atmete. Ruby ließ den Bogen sinken.

»Worum geht es da?«, fragte Gregor.

Constance hob langsam die Augen zu ihm. Sein Gesicht erreichten sie nicht. »Um eine ferne Insel, zu der man ganz allein geschickt wird.«

Gregor blickte von Constance zu Ruby und wieder zurück.

»Ihr macht so wunderschöne Musik zusammen. Ich fasse es nicht.«

»Gregor«, sagte Constance. »Ich habe Durst. Kannst du …«

»Natürlich. Ich hol dir Wasser.«

»Etwas Warmes?«, fragte sie. »Tee?«

Als er das Zimmer verließ, schien Constance sich zu sammeln. Sie sah Ruby fest an und stieß ein eindringliches Psst! aus. Ruby trat zu ihr.

»Er hat mich heute im Schlafzimmer eingesperrt.«

Das kam so überraschend, dass Ruby sie nur anstarren konnte. »Er hat *was?*«

»Er sperrt mich ein, damit er meinen Mantel verstecken kann. Mein Seehundfell. Das brauche ich, um nach Hause zu kommen. Er ist ein schlechter Mensch, Ruby. Sie sollten sich von ihm fernhalten.«

»Ihr Seehundfell?« Ruby wusste nicht, was sie sagen sollte. Das war so ungefähr das Sonderbarste, was sie je gehört hatte. Vielleicht meinte sie *Seemannsmantel*, eine Regenjacke. Aber dann fiel Ruby das Gespräch mit Gregor über den Namen Roane ein, die Verbindung zu den Gestaltwandlern, den Seehundmenschen: *Sie sieht sich als Teil dieses Mythos.* Constances Gesicht war jetzt eine straffe Grimasse mit hervorstehenden Adern auf der schweißglänzenden Stirn.

»Ohne es kann ich nicht rausgehen. Deshalb sitze ich hier fest. Es gehört zu mir. Es muss …« Gregor kam wieder ins Zimmer. »Mit Milch, ohne Zucker, stimmt's, Ruby?« Er blickte zu Constance hinüber, und sein Gesicht nahm einen besorgten Ausdruck an. »Ach, Schatz, du siehst nicht gut aus. Viel schlechter als vorhin – möchtest du wirklich Tee? Ich kann dir Zitrone mit Honig machen. Oder Kakao?«

Sie winkte ab und lehnte sich in die Kissen zurück. »Mir geht's gut. Bisschen müde vielleicht.«

»Du solltest wohl doch ins Bett gehen. Brauchst du Hilfe zum Aufstehen?«

Constance sah ihn zornig an. »Von dir brauche ich gar nichts«, sagte sie. »Und Ruby auch nicht.« Die Augen fielen ihr zu; ihre Hand ging zum Kopf.

»Bringen wir dich ins Bett«, sagte er und ergriff Constances Hand.

Sie riss sich los. »Rühr mich nicht an!«

»Okay, entschuldige.« Kapitulierend nahm er die Hände hoch. »Wenn du nicht möchtest, lass ich das. Falls du es dir aber anders überlegst, bin ich hier.« Seine Stimme zitterte; er war aufgewühlt und wollte es sich nicht anmerken lassen.

Constance rappelte sich mühsam hoch. Was sie genommen hatte, beeinträchtigte ihr Gleichgewicht. »Denken Sie dran«, wandte sie sich an Ruby, »alles, was er Ihnen sagt, ist gelogen. Ich sage die Wahrheit. Ich …« Sie brach ab, und wieder fielen ihr fast die Augen zu. Mit dem Gang einer fünfzig Jahre Älteren schritt die dunkelhaarige Frau zu ihrem Zimmer und schloss die Tür hinter sich.

Der Raum lag weitgehend im Dunkeln, nur eine Tischlampe brannte, doch ihr Licht erreichte die Wände nicht. Gregor gab Ruby ihren Tee und setzte sich dann auf das Sofa, auf dem Constance gelegen hatte. Seine Augen konnte sie in dem Halbdunkel nicht sehen, doch als er den Kopf wandte, deutete ein Glitzern auf sich sammelnde Tränen hin.

»Es tut mir so leid«, sagte er.

Ruby wusste nicht recht, wie sie reagieren sollte. »Es ist ja nicht Ihre Schuld. Sie wirkt so …«

»Paranoid?«

»Anders als vorige Woche, wollte ich sagen.«

Gregor nickte langsam. »Wenn es gut ist, denke ich, es ist für immer gut, es geht ihr besser. Sie wird lernen, auf eigenen Füßen zu stehen. Aber dann kommt aus heiterem Himmel der Tag, da wacht sie auf und hat diesen Ausdruck in den Augen. Und ich weiß Bescheid.«

»Inwiefern?«

Gregor schien mit Worten zu kämpfen. Er verzog das Gesicht wie im Schmerz. »Ich sehe es inzwischen als eine Art Dämon. Wenn es schlimm steht, ist es, als wäre ein Dämon in ihr, der sie beherrscht. Der die wahre Constance nicht zu Wort kommen lässt.«

»Hört sich an, als wäre es wirklich hart für Sie.«

»Ja. Für uns beide. Obwohl sie, wenn's ihr besser geht, oft vergisst, was sie gesagt hat.« Da musste Ruby an Marianne denken, die, wenn es ihr schlecht ging, so unbegreiflich anders war als in nüchternem Zustand. Auch sie hatte Blackouts, wobei Ruby nicht wusste, ob Marianne wirklich vergaß, was passiert war, oder es aus Scham bewusst ausblendete. Aber das war nicht dasselbe. Marianne hätte sich ein Stück weit noch selbst helfen können. Constance konnte das nicht.

»Es ist so lieb, dass Sie das auf sich nehmen, Gregor.«

»Aber nein. Durch meine Unvorsichtigkeit sind wir überhaupt erst in diesen Schlamassel geraten. Ich sehe mich in der Pflicht, weiter nichts. Leonie meine ich, wenn sie auch mehr als eine Verpflichtung ist.«

»Ja, aber Constance. Ich kenne niemanden, der getan hätte, was Sie getan haben.«

»Eben. Sie haben ja keine Ahnung. Ich habe Sachen gemacht, von denen ich wusste, dass sie verkehrt waren. Weil ich wirklich dachte, ich helfe ihr damit, es sei das Opfer wert. Und jetzt kann ich nicht mehr zurück.«

»Was für Sachen?«

»Ich weiß nicht, ob ich Ihnen das erzählen soll. Ich möchte nicht, dass Sie mich für schlecht halten.«

Sie rückte näher zu ihm hin. »Das fehlte noch.«

Nach einer langen Pause überwand er sich. »Ich hab ihr geholfen, die Schwangerschaft zu verbergen. Und die Geburt. Als die Wehen kamen, haben wir … es allein gemacht.«

»Heißt das, Sie haben Leonie entbunden? Ohne Hilfe? Ohne Hebamme und alles?«

Er nickte mit gerunzelter Stirn.

»Aber da hätte doch alles Mögliche passieren können …«

»Ich weiß. Glauben Sie, ich weiß das nicht? Sie hatte solche Schmerzen, dass ich sie angefleht habe, einen Krankenwagen rufen zu dürfen. Andererseits ging alles so schnell, und hinterher schien es beiden gut zu gehen. Also hab ich … einfach mitgespielt.«

»Mein Gott, Gregor.« Sie konnte es nicht fassen. »Was haben Sie mit der Nabelschnur gemacht? Mit der Nachgeburt?«

Er erschauerte und sah aus, als müsste er sich übergeben. »Darüber möchte ich nicht reden. In Ordnung?«

Gregor barg den Kopf in den Händen. Ruby hörte ein leises Schluchzen. Sie ging zu ihm und legte den Arm um ihn, während er weinte.

»Ich hab sie mal geliebt. Als Mutter meines Kindes liebe ich sie immer noch. Aber wenn jemand krank ist und man zur Pflegeperson wird … das kann die Liebe töten, auch wenn man's nicht will. Das hört sich furchtbar an, nicht?«

»Nein«, sagte Ruby. »Es ist nachvollziehbar. Und niemand kann etwas dafür.« Sie glaubte jetzt zu verstehen, warum er wollte, dass sie Constance und Leonie geheim hielt: Die Geburt war die erste Lüge, und um sie zu vertuschen, hatte er weiterlügen müssen. Eine Geburt nicht zu melden war illegal. Jeder Tag Aufschub komplizierte die Sache weiter und machte es noch schwieriger, ihr Handeln zu erklären. Drohte ihm Gefängnis? Auch Constance? Vielleicht machte ihm in Wirklichkeit das Angst und nicht ihr Geisteszustand.

»Doch, es ist meine Schuld. Ich habe sie beide im Stich gelassen, als das mit uns vorbei war. Dass wir kein Kind gewollt hatten, spielt keine Rolle. Leonie hat zwei Eltern verdient.«

»Allerdings. Zwei gute Eltern, und die hat sie. Sie müssen ja kein Paar sein.« Dabei dachte sie an ihre eigenen Eltern, die in Wirklichkeit ihre biologischen Großeltern waren. Sie waren zusammengeblieben und hatten ihr in den ersten Jahren eine durchaus stabile Umgebung geboten, doch auch in ihrer Ehe gab es Risse, die größer wurden mit den Mengen Wodka, die Marianne heimlich in sich hineinschüttete. Was ihren biologischen Vater anging, hatte Ruby keine Ahnung, wo er jetzt steckte. Er war nur ein Name, sie wusste nicht mal, wie er aussah. Zum Zeitpunkt ihrer Zeugung noch ein Teenager, hatte er wahrscheinlich vergessen, dass Ruby überhaupt existierte.

»Und jetzt möchte ich nur noch, dass sie glücklich ist, wieder gesund wird. Denn trotz allem ist sie eine großartige Mutter. Oder wäre es, wenn sie die Möglichkeit bekäme.«

»Ja«, sagte Ruby. »Und Sie sind nicht nur ein großartiger Vater. Sie müssen auch für Constance sorgen.«

Er wandte sich zu ihr und schaute ihr in die Augen. »Ruby. Darf ich Sie etwas fragen?«

Ihr Herz klopfte heftig. »Natürlich.«

»Was hat sie Ihnen gesagt, als ich nicht im Zimmer war?«

Ruby zögerte. »Wieso?«

»Ich habe das Gefühl, ich weiß nicht mehr, was in ihrem Kopf vorgeht. Dass ich Sie fragen muss, ist mir sehr unangenehm, aber mit mir spricht sie neuerdings kaum noch.«

»Sie hat etwas von einem Mantel gesagt. Das hab ich nicht verstanden. Ich glaube, das kam aus ihrer Wahnvorstellung.« Da fiel ihr Constances schreckliche Anschuldigung ein, und sie rückte unwillkürlich von ihm ab. »Sie sagte auch ... Sie hätten sie im Schlafzimmer eingesperrt. Haben Sie das wirklich getan, Gregor? In dem Fall ...«

»Oh mein Gott«, sagte Gregor. »Oh nein. So fing es letztes Mal auch an. Es ist schlimmer, als ich dachte.«

»Was denn?«

»Hier, ich zeig's Ihnen.«

Er zog sein Smartphone hervor und startete ein Video. Ruby brauchte einen Augenblick, um zu begreifen, was sie da sah. Es war der Raum, in dem sie saßen, von oben betrachtet. Sie suchte die Decke nach einer Kamera ab, fand aber keine. In dem Video war der Raum durcheinander, und eine hektisch suchende Gestalt lief darin herum.

»Ein Einbrecher?«

»Schauen Sie mal genau hin.«

Es war Constance. Sie nahm das Zimmer auseinander, riss Kissen von den Sofas und schleuderte sie weg, kippte Sessel um, warf den Tisch um. Sie verschwand aus dem Bild, und die Kamera wechselte zur Küche.

»Haben Sie überall Kameras?«

Er schnitt ein Gesicht und nickte. »Muss sein. Es ist zu unser aller Sicherheit.«

Auf dem Display riss Constance jetzt in der Küche die Schränke auf und schmiss alles auf den Boden, Tüten, Schachteln, Gläser. Der Wasserkocher flog durch die Luft, Wasser klatschte an die Wand. Teller zersprangen zu Scherben. Sie kletterte auf die Anrichte und suchte über den Schränken, fegte Küchenrollen und Flaschen mit Bleiche herunter. Im nächsten Moment füllte ihr Gesicht das Display aus. Kein Licht in den Augen, nur Qual, die Lippen zurückgezogen, die Zähne gebleckt. Dann sprang sie von der Küchentheke, riss den Kühlschrank auf und warf den Inhalt, Essen wie Getränketüten, auf den Boden, wo sich Pfützen bildeten. Nachdem sie ihn durchstöbert hatte, fing sie an, den Kühlschrank in einem für ihre zierliche Figur erstaunlichen Kraftakt aus seiner Nische herauszuziehen.

»Was macht sie denn?«, fragte Ruby. »Das sieht aus, als ob sie völlig von der Rolle ist.«

»Sie sucht ihren Mantel.«

»Was für ein Mantel ist das, Gregor?«

»Der, von dem ich Ihnen erzählt hab, den ich angeblich vor ihr versteckt habe. Den es nicht gibt.«

Constance kehrte ins Wohnzimmer zurück. Sie wollte eine der Türen öffnen, die aber nicht aufging. Obwohl der Film ohne Ton war, hörte Ruby förmlich den wütenden, enttäuschten Aufschrei, der aus ihrem verzerrten Mund drang, während sich ihr Rücken durchbog und sie sich mit Fingern wie Klauen büschelweise die Haare ausriss.

»Das ist mein Zimmer. Ich muss es abschließen, sonst würde sie es verwüsten.«

Auf dem Display schleifte die Frau einen Sessel zu der verschlossenen Tür. Ein paar Sekunden hatte sie damit zu kämpfen. Dann hob sie ihn über ihren Kopf und warf ihn voll gegen die Tür. Dabei war der Umriss ihres Babybauchs deutlich zu sehen.

»Da war sie schwanger?«

»Ja.«

»Aber Gregor, ist das nicht gefährlich? Für das Baby? Der Stress und alles, meine ich.« Sie musste daran denken, wie klein Leonie war und dass sie noch nicht laufen konnte. Wie sehr sie auf alles achtete, was ihre Mutter tat.

»Deshalb hab ich angefangen, von zu Hause aus zu arbeiten. Mir war klar, dass ich sie nicht für längere Zeit allein lassen kann. In der Schwangerschaft durfte sie ja nichts einnehmen, noch nicht mal Kräutermedizin. Sie redete unentwegt von dem Mantel, und wenn ich nicht da war, kam dann so was.«

»Wieso ein Mantel? Ist das irgendwie von Bedeutung? Es kommt mir ziemlich willkürlich vor.«

»Das hat mit ihrer Familie zu tun, mit dem Ort, wo sie aufgewachsen ist. Hat sie Ihnen davon viel erzählt?«

»Dass sie von den Hebriden sind. Dass die Gemeinschaft eine Insel für sich hat.«

»Ein Gemeinschaft könnte man das wohl nennen. Für mich ist es ein Kult.«

»Ein Kult?«

»Als wir uns auf der Strandparty kennenlernten, fand ich das erst mal irre. Die Trommeln, das Tanzen. Wir hatten viel Spaß. Wunderbar. Als ich sie dann aber von dem Verein weggelotst habe, hat sie wer weiß was für einen Blödsinn erzählt. Damals dachte ich, sie steht unter Drogen, aber sie war einfach total indoktriniert. Unterernährt und gehirngewaschen war sie, und als ich sie am Morgen zurückbrachte, waren alle ohne sie verschwunden. Die wären wir los!, sagte ich, aber sie war untröstlich, kam nicht darüber weg, dass sie das getan hatten, dass sie nicht auf sie gewartet hatten, dass sie ihnen so egal war. Sie hatte nichts dabei als das, was sie am Leib trug, und Ehrenwort, das war weit weg von einem Mantel. Jedenfalls hab ich sie mit zu mir genommen, ihr Sachen zum Anziehen besorgt und sie aufgepäppelt. Das schien ihr gut zu bekommen. Für kurze Zeit waren wir richtig glücklich. Ungefähr als sie im dritten Monat war, fingen die Wahnvorstellungen an. Sie sagte, ich hätte ihr den Mantel weggenommen, sprich, ihr Seehundfell. Das ist in ihrem Kopf durcheinandergeraten. Sie glaubt, wenn sie ihren Mantel anzieht, *verwandelt sie sich echt in einen Seehund*, Ruby.«

Das war so viel auf einmal. »Ihre Familie hat sie da einfach … im Stich gelassen?«

Er nickte. »So grausam. Ich glaube, das hat sie verrückt gemacht. Sie braucht eine Therapie, etwas wie eine Dekomprimierung, eine Anti-Gehirnwäsche.«

Ruby traf das wie ein Schlag in die Magengrube. Es erklärte, warum Constance allmählich den Verstand verlor. Demgegenüber erschienen Rubys Probleme plötzlich banal.

»Aber was hat es mit dem ganzen Seehundzeug auf sich? Das kann doch nicht nur an dem Namen hängen.«

Er seufzte. »Zu der Gemeinschaft, dem Kult, was auch immer – gehören Geschichten. Die haben alle mit Robbenanbetung zu tun. Ihre Version von Bibelgeschichten, nehme ich an. Und sie haben Rituale. Wenn sie mündig werden, gibt es eine Zeremonie. Zur Sonnenwende, zur Tagundnachtgleiche oder so hüllen sie sich in einen Seehundfellmantel, stürzen sich ins Meer und schwimmen bis zum Morgengrauen. Wenn sie dann an Land kommen, sind sie überzeugt, die ganze Nacht Robben gewesen zu sein, Fische mit bloßen Zähnen gefangen, auf den Klippen geschlafen zu haben und so weiter. Erschöpfungsbedingte Halluzinationen wahrscheinlich.«

»Das Meer muss doch eiskalt sein da oben.« Schon bei dem Gedanken fröstelnd, schlang Ruby die Arme um sich.

»Stimmt. Und der Punkt ist, nicht alle kehren zurück.«

»Heißt das, sie ertrinken?«

»Ja. Aber sie sehen das nicht so. Wenn welche nicht zurückkommen, heißt das für sie, die haben sich entschlossen, für den Rest ihres Lebens Seehunde zu bleiben. Der Stamm ist sogar froh, wenn das passiert. Die Eltern halten dann eine besondere Zeremonie mit Tänzen, Festmahl und so weiter ab.«

»Wow«, sagte Ruby. »Man verliert für immer sein Kind und ist glücklich?«

»Ich weiß. Was Leute so alles glauben!« Gregor schaute ins Leere. »Wissen Sie, dass in den Leichenhäusern hierzulande Hunderte von nicht identifizierten Toten liegen, die an Stränden angespült worden sind?«

»Hunderte?«

»Ich will nicht behaupten, dass sie alle vom Roane-Clan sind. Aber irgendwo müssen die, die nicht zurückkehren, angespült werden. Gesunde junge Menschen. Die sich ins Meer stürzen, weil sie glauben, sie werden zu Robben. Die Polizei geht wahrscheinlich von Selbstmord aus, aber in Wirklichkeit ist es meiner Ansicht nach Mord.«

Ruby rieb sich die Schläfen.

»Ich kann nicht glauben, dass Sie mit all dem allein fertigwerden.«

»Die Beruhigungsmittel, die ich ihr besorgt habe, helfen ein wenig, aber ich gebe sie ihr nicht gern. Sie bekommt sie nur, wenn ich zur Arbeit oder zum Einkaufen rausmuss.«

»Sie lassen Leonie mit ihr allein, wenn sie in so einer Verfassung ist?«

Sein Gesicht war plötzlich wütend, abwehrend. Doch dann ließ er die Schultern hängen und nickte. »Es ist immer nur für kurze Zeit, und dem Baby würde sie nichts tun. Niemals. Ich weiß nicht, was ich sonst machen soll. Bei der Arbeit kann ich Leonie nicht gebrauchen. Und helfen lassen kann ich mir auch nicht, weil es keinen gibt, dem ich zutraue, unsere Geheimnisse zu hüten.«

»Wirklich niemanden?« Das stillschweigende *Was ist mit mir?* darin schien ihm zu entgehen.

»Wie gesagt, Ruby, ich habe Sachen gemacht, für die ich, wenn sie herauskämen, verhaftet würde. Wir würden beide verhaftet. Die Geburt …« Er erschauerte. »Könnte ich die Zeit zurückdrehen, würde ich alles anders machen. Aber das geht nicht. Ich muss damit klarkommen.«

Ruby sah auf das immer noch laufende Video, in dem sich Constance wiederholt gegen die Zimmertür warf. Der Babybauch zeichnete sich unter der weiten Bluse ab.

»Ich mach's.«

»Was meinen Sie damit?«

»Dass ich helfen kann. Ich kann den beiden Gesellschaft leisten. Dann brauchen Sie ihr keine Beruhigungsmittel zu geben. Ich sehe zu, dass es ihr gut geht. Damit meine ich nicht, dass ich sie betreue, das könnte ich nicht. Aber ich leiste ihr Gesellschaft. Und wenn sie wirklich paranoid wird, kann ich Sie anrufen. Mit meinem neuen Handy.«

»Das würden Sie für mich tun?«

»Ja. Für Sie und für Leonie.« Beinah hätte sie gesagt: *Auch für Constance*, aber sie bremste sich, ohne genau zu wissen, warum sie ihr heimliches Mitgefühl vor ihm verbergen wollte.

Dann drängte es Ruby, sich zu verabschieden. Allein das Ganze zu verarbeiten. Sie stand auf. »Ich geh jetzt mal. Es ist spät.«

»Schon?«

Sie klopfte auf ihre Tasche. »Ich bin ja nur einen Anruf entfernt.«

Ruby bückte sich nach ihrer Geige. Als sie sich wieder aufrichtete, stand er dicht neben ihr. Sie hörte ihn atmen.

»Es ist doch gut, wenn man mit jemandem reden kann. Ich glaube, ich war einsam. Ich wollte es nur nicht zugeben.«

Sie hob das Gesicht. Seine Hand umfing ihre, der Daumen streichelte sie leicht. Ich sollte weggehen, dachte sie. Ihre Füße rührten sich nicht.

»Ich wollte nicht den ganzen Abend wieder über Constance reden.«

»Dann lassen Sie's doch«, sagte sie und fuhr mit der Fingerspitze an seinem Knöchel entlang.

»Ich möchte Sie nicht ausnutzen.« Er beugte sich näher zu ihr und strich mit seinen Lippen über ihre.

Rubys Augenlider schlossen sich flatternd. Ihre Lippen öffneten sich. Gregors Hand legte sich mit sanften Fingern um ihren Nacken.

Als ihr aufging, was sie im Begriff war, zu tun, erstarrte sie plötzlich.

»Nein«, sagte sie und packte ihn beim Handgelenk. »Nicht.«

Gregor trat erschrocken einen Schritt zurück. »Stimmt was nicht?«

»Das hier«, sagte sie.

»Ich dachte, Sie … wollten es so.«

Sie wollte es. Und ob. Sein verletzter Gesichtsausdruck traf sie zutiefst, und sie wünschte mit allem, was sie hatte, die Situation wäre anders.

»Es tut mir leid«, konnte sie nur sagen.

Ruby ließ die Wohnungstür hinter sich zufallen, als sie die Treppe hinunterlief, und fragte sich, ob sie richtig gehandelt hatte, ob sie nicht einfach hätte weitermachen und es geschehen lassen sollen. Er war so ideal. Und doch. Hier stand so viel auf dem Spiel. Sie durfte eine andere Frau nicht so hintergehen. Bestand auch nur die Möglichkeit, dass sie und Gregor wieder zueinanderfanden, wenn es Constance besser ging, dann wollte sie Leonie zuliebe nicht im Weg sein. Und sogar wenn die Aussicht nicht bestand, hatte er ja selbst gesagt, er wollte nicht, dass die Trennung von ihm ausging. Wenn Constance noch etwas für den Vater ihres Kindes empfand, dann wollte Ruby nicht diejenige sein, die ihr diesen Traum zerstörte. Das war unter ihrer Würde. Wirklich.

KAPITEL 18

JETZT
Der Verletzte

Er hört gedämpfte Geräusche. Stimmen. Zwei oder drei Leute, die sich unterhalten, aber was sie sagen, versteht er nicht. Sie sprechen nicht mit ihm, nur miteinander. Es ist dunkel, und Maschinen piepen. Er fühlt sich schwerelos, scheint zu schweben, weiß nicht recht, wo oben ist; die Stimmen sind ringsum, über und unter ihm, als ob er dazwischenhängt. Dann die plötzliche Gewissheit, wo er hier ist: Er liegt im Krankenhaus. Jetzt riecht er es, Flüssigreiniger und der leichte Gestank von menschlichen Ausscheidungen. Irgendjemand beugt sich über ihn; die Stimme dröhnt vor seinem Gesicht, und er schmeckt Parfum, stark und künstlich, hinten im Hals. Die Worte versteht er nicht, obwohl sie deutlich ausgesprochen werden; Silbensalat. Nein, doch nicht. Es ist nur eine Sprache, die er nicht versteht. Er kann nicht geradeaus denken, die Synapsen sind hin, sein Verstand schwebt genauso wie er. Nicht weit von ihm faltet jemand ein Laken oder eine Decke auseinander und schüttelt sie aus. Sie raschelt wie Plastik und wird über ihn gebreitet. Er dämmert weg.

KAPITEL 19

JETZT
Joanna
Samstag, 22. Dezember

Die Beamten hatten sich in der Zentrale versammelt, die Stühle in Reihen nach vorn ausgerichtet, wo Joanna vor einem Whiteboard stand. Atkinson saß mit verschränkten Armen nicht weit von ihr an der Seite, die Füße fest am Boden.

»Okay, Leute, wir haben einen schwerverletzten Achtunddreißigjährigen, der am Freitagabend bewusstlos mit einer verdächtigen Kopfverletzung in seiner Wohnung aufgefunden wurde. Wir behandeln das als versuchten Mord und haben bisher keine Verdächtigen in Haft.«

Sie drehte sich um und heftete eine Großaufnahme der Verletzung an Gregors Hinterkopf an die Wand. Vereinzelt ein scharfes Lufteinziehen, sonst gab es keine Reaktion. Alle im Raum sahen oft Schlimmeres.

»Leider wird nicht damit gerechnet, dass sich Gregor erholt. Abgesehen von dieser Verletzung soll er eine Menge an rezeptpflichtigen Medikamenten eingenommen haben, und auch das behandeln wir als verdächtig. Da es wahrscheinlich also auf eine Mordbeschuldigung hinausläuft, achten Sie bitte auf Aktualisierungen. Uns geht es vorrangig darum, den oder die Täter zu finden, aber auch Angehörige. Wir wissen so gut wie nichts über den Mann. Clive, irgendwas Neues zu den Angehörigen?«

Ein am Fenster sitzender Beamter schüttelte den Kopf. »Noch nicht, Chefin. Ich arbeite dran.«

»Suchen Sie weiter. Es muss jemanden geben. Niemand Identifizierbares auf seinem Handy?«

»Es scheint keine Anschlüsse unter den Nummern zu geben.«

»Was heißt keine Anschlüsse?«

»Das heißt, wenn da eine Nummer für Dave steht, bekomme ich damit buchstäblich keinen Anschluss. Einige Ziffernfolgen sind nicht mal lang genug für eine Telefonnummer. Es ist komisch, als hätte er lauter Pseudokontakte auf dem Handy.«

Interesse erwachte im Raum. Das war neu. Wenn sie ein Handy erst mal geknackt hatten und die Kontakte abrufen konnten, war das Auffinden Angehöriger normalerweise ganz einfach.

»Was ist mit der Anrufliste?«

»Das Handy hat eine App namens Whypr. Die löscht mindestens einmal pro Stunde sämtliche Informationen, Cookies, Suchverläufe und so weiter. Wir haben keine Möglichkeit, die Anrufhistorie wiederherzustellen, höchstens über die Macher der App, wegen der Datenschutzgesetze bezweifle ich aber, dass sie Daten speichern.«

»Und warum sollten sie auch, wenn es ihr Geschäft ist, sie loszuwerden?«, sagte Jo. »Haben Sie Fotos auf dem Handy gefunden? Was aus den sozialen Medien? E-Mails?«

»Keine Fotos, und das E-Mail-Konto war auch mit der App verknüpft. Die paar Social-Media-Kontakte, die wir von ihm haben, sind nicht aktuell. Ein paar alte Schulfreunde gibt's, aber mit denen hat er seit über drei Jahren nicht verkehrt. Seinen Facebook- und seinen Instagram-Account nutzt er anscheinend gar nicht oder sehr selten. Alles in allem habe ich den Eindruck, dass er im Internet größten Wert auf seine Privatsphäre legt.«

»Sieht ganz so aus.«

»Wir können beantragen, das Telefon auszulesen, um zumindest zu sehen, wo er in den letzten Wochen gewesen ist. Die Daten der Telefongesellschaft verraten uns vielleicht auch mehr.«

Joanna wandte sich an die versammelten Beamten. »Okay. Bis dahin halten wir uns an die altmodische Tour. Blick auf seine Post, Klinkenputzen, Befragung sämtlicher Nachbarn und schauen, was in der Umgebung über Verwandte oder seinen sonstigen Umgang bekannt ist. Irgendjemand wird den Mann vermissen und wissen wollen, was mit ihm passiert ist.«

Sie heftete ein zweites Foto an die Wand. Es zeigte Gregor Franks frontal mit geschlossenen Augen, das Gesicht zweigeteilt von Schläuchen, die in seine Nase führten. Joanna stemmte die Hände in die Hüften und betrachtete es stirnrunzelnd. »Haben wir kein besseres Bild, Steve?«

»Entschuldigung, Chefin, doch. Seinen Führerschein. Ich lasse das Passfoto vergrößern.«

»Und Profilfotos? Er muss doch was auf Facebook haben, auch wenn er es selten nutzt.«

»Das Profilfoto, das er für alles verwendet, zeigt nicht

sein Gesicht. Es liegt da auf dem Schreibtisch, ich hab's ausgedruckt.«

Jo nahm den Ausdruck und heftete ihn an die Wand. Es war eine Aufnahme von gekreuzten Füßen auf einer Pool-Liege, mit einer leicht perlenden Flasche Bier auf einem Seitentisch.

»Haben Sie die Fotodaten geprüft?«

»Ja«, sagte Clive, »es wurde vor fünf Jahren in Südfrankreich aufgenommen, aber ich glaube nicht, dass das die Füße des Opfers sind, denn ich habe auch eine Bildsuche gemacht. Es taucht überall auf, fast wie ein Stockphoto. Wird für Diverses verwendet – Ferienwebseiten, Blogs.«

»Was macht er beruflich? Was mit Finanzen?«

»Immobilienentwicklung und Investments. Er arbeitet allein, vom Laptop aus. Hat nicht mal ein Büro.«

»Wenn er Immobilien kauft, muss er Leute kennen. Er ist Hauseigentümer, wie sieht es da mit Mietern aus?«

»Er nutzt eine Agentur. Soweit ich das beurteilen kann, kennt er keinen seiner Mieter persönlich.«

»Er muss einen Anwalt haben. Und wohl auch einen Buchhalter. Stellen Sie bitte fest, wer das ist. Und seine Bankverbindung kennen wir – kümmert sich da bitte jemand um die Daten? Am Tatort arbeitet die Spurensicherung an DNA- und Fingerabdruckspuren; ein Bericht zu Letzteren wird für heute erwartet, zur DNA im Lauf der Woche. Derzeit suchen wir mit höchster Dringlichkeit nach einer weiblichen Person, die beim Verlassen des Hauses mit einem Kind gesehen wurde. Und zwar an dem Tag, als die Nachbarin eine undichte Zimmerdecke meldete, durch die, wie sich herausstellte, Wasser aus dem Bad über ihr sickerte. Das war gestern.«

Eine Beamtin hob die Hand.

»Ja?«

»Wissen wir, wann das Opfer zuletzt lebend gesehen wurde?«

»Er ist nicht tot, Louise. Bleiben Sie dran.«

Einige brachen in nervöses Gelächter aus. Louise Reynolds, eine junge Kontaktpolizistin, bekam einen roten Kopf. »Entschuldigung, Chefin. Wann wurde er vor dem Ereignis zuletzt gesehen?«

»Gute Frage, die Information habe ich nicht, vielleicht könnten Sie das herausfinden. Gestern Abend haben wir zwar die unmittelbaren Nachbarn befragt, aber jetzt müssen wir das ausweiten. Klären Sie das bitte heute Morgen?«

»Gern. Außerdem …«

»Ja?«

»Mir ist etwas aufgefallen. Es ist aber vielleicht belanglos.«

»Weiter.«

»Das Fenster in Gregors Wohnung. Es liegt einem Fenster der Westblock-Wohnungen gegenüber. Lohnt es sich, die Mieter zu fragen, ob sie was gesehen haben?«

»Gute Idee.« Joanna konzentrierte sich darauf, nicht Atkinson anzuschauen, dessen Blick von der Seite sie auf ihrem Gesicht spürte. »Da müssen Sie vielleicht bei allen im siebten Stock anklopfen …«

»Ich habe mir den Raumplan angesehen. Ich weiß, welche Wohnung es ist. 7b.«

Rubys Wohnung. Natürlich. Jo konnte das nervöse Zucken in ihrer Wange kaum unterdrücken. Mit Ruby hatte das aber doch wohl nichts zu tun. Die Verbindung brauchte nicht erwähnt zu werden. Oder? »Großartig«, sagte sie. »Dann kümmere ich mich darum.«

»Sie?«, fragte Atkinson. Sie sah ihm ins Gesicht. Er runzelte die Stirn – wahrscheinlich weil sie als Ermittlungsleiterin einem Untergebenen die Aufnahme einer Aussage hätte übertragen sollen.

Joanna dachte nicht daran, sich befragen zu lassen. »Sonst noch was, Steve?«

Er brauchte einen Moment, um sich zu sammeln. »Äh, ja. Wir haben jetzt ein gutes Porträt der Frau, von der wir annehmen, dass sie sich mit dem Kind in Franks Apartment aufgehalten hat. Es ist ein Standbild aus der Überwachungskamera des Bahnhofs.«

Die Frau auf dem Bild hatte wie auf den Bildern aus dem Block ihre Kapuze auf, aber dieses Mal war ihr blasses Gesicht eingefangen. Die dunklen Augen wirkten gehetzt.

»Wo schaut sie hin?«, fragte Jo. In der Totalen stand die Frau von den anderen Fahrgästen entfernt und hielt das Kind fest an ihre Brust gedrückt. Sie starrte gebannt ins Halbweite, als machte ihr Angst, was sie da sah. Aber da war nichts.

»Wir haben das Bild an Nachrichtenagenturen weitergegeben, und heute Morgen kommt ein Zeugenaufruf. Im Moment denken wir hauptsächlich an Kinderschutz. Wir kennen weder den Namen noch die Umstände, aber wir müssen die Frau und das Kind finden, müssen prüfen, ob alles in Ordnung ist.«

Eine andere junge Beamtin sagte: »Sie steht nicht in Verdacht?«

»Wir müssen sie ausschließen.«

»Zur Beweislage«, sagte Jo. »Hat jemand Aufnahmen von der Frau im Gebäudeinneren entdeckt?«

»Noch nicht«, erwiderte Atkinson. »Aber vor ein paar Minuten kam das hier rein.«

Er drückte auf einen Knopf, und der Videoprojektor sprang an. Er zeigte Aufnahmen aus dem Fahrkartenschalter, die Frau in Draufsicht beim Kauf einer Fahrkarte. Den Ton hatte das Mikrofon der Sprechanlage aufgezeichnet.

»Einfach nach Cleethorpes bitte.« Die Stimme der Frau war gedämpft, aber sie hatte eindeutig keinen Sheffield-Akzent.

Der Schalterbeamte gab ihr den Fahrschein, den sie aber nicht gleich entgegennahm. Sie drehte sich um und rief nach dem Kind, das ins Bahnhofsgewühl hineingelaufen war. *Leonie, halt!*

Atkinson stoppte das Band und sah Jo an. »Derselbe Name«, sagten sie gleichzeitig.

»Eine Verbindung zu Gregor Franks ist damit bestätigt. Auf zur Generalsuche: Jedes Kind entsprechenden Alters mit diesem Vornamen, das bei uns erfasst ist, ob es um Kinderschutz geht oder nicht.«

»Lohnt den Versuch«, meinte Atkinson und klappte seinen Laptop auf.

KAPITEL 20

DAMALS
Ruby
Oktober

Am nächsten Tag meldete sich Gregor überhaupt nicht bei ihr. Ruby schaute auf das leere Display des neuen Handys und versuchte sich nicht zu ärgern. Klar, sie hatte ihn weggeschubst, ihn auflaufen lassen, als er am verletzlichsten war. Für ihn könnte es sogar nach einer glatten Abfuhr ausgesehen haben. Aber war ihm nicht bewusst, dass sie ihn unter anderen Umständen geküsst hätte?

Begriff er nicht, dass sie nicht vor ihm davongelaufen war, sondern weil die Situation für sie beide zu kompliziert geworden wäre, wenn sie es hätte geschehen lassen? Sie war überzeugt, er hatte es falsch aufgefasst, und sein Schweigen bestätigte das.

Einschlafen war ein Problem, denn das neue Handy leuchtete alle paar Sekunden auf, sodass sie jedes Mal dachte, sie hätte eine Nachricht bekommen. Um den Irrsinn zu beenden, zwang sie sich schließlich, es abzuschalten.

Am Tag danach kehrte die Hoffnung zurück. Als sie das Handy einschaltete, musste sie daran denken, wie gern er es ihr geschenkt hatte. Sie schämte sich dafür, ihm so wenig dankbar gewesen zu sein.

Nachdem es hochgefahren war, Stille. Kein verpasster Anruf, keine in der Zwischenzeit empfangenen Nachrichten. Sie klickte Gregors Namen an, und die Chatbox war leer. *Zuletzt besucht um 3:42*, lautete die Kopfzeile. Yogazeit.

Ehe sie zu viel darüber nachdenken konnte, hatte sie eine Nachricht getippt.

Hi Gregor, wie geht's?

Die Antwort kam zweiundvierzig bange Minuten später, obwohl die App ihr verriet, dass er die Nachricht sofort nach dem Versand gesehen hatte.

Danke, bestens. Viel zu tun! Leonie möchte Sie sehen, hätten Sie morgen Zeit? Bringen Sie die Geige mit?

Drei ganze Tage waren also vergangen, als sie wie gewünscht am Eingang seines Wohnblocks stand und dachte: *Vielleicht lass ich es einfach. Vielleicht fahre ich ohne ihn besser im Leben; ohne sie alle*. Vielleicht sollte sie nicht klingeln, sondern sich umdrehen und weggehen. Vorige Woche, in der kurzen Zeit ohne Handy, war ihr Leben so ruhig gewesen. Sie hatte sich nur um sich selbst kümmern müssen. Vielleicht brauchte sie das jetzt, die Konzentration auf sich selbst, statt sich auf diese Leute einzulassen. Auch wenn sie abwechselnd hinreißend, rätselhaft und unheimlich süß waren. Das war mehr, als sie jetzt gebrauchen konnte. Vernünftiger – gesünder – wäre es, zu gehen.

Sie konnte ihm das geschenkte Handy in den Briefkasten stecken. Wie befreiend das wäre! Aber trotz der Gedanken, trotz ihrer Entscheidung, nach Hause zu gehen, rührten sich ihre Füße nicht. Und gerade, als sie sich zwingen wollte, kehrtzumachen, summte die Tür und klickte auf. Die Kameras, wurde ihr klar, als sie eintrat und zu den Aufzügen ging. *Er hat mich beobachtet.*

Gregor strahlte sie von der Tür aus an, begrüßte sie, freute sich, dass sie die Geige mitgebracht hatte. Es war, als wäre nichts gewesen, oder besser noch, als hätte er ihr voll und ganz verziehen und seine verletzten Gefühle beiseitegeschoben. Er nahm ihr die Jacke ab, machte ihr etwas zu trinken, lächelte herzlich. Während Constance im Schlafzimmer blieb, spielten sie zu zweit eine entzückende Stunde lang mit Leonie, und als Constance hinzukam, schien sie guter Dinge und fragte, ob Ruby beim Baden behilflich sein wolle. Später, als Leonie ins Bett gebracht wurde, spielte Ruby Schlaflieder. Als das Kind schlief, spielte sie ein beruhigendes Nachtstück, hauptsächlich für Constance, die müde wirkte, aber viel gelassener als zuvor. Während der Bogen über die Saiten strich, beobachtete Gregor Ruby voller Bewunderung.

Als Constance schließlich zu Bett gegangen war, waren Ruby und Gregor allein. In Abwesenheit von Constance und Leonie änderte sich Gregors Verhalten. Die Temperatur im Raum schien zu sinken. Sie schaute ihn an und bemerkte einen Hauch von der Verlegenheit, die bei ihrem letzten Alleinsein aufgekommen war, kurz bevor sie die Flucht ergriff.

Sie setzte sich zu ihm aufs Sofa und räusperte sich. »Geht's Ihnen gut?«

Er rückte ein winzig kleines Stück weg. »Warum denn nicht?«

»Ich wollte mich entschuldigen für das, was neulich abends passiert ist.«

»Es ist aber doch nichts passiert, oder? Sie brauchen sich also auch nicht zu entschuldigen. Es ist alles in Ordnung.«

Sie schluckte. Seine Körpersprache hatte sich verändert; er verschränkte die Hände auf dem Schoß.

»Offensichtlich nicht«, sagte sie.

»Ich versteh schon. Ich bin in die Freundschaftszone verbannt worden.«

»Nein ...«

»Doch.« Versöhnlich und wieder herzlich lächelnd schaute er sie an. »Ich versteh's wirklich. Es ist nicht das erste Mal. Ich weiß, dass ich kein großer Fang bin. Zu viel Ballast. Was soll jemand damit?« Er deutete auf sich selbst, sein attraktives Gesicht, seinen kräftigen und geschmeidigen, durch lange nächtliche Yogasitzungen und tägliches Heimtraining gestrafften Körper. Sie runzelte die Stirn.

»Wollen Sie mir ein Kompliment abtrotzen?« Er wusste ja wohl, wie er aussah, wie er auf Frauen wirkte. Er war gut gestellt, attraktiv, wortgewandt, groß. Bis zu diesem Moment hätte sie gesagt, er war bescheiden, aber diese befremdliche Selbstherabsetzung hörte sich einfach nicht echt an.

Er verschränkte die Arme. »Auf die Idee käme ich nicht. Da könnte ich lange warten.«

Ruby reichte es. »Gut, dann warten Sie noch ein bisschen.« Sie holte tief Luft, stand auf und raffte Tasche und Jacke zusammen.

»Gehen Sie bitte nicht. Es tut mir leid. Das war bescheuert von mir.«

Sie hielt auf die Tür zu.

»Sie kommen aber doch wieder, ja?«, sagte er. »Morgen?«

Sie blieb stehen, drehte sich aber nicht um. »Ich weiß es nicht.«

»Leonie liebt Sie«, sagte er. »Und Constance auch.«

»Constance liebt mich? Wirklich? Das bezweifle ich.«

Er schwieg. »Na gut, sie mag Sie. Ich merke das.«

»Aber was ist mit uns? Ich kann nicht mehr vorbeikommen, wenn das so komisch läuft.«

»Keine Sorge. Ich glaub, ich war etwas in meinem Stolz verletzt. Das gibt sich.«

»Es ist vielleicht besser, wenn ich erst mal wegbleibe.«

»Bitte nicht, Ruby. Und sei es nur wegen der Musik. Ich glaub, ich sterbe, wenn ich Sie nicht mehr spielen höre.«

Ob dir das aber auf Dauer genügt? fragte sie sich. Und wie lange genügt es mir?

Als sie zur Tür hinausging, rief er ihr nach: »Sie sagten doch, Sie würden mir helfen, oder?«

Ruby drehte sich zu ihm um. »Natürlich helfe ich Ihnen. Ich brauche nur etwas Zeit. Einen Tag oder so. Dann komm ich wieder.«

Ihre Blicke trafen sich, und sie zögerte, als wollte sie zu ihm hingehen, ihn umarmen und es so geschehen lassen, wie sie es beide wollten und doch nicht wollten. Sie atmete tief durch, um sich in ihrer Entschlossenheit zu stärken, und ging ohne ein weiteres Wort.

KAPITEL 21

JETZT
Die Sozialarbeiterin
Sonntag, 23. Dezember

Diane schaltet auf der Heimfahrt von einem Auftrag das Radio ein. Die Nachrichten laufen.

In Sheffield wurde ein Mann schwerverletzt in seiner Wohnung aufgefunden. Die Polizei bittet um Zeugen. Eine zur Befragung durch die Polizei in dieser Sache gesuchte Frau wird zusammen mit einem Kind im Alter von anderthalb bis zwei Jahren vermisst. Zuletzt gesehen wurden die beiden am Freitagnachmittag beim Besteigen eines Zuges von Sheffield nach Cleethorpes. Wer Hinweise zu ihrem Aufenthalt geben kann, wende sich bitte an die Polizei von Greater Yorkshire in …

Dianes erster Gedanke ist: *Dafür hab ich keine Zeit.* Fest entschlossen, nach Hause zu kommen, fährt sie weiter in dem Bewusstsein, dass sie jetzt ein wenig Ruhe verdient hat, ganz gleich, was da los ist. Wahrscheinlich ohnehin nichts. Es ist Sonntag, und an ihrem freien Tag zum Dienst gerufen hat sie gerade drei Kinder von ihrer Mutter weggeholt. Die Mutter ist drogenabhängig, aber die Kinder werden in erster Linie vor ihrem Lebensgefährten beschützt. Ihm ist jeder Kontakt mit den Kindern verboten, doch die Mutter scheint nach ihm ebenso süchtig zu sein wie nach Heroin. Diane hat die Kinder am frühen Morgen mit der Hilfe speziell ausgebildeter Vollzugsbeamter abgeholt. Sie hat die Finger der mittleren Tochter vom vernarbten und passiven Handgelenk der Mutter gelöst und das Mädchen zum Wagen getragen. Alle drei hat sie verstört und schmutzig, wie sie waren, zu Pflegeeltern gebracht, und der Kleinste hat wie am Spieß geschrien. Diane brütet eine Erkältung aus. Sie möchte einfach nur ein Päuschen, eine Tasse Tee und noch ein paar Schmerztabletten.

Sie schaltet das Radio aus, hört im Kopf aber immer noch den Sprecher, wie ein Echo. *Vermisste Frau und ein Kind im Alter von anderthalb bis zwei Jahren.* Am Freitag. In Cleethorpes. Aus Sheffield. Könnte ein Zufall sein, denkt sie. Bestimmt waren es nicht die beiden, die sie vor dem Laden ins Polizeiauto verfrachtet hat, die nette Frau, das große Theater um nichts. Constance und Leonie, die Mutter, mit der sie gesprochen und die sie ohne jede Hintergrundprüfung hatte gehen lassen. Das kleine Mädchen vom Strand, das nicht ausgesetzt, sondern nur aus den Augen verloren worden war. Ganz sicher nicht. Und doch wird ihr eiskalt bei dem Gedanken, dass sie womöglich einen riesigen, karriereschädigenden Fehler gemacht hat.

Ihr ist schlecht und schwindlig, sie hat Angst, die Kontrolle über den Wagen zu verlieren. Aber sie biegt in eine Seitenstraße ein und stellt den Motor ab. Mit geschlossenen Augen atmet sie erst einmal tief durch.

Sie schreckt buchstäblich aus dem Sitz hoch, als ihr Handy klingelt. Es ist Belinda, die leitende Sozialarbeiterin des Bezirks. In Dianes Ohr klingt ihre Stimme scharf wie Hundegebell.

»Ich habe gerade einen Anruf von Detective Sergeant Joanna Harper von der Polizei Greater Yorkshire bekommen. Sie sagt, die Polizei war bei einem von Ihnen betreuten Vorfall mit einem vermissten Kind eingeschaltet und die Mutter sei eine Person von besonderem Interesse bei der Untersuchung eines Falls von schwerer Körperverletzung. Dazu finde ich nichts in der Datenbank.«

Diane schweigt. Das Blut rauscht ihr in den Ohren.

»Diane? Sind Sie noch da? Welches Aktenzeichen ist das? Wie heißt die Mutter? Vielleicht haben Sie sich bei der Datumseingabe vertan.«

»Nein. Ich hab das noch nicht eingegeben.«

Diesmal schweigt Belinda. Sie gibt ein so passiv-aggressives Räuspern von sich, dass Diane fröstelt.

»Ich hab die Notizen«, redet Diane weiter. »Handschriftlich. Ich …«

»Wo sind Sie?«

»Es sind ja vielleicht nicht dieselben Leute, es war doch nur ein verirrtes Kind, nichts, was unsere Aufmerksamkeit erfordert hätte. Die Frau, die ich gesprochen habe, war authentisch. Es war bloß ein Missgeschick. Da war ich mir sicher.«

»Es ist dieselbe Frau. Die eingeschaltete Polizei hat bereits einen Namen genannt, und die Beschreibung passt auf die Person, die sie suchen. Mir wurde gesagt, sie hätten es Ihnen überlassen, sich um die Details zu kümmern.«

»Ich habe mich darum gekümmert, soweit ich es für angebracht hielt. Ich war mir sicher, dass kein Eingreifen erforderlich war. Zu dem Zeitpunkt. Sie wirkte ganz normal. Ich glaub nicht … das kann sie nicht sein. Die müssen sich irren. Vielleicht gab es zwei Vorfälle mit vermissten Kindern.«

»Ah ja, und vermutlich zwei Diane Rathbones? Ihr Name steht in deren Bericht. Sie möchten Ihren sehen. Um die Einzelheiten abzugleichen.«

»Was hat das denn mit dem in Sheffield aufgefundenen Mann zu tun? Ich weiß nicht, wie das zusammenhängen soll.«

Dianes Kopf fühlt sich an wie von einem Schraubstock zusammengepresst. Die Erkältung, die sich seit Tagen anbahnt, hat sich wie eine nasse Decke auf ihr Gesicht gelegt. Sie putzt sich die Nase, und eine Ladung grüner Schnodder verteilt sich so auf dem Papiertuch, dass ein wenig entkommt und ihr über den Handballen läuft. Sie wischt es ab, so gut sie kann. Ihr ist zum Weinen, aber sie weiß, dazu kommt es nicht, ihr ist nur immer zum Weinen, wenn sie mit Belinda spricht.

»Ich brauche Ihnen nicht zu sagen, wie schlimm Sie das vermasselt haben, Diane. Fahren Sie gleich ins Büro, schreiben Sie auf, was Sie noch wissen, und erklären Sie der Polizei, warum Ihr Bericht zwei Tage zu spät datiert ist.«

Die Verbindung bricht ab.

Als sie im Büro eintrifft, wartet dort Belinda mit verschränkten Armen, den Po auf der Kante von Dianes Schreibtisch. Sie trägt ein mistelgrünes Samtkleid mit silberner Lametta-Bordüre, doch ihr Gesicht ist weit weniger festlich.

»Diese DS kommt noch zu Ihnen. Sie wird in etwa einer Stunde hier sein.«

Diane nickt. »Dann bin ich so weit.«

»Was haben Sie sich bloß gedacht, Diane?«

»Ich habe versucht, das Gute im Menschen zu sehen, okay? Ständig beurteile ich Menschen und spiele Gott mit ihrem Leben. Ich wollte einfach, dass das abgehakt wird und sich keiner mehr damit aufhält. Woher sollte ich denn wissen, dass sie … getan hat, was ihr jetzt nachgesagt wird? Ich kann nicht alles wissen, oder?«

Belinda kneift die Augen zusammen.

»Wie lange sind Sie schon in dem Beruf?«

»Sechzehn Jahre. Ungefähr. Wieso?«

»Wie kamen Sie darauf, dass Sie in diesem Fall nicht dem Prozedere folgen müssten?«

Ich hab's einfach nicht über mich gebracht, denkt Diane. Die Formulare, der Kummer, der unvermeidliche Protest der Mutter. Ich wollte zur Abwechslung mal die Gute sein. Das Kind war glücklich, ganz ohne Zweifel. Eindeutig.

»Ich kam zu dem Schluss, dass kein Eingreifen nötig war. Das Prozedere war also belanglos. Weiter nichts.«

Belindas Stimme ist leise und tief. Sie schneidet wie kleine Messer. »Das Prozedere war belanglos? Nicht mal ein Hergangsbericht, eine Aussage der Mutter?«

Als Belinda das ausspricht, wird Diane klar, wie unprofessionell es sich anhört. Sie sinkt auf ihren Stuhl, legt die Arme auf den Schreibtisch und lässt einen Moment den Kopf hängen.

»Mir geht es nicht besonders, Belinda.« Das kommt weinerlich heraus, wie wenn ein Kind verkündet, dass es Bauchweh hat.

Die andere schnaubt und deutet damit an, dass Diane erbärmlich ist. Na gut, denkt Diane, was ist das auch für eine Entschuldigung für eine Erwachsene?

»Dann hoffe ich mal, Sie haben wenigstens die Kontaktdaten.«

Diane drückt sich ein Papiertuch an die laufende Nase. »Natürlich. Die wollte ich demnächst an die Zentrale in Sheffield weitergeben.«

»Das ist doch schon was. Zeigen Sie mal.«

Belinda streckt die Hand nach dem Zettel aus und geht damit zu ihrem Schreibtisch. Sie tippt ein paar Sekunden lang.

»Hm. Falsche Adresse. Haben Sie die nicht überprüft?«

»Nein. Wie gesagt, ich war überlastet.«

»Falscher Name bestimmt auch.«

Dianes Kopf pocht. Wieder fragt sie sich, ob es zu früh für die nächste Schmerztablette ist.

KAPITEL 22

JETZT
Joanna
Sonntag, 23. Dezember

Auf der Fernstraße dachte Joanna an das besonders Tragische der kommenden Weihnacht und bemühte sich, die positiven Seiten zu sehen. Ja, Ruby hatte sich willkürlich aus ihrer aller Leben entfernt, und um diese Zeit des Jahres schmerzte das mehr als sonst. Sie hatte Angst gehabt vor einem Weihnachtsfest ohne Ruby, dem leeren Platz am Tisch, der Erinnerungen an den Streit vom Vorjahr heraufbeschwören würde. Marianne würde sich wie üblich betrinken, Dad wie üblich alles tun, um den Schein zu wahren. Am Tag nach dem Streit hatte Jo gehofft, wenn Marianne nüchtern wurde und merkte, was ihre Worte und Taten angerichtet hatten, würde sie sich ernsthaft um Hilfe bemühen. Aber sie war nur noch tiefer versackt und hatte sich nicht mehr nur *fast* jeden Tag, sondern täglich betrunken und sich das erste Glas jeden Tag ein bisschen früher genehmigt. Joanna fiel es schwer, den Zorn auf ihre Mutter nicht offen zu zeigen; wann immer sie zusammen waren, packte sie Marianne in Gedanken bei den dünnen Schultern und schüttelte sie aus dem Suff. Es war also schon gut, dass sie eine Ausrede hatte, um sich zu drücken.

Atkinson, auf dem Beifahrersitz, unterbrach ihren Gedankengang mit einem theatralischen Seufzer.

»Ehrlich, wenn die Leute davon absehen könnten, sich ausgerechnet jetzt um die Ecke zu bringen, würde das meinem Privatleben sehr guttun.«

»Ach, daheim ist jemand nicht begeistert?«

»Erfasst. Und dabei wollte ich ihr … schon gut.«

»Was wollten Sie?«

»Ach, na ja – ich habe einen Ring gekauft.«

Ohne den Blick von der Straße zu nehmen, stieß Jo einen kleinen Freudenschrei aus und klatschte Atkinson die Hand aufs Knie. »Gratuliere!«

»Ich hab sie noch nicht gefragt. Verschreien Sie's nicht.«

»Sie sagt schon Ja, Kumpel.«

»Na, wir werden sehen.«

»Wie könnte sie anders?«

»Wenn Sie mich nach Hause lassen, ehe Weihnachten komplett vorbei ist, besteht vielleicht noch eine Chance. Eine kleine.«

Jo lachte in der Annahme, das sei scherzhaft gemeint. Atkinson verzog das Gesicht und sah durchs Fenster auf den Verkehr.

Wie auch immer Felicia auf Steves Antrag reagierte, so schief wie bei Joanna am Tag zuvor würde es wohl kaum laufen. Schon weil er es geplant und einen Ring gekauft hatte. Außerdem wollte er tatsächlich heiraten, bei ihm war es nicht bloß ein kläglicher Versuch, an etwas festzuhalten, wovon er gar nicht richtig überzeugt war. Jo wusste immer noch nicht, wo Amy hingefahren war, wollte sich aber noch darum kümmern und sich vergewissern, dass zwischen ihnen alles okay war. Heute Morgen hatte sie nach einem Schlaf in der Seesternposition und einer Reihe kurzer Bergaufsprints ihr Rennrad wieder an seinen angestammten Platz im Flur gestellt, wo gerade noch die Stapel hochhackiger Schuhe gestanden hatten. Ein bittersüßes Gefühl.

Der Name Grimsby passte. Trotz Küstenlage war die Stadt kein typisches Touristenziel, sondern vorwiegend geprägt von ihren Fischern und Fischverarbeitungsfabriken. Sie sah nicht gut aus, sie roch nicht gut. Nach Cleethorpes, ein paar Meilen weiter südlich mit seinen berühmten Stränden, zog es die Menschen, aber im größeren Grimsby saßen die Polizei und der Sozialdienst. Der ältere Wohnungsbestand sah großteils vernachlässigt aus, und als sie sich dem Zentrum näherten, färbte sich der graue Himmel durch den aufkommenden Regen matschbraun.

So viel zur weißen Weihnacht, dachte Jo und drehte das Radio auf, um über Atkinsons hartnäckige Leichenbittermiene hinweg für etwas festliche Stimmung zu sorgen.

Sie hielten an der Straße vor dem Rathaus aus Beton und Glas, in dem der Sozialdienst untergebracht war, und wurden kurz darauf von einer Frau in einem schlecht sitzenden Kostüm, die sich als Belinda Sumpter vorstellte, in einen Besprechungsraum geführt.

»Wir haben uns am Telefon gesprochen, nicht?«, sagte Jo.

»Genau. Mit dem fraglichen Fall ist Diane befasst. Sie kommt gleich. Sie sucht noch ihre Notizen zusammen. Ich sage ihr Bescheid, dass Sie da sind.«

Sie folgten Belinda am Hauptbüro vorbei, einem großen Raum mit rund fünfzehn Schreibplätzen. Nur an einem saß jemand, eine verschwitzte Frau, die wie wild tippte. Minuten später erschien sie mit einem Stoß Ausdrucke in der Hand eingeschüchtert an der Tür.

Die Sozialarbeiterin sah einfach grässlich aus. Rote Nase, tränende Augen, nahezu graue Haut.

»Danke, dass Sie sich für uns Zeit genommen haben. Nehmen Sie Platz. Wissen Sie, weshalb wir hier sind?«

Diane nickte.

»Eins noch, bevor wir anfangen – geht's Ihnen gut?«

Diane versuchte zu lächeln. Ihre Augen waren klein und rot gerändert. Sie zog ein feuchtklumpiges Papiertaschentuch aus ihrer Handtasche und schickte sich an, es auseinanderzuziehen. »Ich bin nur ein bisschen erkältet.«

Joanna griff zu ihrem kleinen Fläschchen Desinfektionsmittel, das sie immer dabeihatte, drückte sich einen Klecks auf die Handfläche, rieb die Hände aneinander, spürte, wie der Alkohol verdunstete, und entspannte sich ein wenig beim Gedanken an all die sterbenden Bakterien. Sich jetzt anzustecken hätte ihr noch gefehlt. Neben ihr zückte Atkinson ein Päckchen Papiertaschentücher und gab Diane ein frisches.

»Danke Ihnen.« Ein lautes, nasses Schnäuzen folgte.

»Gestern«, sagte Jo, »waren meine Beamten in der Wohnung eines Mannes namens Gregor Franks, der am New Park in Sheffield wohnt. Er war ziemlich schwer verletzt, wurde ins Krankenhaus gebracht und ist noch nicht wieder bei Bewusstsein. Wir versuchen eine Frau ausfindig zu machen, die unserer Vermutung nach mit dem Opfer in

Verbindung stehen könnte. Sie reist mit einem Kind. Soweit ich weiß, waren Sie am Freitag zusammen mit einigen Beamten der Ortspolizei an einem Vorfall beteiligt, bei dem eine Frau und ein Kind im richtigen Alter festgehalten wurden.«

»Zunächst wurden sie festgehalten«, sagte Diane. »Da meines Erachtens aber kein Problem vorlag, durften sie gehen.«

Jo nickte. »Nur zur Bestätigung noch mal die Namen bitte.«

»Die Mutter hieß Constance Douglas. Das Mädchen hieß Leonie Douglas.«

Atkinson machte sich eine Notiz. »Erzählen Sie uns, was passiert ist. Von Anfang an.«

»Wir bekamen einen Notruf von der Polizei wegen eines Kleinkindes, eines Mädchens, das allein am Strand aufgefunden worden war. Ein Ladenbesitzer hatte seine Tür aufgemacht, und sie war einfach hereinspaziert. Kein Erwachsener in der Nähe, und es war eiskalt. Ich dachte, ich müsste dort eine Notüberweisung veranlassen, aber als ich hinkam, war bereits die Mutter aufgetaucht.«

»Was hat sie gesagt?«

»Das Kind sei eine Ausreißerin, die dauernd wegläuft, und sie hätte es aus den Augen verloren. Sie hätte überall nach ihm gesucht. Das hörte sich gut an. Klassischer Irrtum. Tragödie abgewendet.« Diane gab ein wenig überzeugendes, leises Haha von sich. Die beiden Beamten verzogen keine Miene.

Atkinson sagte: »Hat sie erklärt, warum sie nicht die Polizei gerufen hat? Der Notruf kam von dem Ladenbesitzer.«

»Sie sagte, sie hätte wie verrückt gesucht. Und es hat ja auch nicht lange gedauert. Die Polizei muss im Nu dort gewesen sein.«

Jo schaute in ihre Notizen. »Keine drei Minuten nach dem Anruf war der erste Beamte zur Stelle. Beeindruckend. Manchmal ist man eben zur rechten Zeit am rechten Ort.«

Diane warf die Hände in die Luft. »Da haben Sie's. Hätte die Mutter sie nicht vorher gefunden, hätte sie wahrscheinlich die Polizei verständigt. Aber sie hat sie gefunden, und sie hätte sie in jedem Fall gefunden, ob mit oder ohne Hilfe der Polizei. Hätte der Ladeninhaber noch einen Moment gewartet, hätte sich die Situation von selbst geklärt. Aber es ist ja nichts passiert.«

Jo fand Dianes Körpersprache allzu defensiv. Sie sah Atkinson an, der nichtssagend lächelte. Joanna sah ihm die Skepsis an den Augen an.

»Was haben Sie in den Bericht geschrieben?«, fragte er. »Kommt da ein Nachtrag?«

»Ich wollte die Daten an den Sozialdienst Sheffield weitergeben, damit sie in sechs Wochen eine Routinekontrolle durchführen können.«

»Sie wollten? Aber Sie haben noch nicht? Wie lange dauert das normalerweise?«

Eine angespannte Pause. »Ich hab viel zu tun. Sie können sich's vorstellen. Ich wollte es machen, dann kam das Wochenende, jetzt muss es bis morgen warten. Und wie gesagt, es war ja nicht dringend.«

»Hatten Sie in Ihrer Datenbank etwas über die Mutter und das Kind? Vorherige Kontakte mit dem Sozialdienst?«, fragte Joanna.

Diane schürzte die Lippen. »Hab ich nicht nachgesehen.«

»Nein?«

Die Sozialarbeiterin warf Jo einen harten Blick zu. »Ich musste heute Morgen drei Kinder von ihrer Mutter trennen. Zwei Tage vor Weihnachten. Wissen Sie, was das für ein Gefühl ist, Detective Sergeant?«

Joannas Stimme war ruhig und freundlich, als sie sagte: »Haben Sie jetzt nachgesehen?«

Diane murmelte etwas Unverständliches.

»Bitte?«

»Belinda hat nachgesehen, sagte ich. Die Frau hat mir offenbar eine falsche Adresse genannt.«

Jo schwieg betont. Sie fing an, sich ein kleines bisschen über Diane Rathbone zu ärgern. »Aus dem, was Sie mir erzählen, geht für mich nicht hervor, wie Sie darauf gekommen sind, dass da kein Grund zur Sorge besteht. Was an Constance Douglas hat Sie auf die Idee gebracht, sie stelle keine Gefahr für das Kind dar? Sie hat es ziemlich lange aus den Augen verloren und nicht daran gedacht, Hilfe zu holen.«

»Ich musste eine Ermessensentscheidung treffen. Ich nahm an, sie hätte einfach nicht nachgedacht.«

Jo musste annehmen, dass auch Diane nicht nachgedacht hatte. Sie hätte es besser wissen müssen. Und was ihre Überlegung anging, der Ladenbesitzer hätte mit dem Notruf warten sollen – keine Sozialarbeiterin, die ihr Salz wert war, würde anregen, mit der Verständigung der Behörden zu warten, wenn ein Kind bei winterlicher Witterung allein auf der Straße gesehen wurde. Dianes Erkältung musste sich über Tage zusammengebraut haben; vielleicht hatte sie ihre Urteilskraft beeinträchtigt.

»Okay, Diane. Fangen wir noch mal neu an. Unser Opfer heißt Gregor Franks, und es besteht die Möglichkeit, dass er der Vater des Kindes ist. Nehmen wir mal an, Leonie ist der richtige Vorname des Kindes. Könnten wir die Datenbank des Sozialdienstes nach dem Namen Leonie Franks durchsuchen? Und vielleicht auch nach Constance Franks? Und nach dieser Adresse?« Sie gab Diane einen Zettel mit Gregors Anschrift. Dann wandte sie sich an Atkinson. »Können Sie …«

Er klappte schon seinen Laptop auf. »Ich suche in der Datenbank der Polizei nach Leonie und Constance Douglas, Chefin.«

Minuten später hatten sie beide eine Niete gezogen.

»Hm. Constance Douglas taucht in der Sozialdienstdatenbank nicht auf. Constance Franks auch nicht, und weder Leonie Douglas noch Leonie Franks.«

Jo musste davon ausgehen, dass die Namen alle falsch waren. Sie suchten nach einer unsichtbaren Mutter und einem unsichtbaren Kind.

»Aber sie kam so normal rüber«, sagte Diane. »Sie wirkte so – und ich weiß, das klingt jetzt furchtbar –, aber sie gehörte zur Mittelschicht. Davon sehe ich nicht viele. Sehr nett, verstehen Sie?«

Jo blinzelte Diane an. Die Frau hatte völlig den Überblick verloren. Wenn es da mal nicht zu einer dienstinternen Untersuchung und womöglich zu einer Suspendierung kam! Für die gefährdeten Kinder von Grimsby wäre das nicht das Schlechteste. Diane konnte zumindest eine Pause gebrauchen. Das Wort *Burnout* stand ihr dick auf die Stirn geschrieben.

»In einem Punkt brauchen wir noch Ihre Hilfe. Ich habe ein Überwachungskamerabild von Constance im Bahnhof Sheffield, auf dem Weg nach Cleethorpes. Dann filmen die Kameras sie beim Verlassen des Bahnhofs Cleethorpes, aber wir sehen nicht, dass sie wiederkommt oder in einen Zug steigt. Nach Sheffield ist sie jedenfalls nicht zurückgekehrt. Wir müssen wissen, wo sie hin ist.«

»Das ergibt doch keinen Sinn. Ich weiß, dass gegenüber dem Eingang eine Kamera ist.«

»Nach dem Aussteigen in Cleethorpes haben wir nichts mehr von ihr gesehen.«

»Heißt das, sie ist nicht zurückgefahren? Sie ist noch in Cleethorpes?«

»Möglicherweise. Oder sie hat ihr Gesicht verdeckt, als sie an den Kameras vorbei ist. Im Moment sieht ein Beamter das Filmmaterial durch, aber das dauert seine Zeit. Hier ist das Bild, das wir von ihr haben.«

Sie zeigte Diane das Bild auf dem Polizei-Tablet. Eine Frau mit hochgezogener Kapuze, aus der das dunkle Haar hervorschaute. Dieser gehetzte Blick. Diane runzelte verwirrt die Stirn.

»Das ist sie nicht. Das ist nicht die Frau, mit der ich gesprochen habe. Ich wusste es. Ich wusste doch, dass es sich um eine Verwechslung handelt!«

»Das ist nicht Constance?«

»Nein. Die Frau, mit der ich gesprochen habe, war nicht so dünn. Sie hatte andere Haare. Zeigen Sie noch mal.« Jo sah, wie Dianes Gesicht womöglich noch blasser wurde.

»Oh nein. Wie kann denn das …?«

»Was ist denn?«

»Das ist eindeutig nicht die Frau, mit der ich am Freitag gesprochen habe. Aber es ist dasselbe Kind. Das ist Leonie.«

»Was?«

Alle starrten auf den Bildschirm.

»Was hat das zu bedeuten?«, fragte Atkinson.

»Es bedeutet«, sagte Jo, »wer auch immer jetzt Leonie hat, es ist nicht die Frau, die New Park am Freitag mit ihr auf dem Arm verlassen hat.«

»Die Frau, mit der ich gesprochen habe … war also nicht ihre Mutter? Oder doch? Wenn doch … wer ist dann die?« Diane fasste sich an den Kopf, als durchzuckte sie ein Schmerz. Ja, dachte Jo, Untersuchung, Suspendierung.

»Das kann irgendwer gewesen sein«, sagte Joanna. »Und wer weiß, wo die echte Constance geblieben ist? Falls sie wirklich Constance heißt. Im Augenblick haben wir nur einen Schwerverletzten, der in einem Krankenhausbett im Koma liegt und dessen Tochter entführt worden sein könnte.«

Joanna sah sich erneut das Bild auf dem Tablet an. Ein unsichtbares Kind, keine Unterlagen, kein Beleg, dass es überhaupt existiert, außer diesem bisschen Film. Auch gut, dachte Jo. Für mich ist sie nicht unsichtbar. Sie wandte sich an Atkinson. »Wir machen eine Gesichtserkennung mit ihr. Dann können wir ihr folgen und feststellen, wo sie hin ist und mit wem. Kommen Sie.«

Sie standen auf und wollten den Raum verlassen.

»Warten Sie«, sagte Diane. »Zeigen Sie's mir noch mal.«

Jo gab ihr das Tablet.

»Seltsam«, sagte Diane.

»Was denn?«, fragte Jo.

»Die Frau trägt genau die gleichen Sachen wie die, mit der ich gesprochen habe.«

»Tatsächlich?«

»Ja, und sie hat die gleiche Tasche, eine Wickeltasche.«

Wirklich merkwürdig, dachte Jo.

»Mit einem Unterschied.«

»Nämlich?«

»Die Lederreisetasche, die sie da hat. Die seh ich zum ersten Mal.«

In der Vergrößerung war die Tasche deutlich zu erkennen. Seltsam, dass sie ihnen jetzt erst auffiel, denn sie war wie ein Babytragetuch um den Körper der Frau geschlungen. Auf dem Überwachungsfilm, wo sie mit beiden Armen das Kind an sich drückte, lag eine Hand immer besitzergreifend auf dem Rand dieser Tasche, als enthielte sie etwas ebenso Kostbares.

KAPITEL 23

DAMALS
Ruby
November

»Mama-Bi!«

Ruby lebte für das Geräusch der kleinen Füße, die durch den Flur zu ihr hintappten. Die Kleine hatte in dieser Woche Fortschritte gemacht, binnen Tagen vom Po-Hopsen zum Gehen. Über ihre Entwicklung machte sich Ruby keine Sorgen mehr, sie hatte das nachgeschlagen. Manchmal lernten Kinder erst mit zwei Jahren laufen, manchmal redeten sie schon im ersten Lebensjahr ununterbrochen. Leonie war ein Kind der Extreme, entwickelte sich aber zweifellos innerhalb der weiten Grenzen des Normalen. Es war ein Wunder – man konnte hier einen Menschen fast in Echtzeit wachsen sehen.

»Guck, Mama-Bi, hab Socken!« Leonie zog nacheinander ihre Socken aus. »Da!«

»Danke, Schätzchen.« Als sich Ruby nach den Socken bückte, schlug ihr von Leonie ein unverkennbarer Geruch entgegen. »He, müssen wir dir die Windeln wechseln?« Ruby nahm sie hoch und trug sie zum Wickeltisch im Badezimmer. Mit Wickeln, Füttern und allem anderen, wobei sie neuerdings zur Hand ging, kannte sie sich allmählich gut aus. Sie zog der Kleinen die Strumpfhose hoch, stellte sie wieder auf die Füße und folgte ihr in das Zimmer, in dem ihre Mutter war.

»Ganz sauber!«, verkündete Leonie im Hineinstürmen und lief geradewegs zur Spielzeugkiste.

Constance lag zusammengerollt an ihrem üblichen Platz auf dem Wohnzimmersofa. Ruby versuchte unauffällig festzustellen, wie unkonzentriert, wie zerstreut, wie abwesend sie heute wirkte. Manchmal war es, als könnte die andere die Augen nicht offen halten. Oder als nähme sie Rubys Anwesenheit überhaupt erst wahr, wenn sie anfing, Geige zu spielen. Gute Tage gab es aber auch.

»Hi, Constance.«

Es war ein guter Tag. Constance lächelte. »Hi, Bee.« Ihre Augen wanderten zu der Seelandschaft hinüber, kehrten aber gleich zu Ruby zurück.

Gregor lehnte mit verschränkten Armen an der Küchentür, noch in seiner Yogahose. Die beiden hatten zu einer recht unbefangenen Freundschaft gefunden, garniert mit Augenblicken der Verlegenheit, wenn sie sich etwa versehentlich berührten oder sie mitbekam, dass er sie etwas zu lange anschaute. Was zwischen ihnen gewesen war, war nicht verschwunden, aber sie fand, sie waren zu einem guten Gleichgewicht gelangt, das die Mühe lohnte, aufrechterhalten zu werden.

»Musiek, Mama-Bi, biiitte.« Leonie zog an Rubys Geigenkasten, damit sie alle Lieder spielte, zu denen sie gern tanzte. Und Ruby sah das liebend gern, die hin und her schwingenden kleinen Hüften, die pumpenden Ärmchen.

Fantastisch. Sie spielte »Molly Malone« und Leonies Lieblingslied, »Ein Fuchs zog aus in kalter Nacht«, bei dem sie die Töne verbog wie in der alten amerikanischen Bluegrass-Version, die sie so gut kannte.

»Ich kenne auch ein Lied«, sagte Constance.

Sie begann zu singen, und es war eine eindringliche Melodie, traurig und bewegend.

Ionn da, ionn do ion da, od-ar, da.

Ruby musste ans Meer denken und an den Nachthimmel, tief und geheimnisvoll. Nach ein paar Wiederholungen stimmte sie mit der Geige ein. Leonie wiegte sich langsam im Takt. Gregor schwieg. Sein Gesicht war seltsam leer.

»Wunderschön«, sagte Ruby. »Wie heißt das?«

»Das ist schwer zu übersetzen«, sagte Constance. »Es ist ein Freudenschrei. ›Die Freude der Seehundfrau‹? Das singen wir uns gegenseitig vor. Zu Hause, meine ich. Zu Hause haben sie das gesungen.«

In dem Moment stolperte Leonie über ihre Füße, fiel hin und schlug mit dem Kopf auf die Kante eines Holzbauklotzes. Constance sprang sofort vom Sofa und nahm das kleine Mädchen mit seinem schmerzverzerrten Gesicht auf den Arm. Leonie schnappte ein paar lange Sekunden nach Luft, dann fing sie an zu weinen. Oder vielmehr, es sah aus, als ob sie weinte, aber sie gab keinen Laut von sich.

»Hast du dir wehgetan, Baby? Nicht weinen«, sagte Constance. An Leonies Kopf entstand eine Beule. Sie weinte weiter, doch der einzige Laut, der zwischen den flatterigen Atemzügen des Mädchens zu hören war, war ein hohes Keuchen, wie wenn Luft aus einem Reifen entweicht.

»Ich hole einen Eisbeutel.« Gregor ging in die Küche.

»Was hat sie?«, flüsterte Ruby Constance zu. »Warum ist sie still? Bekommt sie keine Luft?«

»So weint sie. Immer. Beinah lautlos.«

»Das ist aber doch nicht normal. Das weißt du, oder?«

Ein Stirnrunzeln huschte über Constances Gesicht, während sie Leonies Haar streichelte. Sie wies mit einer Kopfbewegung zur Küche. »Er mag keinen Lärm.«

»Verdammt«, sagte Gregor nebenan. »Kein Eis da.«

Ruby meinte zu sehen, wie Leonies kleiner Körper sich beim Klang seiner Stimme anspannte. Sie drückte sich enger an ihre Mutter und hielt ganz still.

»He, Baby.« Ruby berührte Leonies Arm. Sie zuckte zusammen, und Ruby nahm die Hand weg. »Daddy ist dir nicht böse, keine Angst.«

Constances Gesicht war ernst und ihr Blick eindringlich, als sie Ruby über den Kopf ihrer Tochter hinweg ansah.

Bis Gregor mit einem Päckchen tiefgekühlter Erbsen in einem Handtuch wiederkam, hatte Leonie mit dem stummen Weinen aufgehört. Sie wand sich, um runtergelassen zu werden, und dachte trotz der Schwellung auf ihrer Stirn offenbar nicht mehr daran, dass sie sich wehgetan hatte. Constance wollte ihr das Kältepack auf die Stirn legen, doch die Kleine schlug es weg und tippelte samt Beule davon, um zu spielen, als wäre nichts passiert.

»So tapfer«, meinte Gregor. »Das ist mein Mädchen.«

Später brachte er Ruby zur Tür. »Danke für heute Abend. Du bist uns eine gute Freundin.«

»Es ist ja keine Mühe. Ich komme gern vorbei. Und das Lied, wow! Es ist wie ein Geschenk, dass sie mir jedes Mal etwas Neues beibringt.«

Ihre Blicke trafen sich, und Ruby wurde sich plötzlich bewusst, dass sie allein waren. Gregor scharrte verlegen mit den Füßen. »Gut, dann bis zum nächsten Mal.«

Ruby sagte: »Ich wollte dich fragen …«

»Constance geht's inzwischen besser. Findest du nicht auch?«

Ruby war sich da nicht sicher. »Heute schon. Aber Gregor, als Leonie geweint hat …«

»Ach, das. Daran hab ich mich gewöhnt. Sie ist eben nicht wie andere Kinder. Man braucht keine Ohrstöpsel.« Er lachte kurz und hörte auf, weil er merkte, dass es ihr ernst war.

»Aber warum ist sie so? Stimmt was nicht mit ihr? Hast du ihr beigebracht, nicht zu weinen?«

Sein Blick wurde finster. »Und wie bitte soll ich das anstellen, dass ein Kleinkind nicht mehr weint?«

»Na, das weiß ich nicht, aber Constance sagte …«

Erbost zischte er sie an. »Constance? Hab ich dir nicht erklärt, was mit ihr los ist? Man darf ihr kein Wort glauben, die Frau hat Wahnvorstellungen.«

»Lass mich los, Gregor, du tust mir weh.«

Er schaute auf seine Hand, die ihren Oberarm gepackt hielt, und ließ sie sofort los.

»Entschuldige, Ruby, das wollte ich nicht …«

Sie wich vor ihm zurück und rieb sich den Arm, auf dem sich ein blauer Fleck bildete. Dann schaute sie ihm ins Gesicht und sah, dass er kurz davor war zu weinen.

»Schon gut«, sagte sie, obwohl es trotz des Mitleids, das sie für ihn empfand, keineswegs gut war. »Es ist nichts passiert.«

»Nein? Herrgott, ich weiß nicht, warum ich das gemacht habe. Es tut mir aufrichtig leid. Hab ich dir wehgetan?«

Er suchte ihr Gesicht, aber sie mochte ihm nicht in die Augen sehen. »Ach was.«

»Ich bin so ein Idiot. Zeig mal …«

Sie wich noch weiter Richtung Tür zurück, als er den Arm nach ihr ausstreckte. »Nein, ehrlich, es geht schon. Aber ich wollte sowieso los.«

»Nicht doch … ich meine, natürlich kannst du gehen. Und nach dem, was ich gerade gemacht habe, würde ich auch verstehen, wenn du nicht mehr vorbeikommen wolltest.«

Eine Träne stahl sich aus seinem Auge. Er ließ Kopf und Schultern hängen.

»Mir tut es auch leid«, sagte Ruby. Wenngleich sie nicht genau wusste, was.

KAPITEL 24

JETZT
Joanna
Sonntag, 23. Dezember

Joanna rief das Team in der Zentrale zusammen. Sie präsentierte ein körniges Bild, den vergrößerten Ausschnitt einer Aufnahme der Bahnhofskamera von dem kleinen Mädchen mit der Bommelmütze.

»Höchste Priorität hat der Schutz dieses Kindes. Leonie – falls sie denn wirklich so heißt – ist bei keiner Hebamme und keinem Gesundheitsschwester-Team registriert, beim Sozialdienst so wenig wie beim Gesundheitsamt. Außerdem sind wir zwar überzeugt, dass Leonie und ihre Mutter in Gregor Franks' Apartment wohnen oder zuletzt gewohnt haben, doch sowohl das Wählerverzeichnis wie auch die Kommunalsteuerliste weisen nur Gregor unter dieser Anschrift aus. Von der Mutter haben wir bisher lediglich dieses Bild.« Sie wies auf das Foto der Bahnhofsüberwachung Sheffield, das die dunkelhaarige Frau beim Fahrkartenkauf zeigte.

»Und hier wird es interessant. Wer immer diese Person ist, es ist nicht die, die man am Freitagabend mit dem Kind gehen ließ. Denn der Grund, weshalb die Gesichtserkennungs-Software ihren Weg nach der Rückkehr zum Bahnhof nicht verfolgen konnte, ist der, dass sie gar nicht zum Bahnhof zurückgekehrt ist.«

Eine Polizistin sagte: »Das verstehe ich nicht.«

»Ich habe dafür auch keine Erklärung, Jade, aber das sind die Fakten, mit denen wir arbeiten.«

Joanna steckte den Schattenriss eines Frauengesichts neben das Foto der Frau im Bahnhof. Die Zeichnung stand für die Frau, von der sie noch kein Bild hatten. In der Mitte war ein weißes Fragezeichen.

»Zwei verschiedene Frauen, ein Name: Constance. Ich wüsste gerne erstens, was mit dieser passiert ist, derjenigen, die zuerst das Kind hatte. Und zweitens«, sie wies auf den Schattenriss, »wer das hier ist. Wie sieht sie aus und wo steckt sie? Da sie diejenige ist, die zuletzt mit dem Kind gesehen wurde, müssen wir vor allem ihre Spur verfolgen. Gibt's was Neues zu dem Medienaufruf? Irgendwelche Hinweise?«

»Die Pressemeldung hat uns keine brauchbaren Anrufe beschert«, sagte Clive. »Vielleicht sollten wir nachfassen.«

Ein junger Mann klopfte an und wurde hereingewinkt. Zivil gekleidet, groß und schlaksig, sah er wie einer von der Technikabteilung aus, und das war er auch. »Jo?«

»Ja, Eddie.«

»Wir haben sie gefunden. Die Zweite.«

»Gute Arbeit«, sagte Jo. »Auf den Bildern vom Bahnhof Cleethorpes?«

»Ja. Wir haben Leonies Gesicht in die Software geladen, und es hat sofort gepingt. Auch wenn sie der Sozialarbeiterin erzählt hat, sie wollte heim nach Sheffield – am Zeitcode der Schalterkamera sieht man, dass sie ein Ticket nach Edinburgh gekauft hat.«

Sie ist auf der Flucht, dachte Joanna und streckte die Hand nach dem DIN-A-4-Ausdruck aus. Als sie das Foto sah, hätte sie sich am liebsten übergeben. Sie versuchte, sich nichts anmerken zu lassen vor all den Beamten.

»Ich hab noch ein größeres Bild mit mehr Drumherum«, sagte Eddie. »Hier haben wir ja nur das Gesicht in Groß, auf dem anderen sieht man sie mit dem Kind im Arm auf dem Bahnhof warten.«

»Das brauche ich dann bitte noch.« Joanna merkte selbst, dass ihre Stimme untypisch leise war.

»Kein Problem«, sagte Eddie. »Geben Sie mir ein paar Minuten.« Er verließ den Raum.

Wie kann sie das sein, dachte Jo, während sie sich mit dem Bild in beiden Händen langsam zum Whiteboard umdrehte. Das ergibt doch keinen Sinn.

Irgendjemand räusperte sich, und sie merkte, dass sie schon auffallend lange nichts mehr gesagt hatte.

»So«, sagte sie. »Das ist die zweite Person, die uns interessiert.« Sie heftete das Bild an und nahm den Fragezeichen-Schattenriss herunter. Als sie sich wieder dem Raum zuwandte, musterten sie dreißig neugierige Augenpaare, allesamt darauf trainiert, Lügner zu ertappen. Joanna rieb unsicher die Hände aneinander. Was zog sie hier ab? Warum sagte sie nichts? Sie konnte ihnen die Wahrheit ja nicht ewig vorenthalten. Sie musste es ihnen sagen. Jetzt gleich.

»Das wär's vorläufig, Leute. An die Arbeit.«

Zurückgeschobene Stühle schrappten, als alle aufstanden, um zu gehen. Atkinson starrte sie an. Er schwieg, bis der Raum leer war.

»Alles okay, Chefin?«, fragte er. »Sie schauen aus, als hätten Sie ein Gespenst gesehen.«

Einen Moment lang dachte sie daran, es ihm zu sagen. Aus dem Augenwinkel sah sie Ruby auf sie runterschauen, viel älter, als sie Joanna bei ihrem letzten Zusammentreffen erschienen war. Von offensichtlicher Unruhe abgesehen, war Rubys Gesicht verschlossen, der Ausdruck nicht zu deuten; wie immer hielt sie an ihren Geheimnissen fest.

»Aber nein«, sagte sie. »Alles gut, meine ich. Entschuldigung. Hab nur eine kleine … Verdauungsstörung. Ich glaub, ich muss ein Glas Wasser trinken.« Sie schob sich an ihm vorbei und zur Tür hinaus, ehe er reagieren konnte.

Im Bad spritzte sie sich Wasser ins Gesicht und sah sich im Spiegel an. Sie war kreidebleich, ihre Hände zitterten, als sie ihr blondes Haar wieder zum Dutt band. Als sie ein Papiertaschentuch aus der Jackentasche nehmen wollte, kamen ihre Finger an die Schachtel mit dem Silberring, den sie seit Rubys Geburtstag mit sich herumtrug, den sie ihr nicht geschickt hatte, weil sie hoffte, ihn Ruby persönlich geben zu können. Sie nahm ihn heraus und steckte die Fingerspitze hinein, um den eingravierten Satz zu ertasten. Der Ring war nicht bloß ein simples Geburtstagsgeschenk, sondern eine Entschuldigung, ein Versprechen und ein Olivenzweig, gedacht als erster Schritt zur Überbrückung der Kluft zwischen ihnen. Sie drehte den Ring im Licht, und die Buchstaben glitzerten. *Filia mea et soror mea et cor meum.* Meine Tochter, meine Schwester, mein Herz.

KAPITEL 25

JETZT
Der Verletzte
Träume

Er hört das leise Flappflapp eines Springseils, ein Paar Füße, die immer wieder abspringen und aufsetzen. Der dunkle Ort hat sich in ein Krankenhauszimmer verwandelt, doch es sind nicht die gedämpften Weiß- und Grautöne eines normalen Krankenhauses. Die Wände haben weder Fenster noch Türen, sind doppelt so hoch, wie sie sein sollten, und sie leuchten bedrohlich grell. Die ganze Szene ist schief, mit Farbe übersättigt. In der Ecke hüpft ein Mädchen Seil.

Cinderella Rockefeller
Geht zum Liebsten in den Keller
Wo sie eine Schlange beißt
Und die Ärzteschar anreist:
1, 2, 3, 4

Sie zeigt die Zahlen mit den Fingern an. Als sie bei vier ist, fällt ihr der Springseilgriff aus der Hand. Sie kommt näher, ihre abgehärteten nackten Füße schlurfen über das Vinyl, das Seil schleift hinter ihr her. Der Mann will sich bewegen, sich aufrichten, und merkt, dass es nicht geht. Das Mädchen scheint zu wissen, dass er gefangen sitzt, eine Fliege in ihrem Netz. Es ist ein Traum, sagt er sich, und seine Fantasie hat sie heraufbeschworen. Wenn er die Augen schließt und wieder aufschlägt, ist sie vielleicht weg. Er kneift die Augen zu und wartet.

Als er die Augen aufschlägt, ist sie direkt vor seiner Nase. Er fährt jäh hoch und stößt einen Schrei aus. Er sieht nur ihre großen Augen, blau und weiß, ihren grinsenden Mund, die schwarzen Nasenlöcher, ihre Ponyfransen. Er riecht ihren Atem, modrig süß, kann aber das Gesicht nicht wegdrehen. Sie sitzt rittlings auf seinem Brustkorb, hockt da wie ein böser kleiner Gnom. Noch einmal versucht er zu schreien, damit sie weggeht. Aber entweder hört sie ihn nicht, oder es ist ihr egal.

Runter von mir, runter, bitte hilf mir doch einer!

Das Grinsen auf ihrem Gesicht wird langsam breiter, und sie betrachtet ihn mit kalter Neugier, als wäre er ein Insekt, das sie gefangen hat. Die Gewissheit, dass das nur in seinem Kopf passiert, ist ihm kein Trost. Es gibt kein Entrinnen. Er ist diesem bösartigen Mädchen ausgeliefert, das ihm bekannt vorkommt und ihn mit Sicherheit hasst, und er kann sich nicht bewegen, nichts sagen, nicht fliehen, das ist doch nicht fair, warum passiert ihm das?

Dann hebt das Mädchen den Arm und spreizt die Finger vor seinem Gesicht. Der kleine Finger fehlt, am Ansatz abgetrennt. Da erinnert er sich, wer sie ist und woher er sie kennt, und die Erkenntnis lässt ihn vor Schreck erstarren. Er schaut zur Sicherheit noch einmal, aber es gibt kein Vertun. Das ist seine Schwester Dora. Gestorben 1997 mit acht Jahren. Ihm fällt ein, wie er als Teenager sauer auf sie war, weil er nach ihrem Tod allein auf der Farm mit anfassen musste. Die Eltern redeten danach kaum noch mit ihm, außer über die Suche nach seiner Schwester. Ihr Leichnam wurde nie gefunden, und doch ist sie hier.

Ein Tropfen Blut vom Fingerstumpf des kleinen Mädchens fällt in sein offenes Auge und taucht die Welt in ein grausiges Rot. Er schreit. Er sackt weg.

KAPITEL 26

JETZT
Joanna
Sonntag, 23. Dezember

Eddie sah sie über den Rand seiner dünnrahmigen Brille hinweg an. »Ich hab das gewünschte Bild.«

Diesmal war sie bereit, als er es ihr gab. Atkinson beobachtete sie genau. Sie warf ihm eine Art Was-gibt's-zu-gucken-Blick zu, und er wandte sich ab und tat, als hätte er auf nichts geachtet.

Schnell heftete sie den Ausdruck an. Kein Zweifel, das war ihr Töchterlein. Das Bild fing ihre Haltung ein, die Form ihrer Gliedmaßen und ihres Körpers, wie sie den Kopf neigte. Rubys Aussehen war so individuell wie ihr Fingerabdruck und Joanna so vertraut wie das eigene Gesicht im Spiegel.

»Großartig, Eddie, danke.«

Auf dem Ganzkörperbild war Ruby genauso gekleidet wie zuvor die andere Frau: langer Kapuzenparka und kniehohe Stiefel. Die Jacke hatte einen schmalen Pelzbesatz an der Kapuze, die Stiefelabsätze waren flach. Was trieb Ruby? Wer war die andere Frau? Und die wichtigste aller Fragen: Wo zum Teufel waren sie jetzt?

»Ich komme da nicht mit«, meinte Atkinson. »Warum hatten sie dieselben Sachen an?«

»Um gleich auszusehen«, sagte Joanna.

»Das ist schon klar, aber …«

»Vielleicht auch, damit Augenzeugen denken, sie sind ein und dieselbe«, mutmaßte Eddie.

»Hm«, wandte Atkinson ein, »im Zeitalter der Videoüberwachung funktioniert das aber nicht, oder?«

»Auf Dauer nicht, nein. Aber vielleicht dachten sie, sie würden nicht so genau unter die Lupe genommen«, meinte Eddie.

»Oder«, sagte Joanna fast zu sich selbst, »als sie das ausgeheckt haben, dachten sie gar nicht daran, der Polizei aus dem Weg zu gehen. Vielleicht war es ein Spiel.«

»Dann aber kein besonders lustiges«, fand Steve.

Sie dachte an Rubys Tonfall, als sie ihr am Telefon gesagt hatte, sie habe neue Leute kennengelernt. Wie sie das Wort *kompliziert* ausgesprochen hatte. Offensichtlich kam sie nicht dahinter, was die Leute machten, vor was oder wem sie wegliefen, wen oder was sie suchten.

Eine Weile wurden stumm die Fotos betrachtet.

Atkinson wies auf das neueste Bild. »Wie nennen wir das?«

Ruby lag ihr auf den Lippen wie ein Gebet. »B«, hielt sich Jo zurück. »Constance B, weil sie die Zweite ist, die wir gefunden haben. Die andere ist Constance A. Bis wir mehr wissen.«

»Besser als ›unbekannt‹. Und wenn beide nicht Constance heißen?«

Eine heißt bestimmt nicht so, dachte Jo, doch sie sagte: »Möglich wär's. Aber als Pseudonym ist es sehr ungewöhnlich, oder? Es muss eine Bedeutung haben. Behalten wir den Namen mal im Kopf.«

»Die verfügbaren Bänder der Überwachungskameras sind wir wie gewünscht durchgegangen«, sagte Eddie. »Wir haben Bs Spur bis zum Ausgangspunkt ihrer Fahrt nach Cleethorpes zurückverfolgt. Sie kam aus Sheffield, von derselben Kamera erfasst wie Constance A, nur ein paar Stunden früher.«

Er zeigte ihr ein anderes Bild von Ruby, wie sie, den Kopf gegen den Wind gesenkt, die Hände in den Taschen vergraben, am New Park auf die Tram zum Umsteigebahnhof wartete. Im Profil war sie gerade noch zu erkennen. Sie wirkte verfroren, verletzlich. Für Joanna sah sie einsam aus. Worauf hatte sie sich eingelassen?

Atkinson sah sich die Daten auf dem Blatt Papier an, das ihm Eddie gegeben hatte. »Constance B nimmt also einen Zug nach Lincoln, wo sie auf eine Verbindung nach Grimsby um 15:34 wartet.«

»Genau.«

»Sie könnte ohne Weiteres die sein, die Gregor Franks angegriffen hat.«

»Nein, das glaube ich nicht.«

»Wieso nicht? Kein Beweis spricht dagegen. Es würde sogar eher einleuchten, wenn sie es wäre, denn Constance A musste sich um ein Kind kümmern, was als Ablenkung betrachtet werden könnte. Vielleicht hat Constance B ihn fertiggemacht, und später kam Constance A zu ihm und hat ihn so vorgefunden.«

»Wir wissen doch gar nicht, ob B in Gregors Wohnung war. Sie könnte von woanders gekommen sein. Wir sehen sie an der Straßenbahnhaltestelle, aber nicht direkt in der Siedlung, stimmt's?«

»Ja«, sagte Eddie, »aber …«

»Constance A hingegen«, und ihr Gesicht war die Ruhe selbst, »ist von der Nachbarin zweifelsfrei identifiziert worden. A war in dem Gebäude. Nicht B.«

»Die Nachbarin hat Constance A nicht identifiziert, Chefin«, widersprach Atkinson. »Sie hörte jemanden das Wort ›Leonie‹ sagen, und das war Tage vor dem Angriff. Schwerlich ein schlagender Beweis. *Gesehen* hat sie beide nicht. Das hätte sie nicht gekonnt.«

»Na gut, aber A ist diejenige, die das Kind aus dem Block geschafft hat. Die Nachbarin mag sie nicht mit dem Kind gesehen haben, aber die Kamera am Ort hat sie gesehen. Und A ist diejenige, die gefilmt wird, wie sie den späteren Zug nimmt. Von der hellhaarigen B haben wir nur die Aufnahmen an der Straßenbahnhaltestelle, die zeigen, dass sie ähnlich gekleidet ist und dasselbe Ziel hat, aber eine ganz andere Strecke nimmt.«

»Sie arbeiten zusammen«, sagte Atkinson. »Das beweist die Kleidung. Die Hellhaarige ist eine Person von besonderem Interesse und eine mögliche Verdächtige. Sowohl was die Körperverletzung als auch was die Kindesentführung angeht. Für die Körperverletzung war sie am richtigen Ort, und das Kind hat sie definitiv an sich genommen. Wir wissen nur nicht, warum.«

»Die Kleidung beweist nichts. Und ja, das Kind hat sie an sich genommen. Vielleicht ist es ja ihr Kind«, sagte Jo um einen vernünftigen Ton bemüht, aber schnippischer, als ihr lieb war, und was sie da andeutete, überraschte sie selbst. Es konnte unmöglich Rubys Kind sein.

»Moment mal, sie kann ja nicht beiden gehören. Sie hatten das Kind doch als hochgefährdet eingestuft aufgrund der Annahme, dass es nicht Bs Kind ist. Ich dachte, das sei noch die Arbeitshypothese. Oder verschweigen Sie mir etwas?«

»Natürlich nicht«, antwortete sie, ermahnte sich, ruhig zu bleiben, und fragte sich erneut, ob es Zeit sei, auszupacken. Nein, nicht jetzt, wo Eddie dabei war. »Entschuldigung, ich bin bloß müde. Wenig geschlafen letzte Nacht. Sie haben völlig recht, beide könnten es gewesen sein, auch beide zusammen oder keine von beiden. Wir bleiben bei der Arbeitshypothese. Bis sich neue Beweise ergeben.«

Sie konnte sich nicht vorstellen, dass Ruby jemanden verletzte. Schon gar nicht so, wie es mit Franks geschehen war. Aber wie gut kannte sie Ruby denn überhaupt? Sie hatte sie so lange nicht gesehen. Was zum Teufel *machte* sie mit dem Kind?

»Also«, sagte Joanna, »wir kennen die Bewegungen von Constance B, nachdem sie Sheffield verlassen hat bis zu dem Punkt, da sie mit dem Kind in den Zug nach Edinburgh steigt. Wie sieht es mit Constance A aus?«

»Nachdem sie New Park am Nachmittag verlassen hat, fuhr sie mit dem Mädchen im Zug von Sheffield nach Cleethorpes. Er hielt um 15:37 in Grimsby«, sagte Eddie. »Ich frage mich, ob sie sich eigentlich dort treffen und zusammen nach Cleethorpes fahren wollten. Oder ob A das Kind an B übergeben und allein nach Cleethorpes fahren wollte.«

»B hatte nur eine Fahrkarte nach Grimsby, das stützt diese Theorie«, sagte Atkinson. »Um nach Cleethorpes zu kommen, musste sie noch ein Ticket lösen. Ich nehme an, dass sich die Züge verspäten könnten, war nicht eingeplant. Sieht mir aus, als hätte das Treffen am Bahnhof Grimsby stattfinden sollen und auch stattgefunden, wenn Bs Zug pünktlich gewesen wäre.«

»Trotzdem verstehe ich nicht, dass sie das Kind im Stich gelassen hat«, sagte Eddie. »Warum konnte sie nicht noch ein paar Minuten warten, wenn sie von Anfang an vorhatte, es B zu übergeben?«

»Ich habe Filmmaterial gefunden über das, was am Strand passiert ist«, sagte Eddie. »Schaut her.« Er baute einen Laptop vor ihnen auf dem Tisch auf.

Die Frau in der Aufnahme wartete mit dem Kind. Das Bild war unscharf, alles in Grüntönen, die im nachlassenden Tageslicht dunkler wurden. Von oben aufgenommen, waren beide Personen perspektivisch verkürzt, doch es handelte sich eindeutig um das aus Sheffield gekommene Paar.

»Sie sind eine ganze Weile da. Ich lasse ein bisschen vorlaufen.«

Die beschleunigte Constance sah dauernd auf ihre Armbanduhr und schaute von der Kamera weg. »Sie wartet sicher auf B«, sagte Jo, »aber was hat sie vor?«

»Sie werden sehen«, sagte Eddie.

Auf dem Bildschirm drückte Constance A das kleine Mädchen an sich und vergrub ihr Gesicht in Leonies Haar. Dann setzte sie das Kind ab, ging einen Schritt weg. Sah das kleine Mädchen wieder an. Hielt sich die Hand vor den Mund.

»Sie zögert. Sie will es nicht machen.«

»Was denn?«, fragte Atkinson.

Dann tapste das Kind auf das Schaufenster zu, und gleichzeitig verschwand die Frau aus dem Bild.

»Wo ist sie hin?«

»Warten Sie, ich kann's etwas verlangsamen.«

Der Sekundenbruchteil, in dem die Frau verschwand, war, als ob man zusah, wie ein Sprinter aus dem Startblock schnellte. Ein letzter Blick auf das Kind, dann ging sie in die Hocke und rannte zum Meer.

»Gibt es keine Kamera für den Strand?«

Eddie schüttelte den Kopf.

»Sie läuft also zum Wasser, ja?«, fragte Atkinson. »Wozu? Um sich zu ertränken?«

»Wie soll man das sonst deuten?«, fragte Eddie.

»Wir gehen also davon aus, dass A sich umbringen und dass B ihr dabei helfen wollte?«

»Das würde B niemals tun«, sagte Joanna. Zu schnell und zu laut platzte sie damit heraus. Die beiden Männer sahen sie verblüfft an. »Ich meine, die Beweise sprechen nicht dafür. Es macht keinen Sinn, davon auszugehen. Und mal angenommen, sie ist wirklich ins Wasser gegangen, um sich zu ertränken, dann wäre doch inzwischen eine Leiche angespült worden.«

»Nicht unbedingt«, meinte Atkinson. »Das kann Tage, Monate, Jahre dauern. Wenn sie eine Flutwelle erwischt hat, wird die Leiche vielleicht nie angespült.« Er warf ihr einen Blick zu, der besagte: Geht es Ihnen gut?

»Fest steht«, sagte Eddie, »dass A seitdem auf keiner uns bekannten Kamera mehr zu sehen ist. Sie ist in Richtung Meer gelaufen. Und nicht zurückgekommen.«

Das verarbeiteten sie einen Augenblick schweigend.

»Was ist mit B?«, fragte Jo. »Sie ist doch in einen Zug nach Edinburgh gestiegen. Können wir ihrer Spur von da aus folgen?«

»Wir schauen noch«, sagte Eddie. »Ich geb Ihnen Bescheid, sobald ich was finde.«

Nachdem Eddie gegangen war, wandten sich Atkinson und Jo wieder dem Bildschirm zu, auf dem das Kind jetzt ganz allein mit irgendetwas am Boden hantierte. »Was ist das?«, fragte Jo.

»Ihre Handtasche. Die wurde bei dem Kind gefunden.«

»Wo ist sie jetzt?«

»B hat sie. Die Polizei hat sie ihr ausgehändigt in der Annahme, dass sie ihr gehört. Aber Constance A hat sie an den Strand mitgebracht.«

Joanna schüttelte den Kopf. »Keine Ahnung, wie ihnen das entgehen konnte. Ich hab den Bericht gelesen. B sagte der Sozialarbeiterin, das Kind müsse damit weggelaufen sein. Das Kind kann sie aber kaum heben. Hätte sie B damals aufgehalten oder einfach noch ein paar Fragen gestellt, dann wäre das alles nicht passiert.«

»Jetzt sind Sie ein bisschen hart, Chefin. Gregor Franks hätte trotzdem bewusstlos in seiner Wanne gelegen, ob sie an dem Punkt vom Sozialdienst aufgegriffen worden wären oder nicht.«

Jo spürte, wie ihr die Professionalität entglitt. Ihr wurde klar, dass sie an den schrecklichen Angriff auf Franks gar nicht gedacht hatte; sie dachte nur noch an Ruby, an die Schwierigkeiten, in denen sie steckte, und wie ihr da herauszuhelfen sein könnte. Konzentrier dich auf die vorliegende Aufgabe, sagte sie sich. Es durfte keine Rolle spielen, dass sie mit einer fallbeteiligten Person in Verbindung stand; sie musste in der Lage sein, nach dem Grundsatz gleiches Recht für alle unvoreingenommen ihre Arbeit zu tun. Gleichzeitig wusste sie aber schon, was sie machen würde, und das war nicht der vernünftigste Plan. Sie wandte sich an Atkinson. »Wir müssen nach Cleethorpes, den Strand absuchen. Schauen, ob uns da etwas entgangen ist.«

»Okay, fahren wir.«

»Sie fahren. Nehmen Sie Jade mit, wenn Sie wollen. Ich habe einiges zu erledigen. Lassen Sie mich wissen, was Sie finden.«

Atkinson stand auf, ging aber nicht gleich hinaus.

»Nur zur Sicherheit, Chefin …«

»Ja?«

»Sie verschweigen mir hier wirklich nichts?«

»Seien Sie nicht albern, Steve. Los jetzt.« Angespannt lächelnd raffte sie ihre Sachen zusammen und schob sich an ihm vorbei aus dem Zimmer.

KAPITEL 27

DAMALS
Ruby
Dezember

Seit sie einen eigenen Schlüssel besaß, hatte Ruby gelernt, die Wohnungstür still und heimlich wie ein Einbrecher aufzuschließen. Wenn Leonie sie dann erblickte, freute sie sich umso mehr. Gregor wusste wegen der Bewegungsmelder im Treppenhaus natürlich meistens, dass sie da war. Heute hatte er offenbar den Handyhinweis auf ihre Ankunft verpasst. Er und Constance stritten sich gerade.

Leise zog sie die Tür hinter sich zu und blieb lauschend im Flur stehen. Sie kramte nach dem Obstriegel, bio, für Leonie, hielt aber inne, als sie seine Stimme hörte.

Gregor klang aufgeregt. »Sie hat doch hier alles, was sie braucht. Warum willst du sie so in Gefahr bringen?«

»Da draußen ist es nicht gefährlich«, widersprach Constance. »Es ist ein Spielplatz. Sie sollte spielen dürfen wie die anderen Kinder auch.«

»Wenn die Leute hier sie sehen, fangen sie an, Fragen zu stellen. Und das kann nur darauf hinauslaufen, dass Leonie uns weggenommen wird.«

»Sie ist doch unsere Tochter. Warum sollte sie uns jemand wegnehmen?«

»Hatten wir doch alles schon. Die kümmert das nicht. Die sagen dann, wir haben sie vernachlässigt. Die wollen Geburtsurkunden sehen, einen Wohnsitznachweis. Wenn du das nicht hast, kommst du hinter Gitter, und sie wird bei einer Pflegefamilie untergebracht.«

»Das passiert schon nicht. Ruby passt auf. Bitte, wenn nicht mir, dann Leonie zuliebe! Wenn du nicht selbst mit ihr rauswillst, okay, dann geht Ruby mit. Ich bleibe hier. Weit käme ich ja sowieso nicht, was? Ohne meinen Mantel.«

»Ist dir eigentlich klar, wie verrückt sich das anhört?«

Constance brummelte etwas, das Ruby nicht verstand.

»ICH HAB DEINEN SCHEISSMANTEL NICHT, VERDAMMT NOCH MAL! WENN DU GEHEN WILLST, HAU AB!«

»Gregor, bitte, du tust mir weh. Leonie ist verstört, sieh sie dir an.«

»Wenn sie verstört ist, dann wegen dir, nicht wegen mir. Du faselst doch schon wieder; du bist so was von indoktriniert, weißt du das? Ich wünschte, du würdest mal damit aufhören.«

»Damit höre ich nicht auf. Ich hör mit gar nichts auf, bis du sagst, dass sie rausdarf. Da kannst du …«

Ein lauter Schlag ertönte, Haut auf Haut, dann noch einer.

Er ohrfeigt sie. Ruby erstarrte.

Ein dumpfer Aufschlag am Boden. Dann Stille. Ruby wollte sofort ins Zimmer stürzen und ihn anschreien, er solle aufhören, zugleich war sie aber wie angenagelt und betete, dass die Wohnzimmertür nur diesen Spalt weit offen blieb, dass Gregor jetzt nicht rauskam und sie da stehen und horchen sah, dass er mit ihr nicht dasselbe machte wie mit Constance.

»Sie gehört ins Bett, warum ist sie denn noch auf? Du bist schuld, dass sie das mitgekriegt hat. Hättest du sie ins Bett gebracht, wär ihr das erspart geblieben. Du bist eine schreckliche Mutter. Du hast mich dazu gebracht und sie zusehen lassen. Du bist krank. Vielleicht sollte ich der Polizei stecken, dass du hier bist, dann wär' ich dich los. Bestimmt würden sie auch gern von deinen komischen Verwandten hören, was meinst du? Diesen Knalltütenkult würden sie im Nullkommanichts zerschlagen und den halben Verein wegen aller möglichen Delikte drankriegen. Die Kinderschützer wären im Nu hier. Ein Anruf, und das ist geritzt.«

Eine undeutliche Antwort, die sie nicht verstand.

»Ach, du möchtest bleiben? Ich denk drüber nach.«

Ruby hörte Leonie hicksen. Sie konnte sich die Angst in ihrem kleinen Gesicht, das stumme Weinen vorstellen. Das also war das wahre Gesicht dieses Mannes. Warum hatte sie das nicht gesehen? Rubys Körper zitterte unter dem Schock, ihre Wangen brannten vor Scham darüber, wie sie sich hatte täuschen lassen.

»Scht.« Constances Stimme.

Rubys Hände schlossen sich zu Fäusten.

Gregor seufzte genervt. »Die schläft jetzt doch nicht mehr. Ich geb ihr was.«

»Nein, Gregor, das ist nicht für Kinder.«

»Ach, das geht schon, ich geb ihr etwas weniger als dir.«

»Also ich finde wirklich nicht …«

»Hörst du jetzt mal mit dem SCHEISSGENÖRGEL auf?«

Die nächste Ohrfeige.

»Siehst du, wozu du mich gebracht hast? Wann lernst du endlich, mitzuziehen? Immer musst du dagegen sein.« Ruby hörte ihn ins Bad gehen, den Schrank öffnen und schließen. Als er wiederkam, hatte sich sein Tonfall geändert; die Stimme war weicher geworden. »Hier, Kleines, weit auf das Mündchen, Arznei für dich.«

»Bitte …«

»Komm, halt ihr den Scheißkopf fest. Und den Mund auf, MACH schon.«

Nach einem gluckernden Geräusch fing Leonie an zu husten und zu spucken. Ruby musste jetzt sofort da reingehen. Aber die Angst packte sie, bannte sie, noch während die Scham über das Nichteingreifen ihr in den Magen kroch.

»Das war zu viel, Gregor, du wolltest doch …«

»Schon gut, das meiste hat sie ja sowieso auf den Teppich gespuckt. Und ich darf das jetzt wieder aufwischen, oder?«

Ruby wagte kaum zu atmen. Vielleicht sollte sie rausgehen und wieder reinkommen – so tun, als hätte sie kein Wort gehört. Der andere Teil von ihr, der mutige Teil, wäre am liebsten ins Zimmer gestürmt und hätte Gregor einen Schlag gegen den Kehlkopf versetzt.

Der Teppich wurde mit Papiertüchern trocken gerieben.

»Tut mir leid, dass ich geschrien habe, Baby.« Als wäre ein Schalter umgelegt worden. Das war jetzt die Stimme des Gregors, den sie kannte – sanft und rücksichtsvoll.

»Entschuldige. Es macht mich einfach wütend, wenn du von mir Sachen verlangst, die nicht gehen. Dabei ist das zu deiner eigenen Sicherheit. Mir fällt es auch nicht leicht, die ganze Zeit mit euch eingepfercht zu sein. Ich suche nach Kräften eine Möglichkeit, wie sie gefahrlos hier rauskann.«

»Sie könnte doch jetzt schon raus, wenn Ruby dabei wäre …«

In der darauf folgenden Stille betete Ruby stumm, Constance möge das nicht noch mal aufbringen, nachdem er eben so wütend geworden war. Doch er seufzte nur und wurde nicht laut. Die Gefahr schien vorerst vorüber.

Seine Stimme war freundlich. »Das ist zu riskant. Eine neugierige alte Nachbarin würde die Verbindung zu unserer Wohnung herstellen, und schon würde der Sozialdienst herumschnüffeln. Wir wären hier nicht mehr sicher. Und was den Mantel angeht, das lass doch mal gut sein. Es gab nie einen Mantel. Du warst so gut wie nackt, als ich dich gefunden habe, mit irgendwas vollgedröhnt, weißt du nicht mehr? Hab ich dir schon gesagt, Schatz. Du musst das geträumt haben. Der Mantel hält dich hier nicht fest. Dein Kopf tut das.«

Seine Stimme wurde lauter, als er sich der Tür näherte, hinter der sie stand, doch es war zu spät, um noch etwas zu ändern. Er öffnete sie und blieb abrupt stehen.

»Oh«, sagte sie. »Hallo.« Sie versuchte, die Angst wegzudrücken, ihn normal anzusehen, nicht so voller Panik, dass ihr Lächeln unecht wirkte. Sie hörte beinah ihr Herz hämmern. Vielleicht hörte er es auch.

»Hallo.« Er sah sie aus zusammengekniffenen Augen an, klopfte die Taschen nach seinem Handy ab. »Wie lange stehst du da schon?«

»Pardon, bin gerade reingekommen. Ist alles in Ordnung?«

Er zog die Tür hinter sich zu, nahm sie beiseite, und sein Atem traf feucht auf ihre Haut, als er ihr ins Ohr flüsterte: »Sie faselt wieder von dem Mantel. Meinst du, ihr kommt klar? Ich muss für ein paar Stunden weg. Kannst du Constance Gesellschaft leisten und zusehen, dass nichts passiert? Wovon wir mal ausgehen. Aber für alle Fälle.«

Die Nähe bescherte ihr eine Gänsehaut. Nur instinktive Selbsterhaltung hinderte sie daran, ihn wegzustoßen. »Klar.«

»Notfalls kannst du mich anrufen.«

»Meinst du, es kommt so weit?«

»Keine Ahnung, vielleicht schon.«

Sanft legte er die Hände auf ihre Oberarme. Sie bemühte sich, nicht zurückzuzucken, wünschte ihn sonst wohin, wollte sich das aber nicht anmerken lassen. »Ich habe überlegt, dass du vielleicht recht hast, was eine Behandlung für Constance angeht. Allein sind wir vielleicht überfordert.«

»Sie sollte sich behandeln lassen, meinst du?« Ein wenig Hoffnung keimte in Ruby auf. Wenn Constance zum Arzt gehen konnte, kam sie vielleicht von Gregor weg.

»Ich habe eine stationäre Behandlungsmöglichkeit gefunden, die für sie geeignet sein könnte. Allerdings ist das eine geschlossene Einrichtung. Sie müsste für ein paar Wochen weg und dürfte keinen Kontakt mit uns haben.«

»Ach so. Überhaupt keinen Kontakt? Nicht mal mit Leonie?« Ihr stellten sich die Nackenhaare auf.

Er schüttelte mit aufrichtig scheinendem Bedauern den Kopf. Wie überzeugend er auftrat! »Die Therapie ist ziemlich intensiv, aber wenn es ihr so schlecht geht wie jetzt, könnte sich das auszahlen.« Es war, als hätte er überhaupt nichts gemein mit dem brutalen und gewalttätigen Mann von vorhin.

»Wo ist denn diese Einrichtung?«

»Keinen Kontakt zu ihr zu haben wird für uns alle schwer. Daher halte ich es tatsächlich für das Beste, dir das gar nicht erst zu sagen.«

Da begriff sie mit kalter Gewissheit, dass Constance, wenn sie fortginge, nicht wiederkommen würde – dafür sorgte er dann schon. Ihr war, als wollte ihr das Herz aus der Brust springen. »W-wie lange bliebe sie dann weg?«

»Bis es ihr besser geht, denke ich.«

Ruby schaute ihn an, sann auf eine Antwort, überlegte, was er wohl von ihr hören wollte. Wenn er schauspielern konnte, konnte sie das auch. Nach außen gab sie sich erleichtert und hoffnungsfroh. Innerlich verging sie vor Angst. »Okay«, sagte sie.

»Aber wenn's drauf ankommt – wenn ich sie in der Therapie unterbringen kann, meine ich –, würdest du mir dann mit dem Baby helfen, solange sie fort ist? Würdest du hier einziehen?«

So dachte er sich das also. Wenn Constance weg war, brauchte er hier einen Ersatz, der weitgehend die Betreuung des Kindes übernahm. Sie tat, als denke sie darüber nach. »Für die Zeit, wo sie weg ist? Klar kann ich das.«

Er grinste erleichtert. »Herzlichen Dank, du ahnst ja nicht, wie viel mir das bedeutet. Du kannst so gut mit Leonie umgehen. Ich glaube, sie hat dich lieber als mich.«

Ruby rang sich ein Lachen ab, um zu zeigen, dass sie das lächerlich fand. Bloß war es das nicht. Es war das einzig Wahre, das er bis jetzt gesagt hatte. Leonie nahm sich ihrem

Vater gegenüber immer sehr in Acht. Ihr musste klar sein, dass da etwas ganz und gar nicht stimmte.

»Ich brauche nicht gleich eine Antwort. Aber denk drüber nach, versprichst du mir das? Es ist ein dicker Brocken. Eigentlich zu viel verlangt.«

»Mir macht das wirklich nichts aus.«

»Ohne dich wäre ich nie auf die Idee gekommen, sie wegzuschicken. Aber es ist jetzt das Richtige, glaube ich.«

»Ja.«

Er nickte. »Du nicht?«

Obwohl sie krank vor Angst war, setzte sie ein Lächeln auf und bestätigte nickend, dass es das Beste sei.

»Ich weiß nicht, wie ich dir danken soll, Ruby. Für alles.«

Sie verdrehte die Augen: *Keine Ursache*.

Er sah auf sein Handy-Display. »So spät schon. Ich muss los. Heute Abend braucht sie vielleicht ihr Schlafmittel, das ist im Bad. Gibst du ihr das bitte? Es ist schlimm, wenn sie nicht schlafen kann.«

»Schlafmittel?«

»Ja, nur so ein Kräuterzeug. Braune Flasche. Ein Esslöffel tut's normalerweise, aber heute Abend wären zwei wohl besser. Sie ist ein bisschen hibbelig.«

Gregor gab ihr ein Küsschen auf die Wange, schnappte sich seine Jacke und ging. Als die Tür ins Schloss fiel, rieb sie seinen Kuss mit dem Handrücken ab.

Im Wohnzimmer schlief Leonie mit schlaff gespreizten Armen und Beinen auf Constances Schoß. Als Ruby eintrat, wischte sich Constance mit dem Ärmel über die Augen. Ruby hätte Schwellungen in ihrem Gesicht erwartet, aber nirgends war die blasse Haut gerötet, nichts wies auf die erlittenen Schläge hin. Er musste sich auf Stellen beschränkt haben, wo man es nicht sah. Immer die langen Ärmel, die hohen Hemdkragen. So erklärte sich das. Wo tut es weh?, wollte sie fragen. Aber Constance hielt den Kopf so vorsichtig, und als sie jetzt hinsah, war das eine Ohrläppchen knallrot und geschwollen.

»He, Mama Ruby. Du kommst zu spät, sie ist schon fertig fürs Bett.« Constance drückte die Kleine an sich, betrachtete ihr Gesicht und streichelte sie sanft mit der Fingerspitze, während sie sang.

Ionn da, ionn do, ionn da, od-ar da.

Ruby sang die Antwort.

Hi-o dan dao, hi-o dan dao, hi-o dan dao, od-ar da.

»Du hörst dich fast wie eine an, wenn du so singst«, sagte Constance leise, mit tiefer Stimme, sodass Ruby Mühe hatte, die Worte zu verstehen.

»Wie wer denn?« Die Luft schien aufgeladen, und Ruby war schwindlig. Sie wusste nicht, ob das Schwindelgefühl von dem kam, was sich gerade abgespielt hatte, oder von ihrer nervösen Erwartung dessen, was Constance jetzt sagen könnte.

Constance sprach noch leiser und blickte geheimtuerisch von links nach rechts. »Eine Seehündin. Von der alten Schäre.«

»Die singen?«

»Natürlich. Die ganze Zeit.«

Ruby merkte, wie sie Angst bekam bei dem seltsamen Gesichtsausdruck, mit dem Constance sprach, den grauen Augen, die übergroß wurden und zu sehr leuchteten, wenn sie anfing, sich von der Realität zu lösen. Aber Constances

Wahnvorstellungen mussten jetzt warten. Wichtiger war es, sie hier rauszuholen – um ihren Geisteszustand konnten sie sich kümmern, wenn sie an einem sicheren Ort waren. Einem Ort, der nicht mit Kameras und Abhörgeräten bestückt war.

Während Constance das Baby ins Bett brachte, schaltete Ruby den Fernseher ein und drehte ihn laut auf.

Sie lachte – und hoffte dann, dass es nicht unecht klang – über Constances verwirrten Gesichtsausdruck, als sie wieder ins Zimmer kam. Sie sahen sonst nie fern. »Das gefällt mir«, sagte Ruby – zu laut? »Komm, wir gucken das zusammen.« Es war eine Talentshow, nichts als Ballkleider und Talmi. Constance sah sie fragend von der Seite an. Ruby stellte den Ton noch lauter und warf einen Blick zur Decke. Da schien Constance zu verstehen.

Die Augen fest auf den Bildschirm gerichtet, mit fast unbewegten Lippen, sagte Ruby: »Ich hab mitbekommen, was er gerade mit dir gemacht hat.«

Ruby spürte förmlich, wie Gregor sie über die Deckenkameras beobachtete. Der Kopf juckte ihr, aber sie kratzte sich nicht. Das fiese Gefühl kroch ihr den Nacken hinunter und verteilte sich über die Haut. Ihr ganzer Körper schmerzte unter der Anstrengung, stillzuhalten, nicht zu reagieren, nicht zu zittern, obwohl ihr Herz so laut hämmerte, dass sie sicher war, die versteckten Mikrofone müssten es erfassen.

Constance schwieg eine Weile. Aus dem Augenwinkel sah Ruby, wie eine dicke Träne ihr über die Wange lief und im Fernsehlicht die Farbe änderte.

»Schlägt er auch Leonie?«

Sie sah Constance an, die kaum merklich nickte. Zorn entflammte Rubys Wangen. Ihre Finger zuckten, als hätten sie etwas ergreifen wollen, um ihn zu schlagen, wenn er denn dort gewesen wäre. Sie bemühte sich, ruhig zu atmen.

»Ich kann dir bei der Flucht helfen. Hier darfst du nicht mit ihr bleiben. Du kannst überallhin, in eine andere Stadt – es gibt Häuser für Frauen wie dich, mit kleinen Kindern.«

»Nein«, sagte Constance. »Ich muss nach Hause. Heim auf die Insel. Die Schäre. Die kommen mich holen, wenn ich zur rechten Zeit dort bin, zur Sonnenwende …«

»Möchtest du da wirklich hin?« Natürlich war es die Heimat für Constance, aber Ruby hatte nur Grässliches darüber gehört. Die Rituale, die sonderbaren Glaubensvorstellungen, die für viele zum Tod durch Ertrinken führten. Auch wenn sich Ruby darüber im Klaren war, dass das alles von ihm kam. Dem Mann, dem sie bis vor Kurzem noch vorbehaltlos geglaubt hatte. Constance hatte sie nicht richtig zugehört, weil Gregor sie als verrückt hingestellt hatte. Aber Gregor hatte in so vieler Hinsicht gelogen, von Anfang an. Sie hatte keine Ahnung, wer er überhaupt war.

In Constances Augen glitzerten Tränen. »Bevor ich ihn kennenlernte, war ich glücklich«, murmelte sie.

Da klingelte Rubys Handy. Gregor. *Hat sie schon ihre Arznei eingenommen?*

Macht sie gerade, antwortete Ruby.

»Er sagt, du musst deine Arznei nehmen.«

»Gut«, meinte Constance, »dann bin ich wenigstens eine Zeit lang bewusstlos.« Sie ging ins Bad, und Ruby hörte, wie der Schrank geöffnet und geschlossen wurde, eine Glasflasche klirrte. Als sie wiederkam, sprach Ruby wegen der Deckenkamera aus dem Mundwinkel und hoffte, dass die Fernsehshow alles übertönte.

»Wir müssen uns die nächsten Schritte überlegen«, sagte sie. »Einen Plan, wie wir euch beide hier rauskriegen.«

»Jetzt nicht«, sagte Constance. »Das wird zu viel. Für heute schlafe ich.«

»Er hat aber gesagt, er schickt dich bald weg. Ich weiß nicht, wie viel Zeit uns bleibt.«

»Mich wegschicken? Wohin denn?«

»In Therapie. Aber du darfst ihm nicht trauen …«

»Ich kann nicht weg. Nicht ohne meinen Mantel.«

»Deinen Mantel?« War der am Ende doch real? Ruby entschied, dass sie auf jeden Fall so tun musste, als glaube sie daran, wenn sie wollte, dass Constance ihr vertraute. »Kannst du dir keinen neuen besorgen?«

Sie schüttelte den Kopf. »Der ist ein Teil von mir. Ich bin darin geboren worden.«

Ruby stellte sich das bildlich vor, eine windgezauste Steinhütte auf einer Insel, die Mutter in den Wehen, die als Kissen für ihr Baby auf dem gestampften Lehmboden nichts als einen alten Mantel hat.

»Und wenn er ihn weggeworfen hat?«

»Das glaube ich nicht. Der Mann hebt alles auf, möglichst für immer. Ich glaube, dich will er auf die eine oder andere Art auch behalten, Ruby.« Das Schlafmittel zeigte Wirkung, denn schon sprach Constance langsamer und sank tiefer in die Kissen.

Ruby merkte, wie sich ihr Puls beschleunigte. Wenn sie schnell machten, konnten sie jetzt weg. Aber Constance rollte sich auf dem Sofa zusammen, und die Augen fielen ihr zu.

»Lohnt es sich wirklich, wegen eines Mantels hierzubleiben?«

»Ich bleibe *nur* wegen des Mantels hier. Meinst du nicht, sonst wäre ich längst verschwunden?«

Als sie in Constances Augen sah, glaubte sie endlich zu verstehen. Der Mantel war eine Verbindung zu ihrer Vergangenheit, zu ihrem wahren Selbst, zu allem, was Gregor ihr vorenthalten hatte. Er war mehr als ein Symbol, mehr als ein Besitz. Ruby wollte Constance so gern helfen, etwas von dem wiederzuerlangen, was sie verloren hatte, etwas von ihrer angegriffenen geistigen Gesundheit, ihrem Selbstwertgefühl. Vor allem aber musste sie Mutter und Tochter hier rauskriegen.

Als Gregor eine Stunde später wiederkam, schnarchte Constance leise im Schlaf. Sie rührte sich nicht mal, als er sie auf den Armen zu ihrem Bett trug.

Ruby verbarg ihre Furcht, hoffte es zumindest. Sie gähnte, reckte sich und schickte sich an zu gehen.

»Du willst weg?«, fragte er.

»Ja. Im Moment schlaf ich nicht so toll. Sehr lästig. Ich will möglichst nicht zu lange aufbleiben. Einen Rhythmus finden. Vielleicht könnte ich etwas von eurem Schlaftrunk gebrauchen.«

Er lachte. »Schon möglich.«

»Was ist denn da drin? Bei Constance ging gleich nach dem Einnehmen das Licht aus.«

»Geheimrezept«, sagte Gregor und tippte sich an die Nase. »Na ja, so geheim auch wieder nicht. Kamille, Lavendelessenz, Baldrian. Und ein kleines bisschen Alkohol natürlich.«

Ruby musste an sich halten, um nicht herauszuplatzen: Alkohol? Und das hast du dem Baby gegeben? Sie überspielte ihre Fassungslosigkeit mit einem Husten und einem interessierten Lächeln.

»Bedien dich. Aber höchstens einen halben Löffel, wenn du's nicht gewohnt bist. Das Zeug ist ziemlich gut.«

Im Bad öffnete Ruby den Schrank überm Waschbecken. Da stand eine braune Flasche, neben der ein Löffel lag. Sie nahm die Flasche heraus, schraubte sie auf und schnupperte daran. Ein süßlicher, chemischer Geruch, gar nicht wie Alkohol. Sie goss einen Löffel voll und schluckte die Flüssigkeit. Bitter.

Noch ehe sie nach Hause kam, waren ihre Beine schwer wie Beton. Sie erwachte vierzehn Stunden später bei angelehnter Tür mit dem Gesicht nach unten auf dem Teppichboden in ihrer Wohnung und konnte sich nicht erinnern, wie sie dorthin gekommen war. Zum Glück hatte sie niemand beraubt. Als sie sich auf die Knie hochrappelte, die Trockenheit im Mund und den Schmerz im Kopf spürte, durchfuhr sie weiß glühend und zornleuchtend nur ein Gedanke: Das Dreckszeug hat er *Leonie* gegeben?

KAPITEL 28

JETZT
Joanna
Sonntag, 23. Dezember

Auf der Fahrt zur Siedlung New Park dachte Joanna nur an Ruby. Es gab so vieles, das sie ihr nie gesagt hatte, ihr vielleicht aber hätte sagen sollen. Nie war es der richtige Moment gewesen, und jetzt war es womöglich zu spät. Unterwegs fing es an zu regnen, ihre Gedanken schwärzten den Himmel.

In den ersten Jahren war Jo so sorgfältig darauf bedacht gewesen, nicht zwischen ihre Mutter und Ruby zu geraten, dass sie sich von ihnen ferngehalten hatte, indem sie sich zunächst der Schule, dann dem College und dem Sport verschrieb und sich später ganz der Polizeiausbildung widmete. Sie hatte gelernt, das mühsam unterdrückte, schmerzliche Gefühl auszuhalten, das an ihr nagte, denn tief im Innern wusste sie, dass es der Drang war, eine richtige Mutter zu sein, der ihr nicht nur verwehrt worden war, sondern den sie selbst aktiv verleugnet hatte. All die Jahre lebte die Familie vor sich hin, machte ihren Kram, und die Realität der Adoption und die Alkoholkrankheit der Mutter wurden genauso ignoriert wie Rubys Ablehnungsgefühle und Joannas Eindruck, ersetzt worden zu sein. Ignoriert, bis es nicht mehr ging. Dann hatte Ruby sie verlassen und das halbe Herz Joannas mitgenommen.

Unmittelbar nach dem Streit war Jo so wütend gewesen, dass auch sie ihre Mutter nie hatte wiedersehen wollen. Mit der Zeit wurde ihr aber klar, dass die Schuld geteilt werden musste. Wie immer, wenn etwas besonders wehtut, steckte auch hier ein Körnchen Wahrheit in dem, was gesagt worden war: Das alles wäre nicht passiert, wenn Joanna nicht Ruby zur Welt gebracht hätte. Eine Woche dauerte es, bis sich Joannas Wut so weit gelegt hatte, dass wieder Platz für Mitleid war. Sie hatte Marianne überredet, Ruby den Raum und die Zeit zu lassen, die sie brauchte. Joanna war überzeugt, wenn ihnen das gelang, würde Ruby nach Hause kommen, würde sie Marianne genauso verzeihen, wie Jo ihr verziehen hatte. Aber das war in den zwölf Monaten, die sie geduldig gewartet hatten, nicht eingetreten. Ruby hatte sich nur noch weiter entfernt.

Als die hohen Wohnblöcke in ihrem Blickfeld erschienen, fragte sie sich, ob es zu spät war, das alles noch hinzubiegen. Ruby hatte sie immer gebraucht, nicht nur als Schwester. Das hätte Jo sich früher eingestehen sollen, als ihr Kleines noch ein Kind gewesen war und es besonders darauf ankam. Jetzt war ihr, als würde sie die Gelegenheit bekommen, ihre ganze Liebe und Fürsorge zum Ausdruck zu bringen. Was auch immer Ruby getan, was auch immer sie verbrochen hatte, Jo konnte ihr verzeihen. Sie konnte ihr sogar helfen, nicht ins Gefängnis zu kommen. Als Polizeibeamtin war sie zwar verpflichtet, Verdächtige aufzuhalten und festzunehmen, doch ihre Pflicht als Mutter ging vor.

Joanna parkte und sah auf dem Weg zum Westblock nur kurz zum Eingang des Nordblocks hinüber. Sie wusste, dass Gregors Wohnung vom Erkennungsdienst versiegelt worden war, der am nächsten Tag seine Arbeit fortsetzen würde. Sie hatten Proben und Fingerabdrücke genommen und Fotos gemacht. Morgen würde die Durchsuchung etwas fundamentaler werden. Einer der Beamten hatte eine neu ersetzte Fläche im Putz entdeckt und um Erlaubnis gebeten, die Wand aufzubrechen. Jetzt im Moment aber sah der Hochhauseingang so aus wie immer. Kein Absperrband, keine Wachtposten, kein Anzeichen, dass da etwas Ungewöhnliches geschehen war. Bis auf eine Kleinigkeit. Kein Passant würde es bemerken, aber Jo wusste, wenn man genau hinsah, klebten noch Tropfen von Gregors Blut auf dem Pflaster. Sie weigerte sich, sich Ruby als die für diese Verletzungen Verantwortliche auszumalen; die Person, die sie sich bei der Tatausführung vorstellte, war gesichtslos und trug einen dicken schwarzen Zopf. Ungeachtet dessen wusste sie aber, dass Ruby wahrscheinlich vor Kurzem noch in Gregors Wohnung gewesen war und die Auswertung der DNA- und Fingerabdruckspuren nicht lange auf sich warten lassen würde. Wenn erst die Verbindung zu Ruby feststand, war es nur ein kleiner Schritt von ihr zu Jo. Joanna würde ein paar unangenehme Fragen bezüglich zurückgehaltener Informationen und Befangenheit beantworten müssen. Das bisschen Zeit, das ihr blieb, musste sie bestmöglich nutzen.

Am Eingang zu den Wohnungen klingelte sie auf gut Glück, bis sie eine Antwort bekam.

»Ja?«

»Polizei. Ich brauche Zugang zu diesem Block.«

Da der Angeklingelte einfach auflegte, versuchte sie es noch einmal und erwischte jemand Bereitwilligeren. Sie hörte den Öffner summen und stieß die Tür zum Treppenhaus auf.

Im siebten Stock fand sie Rubys Tür, klopfte laut und nannte hauptsächlich für die Nachbarn ihren Namen und Rang. Da sie mit keiner Antwort rechnete, schwang sie nach nur kurzem Zögern die Tasche mit der Ramme von ihrer Schulter, stellte sie auf den Boden und öffnete den Reißverschluss. Sie zog den schweren Metallzylinder heraus, brachte ihn in Stellung und zielte auf das Schloss.

»Treten Sie von der Tür weg. Ich breche das Schloss auf bei fünf, vier, drei, zwei ...«

»Was machen Sie da?«

Sie erstarrte und schaute nach links. Es war Atkinson. Schon wurde aus der Überraschung Zorn.

»Was ich hier mache? Was machen Sie denn hier? Sie sollten doch in Cleethorpes den Strand absuchen.«

»Ich bin im Verkehr hinter Ihnen gelandet. Dann hab ich Sie hier reinfahren sehen und dachte ... Sie brauchen vielleicht Hilfe.«

»Sie sind mir gefolgt.«

»Ich hab gerufen, als Sie ausgestiegen sind. Sie haben mich nicht gehört. Über Funk wollte ich nicht sprechen, falls ... ich wusste ja nicht, was Sie vorhaben. Ob es fallbezogen ist oder ... privat.«

Jo ließ die Ramme sinken. Sie trat einen Schritt auf Atkinson zu. »Egal, wie das hier für Sie aussieht, vergessen Sie's einfach, okay? Das ist ein ausdrücklicher Befehl. Drehen Sie sich um und gehen Sie.«

Atkinson trat einen Schritt zurück. Er schien unsicher.

»Wer wohnt da, Chefin?«

Ein paar Sekunden lang sah sie ihn nur an.

»Das ist doch 7b«, redete er weiter. »Die Wohnung mit Blick auf die des Opfers. Sie wollten die Zeugenaussage einholen, aber es hat wohl niemand aufgemacht?« Er sah auf die Ramme, die sie noch in der Hand hielt. Als sich ihre Blicke trafen, bekam sie das Gefühl, dass er nervös war. Er dachte offenbar, sie sei durchgeknallt, nicht mehr ganz bei sich. Auch sie schaute auf die Ramme und dann auf die Tür. Vielleicht stimmte es ja.

»Vertrauen Sie mir, Steve?«

Ein ganz kurzes Zögern, dann: »Ja, Chefin.«

»Ich könnte es vielleicht erklären«, sagte sie.

»Ah ja?«

»Aber erst muss ich was machen.«

Joanna drehte sich um, holte in einer fließenden Bewegung mit der Ramme aus und wuchtete sie in das Schloss. Der Rahmen splitterte, das Schloss gab nach, und die nach innen schwingende Tür krachte voll gegen die Wand. Jo funkelte Atkinson an.

»So. Wie Sie sehen, ist das, was ich hier mache, nicht ganz nach Vorschrift. Daher lasse ich Ihnen die Wahl. Sie können entweder den Mund halten und sauber bleiben. Dann machen Sie jetzt kehrt und erledigen Sie den Ihnen zugewiesenen Auftrag.« Sie hielt inne.

»Oder? Was ist die Alternative?«, fragte Atkinson.

Sie sah ihm in die Augen. »Die Alternative ist, Sie machen ein anderes Gesicht und helfen mir herauszufinden, wo sie geblieben ist.«

KAPITEL 29

Der Verletzte erinnert sich

Er folgt einem Mann über den Friedhof. Der Verfolgte ahnt nichts von seiner Nähe, wie schon seit einem Monat nicht. Während er ihm in sicherem Abstand folgt, ahmt er genau den Gang des Verfolgten nach und fährt sich wie er alle paar Sekunden mit den Fingern durchs Haar. Als der Verfolgte anhält, um etwas auf seinem Handy nachzusehen, bleibt auch er in derselben Pose stehen. Der Verfolgte schaut ihn an, sieht aber nicht richtig hin, nimmt ihn nicht richtig wahr. Sonst hätte er sich vielleicht gewundert, dass der Mensch vor ihm die gleiche Frisur hat wie er und die gleichen Schuhe trägt.

Der Verfolgte hat keine besonderen Freunde, obwohl er sehr reich ist. Überhaupt kennen ihn nur Leute, die dieselbe BDSM-Webseite nutzen wie der Verfolgte, und niemand dort kennt seinen wahren Namen. Sein Gesicht würden sie nicht erkennen, da der Verfolgte niemals Selfies ins Netz stellt. Er bleibt für sich, und er genügt sich selbst, auch wenn er die große Wohnung mit seiner alten Mutter teilt, der er treu ergeben ist. Wahrscheinlich gefällt es dem Verfolgten sehr, dass die Mieter in dem Wohnblock, der ihm gehört, sich gar nicht bewusst sind, dass er der Vermieter ist und über ihnen wohnt. Sie wissen nicht, dass er die Penthousewohnung bei der Renovierung gründlich hat schalldämmen lassen, sodass er das Gebäude kaum jemals verlassen muss. Der Verfolgte lässt sich seine Unterhaltung bequem wie Pizza jeden Freitag nach Hause liefern. Seine Mutter hört nie einen Piep. Sein Verfolger weiß das, denn er hat alles sorgfältig notiert. Der Verfolger hat von der gegenüberliegenden Wohnung aus zugeschaut, der leerstehenden in dem Sozialwohnungsblock, von der man zufällig genau reinsehen kann und die er dank des leicht zu hackenden Sozialwohnungsportals für seine Zwecke hat freihalten können. Der Verfolger hat auf den richtigen Zeitpunkt zum Zuschlagen gewartet, hat das Warten als Teil des Spiels genossen. Jetzt endlich, findet er, sitzt die Rolle perfekt. Es bringt nichts, den Verfolgten weiter herumlaufen zu lassen. Heute Abend also. Besser geht's nicht.

Er lässt den Verfolgten ins Haus gehen und läuft ein paar Minuten weiter, ehe er sich per Handy auf der BDSM-Webseite einloggt, auf der er ein mit Sicherheit zündendes Profil angelegt hat. In Sekundenschnelle haben sie ein Date. Er wartet noch ein halbe Stunde, ehe er klingelt und eingelassen wird. Er geht die Treppe hoch, klopft an die Tür, sieht zu, wie sie sich öffnet. Die beiden Männer tauschen ein spiegelgleich langsames Lächeln aus. Der Verfolgte tritt zur Seite, um ihn hereinzulassen, und er betrachtet den großen Wohnraum, das geschmackvolle Dekor, die hohen Decken. Hübsch, denkt er. *Ich glaub, hier werd' ich mich sehr wohl fühlen.*

Schnitt zum Schlafzimmer, ein paar Stunden später, und der Verfolgte kniet nackt bis auf ein blaues Hemd auf dem

Bett. Er ist hilflos, die Augen groß und flehend, der Mund leicht geschwollen, aus einem Mundwinkel tropft Blut. Die dem Opfer gehörenden Handschellen sitzen perfekt, sie sind maßgefertigt. Die Schalldämmung, die der Verfolgte in der Wohnung hat einbauen lassen, ist ausgezeichnet. Wie laut der Verfolgte auch schreit, nebenan oder im Stock darunter wird niemand etwas hören. Der Mann dreht sich um und ergreift eine alte grüne bestickte Krawatte, die er im Kleiderschrank gefunden hat. Der Verfolgte erkennt, was der Mann vorhat, und setzt sich wie vorhergesehen zur Wehr. Während ihm die Schlinge fest um den Hals gezogen wird, versucht der Verfolgte das ausfransende Ende der Krawatte zu greifen. Sie kämpfen miteinander und fallen gemeinsam unter einer leichten Drehung, sodass der Kopf des Verfolgten im Sturz übel auf der Kante des Bettgestells aufschlägt, zu hören als ein nasses Knacken, und ehe sie am Boden landen, haben die funkelnden Augen sich getrübt. Der Mann steht auf, bürstet sich ab und sieht gebannt zu, wie die schwarze Blutlache einer im Dunkeln sich weitenden Pupille gleich größer wird. Ihm geht durch den Kopf, dass er den Teppich, auf dem der Verfolgte liegt, wohl ersetzen muss. Bei der Tapete weiß er es noch nicht.

Jetzt noch die alte Dame, denkt er, und als er sich die Krawatte um die Hände wickelt, bemerkt er gereizt, dass er sich beim Kampf mit dem Verfolgten einen Schultermuskel gezerrt hat. Mit der Alten wird er auch so fertig, aber er muss eine Menge Salz hochschleppen, acht Säcke immerhin, für die Leichen. Er denkt sich, das kann ein oder zwei Tage warten, dann ist er wieder ganz auf dem Damm – es muss ja auch noch alles verpackt und verputzt werden, wenn sie erst so weit sind. Eilt nicht besonders. Er weiß aus Erfahrung, dass Leichen frühestens nach einer Woche zu verwesen anfangen, wenn man die Heizung aus lässt.

Er öffnet die Zimmertür einen Spalt weit und schaut hinein. Die alte Frau sitzt mit dem Rücken zu ihm und schrickt zusammen, als wäre sie gerade aufgewacht. Sie versucht sich umzuschauen, aber so ganz beweglich ist ihr Hals nicht mehr.

»Gregor«, sagt sie. »Bist du's?«

KAPITEL 30

JETZT
Joanna
Sonntag, 23. Dezember

Jo ging ein paar Schritte in Rubys Wohnung hinein und hob die Hand, damit Atkinson stehen blieb. Alles war ruhig; niemand da. Sie knipste das Licht an. Die nackte Glühbirne, die von der Decke hing, tauchte das Wohnschlafzimmer in grellgelbes Licht.

Der Zustand des Apartments verriet, dass seine Bewohnerin keine geborene Hausfrau war. Egal welche Maßstäbe man anlegte, es war eine Müllkippe. Jo spürte einen Anflug von Fürsorglichkeit, aber sie kannte das auch. Ihre eigene Wohnung mochte größer sein, hatte aber ähnlich ausgesehen, bevor Amy eingezogen war – an der Wand lehnende Bilder, weil die Zeit oder die Lust fehlte, sie aufzuhängen, Wäsche auf den Heizkörpern und Stapel ungeöffneter Post. Irgendwie kam es ihr nicht richtig vor, dass Rubys Bleibe so unaufgeräumt, so vernachlässigt war. Die Ruby in Joannas Kopf war eine, die Ordnung und Sauberkeit liebte; ihr Zimmer daheim war immer makellos gewesen. Jo hatte sie als Reinlichkeitsfreak eingestuft. Auch das ein Irrtum, wie es aussah.

Was an Möbeln in Rubys Wohnung vorhanden war, war abgenutzt, aus zweiter Hand. Ein kleiner Fernseher auf einem Tischchen, ein Karton mit zerfledderten Büchern. Neben der Tür quoll ein Wust schmutziger Wäsche aus einem Plastikwäschesack. Sie pflückte das vertraute, grau verwaschene T-Shirt mit dem Breeders-Motiv »Last Splash« heraus, in dem Ruby immer geschlafen hatte. Vor rund fünfzehn Jahren hatte sie sich das von Joanna »geliehen«, und schon damals war es ein Relikt gewesen. Jo drückte sich den Stoff kurz ans Gesicht. Es schnürte ihr die Kehle zu, und sie drängte Tränen zurück. Wenn Ruby das alte Ding so lange behalten hatte, musste es ihr etwas bedeuten. Aber jetzt lag es schmutzig und zerknüllt in dieser ungeliebten Wohnung, und Ruby war verschwunden.

»Was ist das?«, fragte Atkinson.

»Nichts«, sagte Jo. »Einfach nur Zeug. Spielt keine Rolle.« Sie warf das Shirt wieder zur übrigen Wäsche. Atkinson sah sie schon wieder so an. Es war nicht üblich, bei einer Durchsuchung an Klamotten zu schnuppern. Sie ignorierte ihn.

Das Praktische beschäftigte Joanna: Wer hatte Ruby geholfen, das Bett hier heraufzuschaffen? Gregor? Jemand ganz anderes? Warum hatte sie sich nichts Schöneres gekauft oder mehr schöne Sachen? Sie verdiente gut genug beim Musikservice, zumindest, als Jo sie zuletzt gesehen hatte. Der Job gefiel Ruby. Jo erinnerte sich, dass sie sich glücklich schätzte, die Stelle ohne Lehramtsabschluss ergattert zu haben, nur übers Vorspielen und auf Empfehlung. Allerdings war es ein Teilzeitjob, und als sie bei Marianne wohnte, hatte sie zusätzlich noch von zu Hause unterrichtet.

Wie ergänzte Ruby jetzt ihr Einkommen? Hier würde es keine Schüler hinziehen.

Scham überkam Joanna, dass sie noch nicht mal das wusste über ihre eigene … ja, was war sie eigentlich? Schwester hatte sich immer schon falsch angehört. Warum hatte sie sich das nicht früher eingestanden? Hi, Schwester, sagte sie immer, wenn sie sich trafen, aber es war nicht aufrichtig, schon seit Jahren nicht. Schwester war zu einer Art dunklem Scherz zwischen ihnen und gegenüber Marianne geworden. Ein Platzhalter für das, was sie eigentlich zueinander sagen wollten, ein armseliger Ersatz, etwas, das ihnen beiden aufgezwungen worden war.

Jo kniete sich hin, um unters Bett zu schauen.

»Oh nein«, sagte sie.

»Was haben Sie gefunden?«, fragte Atkinson und ging ebenfalls auf die Knie.

Sie zog den Kasten heraus und öffnete den Reißverschluss. Unter einem gelben Staubtuch, das nie Staub gesehen hatte, sondern immer nur zur liebevollen Pflege der Rundungen des Instruments genutzt worden war, lag Rubys blank polierte Geige. Jo betrachtete sie und machte sich klar, was es bedeutete, dass sie hier war.

»Alles okay?«, fragte Atkinson.

»Das Ding lässt sie nie irgendwo liegen«, sagte Jo. »Es ist wie ein Kind für sie.« War es jedenfalls, dachte sie. Da musste etwas wirklich schiefgelaufen sein, wenn Ruby sich von ihrer Geige trennte.

»Sagen Sie's mir jetzt mal?«

»Was denn?«

»Wer hier wohnt. Oder muss ich raten?«

»Ruby wohnt hier.«

»Ihre Schwester Ruby?«

Sie schaute auf den Teppichboden. Dann nickte sie.

In der Küche blickten sie und Atkinson zu dem großen Fenster von Gregors Wohnung hinüber. Dort war es dunkel, die offenen Vorhänge boten nur einen vagen Eindruck von den schicken Räumen, die sie tags zuvor durchsucht hatten.

»Darf ich was fragen, Chefin?«

»Klar.«

»Warum haben Sie dem DI nicht gesagt, dass Ihre Schwester hier wohnt?«

»Weil es nicht relevant ist.«

»Die Anschrift ist aber doch schon Teil der Ermittlungen. Ich verstehe jetzt zwar, warum Sie die Befragung selbst übernehmen wollten, aber nichts hält die anderen Ermittler davon ab, nachzusehen, wer hier wohnt. Louise bohrt sicher gern weiter.«

»Louise wird die Verbindung nicht herstellen. Harper ist ja ein verbreiteter Name.«

»Ich glaube, Sie unterschätzen Louise. Und mich übrigens auch.«

Sie schaute ihn an. »Na schön, vielleicht ist es fallrelevant, aber ich möchte sie erst finden und mit ihr sprechen. Damit sie's mir erklären kann.«

»Was denn erklären?«

»Wo sie steckt. Warum sie weg ist. Sie geht nicht ans Telefon, Steve. Sie redet nicht mit mir. Seit Monaten nicht. Ich glaube, sie hat ihre Nummer geändert.«

»Moment mal, das geht schon Monate? Seit wann ist sie verschwunden?«

»Dass sie nicht da ist, hab ich erst heute gemerkt. Ich dachte, sie geht mir noch aus dem Weg. Es gab einen großen Familienkrach. Seit Oktober hab ich nicht mit ihr gesprochen.«

»Sie könnte in diesem Fall aber eine Zeugin sein, Jo. Das müssen Sie jemandem sagen. Wenn sie irgendwie involviert ist …«

»Sie ist nicht involviert«, schnappte Jo.

Atkinson zog eine Braue hoch. »Das können Sie nicht wissen. Sie sind da zu nah dran. Vielleicht sollten Sie daran denken, den Fall abzugeben.«

»Nein. Die Verantwortung muss bei mir bleiben, Steve.«

»Wieso?«

Sie blickte zu Boden. Es passte ihr nicht, ihr Privatleben mit einem Kollegen erörtern zu müssen. Sonst unterhielt sie sich mit keinem von ihnen über etwas anderes als Sport, Witze oder Polizeiarbeit. Sie holte tief Luft. »Wegen Ruby. Sie ist in Wirklichkeit nicht meine Schwester, das sagen wir nur … aus Gewohnheit. Sie ist mein Kind. Aber nicht ich hab sie großgezogen, sondern meine Mutter. Genügt das als Erklärung?«

Zögernd sagte Atkinson: »Einiges erklärt es ganz gut.«

Sie sahen sich in die Augen. »Wollen Sie mir helfen oder nur bissige Bemerkungen machen?«

»Entschuldigung. Das ist sicher hart für Sie. Ich wollte nicht schnodderig sein. Nein, wirklich … ich verstehe, dass Sie ihretwegen so besorgt sind.«

»Gut. Jetzt wissen Sie Bescheid. Machen wir mal mit der Durchsuchung weiter? Oder haben wir Therapiestunde?«

»Wonach suchen wir, Chefin?«

»Nach einem Hinweis darauf, wo sie sein könnte. Fangen Sie doch mit der Post an. Ich schaue nach Geräten.«

»Einige davon sind ungeöffnet«, sagte Atkinson und hielt die Briefe hoch.

Sie nahm sie ihm ab, riss sie einzeln auf und gab sie ihm zurück. »Mir sehen sie geöffnet aus.«

Er schaute erst die Briefe, dann sie ungläubig an. »Wäre sie vermisst gemeldet, hätten wir das legal machen können.«

»Was denn?« Sie zog herausfordernd die Brauen hoch. Atkinson schüttelte den Kopf, dann widmete er sich dem Inhalt der Briefumschläge.

Joanna zog eine Plastikkiste unter dem Bett hervor. Sie enthielt hauptsächlich Büromaterial. Sie kramte darin und fand einen Notizblock mit Stift sowie einen Packen Briefumschläge, aus dem einige fehlten. Ruby hatte sich mit jemandem geschrieben. Jo hielt den Block ans Licht, drehte ihn hin und her und versuchte das Gewirr von unleserlichen Abdrücken zu entziffern, das der Stift hinterlassen hatte. Erkennen konnte sie lediglich zwei Wörter oben auf der Seite: *Lieber Sam.* Sam Douglas, der fiedelspielende Knurrkopf aus der Folk-Kneipe. Der auf einem Boot lebte und kein Geheimnis daraus machte, dass er Technik hasste, dass er weder Telefon noch einen Computer besaß und auch niemals besitzen würde. Sam verdiente seinen Lebensunterhalt als Schreiner und bekam Aufträge durch Mund-zu-Mund-Propaganda. Wegen der Arbeit war er ständig unterwegs. Wer sich verstecken wollte, war bei Sam Douglas an der richtigen Adresse.

Lieber Sam, las sie, *sei nicht* … Ja, was? Es war unmöglich zu erkennen. Das würde sie richtig untersuchen lassen müssen. Im Labor entzifferten sie das in Sekunden.

Frustriert steckte sie Block und Stift in einen Beweisbeutel und suchte weiter. »Kein Telefon hier. Nicht mal ein Ladegerät«, sagte sie. »Kein Laptop, nichts.«

Sie ging noch einmal in die Küche, um zu prüfen, ob sie da etwas übersehen hatte. Nichts hing am Strom, und in den Schränken war nur eine Schachtel abgelaufener Cornflakes. Als sie den Kühlschrank öffnete, schlug ihr eine Wolke fauler Luft entgegen, und sie warf die Tür schnell wieder zu.

»So was. Hier kann doch keiner wohnen. Sie hat vielleicht hier geschlafen, viel mehr aber auch nicht.«

»Sieht jedenfalls so aus«, sagte Atkinson. »Sie muss aber regelmäßig vorbeigekommen sein, um nach der Post zu schauen. Hier ist nichts älter als eine Woche.«

»Haben Sie was Interessantes entdeckt?«

»Etwas schon, aber ich fürchte, das bringt uns auch nicht viel weiter.«

Uns, dachte sie, und ihr wurde unwillkürlich etwas warm ums Herz, weil sich Atkinson auf ihre Seite geschlagen hatte, obwohl es für ihn riskant war, bei ihren Extratouren mitzumachen. Er gab ihr ein mit blauer Tinte handbeschriebenes gelbes Kuvert. Als sie die Lasche schloss, sah sie auf der Rückseite ein großes gemaltes S an der Stelle, wo man früher ein Siegel gesetzt hätte.

»Was war denn drin?«

»Nichts. Es ist nur das Kuvert. Aber wenn man genau hinsieht, zeichnen sich auf der Innenseite ein paar Wörter von der noch feuchten Tinte ab.«

Der Poststempel war verschmiert, unmöglich zu lesen. »Das geb ich ins Labor. Die können uns mehr sagen. Und kriegen hoffentlich auch ein paar Fingerabdrücke.« Sie steckte das Kuvert in einen Beweisbeutel und verschloss ihn.

»Das Labor?«

»Ja, das Labor. Sie wissen schon. Wo wir Sachen abgeben, die untersucht werden sollen.«

»Ich weiß. Ich meinte nur … wie regeln Sie das mit Thrupp? Welchen Code nehmen Sie?«

Jedes amtliche Beweisstück wurde mit einer Katalognummer – dem Code – versehen, die belegte, wo es um welche Zeit gefunden wurde und zu welchem Fall es gehörte. Ausnahmen gab es nicht: Was das Labor nicht zuordnen konnte, wurde nicht bearbeitet. Das Prozedere war Joanna bekannt. Sie hatte sich zu gegebener Zeit damit befassen wollen. Sie war sicher, es würden sich Lösungen finden.

»Überlassen Sie das mir, ja?«

»Hören Sie, ich sehe ein, warum Sie Ihre Tochter schützen wollen, aber wir sollten aufpassen, dass wir nicht zu weit gehen. Machen Sie's doch amtlich. Dann können Sie nach Herzenslust Beweisstücke durchs Labor jagen. Noch ist es nicht zu spät, die Durchsuchung genehmigen zu lassen, wenn ich für Sie bürge. Ruby ist eine potenzielle Zeugin. Wenn eine Zeugin vermisst gemeldet wird, können wir in die Vollen gehen. Es wäre nicht nötig, so rumzuschleichen.«

»Aber wenn sie feststellen, dass ich mit einer Zeugin verwandt bin, entziehen sie mir den Fall.«

»Was vielleicht gar nicht so schlecht wäre.«

Sie fuhr zu ihm herum. »Was?«

»Ich hab gesehen, wie Sie reagiert haben, als Eddie Ihnen das Bild von Constance B gezeigt hat. Das war ein Foto von Ruby, oder?«

Jo konnte nicht schnell genug reagieren. Sie suchte krampfhaft nach einer Antwort. »Ich …«

»Ist Ihnen klar, dass sie diejenige sein könnte, die Gregor angegriffen hat?«

»Niemand hat Sie hierhergebeten, oder? Ich erinnere mich sogar, dass ich Sie mehr als einmal aufgefordert habe, ganz woanders zu sein.«

»Ich möchte Ihnen helfen, Jo. Der DI erfährt nichts von mir. Bloß seien Sie jetzt und in Zukunft ehrlich zu mir.«

Joanna musterte das Gesicht ihres Kollegen. Nach einer Weile entschloss sie sich, ihm zu vertrauen. »Wenn Ruby an dem Angriff auf Franks beteiligt war, wird sie einen guten Grund gehabt haben. Sie ist ein guter Mensch, Steve. Sie hilft anderen, sie tut ihnen nichts. Der alten Frau hat sie doch auch geholfen, oder?«

Er nickte. »Sie haben sicher recht. Aber wenn sie ein Verbrechen begangen hat, ändert das die Lage.«

»Hat sie nicht. Ich kenne sie. Und wenn Sie jemand fragt, was hier passiert ist, sagen Sie's. Ich habe die Tür aufgebrochen, und ich habe die Durchsuchung angeordnet. Das ist ein direkter Befehl. Auch wenn Sie heute anscheinend nicht viel darauf geben.«

Im selben Moment ertönte ein Geräusch im Flur, und beide erstarrten. Jo schlich zum Türspion, schaute durch und sah einen Nachbarn zu den Aufzügen gehen. Das Geräusch kam wohl von seiner zufallenden Wohnungstür. Hatte er das aufgebrochene Schloss bemerkt? Sie mussten hier raus. Kollegen sahen vielleicht ihren Wagen auf dem Parkplatz, und wenn sie dann zu Gregors Wohnung gingen und sie nicht dort antrafen, würden sie sich wundern. Und falls ihnen ihr Privatwagen entging, dann sicher nicht Atkinsons Streifenwagen.

»Hören Sie«, sagte sie bewusst leise, »ich brauche nur ein paar Tage. Wenn ich mit Ruby sprechen kann und erfahre, was los ist, gebe ich alles zu Protokoll. Zwei Tage, höchstens. Wenn ich's bis dahin nicht gemeldet habe, können Sie es tun.«

»Ich kann Sie nicht verpfeifen. Und das wissen Sie auch.«

Ihre Blicke trafen sich. Dann nickte sie, zog die Tür zum hell erleuchteten Flur auf, und sie gingen.

KAPITEL 31

DAMALS
Ruby
Dezember

»Beeil dich«, drängte Constance. »Er kommt vielleicht zurück.«

»Sekunde noch«, sagte Ruby, »ich hab's gleich. So.«

Das Schloss an der Zimmertür drehte sich endlich. Sie ließ die aus dem Schlüsselloch ragende Haarnadel, wo sie war, und wusste, dass ihr die heikle Aufgabe bevorstand, das Schloss wieder zu »entknacken«, wenn Gregor nicht merken sollte, was sie getrieben hatte. Sie richtete sich auf und holte tief Luft. Dann stieß sie die Tür auf.

In dem Zimmer war es dunkel. Ruby griff nach dem Lichtschalter, doch Constance packte sie am Arm. »Er wird hier einen Stolperdraht haben oder so was. Eine Falle.«

Ruby bezweifelte das. Gregor konnte nichts von ihren Schlossknackerkünsten wissen, die sie sich eines langen Sommers anhand von YouTube-Videos beigebracht und heimlich geübt hatte. So lange, bis es ihr gelang, einen alten Schrank in ihrer Musikschule aufzukriegen, dessen Schlüssel abhandengekommen war. Einem Gerücht zufolge war der Schrank eine Schatzkammer voller Barockinstrumente, doch als sie schließlich reinschauen konnte, war er leer bis auf einen staubigen Staubsauger aus den Fünfzigerjahren. Die Herausforderung hatte aber Spaß gemacht, und das Können war nützlich.

Seit Ruby Zeugin von Gregors gewalttätigem, herrischem Ausbruch geworden war und seinen wahren Charakter erkannt hatte, hatten sie auf den richtigen Zeitpunkt gewartet. Wenn Gregor da war – und auch, wenn nicht –, hielten sie sich betont an die von ihnen erwartete Rolle. Ruby war nach wie vor die »Babysitterin«, die sich um Leonie kümmerte und Constance beistand, indem sie etwa dafür sorgte, dass sie ihre Arznei einnahm, wenn Gregor signalisierte oder simste, es sei nötig. In Wahrheit sorgte Ruby dafür, dass sie das Zeug eben nicht einnahm, indem sie es Löffel für Löffel in den Ausguss kippte. Constance gab vor, schläfrig und leer im Kopf zu sein, während sie in Wirklichkeit jeden Tag kräftiger und klarer wurde. Heimweh hatte sie allerdings immer noch, und Ruby ertappte sie dabei, wie sie wehmütig und gedankenverloren die Meereslandschaften betrachtete.

Ruby spielte oft Geige für sie, und sie sangen Shanties, Meereslieder und Wiegenlieder von der alten Schäre, wie Constance ihre Heimat nannte. Gregor hörte mit leuchtenden Augen zu. Der Gesang der beiden gefiel ihm so sehr wie ihnen selbst, aber nach dem Singen achteten die Frauen darauf, ihre gegenseitige Zuneigung zu verbergen. Sie erfanden Beschwerden übereinander, die sie Gregor servierten, wenn die andere nicht im Zimmer war, damit er nicht auf die Idee kam, sie stünden sich zu nahe. Constance bezeichnete Ruby als neugierige und rechthaberische kleine Wichtigtuerin. Ruby klagte, Constance sei übellaunig und verschlossen. Bisher ging der Plan auf. Vielleicht sogar ein bisschen zu gut.

Im Hinausgehen hatte er Ruby an diesem Abend beiseitegenommen. »Du bist ein Engel, dass du bleibst. Ich habe sie gebeten, nicht so fies zu dir zu sein, wo du uns doch so sehr hilfst.«

»Das macht doch nichts«, sagte Ruby. »Ich weiß, dass sie es nicht so meint. Manches, was sie mir an den Kopf wirft, wenn du nicht da bist, tut zwar weh, aber das verkrafte ich schon. Eigentlich bin ich ja auch nicht ihretwegen hier. Ich bin wegen Leonie hier.«

»Über die Kameras habe ich gesehen, was sie so zu dir sagt. Das solltest du dir nicht anhören müssen bei allem, was du für sie und für uns tust.«

Es war gut zu wissen, dass die gelegentlichen Zankereien, die sie für ihn inszenierten, bei ihm ankamen und die gewünschte Wirkung zeigten.

»Na ja, wir streiten uns nicht ständig.«

»Das weiß ich. Manchmal seht ihr auch fern.«

»Dabei beobachtest du uns?«

Er lachte. »Nein, dazu fehlt mir die Zeit. Ich … schau nur manchmal rein. Weiter nichts. Stört dich das? Zu stalkerisch?« Er lachte und wartete die Antwort nicht ab. »Es gehört sich nicht, wie sie dich angeht. Ich könnte noch mal mit ihr reden. Damit sie das lässt.«

Sie streichelte beschwichtigend seinen Arm. »Ehrlich, das ist nicht nötig. Ich glaub, da bist du übereifrig.«

Er packte ihre Hand und zog sie zu sich hin. »Hast du noch mal über uns nachgedacht?«

»Ich denke nur an uns.«

Da küsste er sie, bevor sie sich entziehen konnte. Etwas zu lange hielt er sie an den Armen fest, als sie sich zu befreien versuchte. Wie stark er war. Hätte er ihr etwas antun wollen, sie hätte ihn nicht davon abhalten können. Mit all ihrer Kraft hielt sie still und widerstand dem Drang, sich zu wehren, ihn wegzustoßen. Er roch nach Nelken; seine Zunge schoss süß und giftig zwischen seinen Zähnen hindurch.

»Gregor!«, zischte sie, zitternd vor Angst, und hoffte, er führte das Zittern auf heftiges Begehren zurück. »Du weißt doch, es geht nicht. Es wäre nicht richtig.«

»Entschuldige«, sagte er. Mit halb offenem Mund musterte er ihr Gesicht. Sie versuchte, ihn mit der Sehnsucht anzuschauen, die sie mal nach ihm empfunden hatte und die zu Asche geworden war. »Es ist im Moment so schwierig für mich, dir nahe zu sein.« Er zog sie zu eng an sich, seine harten Armmuskeln quetschten ihr die Wange. »Kann ich nachher zu dir kommen? Zu dir nach Hause, meine ich.«

Nein, niemals, dachte sie. *Ich will nicht einen Augenblick mit dir allein sein.*

»Zu mir nach Hause?«

»Ich möchte deine Komposition hören. Das ist so lange her. Den Anfang hab ich schon den ganzen Tag im Kopf.« Er summte das Thema, den Tritonus, der die ersten Takte umfasste und den Ton für das Weitere vorgab.

»Du brauchst nicht vorbeizukommen, Gregor. Ich bringe meine Geige mit und spiele für euch alle. Morgen bringe ich sie mit, ja?«

Er warf ihr einen langen Blick zu. »Meinetwegen.«

An dem Punkt stockte sie und blinzelte, um das Aufreißen ihrer Augen zu kaschieren, sich nichts anmerken zu lassen, obwohl sie eine Gänsehaut bekam, und zog ihn zu einer zweiten Umarmung an sich, während sich die Zeit mit ihrem Atem verlangsamte und jedes Härchen an ihrem Körper sich aufrichtete. Trotz der Heizungswärme war ihr plötzlich eiskalt, ihr Kiefer angespannt.

Ich hab ihm das Stück nie vorgespielt. Woher kennt er es? Es gab nur eine Möglichkeit. Er bespitzelte sie. Auch drüben in Rubys Wohnung gab es Abhörgeräte, vielleicht sogar Kameras.

Es war wichtig, dass Gregor dachte, sie sei noch in ihn verliebt und sträube sich nur wegen Constance und Leonie. Nützlich also, dass die Angst dem Verlangen so ähnlich sah. Wie sie da stand mit erweiterten Pupillen und sich zitternd die Lippen befeuchtete, musste sie ihm vorkommen wie eine pflückreife Frucht.

Sie mussten weg, und zwar schnell. Heute Nacht würden sie handeln. Für die Suche blieb ihnen wenig Zeit. Wenn sie und Constance seinen Privatbereich betreten wollten, ohne dass er davon erfuhr, konnte das nur in der kurzen Zeitspanne geschehen, nachdem er losgefahren war und bevor er sein Fahrtziel erreichte, denn er konnte nicht gleichzeitig fahren und sie beobachten. Sie wussten nicht, wo er hinwollte, also auch nicht, wie viel Zeit sie hatten.

Sowie der Wagen anfuhr, hatte sie Constance grünes Licht gegeben, die daraufhin das winzige Kameraobjektiv in der Beleuchtung mit Kreppband überklebte, damit Ruby unbeobachtet das Schloss knacken konnte.

Sie suchten an der Tür nach Drähten und Fallen, entdeckten aber nichts, nicht mal das verräterische Bohrloch einer versteckten Kamera.

»Scheint mir sicher.«

Ruby betrat Gregors peinlich sauberes und ordentliches Schlafzimmer und knipste im Vorbeigehen das Licht an. Das Bett war mit einem zurückgeschlagenen weißen Baumwoll-Oberlaken bezogen, unter dem eine weiße Baumwolldecke hervorschaute. Die frischen weißen Kopfkissen waren vollkommen symmetrisch. Es gab eine weiße Kommode und einen weißen Kleiderschrank. Die gestrichenen Wände waren kahl. Ruby hatte einen Eindruck von blankem Nichts. Wie ein Hotelzimmer, nur mit noch weniger Charakter.

Nachdem sie widerstrebend das Zimmer betreten hatte, drängte sich Constance plötzlich an ihr vorbei und riss die Kleiderschranktüren auf. Sie schob die Hemden beiseite und zog die unterste Schublade auf.

»Hier ist er nicht«, sagte sie. »Irgendwo muss er doch sein. Wo hat er ihn versteckt?«

Ruby zog die obere Schublade des Nachtschränkchens auf und fand nichts, noch nicht einmal Staub. Auch in der zweiten Schublade nichts, doch als sie sie schloss, hörte sie ein leises metallisches Klirren und öffnete sie erneut. Hinten in der leeren Schublade lag ein kleiner silberner Schlüssel. Sie nahm ihn heraus und sah ihn sich an. Eine Seriennummer war eingestanzt, sonst nichts. Sie legte den Schlüssel dahin zurück, wo sie ihn gefunden hatte, und schloss die Schublade.

Constance lief gereizt durchs Zimmer und suchte nach weiteren möglichen Verstecken. Sie schaute unters Bett und stöhnte frustriert auf.

»Wieder nichts.«

Im offenen Kleiderschrank sah Ruby Gregors nach Farben sortierte Hemden, eine Reihe ordentlich zusammengestellter Schuhe. Sie ging hin und rückte sie da, wo Constance gestöbert hatte, wieder zurecht.

»Was machst du denn?«, fragte Constance, die noch kniete und die Unterseite des Betts nach Geheimfächern abtastete. »Hilf mir suchen, ja? Da drin ist nichts, habe ich doch nachgesehen.«

»Wir müssen aber aufräumen. Alles so hinterlassen, wie wir's vorgefunden haben. Sonst weiß er, dass wir geschnüffelt haben.«

Constance stand auf und riss, hektischer jetzt, sämtliche Schubladen der Kommode auf. »Vielleicht ist mir egal, ob er das weiß. Vielleicht sollte er es wissen.« Ihre Überzeugung reichte aber nicht mal bis zum Ende des Satzes. Sie schaute auf das Durcheinander, das sie angerichtet hatte, das Bündel auf den Boden geschmissener Unterwäsche. Sie ging auf die Knie und hob alles wieder auf, faltete die Sachen sorgfältig und legte sie mit zitternden Händen zurück. Auch die anderen Schubladen fing sie an aufzuräumen. »Das war ein Fehler. Wir sollten hier raus, Ruby. Hier ist er nicht.«

»Ja«, sagte Ruby. »Lass mich nur noch die Hemden ordnen.« Sie richtete die Bügel abstandsgleich aus und strich die Hemden vorn und hinten glatt. Bald sah der Schrank so aus wie vor Constances Suche. Sie wollte ihn schon schließen, da fiel ihr eine Falte an einem der mittleren Hemden auf. Als sie diesmal über den Stoff strich, streiften ihre Finger etwas hinten im Schrank. Vorsichtig schob sie die Hemden auseinander und bückte sich, um nachzusehen.

»Was ist das?«, fragte Constance. »Was hast du gefunden?«

»Weiß ich nicht.«

Sie zog daran, und der Kasten kam auf sie zu. Er war etwa so groß wie ein Schuhkarton, aus schwarz lackiertem Metall und mit einem goldfarbenen Vorhängeschloss versehen.

»Da wird der Mantel nicht drin sein«, sagte Constance. »Nicht groß genug.«

Ruby versuchte den Deckel anzuheben, doch dann hörten sie ein Geräusch an der Wohnungstür.

»Ist er das?« Sie horchten.

Ein Schlüssel glitt ins Schloss. Gregors Schlüssel.

»Schnell«, sagte Constance. »Weg damit. Ich nehme das Kreppband von der Kamera.«

Ruby schob den Kasten an seinen Platz und warf die Schranktür zu. War sonst noch etwas im Zimmer verändert? Sie konnte nur hoffen, dass alles so stimmte, sie hatte keine Zeit mehr. Constance wartete auf dem Flur, Ruby hörte ihr panisches Atmen. Sie ging raus, knipste das Licht aus, zog die Tür zu. Jetzt noch abschließen. »Mach schon«, hörte sie leise von hinten. »Er kommt.«

Erst drehte sie die Nadel zu stark; sie hätte abbrechen können. Als sich dann aber die Wohnungstür öffnete, wackelte sie am Schloss, der Zylinder drehte sich, sie riss die Haarnadel raus und trat einen Schritt von der Zimmertür weg.

»Was ist denn hier los?«, fragte Gregor.

»Oh«, sagte Ruby im Bewusstsein, wie verdächtig sie aussahen. »Mit dir hatten wir nicht gerechnet.«

Er sah sie nacheinander prüfend an. »Und was macht ihr?«

»Wir haben trainiert«, sagte Constance.

»Wie … wahr«, pflichtete Ruby bei. »Du hast doch nicht zugesehen, oder? Das wäre peinlich.« Beide hatten rote Köpfe, atmeten schwer und schwitzen. Es war die ideale Lüge.

»Nein, natürlich nicht.«

Gregor ging mit der Einkaufstasche, die er bei sich hatte, in die Küche. »Aber das mit dem Training hört man gern«, sagte er. »Du musst ein bisschen Babyspeck loswerden, was, Connie?« Er steckte den Kopf zur Tür raus. »Ach so, hätte ich besser kein Gebäck gekauft, wenn du dich in Form bringen willst?«

Ruby hatte sich gefangen, wenn auch ihre Wangen noch glühten. »Sei nicht albern. Sie kann essen, was sie will, sie ist doch ein Windhauch.«

»Ob das so stimmt?«, sagte er. »Man kann überkompensieren. Dick ist sie jetzt nicht, aber jeder ist nur ein paar Kalorien täglich vom Zunehmen entfernt. Selbst ich.«

»Ich mag Gebäck noch nicht mal«, sagte Constance leise. »Du kannst meins haben, Ruby.«

»Bleibst du zum Essen?«, fragte Ruby Gregor. »Ich dachte, du musst heute Abend arbeiten?«

»Ich bleibe nicht. Ich muss immer noch heute Abend nach Liverpool. Geschäftlich. Wollte nur schnell ein paar Einkäufe vorbeibringen. Apropos, meinst du, du könntest noch mal über Nacht bleiben, Ruby?«

»Du musst aber nicht«, sagte Constance zu Ruby. »Wir kommen schon klar.«

»Ich bleib wirklich gern«, beteuerte diese.

»Abgemacht.«

Als er gegangen war, warteten sie, wie sie es schon beim ersten Mal hätten tun sollen. Constance schaute nach Leonie und fand sie wach und besänftigungsbedürftig im Gitterbett. Sie brachte das verschlafene Kind ins Wohnzimmer, wo sie alle miteinander eine halbe Stunde hirnloses Kinder-TV schauten, das Ruby an sich vorbeiplätschern ließ. Dann warteten sie noch ein wenig. Ruby stand auf und vergewisserte sich, dass Gregors Wagen nicht an seinem Platz stand, ehe sie sich auch nur halbwegs entspannte. Sie konnten nur beten, dass er wirklich nach Liverpool fuhr; wenn ja, hatten sie rund zwei Stunden Zeit zu suchen, bevor er anhielt und über sein Handy die Kameras checkte. Stimmte es nicht und er misstraute ihnen, dann waren sie nach Rubys Meinung ohnehin verratzt und konnten machen, was sie wollten.

Ruby klebte das Kreppband über die Kamera am Deckenlicht.

»Vielleicht sollten wir's weglassen«, meinte Constance. »Wenn er die Kamera kontrolliert und kein Bild kriegt, weiß er, dass wir was vorhaben.«

»Besser, er sieht nichts, als dass er sieht, was wir machen«, sagte Ruby und zog die Haarnadel aus der Tasche, in die sie sie gesteckt hatte.

Das Schloss zu knacken war beim zweiten Mal leichter. Sie wusste, wo sie drücken, wo sie sanft sein musste. Bald gab das Schloss nach, und sie war drinnen, ging geradewegs zum Kleiderschrank und zog den schwarzen Metallkasten hervor. Nach kurzer Überlegung holte sie den kleinen silbernen Schlüssel aus dem Nachtschränkchen. Im Wohnzimmer stellte sie fest, dass er wunderbar in das Vorhängeschloss passte, das sich mit einem befriedigenden Klicken öffnete. Gregor vertraute also wirklich darauf, dass sie sein Zimmer nicht betraten, wo Schloss und Schlüssel so leicht zu finden waren. Allerdings blinkte in ihrem Hinterkopf auch eine leise Warnung auf. Das lief alles ein bisschen zu einfach. Sie zog an dem fest sitzenden Klappdeckel, bis er aufsprang.

Constance saß auf dem Sofa und gab Leonie eine Tasse warme Milch zu trinken. »Was ist denn drin?«

»Rechnungen«, sagte Ruby und legte die Ordner, die sie herauszog und durchblätterte, nacheinander auf den Tisch. »Papiere, Bescheinigungen, Ödkram. Die Besitzurkunde für das Haus. Man sollte doch meinen, er hätte ein vernünftiges Ablagesystem.« Sie zog seine Geburtsurkunde hervor, sah sich die Daten, den Namen der Klinik an – The Royal Infirmary Hospital. »Komisch«, sagte sie. »Demnach ist er achtunddreißig.«

»Und?«

»Findest du nicht, dass er jünger aussieht?« Sie dachte über seine Stimme nach. Geboren in Sheffield. Gregors Aussprache war betont neutral, was er damit erklärte, dass er eine teure Schule besucht hatte. Aber manchmal verkürzten sich seine langen Vokale unverhofft, und dann hörte er sich für Ruby fast nach Bristol an.

Unter dem letzten Ordner lag etwas, das sie kannte.

»O Gott«, stieß sie hervor und ergriff ihr verlorengegangenes Handy. Das, von dem sie gedacht hatte, es sei gestohlen oder weggeworfen worden. Ihr altes Handy mit sämtlichen Telefonkontakten, ihren Chats, ihren Passwörtern. Gregor hatte es die ganze Zeit gehabt. Ihr ganzes Leben war da drauf, zumindest ihr Leben, bevor sie ihn kennenlernte.

Sie schaltete es ein, obwohl sie nicht annahm, dass nach so langer Zeit noch genügend Strom drauf war, doch es ging sofort an, der Akku dreiviertelvoll. Die Erkenntnis, dass er ihr Handy nicht nur einbehalten, sondern es regelmäßig aufgeladen hatte, setzte ihr zu. Ungelesene Nachrichten gab es keine. Gregor hatte sich alle angesehen. Aber warum? Im Anrufmenü sah sie, dass es Hunderte verpasster Anrufe gab, hauptsächlich von Marianne, aber auch einige von Joanna. Ihr stockte der Atem, und ihr wurde schlecht vor Schuldgefühlen und Bedauern, weil sie sie übergangen und ihnen nicht die neue Rufnummer mitgeteilt hatte. Beim Runterscrollen sah sie, dass Marianne jeden Sonntag angerufen hatte, aber nicht nur einmal, sondern von morgens an mehr oder weniger stündlich bis zum frühen Montagmorgen. Picheln und palavern – ihre Spezialität. Sofort hörte Ruby auf, sich Vorwürfe zu machen. Hätte sie einen dieser Verzweiflungsanrufe entgegengenommen, hätte sie mit einer Sturzbetrunkenen gesprochen.

Sie schaltete das Handy wieder aus und schob die Gedanken an Marianne und Joanna weg, dafür war jetzt keine Zeit. In dem Kasten lag noch ein schwarzes Gerät, das in Größe und Form einem Handy ähnelte, aber keiner ihr bekannten Marke. Sie drehte es um, fand den Startschalter und drückte ihn. Das Wort TRAX blitzte in Blau auf und verschwand, ehe eine Karte im Display erschien. Erst nach ein paar Sekunden begriff sie, was sie da vor sich hatte.

»Das ist ein Peilsender«, erklärte Ruby. »Ein Tracker.«

Constance beugte sich herüber. Sie wies auf das Flaggen-Icon in der Mitte. »Ist das die Wohnung?«

Tatsächlich war es offenbar eine Karte der nächsten Umgebung, rund um die Siedlung New Park. Die Flagge stand im Nordblock.

»Sieht so aus«, sagte Ruby. »Ich komm da aber nicht mit. Was trackt das Ding? Sich selbst? Zeigt die Flagge den Basisstandort an?«

»Nein«, sagte Constance. »Schau, das sind zwei Flaggen, aber ganz dicht zusammen. Es wird noch einen Lokator geben, so ein kleines Ding, einen Positionsanzeiger. Er hat mir mal gesagt, dass er einen für sein Auto hat, falls das mal gestohlen wird.«

Ruby lief aus Angst, er könnte zurückgekommen sein, zum Fenster. Der Stellplatz war noch leer. »Sein Wagen ist aber nicht da.«

»Liegt der Lokator in dem Kasten?«

Ruby stülpte den Kasten um. Nichts. Sie fasste in die Ecken. »Nein.«

»Vielleicht ist er defekt.«

Ruby ging das Menü durch. Sie klickte auf »Ortung im Nahbereich«, und das Display wechselte zu einem Satz konzentrischer Kreise, die um einen blauen Mittelpunkt pulsierten. Im Punkt stand das Wort »Empfänger«.

»Dann muss das der Empfänger sein«, sagte sie. Neben dem Empfängerpunkt war ein kleinerer roter Punkt mit dem Wort »Lokator«. Unten im Display stand: *unter 50 cm*.

»Das heißt, er ist hier irgendwo. Im Zimmer. Im Kasten ist er bestimmt nicht? Guck noch mal, vielleicht klebt er dran. Die sind wahrscheinlich magnetisch.«

Constance strich mit den Händen innen und außen über den Kasten. Nichts. Beide sahen sich um. Ruby hob die Sofakissen hoch. »Was meinst du, wie groß der Lokator ist? Hast du den in seinem Wagen mal gesehen?« Sie stand auf und ging zum Bad hinüber, trat ein und tastete oben am Schrank entlang.

»Ruby«, sagte Constance. »Es hat sich bewegt.«

»Was?« Sie kehrte ins Wohnzimmer zurück und ging zu Constance.

»Halt«, sagte die, und Ruby blieb stehen. Constances Blick ging zwischen ihr und dem Display des Trackers hin und her. »Okay, lauf wieder.«

Sie hatte nur drei Schritte gemacht, da sagte Constance: »Du bist es.«

»Ich? Was meinst du damit?«

»Als du ins Bad gegangen bist, ist der Punkt mitgewandert. Das ist irgendwo an dir. Was hast du in den Taschen?«

»Bloß mein Handy.« Sie griff in die Tasche und zog das Handy hervor. »Aber es ist ausgeschaltet.«

»Hier«, sagte Constance, nahm ihr das Handy ab und gab ihr den Tracker.

Constance ging aufs Bad zu. Der Lokator-Punkt wanderte. Der Entfernungsmesser ging hoch, als sie sich weiter entfernte: *unter 1,5 m, unter 2,5 m, unter 3,5 m.*

Ruby warf den Tracker hin und schnappte sich das Handy von Constance. Sie öffnete die Rückseite und nahm den Akku heraus. Darunter befand sich eine flache runde Scheibe, die sie noch nie gesehen hatte.

Gregor verfolgte sie. Er hatte ihr ein Handy geschenkt, mit dem er jeden ihrer Schritte verfolgen konnte. Sie hatte es mit sich herumgetragen, ohne zu ahnen, dass Gregor zu jedem beliebigen Zeitpunkt genau wusste, wo sie war. Die wenigen Male, die er sie angerufen hatte, wenn sie in der Stadt war, hatte sie immer gerade an der Bushaltestelle vor der Polizeiwache gestanden. Kein Zufall also, wie sie geglaubt hatte; er traute ihr nicht ganz und hatte befürchtet, sie könnte drauf und dran sein, ihn anzuzeigen.

Schnell verstaute sie alles wieder im Kasten und hoffte, sie hatte die richtige Reihenfolge eingehalten. Sie drückte den Deckel auf, brachte das Schloss an, stellte den Kasten genau an sein Versteck im Kleiderschrank zurück. Zuletzt wischte sie das Vorhängeschloss und die Kleiderschranktür ab, soweit dort ihre Fingerabdrücke hätten zu finden sein können. Paranoid vielleicht, aber sie hatte ja gesehen, wie weit Gregor ging, um sie im Auge zu behalten. Dass er routinemäßig nach Fingerabdrücken suchte, erschien ihr jetzt durchaus denkbar.

KAPITEL 32

Der Verletzte erinnert sich

Das Mädchen läuft vor ihm her durch ein Maisfeld, ihre kleine Gestalt verschwindet zwischen den hohen Stängeln und taucht in Blitzen aus weißer Baumwolle und gelbem Haar wieder auf. Es ist ein Spiel, er lacht, während er sie jagt. Sie taucht nach links weg und verschwindet. Er bleibt stehen und sucht die Reihen ab. Er entdeckt sie nicht, aber dann tritt er vor und sieht, wie ein Fuß schnell unter den niedrigen Blättern weggezogen wird. Er schleicht weiter, muss grinsen, die Sonne im Rücken pirscht er sich an seine Beute ran im Hochgefühl der Jagd. Sie hält vollkommen still in ihrem Versteck. Sie denkt, er sieht sie nicht. Dann zittert der Mais, weil sie merkt, dass er da ist, und planlos hier- und dorthin rennt wie ein verschrecktes Kaninchen, und er an ihr dranbleibt. Sie ist eine Armeslänge entfernt, und er greift nach ihr, packt sie am Handgelenk und dreht sie zu sich herum. Sie starrt ihn an und schreit mit weit aufgerissenem Mund. Aus der Nähe gesehen hat ihr Kleid unregelmäßige rote Flecke. Da sie sich losreißen will, versucht er, sie auch mit der anderen Hand zu packen, aber das geht nicht, weil da schon etwas drin ist. Ein abgeschnittener Finger wird sichtbar, als er die Hand öffnet, und im selben Moment windet sie sich los und entwischt seinem Griff.

Danach steht er am Rand einer tiefen Grube und schaut hinein. Unten am fernen Boden bilden die Arme und Beine des Mädchens einen Stern, reglos und blass, mit einem Fächer gelben Haars als Heiligenschein um den Kopf. Sie starrt in seine Richtung, aber die Augen sehen nichts mehr.

Er stößt die Haustür auf und geht in die Küche, um ein Glas Wasser zu trinken.

Seine Mutter sagt: »Wo ist deine Schwester?«

Er dreht sich um, blickt ihr in die Augen: »Ich hab Dora den ganzen Tag nicht gesehn.« Im Rausgehen steckt er die Hände in die Taschen. Seine Linke schließt sich um das Taschenmesser, das er abwaschen muss. Seine Rechte streichelt den warm liegenden Finger, den grausigen Schatz, seinen ersten und besten.

KAPITEL 33

JETZT
Joanna
Sonntag, 23. Dezember

Straßenlaternen streuten ein schwaches orangefarbenes Licht auf das Pflaster zwischen den Wohngebäuden. Jo ging mit Atkinson zu den abgestellten Wagen, und ihr war nicht kalt, obwohl ihr Atem Dampfwolken bildete. Als sie am Auto ankamen, hielt sie beim Aufschließen inne.

Übers Fahrzeugdach hinweg folgte Atkinson ihrem Blick zur siebten Etage des Nordblocks.

»Sie denken doch jetzt nicht, was ich denke, dass Sie denken, oder?«

»Ich will nur mal schnell nachsehen.«

»Da können Sie nicht mehr rein, sie haben es zur Beweissicherung versiegelt.«

»Als wir drin waren, hatte ich keine Ahnung, dass Ruby beteiligt ist. Mir könnte etwas entgangen sein.« Jo steckte ihre Schlüssel weg und hielt auf die hell erleuchtete Lobby von Gregors Hochhaus zu. »Fahren Sie nach Hause, Steve«, sagte sie, doch als sie zur Tür kam und er direkt hinter ihr war, freute sie sich insgeheim.

An der Wohnungstür riss sie das gelbe Polizeiband vom Rahmen und steckte den Schlüssel ins Schloss. Dabei fiel ihr auf, dass der Flurschrank rechts neben der Tür einen Spaltbreit offen stand. Ein offenes Vorhängeschloss mit steckendem Schlüssel lag auf dem Boden. Im Schrank selbst war lediglich ein Absperrhahn fürs Wasser, die Stromzähler und darunter eine Nische mit einer Lücke im Staub, als hätte dort lange etwas gestanden und wäre erst kürzlich entfernt worden. Da sie nicht wusste, ob das etwas zu bedeuten hatte und wenn ja, was, steckte sie die Information weg, katalogisierte sie wie die anderen Bruchstücke, die sie hatte und die noch nicht miteinander verbunden zu sein schienen, obwohl sie wusste, dass sie es sein mussten. Fälle klärten sich für Joanna mitunter unverhofft wie Zauberkunststücke. Erst wenn sie einen Schritt zurücktrat von den herumliegenden Puzzleteilen, erkannte sie plötzlich, wo die Verbindungen, wo die Lücken waren, wie Licht ins Dunkel zu bringen war. Sie drehte jeden Fakt um, suchte nach den Besonderheiten, den jeweiligen Anschlusspunkten: Erst ein am Strand zurückgelassenes Kind; das Verschwinden einer rätselhaften Frau; Ruby, die den Sozialdienst überredet, ihr das Kind der Frau zu überlassen; Rubys eigenes Verschwinden. Der Zustand von Rubys Wohnung. Ihr letztes Telefongespräch. Der Ton, in dem Ruby von den neuen Bekannten gesprochen hatte. Die Nachbarin, die dachte, Gregor lebe allein. Das unsichtbare, durch die Maschen geschlüpfte, nicht registrierte Kind. Die unsichtbare Mutter, Constance. Wo kam Ruby da ins Bild? Irgendetwas in Franks' Wohnung verriet es ihr vielleicht. Aber sie musste schnell sein. Auch wenn Atkinson auf ihrer Seite war – die Fingerabdrucklage würde die Ermittlungen schon bald zu dem Namen Ruby Harper führen, ganz gleich, wie sehr sie das zu verhindern suchte.

Jo betrat die Wohnung, dicht hinter ihr Atkinson. Sie gingen in das erste Schlafzimmer, in dem auch das Kinderbett stand. Sie zogen Schubladen auf, knallten sie zu, wenn sich nichts darin fand außer Frauenkleidern, Kinderkleidern, Toilettenartikeln. In der Kiste unterm Bett lagen Muscheln unterschiedlicher Größe und Farbe; die Größeren hatten verschlungene, ohrenähnliche Rundungen innen und schimmerten rosa, leuchteten fast. Jo wog eine in der Hand. Sie war schwer wie ein Stein, die Kanten scharf und bröckelig.

Das andere Schlafzimmer sah noch weniger ergiebig aus, bis sie den Kleiderschrank öffnete und die Hemden beiseiteschob. Da stand ein mit einem Vorhängeschloss verschlossener Metallkasten. Einen winzigen Augenblick zögerte sie und überlegte, welche Konsequenzen ihr Tun haben würde. Beweismanipulation, Missachtung direkter Befehle, Eingriff in Ermittlungen. Zusammen hieß das: Gerichtsbeschluss, Disziplinarverfahren, vielleicht sogar grobes Fehlverhalten. Dann dachte sie an Rubys Gesichtsausdruck auf dem Foto vom Bahnhof. So weit weg, so ratlos und allein. Bis vor Kurzem hatte Jo angenommen, Ruby gehe es gut, sie musste aber zugeben, dass diese Annahme für sie sehr bequem war – wenn es Ruby gut ging, brauchte Jo nichts zu tun. Und ihr wurde klar, dass das nicht nur für die letzten Monate galt: Anzunehmen, dass es Ruby gut ging, war ihre Grundhaltung seit der Geburt des Babys und seiner Übergabe an Marianne. Damit konnte sie sich weder jetzt noch jemals wieder herausreden. Ruby steckte in Schwierigkeiten, und die Einzige, die die Möglichkeit hatte, ihr zu helfen, war Jo. Sie liebte ihren Beruf, sie hatte ihm ihr Leben gewidmet. Aber wenn es darauf ankam, gab es nur eins. In dem Moment war das für sie nicht mal eine schwierige Entscheidung.

Sie nahm einen Bolzenschneider aus ihrer Umhängetasche, setzte ihn schräg am dünnen Bügel des Schlosses an, der nach einem kurzen Knipser entzweiging, und klappte den Kasten auf.

Unter einem Stoß juristischer Papiere schloss sich ihre Hand am Boden des Kastens um ein schwarzes Gerät, das sich bei genauer Betrachtung als der Empfängerteil eines hochwertigen Trackers erwies, wie er bei Undercover-Einsätzen verwendet wurde.

Sie legte das Gerät aufs Bett und wandte ihre Aufmerksamkeit wieder dem Kasten zu. Da war ein Handy drin, das gleiche Modell, wie es Ruby unter der alten Nummer hatte. War es das von Ruby? Zu riskant, das hierzulassen. Sie steckte das Handy ein und bemerkte im selben Moment, dass der Kasten von außen ein ganzes Stück – gut fünf Zentimeter – tiefer war als von innen. Er hatte ein Geheimfach.

»Jo? Haben Sie was gefunden?« Atkinsons Stimme driftete vom Wohnzimmer herein.

Sie tastete den Kastenboden ab, fand einen kleinen Ring an einer Kette und zog. Der falsche Boden klappte hoch.

»Vielleicht. Ich weiß noch nicht.«

»Ich hab über Funk gehört, dass eine Streife die Wohnung kontrollieren kommt. Wir müssen abhauen.«

Sie schaute auf die Sachen im Geheimfach, nahm etwas heraus und schlug es auf.

Atkinson kam ins Zimmer, wo Jo noch mit dem offenen Metallkasten im Schoß auf dem Bett saß, neben sich den Bolzenschneider und das kaputte Vorhängeschloss.

»Waren Sie das?«, fragte Atkinson, auf das Schloss deutend.

Sie ging darüber hinweg. »Haben wir Gregor Franks im Polizeicomputer überprüft?«

»Natürlich. Hab ich selbst gemacht. Er hat eine reine Weste, aber ich weiß nicht, was …«

»Ob wir seine Fingerabdrücke geprüft haben, meinte ich.«

»Die Abdrücke von hier stimmen mit denen überein, die wir Franks im Krankenhaus abgenommen haben, ja.«

»Aber hat jemand die Abdrücke durch den Polizeicomputer laufen lassen? Um zu sehen, ob sie zu irgendwelchen ungeklärten Fällen passen?«

»Natürlich nicht. Ich sagte ja gerade, wir haben seinen Namen überprüft, es liegt nichts gegen ihn vor. Wir ermitteln nicht gegen Franks, sondern möchten herausfinden, wer versucht hat, ihn umzubringen. Franks ist unser Opfer, Jo.«

»Ein Opfer ist er«, sagte sie. »Ob er aber wirklich der ist, für den wir ihn halten, steht auf einem anderen Blatt.« Sie gab ihm den Pass, den sie im Boden des Kastens gefunden hatte. Der Name stimmte: Gregor Christopher Franks. Das Foto zeigte aber einen ganz anderen Mann.

»Das verstehe ich nicht«, sagte Atkinson.

»Wer immer der Mann im Krankenhaus ist, er ist nicht Gregor Franks. Und schauen Sie …« Jo wies auf den Gegenstand, der noch unten im Kasten lag. Er sah aus wie ein zusammengerolltes Taschentuch mit blau besticktem Rand und einem gestickten Blumenstrauß in der Ecke. Die weiße Baumwolle wies dunkle Flecke auf.

»Ist das …«

»Ja«, sagte Joanna. »Ich glaube, das ist Blut.«

Mit behandschuhter Hand ergriff sie das Taschentuch und wickelte es auseinander. Auf ihrer Handfläche lag ein Kringel von etwas, das wie Baumrinde aussah, bei näherem Hinsehen aber einen Fingernagel hatte. Der kleine Finger eines Kindes, altersbraun, mumifiziert und am Boden eines Kastens verwahrt, als wäre er ein Andenken.

KAPITEL 34

Eines schönen Sommerabends ging ein Bewohner von Unst am sandigen Rande einer kleinen Bucht spazieren. Der Mond war aufgegangen, und in seinem Licht erblickte er in einiger Entfernung vor sich eine Anzahl Meermenschen, welche kraftvoll auf dem weichen Sande tanzten. Nicht weit von ihnen sah er mehrere Robbenfelle auf dem Boden liegen.

THOMAS KEIGHTLEY, »DIE NIXENFRAU«, 1870

Der Verletzte erinnert sich

Der Mann ist an die Küste gereist, um sich ein Grundstück anzusehen, das er jetzt, wo er Gregor ist und Geld hat, zu kaufen erwägt. Es ist der zweite Abend der Reise. Nachdem er zu Bett gegangen ist, hört er vom Strand her ein Trommeln, zieht sich aus Neugier wieder an und macht sich auf den Weg dorthin. Vielleicht läuft eine Party, findet sich jemand zum Spielen. Es hat ihn ewig schon nicht nach einer Frau verlangt. Er schnappt sich eine Flasche Wein und verlässt die Ferienhütte barfuß.

Der Halbmond schwimmt und flackert in zahlreichen Versionen seiner selbst auf dem Wasser. Am Ufer plätschert es leise, sonst aber bewegt sich das Meer still glitzernd und wogend unter einem matten sterngespickten Himmel. Es ist zu dunkel, um richtig zu sehen, doch er spürt, wie seine Füße beim Gehen in den nassen Strand einsinken und das Wasser hier und da am Sand unter seinen Sohlen saugt. Ihm gefällt die Vorstellung, dass alle Spuren, die seine nackten Füße auf dem Weg zu den Leuten am Lagerfeuer hinterlassen, vom Meer ebenso schnell ausgelöscht werden, wie sie entstehen.

Weit draußen in der Dunkelheit, ein Schrei. Er bleibt stehen und horcht und sucht mit den Augen den Horizont ab. Weiter oben am Strand gehen der Tanz ums Feuer und das Trommeln unverändert weiter, der stete Rhythmus wird beibehalten, die Leute haben nichts gehört. Ihr Lachen weht in einer sanften Brise herüber. Gregor weiß, er sollte hinlaufen, sie um Hilfe bitten für den, der da schreit. Er selbst geht lieber nicht ins Wasser, er ist kein besonders guter Schwimmer. Aber jemand auf der Party hat vielleicht eine Rettungsschwimmerausbildung oder kennt jemanden, der sie hat. Der Mensch, der da im Wasser in Not ist, kümmert ihn überhaupt nicht. Seine Sorge ist, man könnte von ihm erwarten, dass er etwas unternimmt, und dass er deshalb wenigstens so tun muss, als sei er beunruhigt. Er stellt sich auf die Zehenspitzen, horcht, beobachtet die Tanzenden.

Als sich der Schrei wiederholt, setzt er die Füße flach auf. Der angehaltene Atem entweicht als ein Seufzen. Kein menschlicher Schrei, es ist ein Seehund. Mondlicht fällt auf die spitze Schnauze des Tiers, das im Nachtdunkel mit salzwassertriefenden Schnurrhaaren den Kopf neigt, ehe es untertaucht.

Natürlich war es ein Seehund, wie lächerlich. Jetzt wünschte er, er hätte jemanden dabei, der ihn auslacht, er hätte einen Freund mitgebracht. Bloß hat er keine Freunde, keine richtigen. Darüber denkt er kaum jemals nach, und auch jetzt, da er es sich vor Augen hält, empfindet er nichts dabei. Nicht einmal Leere, nur ein Nichtvorhandensein.

Jetzt ist er so nah, dass sie ihn sehen werden, sobald sie sich umdrehen. Er bleibt da im Dunkel, wartet ab, was passiert, ob sie ihn willkommen heißen, ob es so eine Party ist. Zwölf oder dreizehn sind da am Feuer. Keiner von ihnen dreht sich direkt nach ihm um, und er überlegt, ob er sich räuspern soll, um auf sich aufmerksam zu machen, tut es aber nicht. Fürs Erste genügt es ihm, zu beobachten, ohne beobachtet zu werden. Eine junge Frau spielt eine ihr von der Schulter hängende Handtrommel, und neben ihr sitzt ein junger Mann auf einer Holzkiste, auf der er mit einem Stock die Offbeats schlägt. Drei Mädchen tanzen, und die anderen jungen Männer und Frauen laufen umher, unterhalten sich, lehnen sich aneinander, malen mit Stöcken und Steinen Muster in den Sand.

Und da sieht er sie. Ihr Haar ist zu Schnüren geflochten, ihre Haut mit Sand bedeckt. Der Schwung ihres Arms ist vollkommen, die Bewegung der Muskeln, die Kurve von dem in Schatten getauchten Schlüsselbein zu der feinen Kinnpartie.

Schönes Geschöpf, denkt er. Und eine Sekunde später: Wie anders als ich. Sie wird mich nicht wollen. Anfangs zumindest. Dann aber doch. Darauf läuft's immer hinaus.

Sie hockt da und zeichnet mit einem Treibholzstift auf dem festgestampften Sand, schaut zu ihm rüber, und sofort funkt es zwischen ihnen. Er spürt es und sieht es auch in ihren Augen – als ob ein Glockenstab in ihnen beiden den gleichen Ton anschlägt.

Ich hab dich, denkt er, doch ihr Blick huscht zu der alten Frau hinüber, die er nicht beachtet hat und die auf einer Kiste hinter den Trommlern sitzt. Der Blick der jungen Frau kehrt schreckerfüllt zu ihm zurück. Die ältere Frau, groß, dick und kräftig, erhebt sich langsam, und die Trommeln stocken und verstummen. Das Gesicht der Alten ist verschlossen und hart, eine Warnung. Gregor sieht das, kann den Blick aber nicht lange von der Jüngeren lassen. Sie ist nervös wie ein vom Scheinwerferlicht erfasstes Wildtier. Wovor hat sie solche Angst?, fragt er sich.

Gregor tritt in den Lichtkreis des Feuers. Er zuckt die Achseln und lächelt freundlich, unbedrohlich. »Hi«, grüßt er.

»Kann ich Ihnen helfen?«, sagt die dicke Frau mit voller, tiefer Stimme. Schon scheint sie sich etwas zu entspannen. Das bewirkt sein Lächeln. Es entwaffnet die Leute.

»Ich bin zufällig vorbeigekommen«, sagt Gregor. »Das sieht hier nach Party aus.« Er lässt sein Lächeln in die Runde strahlen und bringt die Flasche Wein zum Vorschein. Es wird getuschelt. Eine oder zwei Frauen begutachten ihn unverhohlen mit langsam über seinen Körper wandernden Blicken und halten sich die Hände vor den Mund. Er weiß, dass sie miteinander flüstern. Seine Aufmerksamkeit kehrt zu ihr zurück, der jungen Frau, die ihn beeindruckt hat, doch sie hat Blickkontakt mit der dicken Frau aufgenommen, da läuft etwas. Dann sieht die dicke Frau zu ihm rüber, und ihr Gesichtsausdruck hat sich verändert. Sie lächelt nicht, aber der Vorwurf ist weg. Ihr Blick kehrt zu der Jüngeren zurück, und er hat den Eindruck – nein, er ist sicher, obwohl man es kaum sieht –, dass sie nickt. Dann nimmt sie

Platz, und das Trommeln setzt wieder ein. Das Schauspiel geht weiter, die Tanzenden bewegen sich im Takt. Gregor setzt sich mit gekreuzten Beinen in den Sand und öffnet den Schraubverschluss seiner Flasche.

Aus dem Meer ruft die Robbe noch einmal, und es hört sich grässlich an.

Während er darauf wartet, dass sie wie vorausgesehen zu ihm kommt, genießt er beinah die Rhythmen und lässt sich von den Trommeln und der Bewegung einlullen. Als sie sich neben ihn setzt und ihm die Flasche aus der Hand nimmt, sieht er einen jungen Mann auf der anderen Seite des Feuers aufstehen und davongehen. Der junge Mann wirft einen letzten Blick auf sie, ehe er im Dunkel verschwindet. Gregor meint Bitterkeit in der Miene des Mannes zu erkennen.

»Wer ist das?«, fragt Gregor.

Sie schaut kurz hinter dem jungen Mann her, dann wendet sie den Blick ab. »Sind Sie Engländer?«

Von Nahem beeindrucken ihn ihre Gesichtszüge, die weit auseinanderstehenden Augen, die hohen Wangenknochen. Sie hat eine kräftige Nase und volle Lippen. Ihre Augenfarbe und den Farbton ihrer Haare kann er in diesem Licht nicht genau bestimmen, nur dass beide dunkel sind und die Haare lange nicht gebürstet.

Aus dieser Nähe hatte er den Geruch eines ungewaschenen Körpers erwartet, wie ihn diese Hippies oft an sich haben, doch er kann nur einen Hauch von Meerwasser, Salz und frischem Fisch ausmachen. Ihr Geruch lässt seinen Magen knurren und seinen Mund wässrig werden, obwohl er keinen Hunger hat. Schmecken will er sie trotzdem.

»Ja, ich bin Engländer. Aus dem Norden.«

Sie dreht den Kopf, um ihn anzusehen. »Wo im Norden?«

»Yorkshire.«

»Pfft«, sagt sie. »Das ist kein Norden. Wir sind aus dem Norden. Von den Inseln.«

Er lacht. »Dann haben Sie wohl gewonnen. Und was machen Sie hier?«

»Das hat Tradition. Zur Sommersonnenwende feiern wir am Strand. Jedes Jahr. Jedes Mal woanders.«

»Aber ist das nicht ein weiter Weg? Bis nach Cleethorpes?«

»Wir reisen immer. Auch das hat Tradition.«

Er nimmt die Flasche und trinkt einen großen Schluck.

Sie rückt dicht an ihn heran und wischt etwas Sand von seinem Oberschenkel. »Weißt du, was heute Nacht noch Tradition ist?«

Er blickt auf ihre Hand, die da immer noch leicht und unbefangen ruht. Er schüttelt den Kopf.

»Wir Frauen dürfen spielen, mit wem wir wollen.«

Ein Grinsen breitet sich auf seinem Gesicht aus. »Die Tradition gefällt mir. Gefällt mir sehr.«

Als der Wein alle ist, steht er auf und greift nach ihrer Hand. »Wir können zu meiner Hütte gehen. Das ist nicht weit.«

»Ich kann nicht lange«, sagt sie. »Wir schwimmen mit den Gezeiten.«

»Schwimmen?« Er schaut aufs Meer hinaus. Da ist nichts, kilometerweit nichts.

In ihrem Gesicht zuckt es kaum merklich. »Segeln meinte ich. Wir segeln mit den Gezeiten.«

»Ich sehe kein Boot.«

Sie geht bereits davon, einen dunklen Mantel über der Schulter. »Willst du, oder willst du nicht?«

In der gemieteten Hütte bietet er ihr etwas zu trinken an. Nur eine halbe Stunde später ist sie ohne Bewusstsein. Er hievt ihren bewusstlosen Körper in den Kofferraum seines Wagens. Durch die Nacht fährt er heim zu der schalldichten Wohnung. Er hat Pläne mit der Strandgutfrau. Ein Spaß wird das.

KAPITEL 35

DAMALS
Ruby
Donnerstag, 20. Dezember

Ruby fühlte sich nirgendwo mehr sicher. Sie trug das Handy, das er ihr geschenkt hatte, bei sich, obwohl ihr das ein ungutes Gefühl gab, seit sie wusste, dass er damit ihrer Spur folgte. Seit dem Abend, an dem sie festgestellt hatte, dass er sie in ihrer Wohnung abhörte, hatte sie sich dort nicht mehr allein aufgehalten. Es war besser, sie schlief bei Gregor auf dem Sofa. Da sie alle von den Kameras dort wussten, war es irgendwie nicht ganz so unheimlich. Hin und wieder wachte sie frühmorgens schweißgebadet auf, starrte an die Deckenlampe und dachte, ruf Joanna an, erzähl ihr alles, sag ihr, sie soll uns retten kommen. Doch dann fiel ihr ein, dass sie das nicht ohne sein Wissen tun konnte, und wenn er herausfand, dass er hintergangen worden war, was dann? Er war eindeutig zur Gewalt fähig. Er hatte ihr altes Telefon mit sämtlichen Kontakten – wusste er also, wer Joanna war, dass sie bei der Kripo war? Nein, sie war nur als Joanna eingetragen, von daher konnte er das nicht wissen. Der Gedanke, immer noch Geheimnisse vor

Gregor zu haben, tröstete sie. Etwas, das sie notfalls gegen ihn verwenden konnte.

Sie dachte an die Yogamannzeiten zurück, als sie ihn ach so heimlich im Dunkeln beobachtet hatte und überzeugt gewesen war, er ahne nichts davon. Dabei wusste er es, hatte es immer gewusst. Damals hatte sie sich gern vorgestellt, er turne ihr etwas vor, aber jetzt schüttelte es sie bei dem Gedanken. Sie hatte wieder angefangen, Schlaftabletten zu nehmen, und sich mehrmals dabei ertappt, dass sie tagsüber Betablocker gegen ihre Angst einnahm.

Eine Woche war es her, dass sie nach dem Mantel gesucht und den Kasten gefunden hatten. Wiederholt hatte Ruby erfolglos versucht, Constance dazu zu bringen, ohne ihn zu gehen. Die Zeit wurde knapp – Gregors Worte, sie vielleicht in einer »Therapieeinrichtung« unterbringen zu wollen, klangen ihr noch im Ohr. Keinen Augenblick nahm sie an, dass er das vorhatte. Sich auszumalen, was er tatsächlich vorhaben könnte, war ein Horror.

Vielleicht konnte sie nicht beide retten. Sie hatte beschlossen, es noch einmal zu versuchen, und wenn Constance dann nicht mitkommen wollte, würde sie einfach nur Leonie mitnehmen. Es war ungeheuerlich, zuzulassen, dass Gregor – und Constance – das Kind weiter hier festhielten. Ruby war bereit zu kämpfen, auch körperlich, wenn es sein musste. Leonie ging vor. Kein Bedürfnis der Erwachsenen war so wichtig wie die Sicherheit des Kindes. Sie war sogar bereit, Joanna anzurufen, damit sich die Polizei der Sache annahm, wenn ihr keine andere Wahl blieb. Alles war besser als das hier. Und wenn das Kind dann in Pflege gegeben wurde, auch gut. Als Pflegekind käme Leonie wenigstens raus.

Ruby ließ sich mit ihrem Schlüssel in die Wohnung. Leonie saß im Schneidersitz auf dem Teppich vor dem großen Fernseher, die Ohren in Kopfhörern versteckt. *Peppa Pig* lief. Ruby gab ihr ein Küsschen auf den Kopf, aber sie war zu gebannt von dem Geschehen auf dem Bildschirm. Dass Gregor nicht da war, merkte Ruby an der Stimmung. War Gregor in der Wohnung, lag immer eine gewisse Spannung in der Luft, auch wenn er bei geschlossener Tür in seinem Zimmer blieb. Waren nur Mutter und Tochter da, war die Atmosphäre viel angenehmer. Dennoch war Vorsicht zu spüren, das Bewusstsein, dass sie fortwährend beobachtet wurden. Dieses Gefühl ging nie ganz weg. Jedes Wort, das sie laut sagte, war an Gregor gerichtet, damit er zu hören bekam, was er hören sollte, und das andere ihm verborgen blieb.

Ruby hörte, wie im Bad die Dusche abgestellt wurde und die Glastür sich öffnete und schloss. »Ich hab eingekauft«, rief sie und ging zur Küche durch, um die Sachen auszupacken. »Deinen Lieblingsreis hatten sie nicht.«

Kurz darauf erschien Constance an der Tür, die Schultern ihres Tops nass von den langen Haaren. Sie kam in die Küche und schaltete den Dunstabzug ein, auch das ein Trick, um sich freier unterhalten zu können.

»Ich hab ihn gefunden.«

Rubys Augen reagierten, bevor sie denken konnte. Sie hätte am liebsten einen Luftsprung getan, bremste sich aber. Wenn Constance den Mantel gefunden hatte, konnten sie sofort verschwinden. »Wo denn? Wie? Du hast doch überall gesucht.«

»In der Wohnung ja, oft genug. Aber gestern ist er weg und hat nicht abgeschlossen. Komm.«

Leise traten sie auf den Flur hinaus. Ruby lauschte, ob sich unten etwas tat. Constance überklebte das winzige Kameraauge über der Wohnungstür.

Neben der Tür befand sich ein eingebauter Flurschrank. Constance hielt einen kleinen Schlüssel hoch. »Der war in der Küche. Bis jetzt wusste ich nicht, wofür er ist.« Sie sperrte das Vorhängeschloss auf und öffnete die Tür, nahm schnell etwas heraus, das wie eine Lage grauer Stoff aussah, und schloss es in die Arme. Sie eilte wieder hinein. Ruby beugte sich vor, um den Schrank zu schließen, und im selben Moment kam Leonie lachend herausgerannt und nahm Kurs auf die Treppe.

»Leonie, bleib hier!«

Ruby packte die Kleine und trug sie in die Wohnung zurück, als sich im Stockwerk drunter gerade leise eine Tür schloss. Sarah. Bevor sie abhauten, musste sie nach Möglichkeit noch mal nach Mrs. Stefanidis schauen und zusehen, dass sie für ein paar Wochen versorgt war. Es konnte sein, dass Ruby lange nicht wiederkam.

Im Wohnzimmer klebte Ruby wieder ein Stück Kreppband über die Mini-Kamera an der Lampe.

Leonie fing an zu quengeln und wollte wieder zur Tür, woran Constance sie hinderte.

»Hier, Schätzchen.« Ruby gab ihr eine halbe geschälte Banane. Das schien vorerst zu genügen. Das Kind sah weiter fern.

Constance saß mit dem alten Ledermantel über den Knien da. Er war dunkelgrau und sah spröde und rissig aus, als wäre er nicht gepflegt worden.

»Das ist er?«

»Ja.« Sie streichelte ihn zärtlich, als wäre er ein zweites Kind von ihr.

»Der ist aber etwas … mitgenommen, hm?«

»Ja«, sagte sie und ließ ihre Tränen auf die raue Oberfläche des Leders fallen.

Wo die salzigen Tränen hinfielen, bildeten sich leuchtende Kreise. Constance wischte schwungvoll mit beiden Daumen darüber und verteilte die Feuchtigkeit auf dem Kleidungsstück. Dabei vergoss sie noch mehr Tränen, und die schimmernden anthrazitgrauen Kreise wurden größer und wuchsen zusammen, bis der ganze Mantel glänzte. Bald war er völlig verwandelt.

»Wie schön er ist!« Ruby sah zu, wie Constance mit den Händen über das Leder strich, dem ein eigenartiges Licht zu entströmen schien, das Constances Gesicht erhellte. Aber wenn sie genau hinsah, nein – das Leuchten ging auch von Constance aus.

Ruby traute ihren Augen nicht. Wie konnten die Tränen sich so auf das Leder auswirken? Es war, als wäre jeder sich ausbreitende Tropfen in der Lage, eine unverhältnismäßig große Fläche zu befeuchten. Zauberei ist das, dachte sie und gleich danach: Sei nicht albern.

Dann erblickte sie etwas anderes, das sie innehalten ließ. »Deine Hände«, sagte Ruby, und Constance versteckte sie rasch unter dem Mantel. »Zeig doch mal. Mir ist das noch nie aufgefallen, aber …« Bildete sie sich das ein?

Constance sah eine ganze Weile auf ihren Schoß, ohne sich zu rühren. Dann zog sie eine Faust hervor und öffnete sie langsam. Sie hatte Schwimmhaut unten zwischen den Fingern.

»War das immer so?«

Constance nickte.

»Wieso hab ich das denn nicht gesehen?«

Sie zuckte die Achseln. »Menschen nehmen nur das wahr, was sie erwarten.«

»Darf ich …« Ruby griff nach dem leuchtenden Mantel, doch Constance riss ihn schnell weg.

»Nein, rühr den nicht an.«

Ruby war ein wenig gekränkt. »Ich hatte doch nichts damit vor.«

»Wenn du ihn anfasst, geht etwas verloren. Und ich habe schon so viel verloren. Verstehst du?«

Constances große Augen strahlten vor Hoffnung, glitzerten von Tränen.

»Entschuldige bitte«, sagte Ruby. »Ich hab nicht geglaubt, dass es ihn wirklich gibt. Oder wenn es ihn gibt, dass er ihn dann versteckt hält. Ich dachte, du wärst verrückt, nur deswegen hierzubleiben.«

»Er musste ihn behalten, wenn er mich lebend haben wollte. Ohne Kopf kann ich ja auch nicht leben.«

Ruby glaubte zu wissen, was Constance meinte. Mit ihrer Geige ging es ihr genauso. Und inzwischen auch fast schon mit Leonie.

Unter dem Mantel zog Constance einen aus einer Muschel geschnitzten weißen Kamm hervor. Ruby konnte sich nicht erklären, wo der Kamm versteckt gewesen war; der Mantel schien keine Taschen zu haben, noch nicht einmal Ärmel. Er ähnelte eher einem Umhang oder einem langen, leeren Kissenbezug. Constance drehte den Kamm in der Hand und hielt ihn Ruby hin.

»Sehr schön«, sagte Ruby und wollte ihn zurückgeben, nachdem es sie merkwürdig gedrängt hatte, den Mantel zu berühren, ihn an sich zu nehmen. Constance bedeutete ihr, dass es diesmal in Ordnung sei, dass sie ihn behalten solle.

»Den gibt es nur einmal. Wenn ich nach Hause gehe, kannst du mich damit finden.«

Ruby betrachtete die Zähne des Kamms, die so fein gearbeitet waren, dass sie fürchtete, sie könnten ihr unter den Fingern abbrechen; sie bewunderte die kunstvolle Form und wie er in der Hand lag. Der Rücken war mit einem ausgefeilten, verschlungenen Nixenmuster versehen. Die Arbeit von Wochen.

»Ich weiß nicht, was du meinst.«

»Keine Sorge. Wenn es Not tut, verstehst du es.«

Ruby fühlte sich schwindlig. Wie sich das rissige alte Ding von einem Mantel vor ihren Augen in einen weichen, kräuseligen Stoff irgendwo zwischen Leder und Velours verwandelt hatte – so etwas hatte sie noch nie gesehen.

Welcher Stoff brachte das fertig? Sie hielt den Kamm in einer Hand, konnte den Blick aber nicht von dem Mantel wenden. Wieder spürte sie die Anziehung des Kleidungsstücks. Mehr als alles andere wollte sie ihn in die Hände nehmen, ihn kosen, ihn an ihr Gesicht halten. Constance sah ihren Blick, musste das begehrliche Funkeln darin bemerkt haben, denn sie zog ihn an sich, verschränkte die Arme darüber und lehnte sich zurück. Ruby streckte die Hand aus, sie konnte nicht anders.

»Lass mich ihn mal anfassen. Bitte.« Ihre Fingerspitzen reckten sich zitternd. Constance sagte etwas, aber es war nicht ganz deutlich. Sie streckte die Finger noch weiter aus.

Könnte sie ihn nur in die Hand nehmen, ihn einen Augenblick fühlen …

Ein jäher Schmerz traf Rubys Fingerknöchel, und sie zuckte mit einem Aufschrei zurück. Constance hatte ihr fest auf die Hand geschlagen.

»Warum hast du das gemacht? Es hat richtig wehgetan.«

»Du hast nicht auf mich gehört. Du warst in seinem Bann.«

Der Mantel war fort; sie hatte ihn irgendwo außer Sicht gebracht, und ohne ihn schämte sich Ruby für das, was sie getan hatte. Genauso musste es Gregor gegangen sein, wenn er auch sicher keine Minute dagegen angekämpft hatte. Er sah ihn, fand ihn gut und nahm ihn sich. So wie er es auch mit Ruby vorgehabt hatte. Er hatte ihr Handy versteckt, ihr einen Tracker angehängt. Hätte er womöglich auch ihre Geige kassiert? Nein, das hatte sich erübrigt. Leonie war der Grund, warum sie nicht fernbleiben konnte. Jetzt begriff sie, wie und warum er ihr Leonie häppchenweise angeboten hatte, wie einen Köder. All die babyfreundlichen kleinen Dinge, zu denen er sie in den letzten Wochen ermutigt hatte, die Windeln, das Füttern, wenn Constance nicht konnte, das Hüten von Mutter und Kind. Es war echt, das gegenseitige Vertrauen, das Band. Oder anders gesagt: Sie war jetzt gebunden, und das Band schien unzerreißbar, Liebe und Zwang in einem, wie süße Fesseln.

Ruby war so froh, dass es den Mantel gab, dass er so wundervoll war, wie Constance angedeutet hatte. Und keineswegs eine Wahnvorstellung. Nein, sie hatte also von Anfang an die Wahrheit darüber gesagt, auch wenn Ruby das, was sie vor wenigen Augenblicken bei der Verwandlung des Mantels erlebt hatte, schon jetzt wie ein sonderbarer Traum vorkam. Es hätte einen Sinn ergeben sollen, tat es aber nicht. Zum Nachdenken war keine Zeit; vorerst genügte, dass es den Mantel wirklich gab. Sie überlegte, wo Gregor wohl sonst noch gelogen hatte, und kam zu dem Schluss: in allem. Er log, wenn er den Mund aufmachte. Es gab keinen Kult, nur eine Gemeinschaft, die ganz eigene Wege ging. Er hatte Constance entführt und sie hierbehalten, so einfach war das. All das Robbengerede war zwar ungewöhnlich, aber Constance stand unter extremem Druck, und für sie stimmten die Geschichten. Sie gehörten zum Leben dieser Leute. Und die arme Leonie brachte ihr kleines Leben innerhalb dieser Wände zu und ahnte nicht, wie groß die Welt draußen war. Es war noch nicht zu spät für das Kind, erkannte Ruby. Noch lange nicht.

»Du hast den Mantel die ganze Zeit gesucht. Und endlich hast du ihn gefunden.«

»Ja«, sagte Constance. Sie sah nicht glücklich aus. Ganz und gar nicht. Ihr Blick folgte Leonie, die mit sich selbst plappernd im Zimmer umherlief, Sachen in die Hand nahm, Erkundungen anstellte.

»Du kannst also endlich weg. Wenn du das möchtest?«

»Mehr als alles andere.«

»Constance. Warum weinst du?«

»Ich möchte nach Hause.«

»Dann los. Gregor ist nicht da. Er kommt vielleicht erst in ein paar Tagen zurück. Die Zeit reicht, du kannst mit deiner Familie Kontakt aufnehmen, die können dich abholen. Oder?«

Sie nickte langsam. »Die kommen mich abholen. Jetzt, wo ich meine Haut habe.«

Meine Haut. Was für eine seltsame Ausdrucksweise. »Gut. Also mach dich fertig. Leonies ganzes Zeug muss ja eingepackt werden. Ich kann dir helfen.« Ruby ging zu der Nische mit den Einkaufstaschen. Von Koffern wusste sie nichts; Einkaufstaschen mussten genügen.

»Warte, du verstehst nicht. Sie kommen mich abholen. Aber Leonie nehmen sie nicht mit.«

Ruby blieb stehen. Langsam drehte sie sich um. »Wieso können sie denn Leonie nicht mitnehmen?«

»Weil sie nicht in der Haut geboren ist wie ich. Sie hat keinen Mantel.«

»Können sie ihr denn keinen geben, wenn sie hinkommt?«

Constance schüttelte den Kopf. »So funktioniert das nicht.«

»Und wenn sie eine Ausnahme machen?«, sagte Ruby. »Sie ist dein Kind. Das Enkelkind deiner Eltern. Sie werden begeistert sein. Oder?«

Constance schüttelte wieder den Kopf. »Im Gegenteil. Vielleicht weisen sie sogar mich zurück, wenn sie von ihr erfahren.«

»Aber … wieso? Warum?«

»Als er mich entführt hat, war für den nächsten Tag meine Hochzeit mit jemand anderem vorgesehen. Außereheliche Babys kommen auf der Insel einfach nicht vor. Ich bin mit ihm gegangen, weil das für mich zum Ritual gehörte, zu dem Brauch, mit dem wir – wie sage ich das jetzt? – unsere Blutlinie stärken. Aber Kinder, ob in der Hochzeitsnacht empfangen oder in der *Wandernacht* davor – müssen ehelich geboren sein. Sonst gibt es sie nicht, nicht in den Augen der Stammesältesten.«

»Das ist doch lachhaft. Wir schreiben das einundzwanzigste Jahrhundert.«

»Spielt keine Rolle. Überlieferung und die alten Bräuche, danach leben wir. Sie entsprechen euren Gesetzen.«

»Und warum möchtest du dann zurück? Wenn du sie nicht mitnehmen kannst?«

Stille trat ein, und Ruby dachte, Constance würde sich vielleicht umentscheiden, würde einsehen, wie unvernünftig sie war. Doch sie schüttelte den Kopf. »Es ist mein Zuhause. Es ist meine Familie. Ich muss zurück.«

Ruby starrte sie an. Sie hätte nicht gedacht, dass sie es aussprechen müsste. Aber die Stille zog sich hin, und offenbar ging es nicht anders. »Aber Constance. Auch Leonie ist deine Familie.«

Constance kniff die Augen zusammen. Sie sah Leonie an, während sie sprach. »Ich muss sie überreden. Das heißt aber, ich muss erst mal ohne sie zurück.« Sie wandte sich Ruby zu. »Ich brauche deine Hilfe. Ohne dich schaffe ich das nicht. Bei ihm kann ich sie nicht lassen, und ich …«

»Einverstanden«, sagte Ruby, obwohl sie keine Ahnung hatte, welche Bitte auf sie zukam. Sie wusste nur, sie würde es tun, ganz gleich, was. Weil sie Constance liebte, vor allem aber, weil sie Leonie liebte. Und der kleine Floh hatte sonst niemanden.

Sie tüftelten aus, was zu tun war, welche falschen Fährten sie legen könnten, um Gregor abzuschütteln. Ruby würde mit dem Zug nach Lincoln fahren, dort den Tracker aus ihrem Handy nehmen und ihn in einen Zug nach Süden stecken. Sie würden die gleichen Sachen anziehen, damit Gregor, falls er ihnen folgte und sich erkundigte, ob eine von ihnen gesehen worden sei, verwirrende Auskünfte bekäme. Constance würde Leonie mitnehmen und sich in Grimsby mit Ruby treffen, die dort das Baby übernehmen würde, sodass sich Constance mit ihren Angehörigen am Strand treffen könnte.

»Sie holen dich also mit dem Boot am Strand von Cleethorpes ab? Warum dort? Warum nicht am Hafen von Grimsby?«

Constances Gesicht zuckte ein wenig, ehe sie antwortete. »Da haben sie mich zuletzt gesehen. Sie suchen jede Sonnwendnacht am Ort ihres Verschwindens nach den Verschwundenen. Das ist so Brauch.«

»Vergessen haben können sie dich nicht? Oder davon ausgehen, dass du weggelaufen bist?«

Constance sah erschüttert aus. »Ich hoffe nicht. Sonst bin ich endgültig verloren.«

Sie gingen den restlichen Plan durch. Nach der Übergabe würden Ruby und Leonie einen Zug nach Schottland nehmen, aber für den Fall, dass es Gregor doch gelingen sollte, ihrer Spur bis dahin zu folgen, woanders aussteigen und sich ein paar Tage versteckt halten. Danach würde Ruby mit Leonie auf eigene Faust und unverfolgt zum abgelegenen Strand einer kleinen Insel in den Hebriden kommen und sich mit Constance treffen, die bis dahin die Stammesältesten überreden würde, Leonie aufzunehmen. Constance und Leonie würden dann ihr neues gemeinsames Leben auf der alten Schäre beginnen, wo sie hingehörten.

»Aber was machst du?«, fragte Constance. »Wenn wir weg sind?«

Ruby dachte an ihre kaputte Familie, die zunehmend verzweifelten verpassten Anrufe und Nachrichten von Marianne sonntagabends, das letzte kurze Telefonat mit Joanna, das sie sich noch erlaubt hatte.

Wenn sie hiermit fertig war, brachte sie vielleicht auch die nötige Kraft auf, sich mit alldem zu befassen.

»Ihn bin ich dann los. Wir sind ihn beide los. Ich kann mein Leben neu anfangen.«

»Wie denn? Er wird nicht aufhören, nach mir und Leonie zu suchen. Mich wird meine Familie vor ihm beschützen. Aber du? Du bist ihn erst los, wenn er tot ist.«

Ruby hoffte, so weit würde es nicht kommen. Gregor war fort, wurde erst am Abend des nächsten Tages zurückerwartet.

Bis dahin würden sie längst verschwunden und unmöglich aufzuspüren sein.

KAPITEL 36

JETZT
Joanna
Montag, 24. Dezember

»Sein Zustand hat sich nicht geändert«, sagte Dr. Locke. »Ehrlich gesagt wundert es mich, dass keine Verschlechterung eingetreten ist.«

»Sie sagten aber doch am Telefon, ich müsse vorbeikommen. Musste ich wirklich extra hier erscheinen, wenn sich nichts geändert hat?«

Joanna hatte erwartet, Gregor wach vorzufinden. Sie wollte ihm so viele Fragen stellen.

»Ohne Ihre Hilfe kommen wir nicht weiter. Es interessiert Sie vielleicht, dass ein Kollege von mir Mr. Franks für eine medizinische Studie mit einem MRT-Scan ausgewählt hat.«

»Ich weiß nicht, was das ist.«

»Im Wesentlichen ein Verfahren, bei dem Sie das Gehirn in Echtzeit beobachten und sehen, wie verschiedene Abschnitte als Reaktion auf diverse Reize aufleuchten.«

»Man pikst ihn mit einer Nadel und guckt, ob er Schmerz empfindet?«

»Kann man so machen, ja. Eine andere Möglichkeit ist, ihm Fragen zu stellen.«

»Aber wenn er dahinvegetiert …«

»Genau darum geht es bei der Studie. Festzustellen, ob er noch Hirnfunktionen, einen Rest von Bewusstsein hat.«

»Ich kann ihm Fragen stellen?«

Die Augenbrauen des Arztes schossen nach oben. »Sie?«

»Ich darf bei dem Scan dabei sein. Haben Sie mich deshalb nicht hergebeten?«

»Sie dürfen wohl dabei sein. Hergebeten habe ich Sie aber, weil wir Genehmigungen brauchen. Wir müssen ethisch korrekt vorgehen.«

»Das kann ich absegnen. Wo unterschreibe ich?«

»Ich hatte gehofft, Sie hätten mangels Angehöriger den Gerichtsbeschluss eingeholt.«

»Den brauche ich nicht«, sagte Jo. »Nicht, wenn es Teil einer polizeilichen Untersuchung und im Interesse der Allgemeinheit ist. Als leitende Ermittlungsbeamtin kann ich das zum Zweck der Unterstützung der laufenden Untersuchung genehmigen.«

»Die Studie ist aber doch nicht Teil der Untersuchung, Detective.«

»Wenn Sie mich im Kontrollraum sitzen lassen, schon.«

»Ich weiß ehrlich gesagt nicht, wie …«

Joanna wies auf die reglose, im Krankenhausbett auf dem Rücken liegende Gestalt des Mannes, von dem sie bis vor Kurzem gedacht hatte, er heiße Gregor Franks. »Er *weiß* Sachen. Wenn ich seine Reaktion auf einige ganz bestimmte Fragen bekomme, entscheidet das vielleicht darüber, ob wir das gesuchte kleine Mädchen finden oder nicht.«

Der Arzt überlegte schweigend.

»Erst muss ich ein paar Anrufe machen. Und es wird ein wenig dauern, den Patienten für den Scan vorzubereiten und ihn von der Station hochbringen zu lassen. Ich hoffe, Sie haben es nicht eilig.«

Als der Arzt gegangen war, trat Joanna ans Bett und stellte sich neben den Mann, der als Gregor Franks gelebt hatte. Sie betrachtete sein unbewegtes Gesicht. »Bald kann ich mit Ihnen sprechen und sehen, wie Sie reagieren«, sagte sie. Nichts. Sie beugte sich näher zu ihm. »Lange können Sie sich nicht mehr verstecken, wer immer Sie sind. Ich werde Ihnen direkt ins Gehirn schauen.«

Während sie im Kontrollraum der Tomographie wartete, wählte Joanna Rubys Nummer und hörte sich erneut die automatische Das-Telefon-ist-abgeschaltet-Nachricht an. Sie holte das Handy hervor, das sie aus Gregors Wohnung mitgenommen hatte, und sah es sich an. Mehr als am Abend zuvor konnte es ihr jetzt auch nicht sagen – es war Rubys altes Handy und seit September nicht mehr benutzt worden. Die Liste verpasster Anrufe machte sie traurig, aber nicht so traurig wie die Bildergalerie, in der sie lediglich ein Foto von sich selbst fand, wie sie ein Gesicht schnitt und der Kamera auszuweichen versuchte. Sie wusste noch, wie Ruby es aufgenommen und sich über Joannas Kamerascheu amüsiert hatte, ihre vor das Objektiv gehaltene Hand. Jetzt wünschte sie, sie hätte einfach gelächelt wie ein normaler Mensch.

Die Tür öffnete sich, und Atkinson trat ein.

»Jo. Was zum Teufel machen Sie?«

»Was führt Sie denn hierher, Steve?«

»Ich hab Sie gesucht. Jemand vom Krankenhaus wollte am Telefon von mir bestätigt haben, dass wir mit irgendeinem tollen Scan an Franks einverstanden sind. Sie haben anscheinend gesagt, der gehört zur Ermittlung.«

»Tut er auch. Die können ihm ins Gehirn schauen. Ich möchte sehen, wie er auf bestimmte Dinge reagiert.«

»Aber er kann doch nicht antworten.«

»Keine Sorge, ich hab einen Plan. Seine Reaktion genügt. Es sei denn, Dr. Locke hat recht, und der Scheißkerl ist hirntot.«

»Mir wurde gesagt, weil der Scan zu den polizeilichen Ermittlungen gehört, sollten die Kosten von der Polizei mitgetragen werden. Wissen Sie, wie teuer fünfzig Prozent von einem fMRT-Scan sind?«

»Oh. Weiß Thrupp davon?«

»Er wird's bald wissen. Und sich dann fragen, warum ich ihm nichts davon gesagt habe.«

»Ach so.«

Atkinson ließ sich schwer auf einen Stuhl sinken.

»Jo. Was wir gestern Abend gemacht haben, war dumm. Und gefährlich. Wir haben Informationen, die für die Ermittlungen unerlässlich sind, aber wir können sie nicht weitergeben, weil wir sie gar nicht haben dürften. Der Pass und der Finger, Scheiße noch mal. Dass Gregor nicht der ist, für den wir ihn halten.«

»Beruhigen Sie sich, Steve. Wir waren einen Schritt schneller, weiter nichts. Der Erkennungsdienst wird jetzt gerade dabei sein, den Kasten zu öffnen. Dann finden sie den Pass und wissen alles, was wir wissen, und fangen sofort an, Mr. Mysteriös zu überprüfen. Dazu kommt jetzt der

Scan. Wenn ich ihm eine Frage stelle und als Antwort sein Gehirn aufleuchtet, finden wir raus, wo Ruby geblieben ist.«

»Ach, Sie wollen Ihren Ruf mit einer überteuerten Version von *Nicht Ja, nicht Nein* aufs Spiel setzen, ohne Garantie, dass es überhaupt funktioniert?«

»Das funktioniert. Sie werden sehen.«

»Selbst wenn, in Schwierigkeiten sind wir trotzdem. Glauben Sie, Thrupp übersieht, dass wir in das Anwesen eines Verdächtigen eingebrochen sind und dann unprotokolliert die Wohnung des Opfers durchsucht haben?«

»Wenn wir Resultate liefern, sind wir aus dem Schneider. Außerdem erfährt er von beidem nichts.«

»Sie haben das Schloss von Rubys Wohnung aufgebrochen.«

»Als Sie weg waren, bin ich noch mal hin und hab's repariert. So gut wie neu.«

»Sie haben das Vorhängeschloss an dem Kasten in Gregors Kleiderschrank gekappt.«

»Das hab ich auch ersetzt. Ein billiges Ding. Da sie den Schlüssel aber schon katalogisiert haben, müssen sie es ohnehin selbst kappen, wenn sie schnell reinsehen wollen.«

Atkinson rieb sich die Schläfen und stieß einen leisen Frustseufzer aus.

In angespannter Stille schauten sie beide durchs Glas auf die riesige Raumfahrtmaschine im Tomographieraum.

»Das ist zu riskant, Chefin. Ich finde, Sie sollten …«

»Ich stelle nur ein paar Routinefragen.«

»An jemanden, der nicht in die Befragung einwilligen kann. Ethisch ist das unter aller Kanone.«

Die Tür des Kontrollraums öffnete sich, und eine Technikerin trat ein, zusammen mit Dr. Locke und einem kahlen, untersetzten Mann, der sich als Mr. Cunningham vorstellte, die Studie leitender Facharzt für Radiologie.

Auf der anderen Seite der großen Glasscheibe wurde der Patient von einem Pfleger in den weißwandigen Tomographieraum gerollt. Einen Augenblick später kamen weitere Pfleger dazu und hoben den schlaffen Körper des Mannes auf die Plattform, die ihn in den Zylinder im Zentrum des Tomographen fahren würde. Eine Krankenschwester blieb im Raum und schnallte den Patienten an. Über die Lautsprecher hörten sie, wie sie dabei mit ihm redete.

»Ich mach Sie grad fertig für die fMRT, Greg, okay? Das ist praktisch derselbe Ablauf wie neulich bei der CT. Möglichst nicht bewegen, während Sie da drin sind, das kann die Werte verfälschen.«

Joanna fand es rührend, dass die Schwester mit dem Patienten sprach, als könnte er sie hören. Sie schrieb ihn also nicht als hirntot ab.

Die Technikerin im Kontrollraum begann die Geräte einzustellen und schaltete sämtliche Bildschirme auf der Monitorbank vor ihnen ein. Sie zeigte Jo, in welches Mikrofon sie sprechen musste, damit Gregor ihre Fragen hörte.

»Worauf muss ich bei dem Scan achten?«

Der Radiologe rief den gespeicherten Scan eines anderen Patienten auf.

»Der Bereich hier«, er wies mit einem Stift darauf, »ist der Hippocampus. Assoziiert mit Gefühlen und Gedächtnis. Den müssen Sie im Auge behalten. Er dürfte bei allem persönlich Bedeutsamem aufleuchten.«

Das Scan-Video zeigte rote und gelbe Spritzer, die ins Bild kamen und sich auflösten.

»Offensichtlich präsentieren wir dem Patienten hier Reize. Die dunkleren Farben stehen für erhöhte Aktivität.«

»Und war dieser Patient nach außen hin auch so unempfänglich, wie es Mr. Franks jetzt ist?«

Er nickte. »Alle Patienten in dieser Studie sind ausgewählt, weil bei ihnen ein Wachkoma aufgrund von Infektionen oder Überdosierung diagnostiziert wurde. Die Kopfverletzung, die Mr. Franks erlitten hat, kompliziert die Sache ein wenig, er ist aber dennoch qualifiziert. Der Scan bietet den Vorteil, dass wir weitere Behandlungsschritte erwägen können, wenn die Kopfverletzung gravierender sein sollte, als sie auf der CT erschien.«

Jo hörte nur halb zu, sie überlegte, was sie fragen sollte. *Wissen Sie, wo Ruby ist*, war die erste Frage. Sie sah die Wolke aus Orange und Violett schon vor sich, die diese Frage auslösen würde. *Wem gehört der Finger, den wir gefunden haben?* Der Bildschirm würde erstrahlen wie ein Feuerwerk. Sie musste sich gut überlegen, wie sie die Fragen formulierte, wenn es ihnen über die bloße Bestätigung ihres Verdachts hinaus helfen sollte. Sie würde nur Gefühlsreaktionen zu sehen bekommen. Vielleicht musste sie da ganz methodisch vorgehen, jede größere britische Stadt aufzählen, in der Ruby sein könnte, bis sie eine Reaktion bekam. Das konnte sehr lange dauern.

»Wie viel Zeit habe ich, ihn zu befragen?«

»Wir scannen im Allgemeinen rund zehn Minuten.«

»Bekomme ich notfalls mehr Zeit?«

»Nein«, sagte Mr. Cunningham.

»Fertig«, sagte die Schwester metallisch klingend durch die Lautsprecher. Sie ließ den Patienten allein im Raum. Die Technikerin drückte einen Knopf, und die Plattform begann den Körper des Mannes in die Maschine zu fahren.

Aus Joannas Blickwinkel war das Gesicht des Mannes durch den Schaumstoffhelm verdeckt, als er langsam in die Öffnung geführt wurde. Als sie an seinem Bett gestanden hatte, war es ihr nicht aufgefallen, doch sein Körper schien verändert. Dünner als am Samstag. Vielleicht wirkten ein paar Tage Flüssignahrung sich so aus.

Als der Mann gänzlich im Tomographen lag, beugte sich der Arzt vor und drückte die Taste am Mikrofon der Sprechanlage.

»Mr. Franks, wir stellen Ihnen gleich ein paar Fragen. Wenn Sie können, denken Sie einfach die Antwort an mich. Wir werden jede Hirnaktivität auf dem Scan erkennen. Falls Sie mich verstehen – so haben Sie die Möglichkeit, mit uns zu kommunizieren, okay?«

Der Patient fing an zu husten und zu spucken. Er kam zu sich. Joanna stand auf. Sie sah seine Füße in den Schlaufen zappeln.

»Scheiße«, sagte der Arzt, der die Anzeigen am Herzmonitor prüfte. »Da stimmt was nicht.«

»Was ist denn? Wacht er auf?«

»Wir müssen ihn rausholen. Sofort.«

Die Technikerin drückte den Knopf zum Herausfahren der Plattform. Der Arzt verließ den Kontrollraum und erschien gleich darauf mit zwei Pflegern im Tomographieraum.

»Er hat einen Anfall!«, rief der Arzt. »Wieder aufs Bett mit ihm!«

Weiteres Personal kam herein, und Joanna und Atkinson beobachteten durch die Scheibe das mit Umsicht bewältigte Notfallgeschehen. Jemand drückte den Wiederbelebungsalarm. Blut tropfte vom Kopf des Patienten, als er umgebettet wurde. Und Joanna sah eine Haarsträhne von falscher Farbe und falscher Länge aus dem Schaumstoffhelm hervorschauen. Der Mann war zu dünn. Seine Beine reichten nicht bis an den Fuß des Krankenbetts. Sie riss die Tür des Kontrollraums auf und lief zur Tomographie hinüber, aber sie brauchte sich den viel jüngeren Mann, der dort lag, nicht groß anzusehen. Sie wusste Bescheid.

»Das ist er nicht.«

»Was?«, sagte Atkinson. »Wieso denn?«

Jo lief in Richtung Ausgang, doch es gab zu viele Möglichkeiten. Das Krankenhaus war riesig. Es hatte rund vierzig Ausgänge. Sie nahm ihr Funkgerät hoch, stellte die Verbindung her und forderte Hilfe für die Fahndung an, während sie weiter durch Gänge und durch Treppenfluchten rannte, ohne Gespür dafür, wohin sie laufen sollte, aber in dem Bewusstsein, dass es sinnlos war, weil sie nach einem Mann in Pflegeruniform suchte, der sehr geübt war im Verschwinden und sich durch das Krankenhaus wie durch die Welt bewegen konnte, ohne gesehen zu werden.

KAPITEL 37

JETZT
Joanna
Montag, 24. Dezember

Die Bandaufnahmen aus dem Krankenhausaufzug waren brutal anzuschauen. DI Thrupp stieß in der Videoüberwachung zu Joanna und Atkinson, nachdem er sich mit Blaulicht auf den Weg durch die Stadt gemacht hatte, sowie er hörte, was passiert war.

Der erste Teil der Aufnahmen zeigte, wie ein scheinbar bewusstloser Patient von dem Krankenpfleger in den Aufzug gefahren wurde. Dann stellte sich der Pfleger mit dem Rücken zu seinem Schützling, sodass er nicht sah, wie sich die Faust des Patienten öffnete und der aus dem Bett entwendete Schlauch darin zum Vorschein kam, der dann auseinandergerollt, ihm um den Hals geschlungen und straffgezogen wurde. Während des Kampfs gelang es »Gregor«, mit einem Ellbogen den Notstoppschalter zu drücken, sodass der Aufzug zwischen zwei Etagen anhielt. Der Pfleger sackte leblos zusammen, und schon packte der Patient den kleineren Mann unter den Armen, hievte seinen schlaffen Körper auf das Krankenbett und fing an, ihm die Kleider auszuziehen.

»So was habe ich noch nie gesehen«, sagte Thrupp.

»Was meinen Sie, wie lange er da gelegen und so getan hat, als läge er im Koma?«, fragte Joanna. Ihr wurde klar, dass er, als sie ihn am Morgen angesprochen hatte, jedes Wort verstanden haben musste. Ich werde Ihnen direkt ins Gehirn schauen, hatte sie gesagt. Ihr Gesicht war Zentimeter von seinem entfernt gewesen.

Auf dem Bildschirm hatte »Gregor«, jetzt in der Uniform des Krankenpflegers, seinen Schaumstoff-Kopfschutz abgenommen und setzte ihn dem Pfleger auf. Er nahm ihm die Brille ab, prüfte darin sein Spiegelbild und strich die Haare unter der Uniformmütze glatt, ehe er als letzten Schliff die Brille selbst aufsetzte; dann gab er den Notstoppschalter frei. Sekunden später öffnete sich die Aufzugtür, und er bugsierte das Bett mit einer Selbstverständlichkeit hinaus, als wäre das seit jeher seine Aufgabe.

Thrupp wandte sich an Jo. »Allzu weit kann er nicht gekommen sein. Ich habe sämtliche Streifenwagen und Beamten mobilisiert, die wir erübrigen können. Hoffen wir, dass der Blutverlust ihn in die Knie zwingt – schließlich hat der Mann eine Kopfverletzung.«

»Ich glaube, er ist stärker, als wir annehmen, Sir«, sagte Joanna. »Sie haben ja gesehen, was er mit dem Pfleger gemacht hat. Und er ist schlau.«

»Sie ahnen gar nicht, wie schlau«, sagte Thrupp. »Ich muss da etwas beichten.«

»So? Was denn?« Jo und Atkinson wechselten einen Mikroblick.

»Einer vom Erkennungsdienst hat heute früh in Franks' Wohnung einen Hinweis darauf gefunden, dass das Opfer womöglich gar nicht Franks heißt. Es war ein Pass mit einem anderen Foto. Wir haben ihn dem Agenten gezeigt, der Franks' Mietimmobilie betreut, und er hat den Mann auf dem Passfoto als Franks identifiziert. Das Foto auf dem Führerschein unseres Patienten ist hingegen gefälscht. Der Agent hat unseren Mann nicht erkannt. Anscheinend verkehren sie seit drei Jahren ausschließlich per E-Mail. Haben noch nicht mal telefoniert.«

»Was? Er hat eine fremde Identität gestohlen? Großer Gott«, sagte Atkinson, und Joanna hätte ihn für die üble Schauspielerei am liebsten getreten.

Thrupp fuhr unbeeindruckt fort. »Wir haben seine Fingerabdrücke mit denen in ungelösten Fällen verglichen. Das hätten wir von vornherein tun sollen, aber wir hatten ja keinen Grund, den Mann zu verdächtigen.«

»Was haben Sie gefunden?«, fragte Jo.

»Vor ein paar Jahren gab es eine Einbruchsserie mit immer den gleichen Fingerspuren, aber den Täter haben wir nie gefasst. Die Fingerabdrücke des Geflüchteten passen.«

»Aber Sir, Sie sagten, Sie hätten etwas zu beichten«, sagte Joanna. »Wo haben Sie denn was falsch gemacht?«

»Ich habe eine Ermessensentscheidung getroffen. Dass der Mann Gregor Franks' Identität gestohlen und damit ein Verbrechen begangen hat, wusste ich schon heute früh, aber ich habe ihn nicht unter Bewachung stellen lassen, weil ich annahm, dass er im Koma lag. Wozu braucht ein im Koma Liegender Bewachung? Und jetzt ist das hier passiert. Ich trage also eine Mitschuld an der Verletzung des armen Pflegers.«

Atkinson schien ganz in die Betrachtung seines Schuhwerks vertieft.

»Die Einbruchsdelikte, die auf den Mann deuten, waren nicht gewalttätig«, sagte Jo.

»Nein.«

»Sie hatten also keinen Grund anzunehmen, dass er gefährlich ist.«

»Mag sein.«

»Und Sie sagen ja selbst, den kriegen wir bald. In seiner Verfassung kommt er nicht weit. Steve und ich können uns an der Fahndung beteiligen.«

»Nein. Ihr müsst euch darauf konzentrieren, das Mädchen und die beiden Frauen zu finden. Da haben wir noch keine Spur. Wir sehen uns am Bahnhof.«

»Ja, Sir.«

»Oh, und ich wäre Ihnen dankbar, wenn Sie das, was ich Ihnen erzählt habe, diskret behandeln würden. Kein Muss, natürlich. Sie sind gestandene Beamte. Sie sollen nichts vertuschen, es wäre nur schön, wenn Sie das vorerst für sich behielten. Klatsch, Sie wissen schon. Ich schreibe noch einen vollständigen Bericht, in dem ich meinen Entscheidungsprozess genau darlege. In der Hoffnung, dass der Polizeipräsident meine Argumente akzeptiert.«

»Natürlich, Sir, kein Problem«, sagte Atkinson.

»Geißeln Sie sich deshalb nicht, Sir«, sagte Joanna. »Jeder von uns hätte das Gleiche getan.«

»Eins noch.« Der DI fixierte Joanna mit einem stahlharten Blick. »Hauen Sie mir keine MRT-Scans mehr in die Untersuchung. Es sei denn, Sie wollen die selbst bezahlen.«

»Ja, Sir. Tut mir leid, Sir.«

Sie fuhr zur Wache, den Polizeifunk eingeschaltet, um die Fahndung mitzuverfolgen. Als sie den Wagen abgestellt hatte und zur Einsatzzentrale ging, rechnete sie kaum noch damit, dass sie ihn fassen würden. Seit seiner Flucht aus der Krankenstation war er nirgends gesichtet worden. Es war, als wäre er unsichtbar.

In der Zentrale wartete Eddie mit Neuigkeiten von der Suche nach Constance B und Leonie. Er hatte wie der Arzt fast die ganze Nacht durchgemacht, und man sah es ihm an.

»Hi, Eddie. Habt ihr sie gefunden?« Joanna bemühte sich, das leichte Zittern ihrer Stimme zu verbergen. Wenn sie Ruby und Leonie gefunden hatten, bestand wenigstens die Chance, dass sie zuerst zu ihnen kam und sie vor dem Flüchtenden schützen konnte.

»Wir haben die Überwachungskamera im Bahnhof Edinburgh geprüft, wo ihre Reise hingehen sollte. Nichts. Sie ist da nicht ausgestiegen. Also mussten wir die Kameras an jedem einzelnen Streckenhalt kontrollieren, aber das ist leider nicht so einfach. Die Anlagen sind zum Teil noch analog. Wir haben alle Bänder hochgeladen und die Gesichtserkennungssoftware auf Suchen programmiert. Das alles dauert seine Zeit. Bis jetzt haben wir daher leider noch nichts.«

»Wie lange wird's dauern?«

»Ein paar Tage vielleicht noch.«

»Geht's nicht schneller?«

»Leider nicht. Heute bekommen wir die Bänder per Kurier, aber sie in unser System zu übertragen ist ein bisschen mühsam, wie Sie sich vorstellen können. Wir müssen sie in Echtzeit digitalisieren und sie …«

»Dann setzen Sie doch ein paar Leute mehr dran.«

»Es ist keiner da. Und ich fahre nach Hause.«

»Können Sie nicht bleiben? Ein paar Überstunden machen?«

»Nein«, sagte Eddie. »Falls es Ihnen entgangen ist, ich habe schon zehn Überstunden gemacht. Und morgen ist Weihnachten. Gestern fing mein Jahresurlaub an. Langsam sollte ich zu Hause sein und mich entspannen.«

Sie dachte daran, den Druck zu erhöhen, Eddie klarzumachen, wie dringend es war. Ihn anzuschreien wäre eine Möglichkeit. Aber es hatte keinen Sinn, Brücken zu verbrennen, die sich in Zukunft als nützlich erweisen könnten.

»Gut«, sagte sie. »Fahren Sie nach Hause, gönnen Sie sich was, Sie haben es verdient. Wenn Sie mir aber vorher noch einen klitzekleinen Gefallen tun könnten …«

»Was denn?«

»Richten Sie mir bitte einen E-Mail-Alert für jeden Anruf und jede Datennutzung unter dieser Nummer ein.« Sie schrieb Rubys neue Handynummer auf und gab sie ihm. »Mir ist klar, dass keine E-Mail-Alerts an unsere Privatadressen gehen sollen, aber dieses Handy gehört einem Verdächtigen, und Sie verstehen sicher, dass in diesem Fall Eile geboten ist. Ich würde Sie nicht darum bitten, aber morgen ist der erste Weihnachtstag, da sitzt niemand in der Überwachung, und wenn der Verdächtige etwa das Handy einschaltet, um mit Angehörigen in Kontakt zu treten, dann ergibt sich eine Gelegenheit, die wir nicht verpassen wollen …«

»Das müssen Sie aber vom DI genehmigen lassen.«

»Mach ich natürlich, aber er ist gerade nicht da, und wenn Sie schnell nach Hause möchten … Das geht auf meine Kappe, sag ich mal.«

»Gut, in Ordnung, ich mach's. Aber dann bin ich hier weg.« Er eilte mit dem Zettel davon, auf dem Rubys Nummer stand.

»Danke, Eddie«, sagte sie. »Ich liebe Sie, Eddie.«

Sie meinte noch ein leises »Ja, klar« von ihm zu hören, bevor er außer Sicht verschwand.

KAPITEL 38

Es ergab sich, dass eines der Kinder beim Spielen ein Robbenfell unter einem Getreideschober versteckt fand. Der Mutter Augen funkelten vor Entzücken – sie sah es als ihr eigenes an und als das Mittel, den Ozean zu durchqueren, der zu ihrer Heimat führte. Ihr Freudentaumel wurde nur getrübt durch den Anblick ihrer Kinder, die sie nun zu verlassen sich anschickte, und nachdem sie sie eilends umarmt hatte, floh sie so schnell sie konnte zum Meeresufer.

CHARLES JOHN TIBBITS, »THE MERMAID WIFE«, 1889

Constance
Freitag, 21. Dezember
Früher Morgen

Es sind nur noch ein paar Stunden, bis sie für immer von hier verschwindet. Ruby ist weg – schon seit gestern Abend, um von einem anderen Ort als Constance loszufahren, damit sie möglichst verwirrende Spuren hinterlassen. Bald wird Ruby in den ersten Zug nach Süden steigen, und später werden sie sich treffen und den Wechsel vornehmen. Constance hätte sich keine bessere Hüterin für Leonie aussuchen können, Ruby ist eine wahre Freundin. Eine Retterin. Ohne sie wäre das alles nicht möglich. Sie sieht auf die Zeiger der Uhr, möchte, dass sie schneller kreisen.

Als sie ihn hört, fällt ihr sofort das Kreppband ein. Die kleinen Streifen Kreppband, die sie auf die Kameras geklebt und dann vergessen hat. Er hat sich den Kamera-Feed angeschaut, hat gesehen, dass einige Kameras blind sind. Er ist zurückgekommen und so aufgebracht, dass er vor lauter Wut einen Lärm macht, der sie alarmiert. Sie nimmt Leonie in die Arme und versteckt sich mit ihr, so schnell sie kann. Er bringt sie um, wenn er dahinterkommt, dass sie abhauen will. Das weiß sie instinktiv.

Die Muschelschale steht neben der Badewanne. Schwer und rund, mit zarten weißen Rändern und blankem Inneren, steht sie da, seit Gregor sie ihr in dem Souvenirladen der Küstenstadt, wo er Constance kennenlernte, gekauft hat. Bis zu diesem Augenblick war die Muschel immer Zierrat gewesen, etwas zum Anschauen.

Das hier war nicht vorgesehen. Sie waren davon ausgegangen, dass er die ganze Nacht und auch den nächsten Tag noch weg sein würde. Hinter der Tür kauernd betrachtet sie die Muschel, und in dem Bruchteil einer Sekunde, ehe seine Schritte vor dem Badezimmer anhalten, kommt ihr ein Gedanke.

»Bist du da drin?«

Sie antwortet nicht. Lautlos steckt sie die Hand in die Muschel. Sie ist kühl und glatt, hart und schwer wie ein Stein. Ihr an den Bauch gedrücktes Gewicht gibt ihr Halt.

Ein leises Wimmern kommt aus dem Bündel Handtücher unter dem Waschbecken, und sie streichelt das Kind, um es zu beruhigen. Es dauert nicht mehr lange. Nur noch ein paar Sekunden. Dann ist alles vorbei.

Er spricht durch die Tür. »Leonie? Hier ist Daddy. Ganz ruhig, Schätzchen, ich komme rein. Keine Angst, hörst du? Gleich kracht es laut.«

Doch ehe er sich gegen die Tür werfen kann, sperrt sie sie auf. Das Geräusch des zurückgleitenden Riegels lässt ihn innehalten. Er wartet, vielleicht um zu sehen, ob sie rauskommt. Eine Zeit lang geschieht nichts. Dann öffnet er die Tür und tritt ein.

Die Muschel mit ihrer Hand darin fliegt durch die Luft, ein tödlicher Schlagring, und trifft den Schädel des Mannes mit solcher Wucht, dass die Schale einen Riss bekommt. Der Mann wird gefällt; er fällt rasch, obwohl es ihr wie Zeitlupe vorkommt, ein mit Dynamit gesprengtes Gebäude. In der darauf folgenden Stille dreht sie sich um und vergewissert sich, dass Leonie nichts gesehen hat. Das Handtuchbündel wackelt, ist aber noch kompakt. Sie lässt die Muschel los, nimmt die Kleine hoch, hält ihren Kopf so, dass sie nichts sieht, und bringt sie von der größer werdenden Blutlache weg ins Schlafzimmer.

»Warte hier, Kleines.«

Sie legt Leonie ins Gitterbett. Das lautlose Weinen verzerrt ihr Gesicht, aber Constance kann sie jetzt nicht trösten, nicht gleich – die Sache ist noch nicht erledigt. Constance nimmt die braune Flasche aus dem Badezimmerschrank und geht rüber ins andere Bad, wo Gregor sich wieder rührt. Er versucht, sich aufrecht zu setzen. Schaut sie verwirrt an.

»Gregor«, ruft sie. »Was ist passiert? Steh nicht zu schnell auf. Komm, ich helf dir.«

Sie packt ihn am Arm, als er aufzustehen versucht. Er rutscht auf dem Blut aus, und Constance muss ihn nur kurz schubsen, damit er rücklings in die Wanne fällt, sich wieder den Kopf anschlägt und liegen bleibt.

Sie kniet sich hin, verhindert mit Handtüchern, dass sie vollgeblutet wird, und flößt ihm die braune Flüssigkeit aus der Flasche ein. Sie hält ihm die Nase zu, damit er schlucken muss. Als er alles intus hat, hört sie auf.

Constance fragt sich, ob das jetzt reicht. Sie fragt sich, ob er stirbt. Sie hofft es, und dann hofft sie es auch wieder nicht, weil sonst Ruby übrig bleibt. Man wird versuchen, es ihr anzuhängen.

So oder so ist es jetzt zu spät. Sein Atem wird langsamer, ruhiger, bis sie kaum noch sagen kann, ob er atmet oder nicht. Für Ruby ist es besser, wenn er tot ist. Für sie alle ist es besser.

Constance kaut am Daumennagel und betrachtet den Mann, der in der leeren Wanne mit dem zerknüllten Handtuch zu seinen Füßen krumm und kaputt aussieht.

Später, als sie angezogen und startbereit ist, kehrt Constance ins Bad zurück und dreht den Wasserhahn auf. Mit einer Schere schneidet sie ihm die Kleider weg, damit es wie ein Unfall aussieht, als wäre er allein gewesen, ausgerutscht und bös gestürzt. Er stöhnt, als sie seinen Körper bewegt, um die Sachen unter ihm hervorzuziehen, und sie springt zurück aus Angst, dass er aufsteht und sie angreift, wie er es schon so oft getan hat. Seine Augen öffnen sich nicht. Er liegt ruhig da, reglos, doch die Angst verlässt sie nicht. Sie zieht seinen Kopf nach vorn und schlägt ihn noch einmal mit der Muschelschale, an derselben Stelle wie zuvor. Diesmal gibt es ein schmatzendes Geräusch. Das kleine Stück vom Muschelrand, das abbricht und auf die Fliesen fällt, bemerkt Constance nicht. Sie packt die zerschnittenen Kleider zusammen, um sie irgendwo in der Stadt in eine Mülltonne zu werfen.

Sie sperrt das Bad von außen ab, indem sie einen Löffelstiel in den Schlitz der Rosette schiebt und ihn dreht. Sie hüllt sich in ihren Mantel, nimmt Leonie auf den Arm und schwingt sich die Windeltasche über die Schulter. Zeit zu gehen. Heute Nacht wird sie in ihr altes Leben zurückkehren, aber so sehr sie das auch mit Begeisterung und Vorfreude erfüllt, es bricht ihr das Herz. Denn es bedeutet, alles zurückzulassen, was sie im jetzigen Leben hat, auch ihr kleines Mädchen.

KAPITEL 39

JETZT
Ruby
Montag, 24. Dezember

Die Kälte klammerte sich um ihren Kopf wie ein Schraubstock und tat ihr in den Ohren weh. Ruby zog den Reißverschluss von Leonies Jacke zu und setzte ihr die Kapuze auf. Dann wollte sie ihren eigenen Mantel schließen und ließ Leonie kurz los. Fast im selben Moment schoss ihr Arm wieder vor, um das Kind zu packen, das im Begriff war, davonzulaufen. Ruby hob es hoch und brachte es in Augenhöhe.

»Babylein? Lass das bitte. Du machst mir solche Angst damit.«

Leonie sah Ruby ausdruckslos an, als verstünde sie kein Wort. Dann lachte sie und fing an zu zappeln, weil sie runter wollte. Ruby musste die kleine Hand fest gepackt halten, damit Leonie sich nicht loswand. Mit der freien Hand versuchte Ruby, sich ihre Mütze auf den Kopf zu setzen, dann hielt sie mit eisigen Fingern ihren Mantel zu, als sie vom Bahnsteig hinaus auf die Straßen von York gingen.

Die vorigen Nächte hatten sie sich in Bed & Breakfasts

verkrochen, erst in Leicester, dann am Stadtrand von Leeds. An diesem Morgen hatte ihnen die Wirtin zur Feier des Tages ein Weinglas mit Orangensprudel anstelle von Bucks Fizz serviert, aber sie hatte auch die Arme verschränkt und auf die Uhr gesehen, um ihre unerwünschten Gäste loszuwerden. Die Frau hatte keinen Hehl daraus gemacht, dass Ruby und Leonie ihr ungelegen kamen, als sie am Abend zuvor spät aufgetaucht waren (»Am Dreiundzwanzigsten hab ich leider nie auf, Sie müssen woanders unterkommen«). Rubys verzweifelte Miene hatte sie etwas milder gestimmt, aber das stumme Weinen Leonies angesichts von Rubys Bestürzung hatte schließlich den Ausschlag gegeben. (»Gut, bleiben Sie über Nacht. Aber das Bettzeug müssen Sie selbst wechseln.«) Als sie gingen, hatte die Frau Ruby halbherzig gefragt, wo sie Weihnachten verbringen wolle, dabei aber schon die Haustür geöffnet und sie hinauskomplimentiert, als sollten sie vor allem schauen, dass sie weiterkamen, wohin auch immer.

»Machen Sie sich um uns keine Sorgen«, hatte Ruby gesagt und bei sich gedacht: *Wie kämst du auch dazu?* »Wir besuchen einen alten Freund.«

»Ah, gut«, meinte die Wirtin, anscheinend erleichtert, vom Haken gelassen zu werden, nachdem sie so ein Knauser gewesen war. »Dann haben Sie ja ein schönes Weihnachtsfest, nicht wahr?«

Jetzt sorgte sich Ruby, sie könnte zu viel gesagt haben. Wenn Gregor irgendwie herausfand, dass sie in dieser Pension gewesen waren, und die Eigentümerin befragte, würde ihn »ein alter Freund« dann weiterbringen? Sie konnte sich nicht erinnern, Sam ihm gegenüber je erwähnt zu haben.

Wobei Ruby mit niemandem lang und breit über Sam geredet hatte. Sie beide hatten eine wechselhafte Geschichte und gemeinsam nicht wenige dunkle Momente erlebt. Sie hatten einander geholfen, als es am schlechtesten um sie stand; das alles ging sonst niemanden etwas an. Im Innersten wusste sie auch, dass Sam in sie verliebt war. Dummerweise konnte sie sich nicht mehr genau an alles erinnern, worüber sie mit Gregor gesprochen hatte, besonders in der Zeit, bevor ihr die Augen aufgegangen waren.

Der Taxifahrer trug eine Weihnachtsmannmütze, aber sein Gesicht war dünn und verkniffen. »Heute kostet's doppelt, Süße.«

»Freche Weihnachten«, murmelte sie, und sie fuhren los.

Als das Taxi am Anlegerparkplatz ankam, wurde es schon Nacht um sie herum. Nur wenige Fenster waren erleuchtet auf den Kähnen, die dort überwinterten. Leonie schlief fast schon wieder und musste getragen werden. Sowie sie bezahlt hatten und ausgestiegen waren, sauste das Taxi im Rückwärtsgang davon, und sie standen allein unter der einen am Ufer brennenden Straßenlampe.

In der Stille beobachtete sie das sanfte Schaukeln der vertäuten Boote und fragte sich, wo Sams liegen könnte.

»He, Kumpel. Wie war eure Reise?«

»Mensch, Sam! Du hast mich erschreckt.«

Sie hatte ihn im zunehmenden Dunkel da nicht auf dem Drehbaum der alten Schleuse sitzen sehen. Beide lachten, und Sam stand auf und kam zu ihr. Er hatte seinen Bart länger wachsen lassen, aber die Augen waren unverändert, groß und freundlich. Als er sie und Leonie in die Arme schloss, hätte Ruby weinen können.

Er drückte sie lange. Dann trat er ein wenig zurück. »Das ist also Leonie.«

»Ist es dir wirklich recht, wenn auch das Kind bleibt? Wir können sonst nirgends hin. Gestern haben wir in einer Pension übernachtet, und die Frau war richtig fies …«

»He, he. Jetzt seid ihr hier. Alles gut. Ich liebe Kinder.« Er streichelte Rubys Rücken. Sie schmiegte sich an ihn, suchte das vertraute Gefühl seines drahtigen Körpers, seiner kräftigen Arme. Endlich war sie in Sicherheit. Wieder bei Sam zu sein gab ihr vielleicht mehr als alles andere das Gefühl, nach Hause zu kommen.

Das Boot war noch genauso, wie sie es in Erinnerung hatte. Sie trug Leonie die Treppe hinunter in die behagliche Wärme, den Duft von Süßholztee und Holzfeuer. Nach den Pensionen, die sie im Prinzip ausgewählt hatte, weil sie heruntergekommen und wenig fragelustig aussahen, hatte sie endlich das Gefühl, sich entspannen zu können.

»Nette Stiefel«, sagte Sam mit einem Lächeln in der Stimme. Sie hatte ein Paar Ex-Army-Stiefel aus einem Secondhandladen an den Füßen. »Aber nicht ganz dein Stil, hm? Und was ist mit deinen Haaren?«

Immer noch Leonie auf dem Arm, drehte sie eine Strähne ihres jetzt orangefarbenen Haars zwischen den Fingern. Gestern hatte sie es gebleicht, getönt und selbst mehr oder weniger zu einem Bubikopf geschnitten. (Sie wusste, der verstopfte Abfluss der Wirtin hätte ihr ein schlechtes Gewissen machen sollen, aber sie hatte keins. Ganz und gar nicht. Die Wirtin war seltsamerweise auf ihre Veränderung gar nicht weiter eingegangen.) Später hatte sie die Frisur durch einen starken Lidstrich und eine Tweedjacke ergänzt, die eine Nummer zu klein war. Der Steampunk-Aufzug war ihre dritte Verkleidung in dieser Woche und, wenn sie ehrlich war, nicht ihre liebste. Sie schaute ihren Freund einen Augenblick schweigend an.

»Es ist so schön, dich zu sehen, Sammy. Ich kann dir gar nicht sagen, wie sehr du mir gefehlt hast.« Dann weinte sie und ließ den Kopf auf das Schulterpolster von Leonies dickem Mantel sinken.

Sam setzte sich neben Ruby auf die schmale Bank. Leonies Augen standen offen, und sie richtete sich auf und fing an, Ruby über den Kopf zu streichen. »Mama-Bi«, sagte sie. »Nicht traurig sein, Mama-Bi.« Ihre kleine Hand streichelte die orangefarbenen Haare etwas zu fest. »Ahhhh«, sagte sie. »Ahhhh.«

Ruby lachte durch die Tränen. Sie zog das kleine Mädchen an sich. »Danke, Baby. Jetzt bin ich froh.«

»Sie ist süß, hm?«, sagte Sam. »So fürsorglich.«

»Ja«, antwortete Ruby. »Ich habe wirklich Glück.«

»Milch«, sagte Leonie. »Ich will Milch, Mama-Bi.«

Sie schaute Sam an. »Kann ich ihr etwas Milch warm machen? Dann schläft sie.«

Sam machte Milch in einem Topf heiß, und die trank sie aus dem Schnabelbecher, den Ruby dabeihatte. Dann sagte Ruby: »Gibst du mir mal deine Fiedel?«

Sie setzte Leonie auf Sams Knie und spielte »Die Freude der Seehundfrau«, wobei sie gleichzeitig den Text sang.

Ionn da, ionn do …

»Was ist das?«, fragte er. »Ich glaub, das hab ich noch nie gehört. Kommt das aus Orkney?«

Es kam selten vor, dass Sam eine Melodie nicht kannte.

Die Musik erfüllte das Boot mit Ruhe. Reich und klangvoll, wirkten die Fiedel und das Schlaflied ihren Zauber auf das Kind, das ein herzhaftes Gähnen von sich gab.

»Gefällt's dir auf dem Boot, Knirpsi?«, fragte Sam und strich Leonie mit einem Fingerknöchel über die Wange. »Schön ist sie. Stimmt's, Herzchen?«

Leonie lächelte müde um ihren Daumen herum.

»Sie schläft halb«, sagte Ruby. »Ich bring sie mal ins Bett.«

Sam breitete einen lila Knautschsack auf dem Bootsboden aus, und Ruby legte Leonie hinein. Den Daumen fest im Mund, rollte sie sich auf der Seite zusammen, und ihr Atem kam und ging langsam und ruhig.

»So«, sagte Sam nach einer kurzen Stille. »Jetzt hast du mir bestimmt eine Menge zu erzählen.«

Ruby barg eine Weile den Kopf in ihren Händen. Dann sagte sie: »Ich weiß nicht, wo ich anfangen soll.«

»Fangen wir damit an, wem das Kind gehört, und sehen dann weiter.«

Sie schloss die Augen. »Sie gehört mir. Wie ich dir geschrieben habe.«

»Ein Adoptivkind?«

»Ja, genau.«

»Amtlich? Ich dachte, das dauert ewig. Man müsste ein eigenes Haus haben, eine feste Arbeit und so weiter.«

»Mhm«, sagte sie. Die Augen taten ihr weh.

Er wartete, bis sie sich ihm zuwandte. Dann legte er den Kopf schräg und sah sie bedeutungsvoll an. »Komm schon, Ru. Sag mir die Wahrheit.«

Ruby schaute auf den rot und golden glühenden Ofen, in dem ein schwarzes Holzscheit zu Asche verging. Er erfasste immer die Wahrheit; ihm etwas vorzuspielen war Unfug. Andere Leute merkten nie, wenn sie sie belog, aber Sam durchschaute es jedes Mal. Andererseits konnte es auch sein, dass sie gar nichts vor ihm verbergen wollte. Von den meisten Leuten wollte Ruby in Ruhe gelassen werden, Sam hingegen sollte sie sehen, wie sie war. Im Augenblick mochte sie nicht mal daran denken, ihm das alles erklären zu müssen.

»Jetzt nicht«, sagte sie. »Jetzt muss ich erst mal schlafen.«

»Auch gut«, sagte er. »Wenn sich aber rausstellt, dass du ein fremdes Kind entführt hast, bin ich mir nicht sicher, ob ich dir helfen kann.«

»Hab ich nicht. Ehrenwort. Die Mutter weiß Bescheid. Sie hat mich darum gebeten. Außerdem bin ich ja wie eine Mutter zu ihr, und du hast gesehen, wie sie zu mir ist.«

Sam nickte langsam. Er schwieg ein oder zwei Minuten, dann reichte er ihr eine gekühlte Flasche Bier. Kurz darauf holte er Luft, als wollte er etwas sagen, gab dann aber nur ein vages *Hmmm* von sich, das ein Gähnen hätte sein können. Sie spürte, dass er sie beobachtete, was sie wegen der ungewohnten Kleider, die sie trug, verlegen machte, und als sie im trüben Licht den Blick zu ihm hob, sah sie, dass er die Stirn runzelte.

»Ich erzähl's dir morgen früh, versprochen.«

»Wird das mein Weihnachtsgeschenk – du beantwortest mir alle Fragen?«

»Oh Mann. Weihnachtsgeschenk? Ja, das wird's dann wohl.«

»Mach dir nichts draus. Ich hab für dich auch nichts.«

Beide blickten zu der schlafenden Leonie.

»Für sie hätte ich mir was überlegen sollen«, sagte Sam.

»Ach was. Sie ist noch zu klein, um das mitzukriegen. Weihnachten wird sowieso überschätzt. Bei mir daheim war das in den letzten Jahren ein Schmierentheater, meine Mutter den ganzen Tag blau, aber alle tun so, als wäre nichts, als wären wir die perfekte Familie. Ich weiß, sie haben ihr Bestes getan, aber schon als Kind hatte ich nie das Gefühl, dazuzugehören. Nicht richtig.«

Sie fing Sams Blick auf. Er beobachtete sie immer noch. »Hierher gehörst du aber. Da kannst du das doch alles vergessen.«

»Versuchen kann ich's. Weihnachten ist wie der Scheiß-Murmeltiertag. Die gleichen Lieder, der gleiche Mist in den Läden. Das gleiche Futter.« Sie blickte auf. »Fällt mir gerade ein – du hast doch keinen Truthahn, oder?«

»Natürlich nicht, du Ei. Ich bin Vegetarier. Ich wollte Curry machen.«

»Na, Gott sei Dank. Truthahn kann ich nicht ausstehn. Und von Soßengranulat muss ich kotzen.«

»Keine Gefahr. Natürlich auch kein Weihnachts-TV, hab ja keinen Fernseher. Und eben auch keine Geschenke.«

Sie lächelte. »Hört sich doch super an.«

»Wir können alle so tun, als wäre gar nicht Weihnachten.« Er deutete mit dem Kopf auf Leonie. »Zu Mittag gibt's dann Curry und Geheimnisse.«

Sie hörte auf zu lächeln und schaute eine Weile auf ihre Knie. »Ich halte nichts vor dir geheim, Sam. Die Zeiten sind vorbei. Es ist eine lange Geschichte, weiter nichts. Lass uns erst mal schlafen.« Ihre erschöpften Augen fielen schon von selber zu. Mit Mühe hielt sie sie offen. »Nur damit du's weißt: Sie wacht früh auf.«

»Schon okay, ich auch. Wenn der Tag anbricht.«

Sie saßen noch ein paar Minuten in einträchtigem Schweigen beisammen, dann verschwand er im Heck des Bootes und kam mit zwei Militärwolldecken zurück, die er ihr gab. Er machte den Ofen dicht und ging zur Kajüte, wo er mit einem leisen Klick die Zwischentür schloss.

Ruby trank einen Schluck von ihrem Bier, das durch die Ofenhitze warm geworden war. Zum ersten Mal seit Tagen ließ sie es zu, dass sich ihr Körper entspannte, und sofort kamen die Tränen wie ein Sturzbach, der ihr die Kehle zuschnürte. Sie musste die Hand vor den Mund schlagen, damit ihr Schluchzen nicht das Kind aufweckte.

KAPITEL 40

JETZT
Joanna
Montag, 24. Dezember

Sowie Thrupp ins Dezernat kam, stürzte er schnurstracks auf Joanna zu. Er hielt einen Stoß Papiere in der Hand und hatte einen seltsamen Ausdruck im Gesicht.

»Jo. Wie geht's Ihnen?«

Sie sah ihren Vorgesetzten von der Seite an. Sie konnte sich nicht erinnern, dass er schon jemals gefragt hätte, wie es ihr ging.

»Mir geht's gut, Sir.«

»Heute Morgen war es ziemlich heftig, was?«

»Schon. Ein Arbeitstag eben. Wie geht's Ihnen?« Sie erinnerte sich auch nicht, ihm die Frage jemals gestellt zu haben. Beide waren keine Plauderer.

»Oh, danke, gut.« Ein verlegenes Schweigen. »Können wir irgendwohin, wo wir ungestörter sind?«

»Klar.« Jede Faser von Joannas Körper schrie, dass etwas ganz und gar nicht stimmte. Sie gingen in ihr Büro und schlossen die Tür.

»Das hier hat mir die Spurensicherung gerade geschickt«,

sagte Thrupp. »Es ist der Fingerabdruckbericht für Franks' Wohnung.«

Die Alarmglocken, die schon in ihrem Kopf schrillten, wurden noch lauter.

»Danke, Sir.« Sie streckte die Hand nach dem Bericht aus, doch er gab ihn ihr nicht. Sie schluckte. »Was steht denn drin?«, fragte sie, obwohl sie sich das denken konnte.

»Nun, das ist sehr … aufschlussreich. Es sind vier verschiedene Profile. Einmal der Flüchtige. Einmal das Kind, nach der Größe zu urteilen. Die beiden anderen sind vermutlich die beiden Frauen, die wir suchen. Die eine wird – oder könnte – also Constance heißen. Und das andere ist diese Person.«

Er schlug den Bericht auf und legte ihn vor ihr auf den Schreibtisch. Er zeigte auf einen Namen: Ruby Harper.

Joanna starrte auf den Bericht. Sie räusperte sich ein paarmal.

Thrupp nahm den Finger weg und verschränkte die Arme. »Zufällig eine Verwandte von Ihnen?«

»Der Name Harper ist ziemlich verbreitet, Sir.«

»Wie lange kennen wir uns jetzt schon, Jo?«

Die Erinnerung traf sie wie eine Ohrfeige für ihre Blödheit. Klar doch. Ruby hatte den DI vor vier Jahren bei der Ehrung der Lokalhelden durch die Polizei kennengelernt. Nur für ein paar Sekunden, aber egal. Sie hatten sich die Hand gegeben. Wie hatte sie das vergessen können? Thrupp wusste es offensichtlich noch.

Leise fragte sie: »Wann ist Ihnen das klar geworden?«

»Mir? Gar nicht. Schreckliches Gesichtsgedächtnis leider. Louise, die junge Kontaktpolizistin, hat die Verbindung hergestellt. Sie sah den Namen auf dem Mietvertrag für die Wohnung gegenüber von Mr. Franks und hat kurz in die sozialen Medien geschaut, als sie keine Aussage bekommen konnte. Ruby hat zwar kein Profil auf Twitter oder Facebook, aber Sie wissen ja, Leute lassen sich immer finden.«

Joannas Wangen wurden zornrot. *Ich hab Louise gesagt, ich geh dem selber nach. So eine hinterhältige kleine …*

Thrupp redete weiter. »Ruby Harper als Ihre Verwandte zu identifizieren war denkbar einfach. Es gibt ein Foto von Ihnen beiden. Auf Ihrem Facebook-Account. Mehrere sogar.«

Jo hätte weinen können. Sie drückte das Gefühl weg, runter in ihre Magengrube, wo es hart und schwer darauf wartete, wieder hochzukommen.

»Sie wussten von Anfang an, dass sie es war«, sagte Thrupp. »Das Foto vom Bahnsteig. Das war doch eindeutig. Warum haben Sie mir das nicht gesagt?«

»Ich kann es erklären.«

Thrupp hielt die Hand hoch. »Das ist gar nicht nötig. Ich weiß, dass Sie manchmal etwas … emotional werden können. Wenn die Familie betroffen ist. Das geht uns doch allen so. Ich steige Ihnen also nicht aufs Dach. Aber ich versetze Sie vorläufig. Mit einer Ermahnung.«

Jo war so überrascht, dass sie zunächst kein Wort herausbrachte. Wo blieb die große Standpauke, der Vortrag zum Verzögern von Ermittlungen? Wieso war er nicht wütender? Was sie getan hatte – allein der Teil, von dem er wusste –, hätte ein Entlassungsgrund sein können. »Sie bestrafen mich nicht?«

»Diesmal nicht. Ich habe mit PC Atkinson gesprochen. Er hat mir erklärt, dass Ruby Ihre, äh … die Situation sei kompliziert, meinte er. Dass Sie im Moment wegen Familienkram die Hölle durchmachen. Ganz ungeschoren kommen Sie mir nicht davon – Sie werden für die nächsten Monate unter Bobachtung gestellt.«

»Bitte entziehen Sie mir den Fall nicht.« Sie musste da dranbleiben. Niemandem war die Sicherheit dieser Menschen so wichtig wie ihr, und das konnte doch nur etwas Gutes sein.

»Es ist unethisch, wenn das weitergeht. Das wissen Sie.«

»Wieso denn?«

»Das sollte ich Ihnen nicht erklären müssen. Es ist unethisch, weil eine der in dem Fall Verdächtigen mit der ermittelnden Beamtin verwandt ist. Damit sind Sie befangen.«

»Sie ist ja noch keine Verdächtige. Es gibt keine Beweise, die darauf hindeuten, dass sie dem Mann etwas getan hat. Ruby würde niemals jemanden verletzen. Sie ist sanft und liebevoll. Und außerdem hat er's verdient.«

Er warf die Hände in die Luft. »Genau das meine ich. Sie können nicht objektiv sein.«

»Aber Sir, ich …«

»Fred West war auch mal ein lieber Bub für jemanden, und die Mutter von Ted Bundy hat ihn als idealen Sohn bezeichnet.«

»Das liegt doch hier ganz anders. Warum kommen Sie …«

»Keine Diskussion. Sie wissen, wo's langgeht, Jo. Zwingen Sie mich nicht, Sie zu suspendieren, denn ganz undenkbar ist das für mich nicht.«

»Könnte ich nicht wenigstens als Beraterin dabeibleiben? Sei es auch inoffiziell? Von mir ließe sie sich leichter überzeugen. Sie würde mir zum Beispiel das Kind übergeben, wenn es darauf ankäme.«

Mit grimmiger Miene ging er darüber hinweg. »In ein, zwei Tagen schicke ich Ihnen Ihren neuen Fall. Nehmen Sie sich doch erst mal frei. Ein bisschen Ruhe, eine Weihnachtspause. Sammeln Sie Ihre Gedanken.«

»Aber …«

Er hob die Hand, zeigte ihr den Handteller. »Schluss jetzt. Holen Sie Ihre Sachen. Fahren Sie nach Hause.«

Sie verschränkte die Arme. »Haben Sie dem Polizeipräsidenten schon erzählt, was heute Morgen passiert ist, als Ihr Meldeverzug es dem Mann ermöglicht hat, den Pfleger anzugreifen?«

Der DI trat auf sie zu und schwenkte den Zeigefinger vor ihrem Gesicht. »Drohen Sie mir nicht, Joanna. Ich garantiere Ihnen, das geht nicht gut für Sie aus.«

Ein paar angespannte Sekunden schauten sie sich in die Augen.

»Okay, ich gehe.« Sie schnappte sich ihre Jacke und griff nach ihrer Umhängetasche. »Wem übertragen Sie den Fall?«

»Vorerst kann Steve Atkinson die Festung halten. Und ich verfolge die Sache genau. Keine Sorge. Wir finden den Flüchtigen.«

»Ehe er Ruby und Leonie findet? Was macht Sie da so sicher? Sie haben doch gesehen, was er getan hat.«

»Das geht Sie nichts mehr an. Sie sollten das jetzt uns überlassen. Fahren Sie nach Hause.«

»Das geht mich nichts mehr an?«

»Möchten Sie mit einem Familienbetreuer sprechen?«

Joanna verkniff sich die Erwiderung. Ohne ein weiteres Wort stakste sie aus dem Zimmer.

KAPITEL 41

JETZT
Ruby
Dienstag, 25. Dezember

Im ersten Morgenlicht wurde Ruby von einem Schrei geweckt. Sie schlug die Augen auf und sah Leonie am Holzofen stehen, die Hand vor ihrem Gesicht, Augen und Mund weit aufgerissen vor Schreck, Schmerz und Empörung zugleich. Die Kleine atmete rasch und begann still zu weinen, wobei der einzige Laut das Luftschnappen zwischen den stummen Schluchzern war. Ruby sprang aus dem Bett und hob sie hoch, nahm die kleine Hand in ihre, drehte sie um und schaute, was passiert war.

»Hast du den Ofen angefasst, Schätzchen? Hast du dich verbrannt?«

»Was ist los?«, polterte Sam mit nacktem Oberkörper und schlaftrunken vom anderen Ende des Bootes. »Ist sie verletzt?«

»Ich glaub, sie hat sich die Hand verbrannt.« Ein rotes Rechteck prangte auf der Innenhand der Kleinen. »Ist das heiß? Brennt es, mein Schatz?«

Leonie weinte, und die Tränen liefen, und die, die Ruby

nicht wegwischte, verschwanden in ihrem Kragen. Mit Ton wäre es ohrenbetäubend laut gewesen. Mit offenem Mund und entblößten Zähnen neigte sie in Zeitlupe den Kopf, ja, es ist heiß, es tut weh.

»Wie blöd ich bin«, sagte Ruby. »Das hätte mir klar sein müssen. Sie hat noch nie einen Ofen gesehen und konnte nicht wissen, dass sie sich daran wehtun kann. Tut mir leid, Liebes, das wird wieder gut.«

Zwischen den Schluchzern sagte Leonie leise: »Mama? Wo Mama? Will Mama.« Sie holte tief Luft, verzog das Gesicht und zitterte unter der Heftigkeit des lautlosen Weinens.

»Ich weiß«, sagte Ruby. Sie streichelte ihr den Rücken. »Ich weiß.« Und dabei brach ihr das Herz, denn obwohl sie Leonie liebte, als wäre sie ihr eigenes Kind, war für Leonie ihre Mutter unersetzbar. Und Constance war nicht da.

»Was macht sie? Warum hört man sie nicht?« Sam runzelte verwirrt die Stirn.

»Holst du mal kaltes Wasser?«

Er ließ die Spülschüssel vollllaufen und brachte sie herüber, doch Leonies Hand blieb starr, ihr Arm ausgestreckt, und sie ließ sich nicht dazu überreden, ihn zu beugen. Ruby hob sie an, tauchte den Arm ein und hielt ihn fest. Als sie ihn unwillkürlich wieder rauszog, packte ihn Ruby und drückte ihn wieder ins Wasser.

»Tut mir leid, meine Süße, aber das kühlt den Arm.«

Das Mädchen weinte immer weiter, völlig lautlos, bis auf ein Geräusch wie das hohe Pfeifen von Luft, die einem Ballon entweicht. Ihr Gesicht eine Maske aus Schmerz und Entsetzen.

Sam rang die Hände und trat von einem Fuß auf den anderen, sodass das Boot leicht schaukelte. »Was ist mit ihrer Stimme, Ruby? Muss sie ins Krankenhaus?«

Sie schaute ihn an. Er sah ihr Zögern und runzelte die Stirn. Wenn sich Leonie schlimm verbrannt hatte, blieb ihnen natürlich keine Wahl, aber das Krankenhaus würde nach Namen, Adressen und Drumherum fragen. Und wenn sie dann Leonie nicht im Computer fanden … das war zu riskant. Ruby zog die Hand des Kindes aus der Schüssel. Sie war jetzt ein bisschen rosa, zeigte aber keine Blasen. Vorsichtig tippte sie an die Oberseite des Ofens. Heiß, aber nicht glühend. Vielleicht brauchten sie keinen Arzt.

»So weint sie eben. Ich weiß nicht, warum. Das war schon immer so.«

»Sie spricht ja gut. Aber geheult hat sie stumm.«

Ruby schämte sich für das, was sie jetzt sagen wollte, auch wenn sie nichts dafür konnte. Als sie Leonie kennenlernte, hatte das Kind nie geweint. Es vergingen viele Wochen, bis sie mitbekam, was dabei geschah.

»Ich glaub nicht, dass ihr physisch etwas fehlt. Ich denke, das ist erlerntes Verhalten.«

»Wie denn erlernt?«

»Ich … ach, schau mal, jetzt geht's ihr wieder gut.«

Leonie hatte aufgehört zu weinen, wenn auch ihre Wangen noch tränennass waren. Mit der anderen Hand plätscherte sie in der Spülschüssel. Bald entzog sie Ruby auch die wehe Hand und spielte mit beiden Händen im Wasser. Sam füllte einen Becher zum Nachgießen, und Leonie holte ihn sich bei ihm ab. Als sie anscheinend wieder rundum glücklich zu ihm rübertapste, streifte ihre Kapuze den

Holzofen, und Ruby zog scharf die Luft ein. »Wir brauchen aber vielleicht noch ein Kamingitter.«

Er nickte. »Ich bau uns eins. Den Ofen machen wir erst wieder an, wenn es fertig ist.«

Später hockte er sich in den kleinen Winkel neben dem Tisch, nahm einen Löffel und gab ihn Leonie, die versuchte, ihn einem Stapel aus drei anderen Löffeln hinzuzufügen. Der Stapel fiel um.

»Hoppala«, sagte Leonie.

»Wie alt bist du, Schätzchen?«, fragte Sam.

»Löffel«, sagte Leonie.

Sam drehte den Kopf zu Ruby. »Wie alt ist sie? Zwei?«

»Fast.«

»Und wann hab ich dich am New Park abgesetzt, im Februar? Seit wann kennst du sie?«

»Okay, entschuldige. Ich hätte dir die ganze Geschichte erzählen sollen. Hatte ich auch vor.«

Sam hievte sich vom Boden hoch und setzte sich auf die Bank.

»Raus damit.«

Und so erzählte Ruby ihm alles. Wie sie die drei kennenlernte, als sie mit ihren eigenen Problemen zu kämpfen hatte; was sie für Gregor empfand und wie es ihr mit den Lügen ging, mit denen er sie umgarnt hatte. Wie er Constance immer wieder als geistesgestört hingestellt hatte; wie sie sich in die kleine Leonie verliebt und schließlich auch mit Constance angefreundet hatte.

Während sie sprach, streifte das Kind durchs Boot und suchte nach Dingen, die es erkunden könnte. Ruby zog einen Notizblock und einen Stift aus ihrer Tasche und gab sie

Leonie, die sich mit dem Kuli in der Faust darauf konzentrierte, den freien Platz mit Spiralgekritzel zu füllen.

Ruby erzählte von dem Moment, in dem sie die Wahrheit über Gregor erfahren hatte, und von ihrem Versprechen, Constance bei der Flucht zu helfen, indem sie sich um Leonie kümmerte, bis sie ihre Leute überreden konnte, sie zusammenleben zu lassen.

»Wir haben gewartet, bis Gregor aus dem Haus war. Und die Beine in die Hand genommen.«

Leonie tapste herüber und reichte Sam den Kuli. »Danke, Schätzchen.« Eine Sekunde später nahm sie ihm den Stift mit einem »Daan-kä!« wieder ab und fing an, das zu überkritzeln, was sie gerade gezeichnet hatte.

»Sie hat gesagt, sie lebt auf einer Insel in den Hebriden. Einer Schäre. Da wollen wir also hin.« Und ihr fiel das Lied ein, das Volkslied, das sie in dem Buch entdeckt und für Constance auswendig gelernt hatte. »Gibst du mir noch mal die Fiedel?«

Ruby spielte, und Sam hörte zu. Danach sagte er: »Ich glaub, das kenn ich.«

»Den gälischen Namen kann ich nicht aussprechen. Auf Englisch heißt es *Allein wurde ich auf ein Eiland geschickt*.«

»Ich kenne es als ›Das Lied der Robben‹. Hier.« Er nahm die Geige und spielte die Melodie, langsamer diesmal.

»Das ist anders. Der Refrain ist anders.«

»Ja«, sagte Sam. »Der Mann, der es mir beigebracht hat, meinte, so würden sich die Robben die Melodie wirklich vorsingen.«

»Meinst du, das stimmt?«

Er lachte. »Das ist nur ein Märchen. Robben singen nicht.«

»Spiel das noch mal. Es ist schön.«

Als er spielte, wurde Leonie still und fing an, mitzusummen. Ruby schaute ihr zu und wiegte sich leicht dabei, einen Moment lang entrückt.

»Es ist ein Klagelied, glaub ich.« Sam legte die Geige weg. »Irgendwie traurig.«

»Für mich nicht«, sagte Ruby. »Ich finde, es ist voll Hoffnung.«

Sam sah Leonie an, die aufgehört hatte zu summen, und wieder kritzelte. »Sie hat Musik im Blut.«

»Ja.«

Er seufzte. »Wie konnte ihre Mutter sie denn einfach so zurücklassen?«

»Das war schrecklich, Sammy. Aber sie muss ganz verzweifelt gewesen sein. Ich kam zu spät zur Übergabe, und sie ist trotzdem weg. Als ich hinkam, hatte die Polizei das Kind.«

»Die Polizei? Da hattet ihr aber Glück, dass ihr beide davongekommen seid.«

»Ich weiß. Es war knapp. Aber ich konnte nicht zulassen, dass der Sozialdienst sie einkassiert. Ihre Mutter hat sie vielleicht im Stich gelassen – ich nicht.«

»Was hast du denn gemacht? Wieso haben sie euch gehen lassen, wenn ihre Mutter sie ausgesetzt hat?«

»Ich sagte ihnen, ich sei Constance.«

Da setzte sich Sam steil auf. Man hörte, wie Leonie der Kuli auf den Boden fiel. »Hoppala«, sagte sie.

»Die Frau heißt Constance? Constance Douglas etwa?«

»Woher weißt du … klar, so hab ich sie genannt, aber …«

»Hast du in den letzten beiden Tagen mal Nachrichten gehört?«

»Nein. Warum?«

Sam lief zum Radio, schaltete es ein, suchte einen Nachrichtensender. Aber außer Rauschen und Weihnachtsschlagern fand er nichts.

»Drecksding. Hast du dein Handy?«

»Ja, aber es ist aus, damit es nicht verfolgt werden kann. Hast du mir selbst beigebracht.«

»Schalt es ein.«

»Wirklich? Hier?« Sie sah ihn immer noch unsicher an. So oft schon hatte er ihr gesagt, er wolle nicht, dass das Boot mit Handysignalen kontaminiert werde.

»Ja. Mach schon. Du musst da was sehen.« Er sagte das mit so grimmiger Entschlossenheit, dass sie sofort das Handy aus ihrer Tasche kramte. Als sie es einschaltete, trat Sam einen Schritt weg von dem Gerät, als könnte es in die Luft fliegen.

»Wonach soll ich suchen?«, fragte sie.

»Der Name wird reichen. Constance Douglas.«

Sie tippte ihn ein. Der erste Treffer war die Schlagzeile einer überregionalen Zeitungswebsite vom 22. Dezember:

FRAU UND KIND VERMISST IN ZUSAMMENHANG MIT MORDVERSUCH

Schwerverletzt und bewusstlos wurde gestern in seiner Wohnung in Sheffield ein Mann aufgefunden. Er befindet sich derzeit in kritischem Zustand und wird im Royal Infirmary Krankenhaus in Sheffield behandelt. Ob er sich erholen wird, ist nicht bekannt. Die Polizei sucht zur Befragung in dieser Angelegen-

heit nach einer vermissten Frau namens Constance Douglas. Sie ist mit einem Kind, einem Mädchen von etwa zwei Jahren unterwegs. Wer sachdienliche Informationen hat, wende sich bitte an …

»Du hast meinen Nachnamen benutzt«, sagte Sam.

Ruby brachte kein Wort heraus. Sie starrte auf das Handy, las den Artikel noch einmal. Es gab kein Foto, und die Details waren vage. Doch der Name, den sie hatten, war identisch mit dem erfundenen, den Ruby am Freitag in Cleethorpes der Sozialarbeiterin genannt hatte. Was wussten sie sonst noch?

Sie wollte nach weiteren Informationen suchen, doch Sam nahm ihr das Handy ab, pulte den Akku heraus und warf beides getrennt in ihre Tasche.

»Hast du versucht, den Mann umzubringen, Ruby?«

»Ich hatte keine Ahnung, dass er verletzt ist. Offenbar ist er zu früh nach Hause gekommen. Da ich vor Constance weg bin, wird sie …«

Sie konnte sich vorstellen, wie verängstigt Constance bei Gregors Auftauchen gewesen sein musste. Die Verzweiflung, die sie dazu gebracht hatte, sich mit solcher Gewalt zu wehren. Sie hatte ihn tot zurückgelassen, zumindest hatte sie das geglaubt. Einerseits war Ruby entsetzt. Andererseits aber auch tief beeindruckt. Constance hatte es ihr sicher sagen wollen, wenn sie sich trafen. Dazu war es aber nicht gekommen.

»Er liegt also im Krankenhaus? Im Koma?«

Sie hatte große Angst gehabt. Der Gedanke, dass der Mann in einem kritischen Zustand war, flößte ihr eine kranke Hoffnung ein.

»Er sucht dich vielleicht nicht, aber die Polizei. Und die hat ihre Augen überall. Das ist nur eine Frage der Zeit. Die haben dich schon gefilmt, auf der Straße, in der Siedlung. Besonders, wenn du auf einem Bahnhof warst.«

Und wenn Joanna die Bilder gesehen hat, dachte Ruby, dann ist das Spiel aus.

»Was soll ich tun, Sammy?«

»Geh raus«, sagte er. »Hol die Leine ein. Wir fahren los. Jetzt gleich. Das Weitere überlegen wir uns dann.«

»Alles, was ich getan hab, hab ich getan, um Leonie zu helfen.«

»Das wissen die aber nicht, oder? Es spielt für sie auch keine Rolle, wenn es zu der Geschichte passt, die sie im Kopf haben. Komm, wir müssen los. Deine Freundin da, die weiß echt, wie sie dich reinreiten kann, was?«

Innerhalb von fünf Minuten hatte Ruby die Leinen losgemacht, Sam hatte den Motor angeworfen, und sie waren unterwegs. Obwohl sie nicht gerade schnell fuhren, fühlte sie sich auf dem Wasser, im Boot bei ihrem alten Freund sicherer. Während sie gelassen die Wasserstraßen entlangtuckerten, beruhigte sich ihr Herz, und sie lächelte still vor sich hin. Paradoxerweise war sie erleichtert, die Polizei im Nacken zu haben. Verglichen mit der Angst der letzten Tage, der an Gewissheit grenzenden Erwartung, dass Gregor sie aufspüren würde, war es eine viel geringere Bedrohung, von der Polizei gesucht zu werden. Sie hatte erlebt, wozu dieser Mann fähig war, wie stark er war, wie unerbittlich. Und schlimmer noch: wie charmant, wie glaubwürdig. Ihre Erleichterung hielt sich jedoch in Grenzen. Sie hatte ihn ausgetrickst, ihm Unrecht getan und war dabei behilflich gewesen, ihm Constance und seine kostbare Tochter wegzunehmen. Ruby hegte keinerlei Zweifel: Ob er bewusstlos aufgefunden worden war oder nicht, wenn er noch lebte, würde Gregor eines Tages vor ihr stehen.

KAPITEL 42

JETZT
Joanna
Dienstag, 25. Dezember

Sie hatte eine SMS vorausgeschickt, aber Marianne gab sich trotzdem verwirrt, als Jo eintraf.

»Was, du bleibst nicht?«

»Nein, Mum. Hab ich dir gesagt. Ich muss arbeiten.«

Es war kurz nach neun Uhr früh. Ihre Mutter hatte die Haustür mit einem Glas Sekt in der Hand geöffnet, an dem sie jetzt nervös nippte. Am 1. Weihnachtstag war es zwar nicht verpönt, morgens schon etwas zu trinken, und doch warf Joanna einen missbilligenden Blick auf das Getränk. Ihre Mutter bekam das mit und lächelte. »Möchtest du ein Glas? Kleines Festtagsschlückchen?«

»Nein danke, Mum. Ich kann nicht mit Alkoholfahne zum Dienst. Auch heute nicht.«

»Sekt ist doch kein Alkohol. Er sprudelt nur.«

Jo gab keine Antwort, merkte aber, dass sie gereizt die Lippen zusammenkniff. Marianne nahm noch einen Schluck und blickte sich um, als hätte sie etwas vergessen. »Wo ist die liebe Amy?«

»Wir haben eine Pause eingelegt.«

»Ach, Schatz, das tut mir aber leid«, sagte ihre Mutter und sah nicht im Mindesten so aus, als bedauerte sie es wirklich. Sie war mit Amy nie ganz einverstanden gewesen. Joanna wusste noch, wie ihre Mutter sich einmal beschwert hatte, Amy lache zu laut.

»Was ist denn daran verkehrt?«, hatte Jo gefragt.

»Na ja, wenn man auf so was steht, ist es okay«, hatte ihre Mutter erwidert. »Ich find's ein bisschen ... aufdringlich.«

Jo hatte die Bemerkung nicht vergessen – würde sie wohl auch nie –, aber Marianne vergaß sie praktisch sofort. Die Unterhaltung hatte zu spät abends stattgefunden, und ihre Mutter wusste zwar gerade am Telefon bestens zu verbergen, wie betrunken sie war, doch Joanna hatte jahrelange Übung darin, die Anzeichen zu erkennen. In diesem Fall war es ein Literflasche-Wodka-Abend gewesen. Nüchtern hätte Marianne so eine Bemerkung nie gemacht, aber leichter zu verzeihen war ihr deshalb nicht.

Marianne drehte sich zur Küche um. »Hast du gehört, Phillip? Joanna bleibt nicht zum Essen. Sind also nur du und ich. Keine Kinder dieses Jahr. Keine Kinder! An Weihnachten.« Sie bog vom Flur ab und verschwand leicht wankend im Wohnzimmer. Jo hätte ihr Leben darauf gewettet, dass der Sekt, den ihre Mutter trank, mit einer guten Portion Wodka aufgepeppt war.

In der Küche war ihr Vater mit einem riesigen halb garen Vogel beschäftigt, schaute durch die dampfbeschlagene Brille und hantierte mit Säften. »Schade, dass du nicht mitisst, da bleibt so viel übrig. Reichlich für vier, und jetzt sind wir nur zu zweit. Ist was dazwischengekommen?«

Der Truthahn wurde auf das größte Backblech gezwängt, das ihre Eltern besaßen. Reichlich für hundertvier, wie es aussah.

»'tschuldige, Dad. Ich weiß, du hast dich richtig reingehängt. Wann bist du denn aufgestanden, um das Vieh gebacken zu kriegen?«

»Gar nicht so früh. So um sechs. Da bin ich doch immer auf«, wischte er ihre Entschuldigung beiseite. »Was ist mit Amy? Habt ihr euch etwa getrennt? Ich mochte sie.«

Dad hatte Amy wirklich gemocht, und Amy war von Phillip begeistert. Sie hatten sich bei einer Runde Fan Tan und durch die gemeinsame Vorliebe für True Crime Podcasts angefreundet. Dass sich die beiden jetzt nicht mehr treffen würden, stimmte Joanna wieder ganz traurig. Dafür musste sie Amy erfreulicherweise aber auch keine Besuche bei ihrer Mutter mehr zumuten.

»Alles gut, Dad. Wir verbringen mal einige Zeit getrennt. Du kennst mich doch. Schwer zu ertragen manchmal. Sie kann nichts dafür.«

»Du bist liebenswert, Joanna. Nur ein bisschen ... zu selbstständig vielleicht ... für eine wie Amy. Sie ist schon ziemlich häuslich.«

»Das brauchst du mir nicht zu sagen, Daddy. Die Wahrheit ist, ich hab's vermasselt. Sie hat etwas Besseres verdient.«

»Nein, nein, das glaube ich nicht. Sie ist ein Schatz, aber nicht die Richtige für dich. Du brauchst eher eine Frischluftfreundin.«

Joanna füllte den Wasserkocher und schaltete ihn ein. »Mag sein.«

»Ihr habt einen großen Fall, wenn du heute ranmusst, ja? Kannst du mir davon erzählen?«

»Hm, das ist ein bisschen verwickelt. Willst du's wirklich wissen?«

»Selbstverständlich.«

Sie schüttete Pulverkaffee in die Tassen, gab Milch und kochendes Wasser dazu. Wie ihr Dad den Kaffee wollte, brauchte sie nicht zu fragen, das stand fest. Instantkaffee, schwarz, Tasse für Tasse bis mittags. Bis zum Schlafengehen dann Tee mit Milch. Niemals Alkohol. Das war Mariannes Ressort.

»Wir haben einen übel zugerichteten Mann aufgefunden. Er war überfallen worden. Wir waren nicht ganz sicher, ob er durchkommt, aber dann ist er aufgewacht.«

»Das ist doch gut, oder?«

»Ja und nein. Als er zu sich kam, hat er einen Pfleger angegriffen, und jetzt ist er auf der Flucht.«

»Ah.«

»Außerdem wird eine Frau mit Kind vermisst, die damit zu tun haben könnte oder auch nicht.« Jo versuchte, die Information so sachlich wie möglich vorzutragen. Sie konnte nicht sagen, dass Ruby beteiligt war – noch nicht. Ihr Dad hätte vor lauter Sorge nicht schlafen können.

»Ach, davon hab ich glaub ich in den Nachrichten gehört. Schreckliche Geschichte.«

»Wir haben heute auch was dazu rausgebracht, im Radio und im Fernsehen. Hast du das mitgekriegt?«

»Kein Mensch hört am Weihnachtstag die Nachrichten. Da wird gekocht.«

Wie zum Beweis stand er auf, kippte einen Beutel Kartoffeln in den Spülstein und drehte den Wasserhahn auf.

»Trotzdem«, sagte Jo. »Dienst tun muss auf jeden Fall jemand. Vor allem um das Baby sind wir besorgt. Wir müssen dranbleiben, bis wir wissen, dass es in Sicherheit ist.«

Ihr Vater machte den Backofen auf und verstaute mit viel Geklapper und Geschimpfe den Truthahn im Innern. Dann drehte er sich um und sah sie an. »Manchmal begreife ich nicht, wie du das aushältst, womit ihr euch da abgeben müsst. Wo nimmst du die Kraft her?« Er zog sie an sich, ohne erst die Topfhandschuhe auszuziehen. »Ich bin so stolz auf dich, Jo-Jo. Immer.«

Wenn du die Wahrheit wüsstest, wärst du nicht so stolz, dachte sie. Ginge sie heute zur Dienststelle, würde sie wahrscheinlich wegen Missachtung von Befehlen offiziell verwarnt. Tatsächlich hatte sie vor, geradewegs zu ihrer Wohnung zu fahren und über Funk dem Einsatzteam zu lauschen für den Fall, dass sie »Gregor« fanden. Und vielleicht würde sie eine Runde durch den Wald beim Krankenhaus laufen, das schadete ja nichts. Wenn sie dabei selbst den Flüchtigen aufspürte, auch gut.

Marianne rief aus dem Wohnzimmer: »Kommst du mal her, Schatz?«

»Gleich, Mum.«

»Dann bring noch eine Flasche Sekt mit, ja. Und ein Glas für dich.«

Natürlich hatte Marianne vergessen, dass Jo keinen wollte. Standard. »Ich bin gleich bei dir.«

Ihr Vater sah ihr in die Augen.

»Nicht ärgern, Liebes. Sie kann nicht anders.«

»Was redest du denn? Es gibt doch Hilfe. Warum geht sie nicht …«

»Sie weiß, dass sie ein Problem hat. Sie hat versprochen, sich nach Weihnachten darum zu kümmern. Ich dachte, na ja, ich lass sie tun, was sie tun muss, um über die Feiertage zu kommen. Besonders nach dem, was voriges Jahr passiert ist. Schlimme Erinnerungen, du weißt schon.«

Sie musterte ihn genauer. Er hatte leicht abgenommen. Der Stress zeigte sich in den tiefen Falten um die Augen, dem leichten Zittern in der Stimme. Aber er war seit jeher stark. Zuverlässig. Ein Fels für Marianne, für die ganze Familie. Ihm gegenüber war das alles nicht fair.

»Du hast also nichts von Ruby gehört?«, fragte sie.

»Nein, gar nichts.« Gleich darauf dann: »Und du? Mit dir spricht sie doch normalerweise.«

»Diesmal nicht. Ich hab versucht, sie anzurufen. Bin zu ihr hin. Sie macht nicht auf, wenn sie weiß, dass ich es bin, die anklopft.«

»Und der Freund, von dem sie dir erzählt hat? Davon hat sie nichts mehr gesagt?«

Jo bereute zutiefst, dieses Gespräch ihren Eltern gegenüber erwähnt zu haben. Das war ihr so rausgerutscht, und jetzt klammerte sich Dad daran, wahrscheinlich, weil es nichts anderes gab.

»Ich weiß immer noch nicht mehr. Sie hat mich wie gesagt nicht angerufen.«

»Das sagst du aber nicht nur, weil sie dich drum gebeten hat?«

»Nein, Dad. Ich wünschte, es wär so.«

»Jedenfalls schön, dass sie jemanden gefunden hat, hm?«

»Ich sag doch, das ist nicht ihr Freund, Dad. Sie hat nur gesagt, sie hat Leute kennengelernt, und einer davon ist ein Mann.«

Der Führerschein auf den Namen Gregor Franks fiel ihr ein, mit dem Gesicht des Flüchtigen. Ihr ging auf, dass Gregor, der echte Gregor, mit auf die Liste der Leute gehörte, die sie finden mussten. Die Liste der Leute, die der Unsichtbare hatte verschwinden lassen.

»Sei nicht so, Joanna. Es ist doch schön, dass sie nicht allein ist. Seit vorigem Jahr wussten wir nicht, mit wem sie zusammen ist, ob sie vernünftig isst, gar nichts. Nur die Infos, die wir von dir bekommen. Ich stelle mir gern vor, dass er ein liebenswerter Mann ist, dass sie glücklich und zufrieden ist.«

Sie holte tief Luft, und dann sagte sie: »Ihr Handy ist abgeschaltet. Seit ein paar Wochen schon.«

»Oh nein. Sag das bitte nicht deiner Mutter.«

»Ich weiß nicht, ob sie das behalten würde.«

»Marianne möchte ihr zu Weihnachten etwas schenken. An ihrem Geburtstag hat sie ihr schrecklich gefehlt. Wir haben nie was geschickt, weil wir immer gehofft haben, sie kommt nach Hause. Hoffentlich hat das nicht alles noch schlimmer gemacht.«

Jo fand, viel schlimmer konnte es nicht werden.

»Wenn du sie siehst, könntest du ihr das dann geben? Und wenn es nur die Karte ist.«

»Du hörst mir nicht zu, Dad. Mich will sie doch auch nicht sehen.«

Er stand mit dem Rücken zu ihr und stöberte in der Spüle nach Kartoffeln. Als er sich umdrehte, war sein Gesicht auf eine Art zerknittert, wie sie es noch nie gesehen hatte, sodass ihr vor Mitleid das Herz stockte. Sie schlang fest die Arme um ihn, weil es aussah, als könnte er da mitten in der Küche zusammenbrechen. Joanna stützte ihren Vater, während er weinte. Niemand kann das Selbst seiner Kindheit wirklich hinter sich lassen, dachte sie. Der kleine Junge, der zu ihrem Vater herangewachsen war, lebte noch in ihm, genauso wie in ihr das kleine Mädchen, das sie einmal gewesen war. Auch das innere kleine Mädchen von Ruby litt jetzt.

»Warum hasst sie uns, Joanna? Wir haben uns doch bemüht, das Richtige zu tun. Ich habe sie wie eine Tochter geliebt. Liebe sie immer noch. Genauso, wie ich dich liebe. Vielleicht sogar mehr, weil sie ist, wer sie ist.«

Ich auch, dachte Jo. »Ich weiß nicht, was in ihr vorgeht, Daddy«, sagte sie.

Er wandte sich wieder den Kartoffeln zu. »Deine Mutter und ich wollten sie vorige Woche auf der Arbeit abpassen.«

»Ach, Dad. Was war denn?«

»Ich dachte so langsam, vielleicht arbeitet sie da nicht mehr. Ein- oder zweimal saß ich draußen vor dem Musikservice, wenn da der Unterricht aufhört. Auf gut Glück, weil sie mir mal gesagt hat, dass sie mittwochs das Nachmittagsorchester leitet. Ich hab sie nicht gesehen. Und vorige Woche war sie auch nicht da. Ein anderer Lehrer sagte uns – und ich musste wirklich dick auftragen, weil er mit dem ganzen Datenschutzklimbim ankam –, dass sie krankgemeldet ist. Deine Mutter war so fertig.«

Joanna fühlte Zorn auf Ruby in sich aufsteigen. Warum bat sie nicht um Hilfe, wenn sie in Schwierigkeiten steckte? Wenn sie krank war, brauchte sie ihre Familie um sich. »Ich dachte nicht, dass das so lange geht. Sonst hätte ich längst was unternommen. Und das nach allem, was ihr für sie getan habt – für uns beide. Ich weiß nicht, wie sie dich einfach wegschieben kann. Mum versteh ich ja, aber dich?«

Dad schaute auf seine Pantoffeln. Er trocknete die Hände an einem Geschirrtuch ab und legte es beiseite. »Tja, da liegt wohl das Problem. Sie denkt, was wir – wir alle – gemacht haben, war verkehrt.«

»Wenn sie das nicht einsieht …«

»Scht, Joanna. Reg dich nicht auf. Das kann deine Mutter heute nicht gebrauchen.«

Dann kam ein Laut von ihrem Handy, das noch im Flur in ihrer Jackentasche steckte. Das unverkennbare Ping einer E-Mail-Benachrichtigung.

»Ich muss gehen, Dad. Die Arbeit ruft.«

»Bin stolz auf dich, Liebling. Du verbesserst die Welt. Komm noch mal vorbei, hier bleibt was übrig. Ja?«

Im Wohnzimmer saß ihre Mutter kerzengerade im Sessel vor dem Fernseher.

»Tschüs, Mum. Ich komm vielleicht später noch mal.« Joanna wusste, dass daraus wahrscheinlich nichts wurde.

Marianne lächelte dünn und wies mit einer Kopfbewegung auf den mit Papierengeln geschmückten Weihnachtsbaum in der Ecke. Der vertraute Anblick versetzte Jo einen Stich. Sie erinnerte sich, wie sie die Engel mit der sechs Jahre alten Ruby gebastelt hatte, wie sie die Silberfolie zusammengeklebt und Lametta für die Krönchen zurechtgeschnitten hatten. Unter dem Baum lagen zwei Stapel schön verpackter Geschenke, zehn oder mehr je Stapel, mit einer Karte obendrauf.

»Denk an deine Geschenke«, sagte ihre Mutter. »Und Phillip meint, du wärst auch so lieb, die Geschenke für Ruby mitzunehmen, falls du sie siehst.«

Auf der einen Karte stand *Joanna*. Auf der anderen

Ruby. Tränen stachen Jo in die Augenwinkel. Sie bückte sich und hob Rubys Karte auf. Ein dickes Kuvert, wahrscheinlich war Geld drin. Marianne stand auf und stellte sich hinter ihre Tochter, beide mit dem Gesicht zum geschmückten Baum. Jos Wut auf ihre Mutter war zwar noch da, aber inzwischen empfand sie auch so etwas wie Mitleid.

»Ich glaub nicht, dass ich sie heute sehe, Mum.«

»Morgen vielleicht?«

»Ich … kann sein.«

Was ihre Mutter als Nächstes sagte, war fast ein Flüstern. »Ich weiß, dass sie weg ist, Joanna. Dass wir sie verloren haben. Ich hab sie verloren.« Kein Ausdruck, kein Gefühl in den Worten. Aber in jeder Christbaumkugel gespiegelt sah Jo die Tränen, die ihrer Mutter übers Gesicht liefen.

»Sie ist nicht weg, sag so was nicht. Die Geschenke muss ich hierlassen, aber die Karte gebe ich ihr, Mum. Ich finde sie. Ich sorge dafür, dass sie sie kriegt. Dann kommt sie vorbei, und ihr könnt ihr die Geschenke selbst geben.«

Sie nahm ihre Mutter kurz in die Arme, dann ging sie zur Tür hinaus, stieg in ihren Wagen und steckte den Umschlag ins Reißverschlussfach ihrer Umhängetasche, bevor sie ihr Handy herausnahm und nach ihren Mails schaute in der Hoffnung, einen Alert von der automatischen Signalerfassung bekommen zu haben, den Eddie gestern unter ihrer Nummer für sie eingerichtet hatte. Es war die Spam-Mail eines Sportgetränkeherstellers. Sie fuhr nach Hause.

KAPITEL 43

JETZT
Ruby
Dienstag, 25. Dezember

Sie fuhren den ganzen Tag und hielten nicht mal wegen des versprochenen Weihnachtscurrys an – Ruby machte es warm und übernahm das Ruder, während Sam aß und auf Leonie aufpasste. Eine seltsame Situation, mit einem Kind, das ihnen nicht gehörte, auf der Flucht vor der Polizei und dem Sozialdienst zu sein. Und doch begleitete sie ein Gefühl des Friedens auf dem Weg durch die Kanäle und Flussläufe. Es war eine andere Welt als die der Städte und Gebäude, der Straßen und Fahrzeuge, in der Ruby sonst lebte. Es gab nur das sich durch Ackerland schlängelnde Wasser und das Boot, das sanft die Oberfläche durchpflügte, während sie mit beinah komischer Langsamkeit, in gemütlichem Schritttempo, ihre Flucht fortsetzten. Stress konnte bei dieser Ruhe kaum aufkommen, und doch zog sich ihr, wenn sie an die Zeitungsmeldung dachte, der Magen zusammen. Sie hätte gern ihr Handy eingeschaltet und nach mehr Informationen zu dem Fall gesucht, besonders zu den ermittelnden Beamten. Wusste Joanna bereits, dass nicht Constance, sondern Ruby da am Strand gewesen war?

Wegen Weihnachten musste sie daran denken, was am vorigen Weihnachtstag passiert war und an die vielen verpassten Anrufe, die sie auf ihrem alten Handy gesehen hatte. Sie merkte, dass sie gar nicht mehr wütend war, sondern nur noch krank vor Heimweh. Joanna hatte ja eigentlich nichts verkehrt gemacht. Und Marianne konnte sich wahrscheinlich nicht mal mehr daran erinnern, was sie gesagt hatte. Im Grunde war es ziemlich einerlei, ob sie ihr verzieh oder nicht, das Gedächtnis der Frau reichte kaum von einem Tag zum nächsten. Aber letzten Endes ging es beim Verzeihen auch gar nicht um den anderen Menschen, sondern darum, für sich selbst einen Schlussstrich zu ziehen und weiterzuschauen. Dank Leonie hatte Ruby erkannt, dass es uns, wenn ein Kind da ist, nicht mehr freisteht zu entscheiden, ob wir verzeihen oder nicht. Was wir tun, tun wir für das Kind. Ihre Mutter – ihre beiden Mütter – hatten viele Opfer für sie gebracht, vielleicht mehr, als sie je erfahren würde. Und sie hatten es nicht aus Pflichtgefühl getan, sondern weil sie es wollten. Joanna entschied sich, sie auszutragen, Marianne entschied sich, sie großzuziehen. Weder die eine noch die andere wurden zu etwas gezwungen. Constance hingegen hatte keinerlei Wahl gehabt.

An diesem Abend legten sie an einem verlassenen Kanaluferabschnitt zwischen zwei verfallenen Arbeitsbooten an. Sam überließ Ruby das Steuer, während er mit dem Tau auf den Treidelpfad sprang und sie im Licht seiner starken Stirnlampe einwies. Leonie schlief bereits mit dem Daumen im Mund auf dem Knautschsack unterm Tisch.

In der eisigen Dunkelheit half ihm Ruby, das Boot festzumachen, dann gingen sie beide wieder an Bord, runter in den Salon und schlossen die Tür hinter sich. Die Wärme hüllte Ruby so wohlig wie eine Umarmung ein. Nach einer Weile aßen sie zusammen die nächste herrlich unfestliche Mahlzeit, Dosenspaghetti auf Toast mit einem Glas Orangenlimonade.

»Wir sollten jedes Jahr auf die Flucht gehen«, sagte sie. »Irgendwie ist das nett.«

»Wieg dich lieber nicht in Sicherheit«, mahnte er sie ernst, stand auf und zog einen winzigen Spalt in einer der Jalousien zu. »Sonst kriegen sie dich.«

Sam zählte auf, was sie alles an ihrem Verhalten ändern musste und wie, wenn ihr die Freiheit lieb war. Städte, Bahnhöfe, Busse meiden. Niemanden anrufen. Handy nicht einschalten.

»Geld abheben darfst du auch nicht. Nicht am Automaten.«

»Was? Wovon sollen wir denn essen? Und ich brauch ein paar Toilettenartikel, Feuchtigkeitscreme, Lippenbalsam und so.«

»Du denkst doch wohl jetzt nicht an Kosmetik, Ruby …«

»Das soll nicht für mich sein. Es ist für sie. Sie hat wunde Lippen. Die Kälte ist schlecht für empfindliche Haut.« Sie betrachtete das Baby, das sich im warmen Schein des Feuers wie ein Hündchen an den Knautschsack schmiegte. Eine Stelle unter dem Mund leckte Leonie anscheinend immer wieder, sodass sie abends manchmal blutete. Rubys Haut war auch wund. Ihre Wangen litten unter dem extremen Temperaturunterschied zwischen drinnen und draußen. Ihre gesprungenen Lippen schrien nach Linderung. Aber den Balsam wollte sie vor allem für die Kleine. Ihre Prioritäten hatten sich geändert, ohne dass es ihr aufgefallen wäre.

»Wir kommen schon an Geld«, sagte Sam. »Da gibt es Möglichkeiten, die sie nicht mitkriegen. Das geht klar, aber du musst mir vielleicht deine Bankkarte als Sicherheit geben. Du bekommst sie zurück.«

»Warum können wir nicht einfach selbst was abheben?«

»Weil sie einen Alarm für dein Konto eingerichtet haben werden.«

»Sie wissen doch nicht, dass ich das bin, Sam. Sie suchen nach einer Constance.«

»Wenn du auf Überwachungsbildern mit Leonie zu sehen bist, erkennt dich früher oder später jemand, und die Leute quasseln gern.«

Das stimmte natürlich. Wahrscheinlich hatten sie die Verbindung längst hergestellt. Dann war es am sichersten, sich entsprechend zu verhalten.

Ruby schaute in ihre Brieftasche. Ein 10-Pfund-Schein und etwas Kleingeld. »Irgendwo auf den Dörfern gibt es sicher einen Laden. Da geh ich morgen hin.«

»Du kannst nicht, Ruby. Ich gehe.«

»Es ist doch wohl sicher, in irgendeinen Dorfladen zu gehen.«

Er schüttelte den Kopf. »Dann kriegen sie dich. Du kannst nicht einkaufen gehen. Wenn du wirklich den Jägern entkommen willst.«

»Den Jägern?«

»Das sind sie doch bei der Polizei. Professionelle Jäger. Und sie wähnen sich im Vorteil mit ihrer ganzen Ausrüstung und Spurentechnik. Aber die ist nicht narrensicher. Wenn wir aufpassen, können wir sie schlagen.«

Dabei schien sie so weit weg von ihnen, diese Gefahr. Daran zu denken machte ihr Kopfschmerzen. Sie sah auf das schlafende Kind, spürte die Wärme des Feuers, das Schweben auf dem Fluss, den gelegentlichen Zug der Taue an der Verankerung, wenn der Wind sie erfasste.

»Du hörst nicht zu, Ruby. Was hab ich gerade gesagt?«

Mit einem Ruck war sie wieder beim Gespräch.

»Entschuldige, Sam. Ich bin wohl zu müde.«

»Wir sollten uns beide ausruhen, wenn wir ihnen einen Schritt voraus bleiben wollen.«

Sam ging in das kleine Bad. Sie hörte, wie er sich die Zähne putzte. Als er herauskam, fragte sie: »Warum hilfst du mir?«

»Was heißt das denn jetzt? Warum sollte ich dir nicht helfen? Ich bin dein Freund. Wieso fragst du mich das überhaupt?«

»Nur, weil ich wirklich übel dastehe. Ich komme mit einem fremden Kind an und werde von der Polizei verfolgt, weil jemand schlimm zugerichtet worden ist. Und du nimmst mich ohne groß Fragen zu stellen einfach so auf.«

»Ja. Weil ich dir vertraue.«

»Du könntest in Schwierigkeiten geraten.«

»Egal. Wo sollst du denn sonst hin?«

»Ich weiß nicht, ob ich auch dazu in der Lage wäre. Im umgekehrten Fall.«

Er kniff in dem trüben Licht die Augen zusammen. Dann seufzte er. »Vielleicht ist es gut, dass dir das erspart bleibt, denn ich werde mir nie so einen Ärger einbrocken wie du dir. Das ist vorbei. Und als ich dich gebraucht hab, warst du da. Das ist jetzt eine Rückzahlung.«

»Rückzahlung?«

»Dafür, dass du mir das Leben gerettet hast.«

Sie sahen sich in die Augen. »Das war doch nichts.«

»Hm«, sagte Sam. »Ich weiß, wir machen Witze darüber, aber ganz im Ernst, wenn du mich damals nicht von der Straße aufgelesen hättest, wäre ich gestorben.«

»Jemand anders wäre vorbeigekommen.«

»Nein«, sagte Sam. »Ich weiß nicht mal, ob ich mich selbst aufgelesen hätte.«

Ruby überlegte ein wenig. Dann nickte sie. »Okay. Damit wären wir quitt. Keiner schuldet dem anderen was.«

Sams Gesichtsausdruck änderte sich, als hätte er dazu noch etwas zu sagen. Doch dann legte er den Kopf schräg, lächelte leicht und ging in die Kabine.

Mittwoch, 26. Dezember

Die Spitze des Narrowboats schob sich durch das dünne Eis auf dem Fluss, trieb einen dunklen Pfad durch die Mitte und hinterließ schwimmende kleine Inseln in seinem Kielwasser. Sie und Leonie saßen gegen den kalten Wind zusammengekauert in Handschuhen, Mütze und Mantel im Bug und streckten die Köpfe heraus. Sam stand am Heck, hielt mit einer Hand das Ruder, und nur seine Augen schauten zwischen der Wollmütze und dem Schal, den er sich ums Gesicht gewickelt hatte, hervor. Leonie zeigte im Vorbeifahren auf Vögel in den winterlichen Bäumen und rief »Wotkehlchen!«, wann immer sie etwas annähernd Geflügeltes ausmachte. Das viele Wasser in Verbindung mit der vollkommenen Sorglosigkeit des Kindes machte Ruby nervös. Sie hielt das Mädchen eisern am Mantel fest.

Seit dem Vorfall mit dem Ofen hatte Leonie nicht mehr von ihrer Mutter gesprochen. Sie war vollauf damit beschäftigt, all das Neue in der Welt um sie herum zu entdecken. Nachdem sie ihr ganzes bisheriges Leben eingesperrt gewesen war, konnte Ruby nur staunen, wie locker sie alles nahm, wie sehr sie sich an allem freute, wie sie den ganzen Tag lachte und mit einer Energie umhersauste, die ihr in der Wohnung gefehlt zu haben schien. Doch auf so ein kleines Menschenwesen ohne jeden Sinn für Gefahr aufzupassen war eine Vollzeitbeschäftigung. Abends um sechs waren sie beide erschöpft. Leonie schlief jede Nacht zwölf Stunden, während ihr kleines Gehirn all das Neue in sich aufnahm und verarbeitete, sodass sie am frühen Morgen aus dem Bett hüpfen und von vorn anfangen konnte. Ruby musste auf alles gefasst sein und fand es zwar schwierig, so unbarmherzig Dienst zu tun, wurde aber reich belohnt. Sie sah alles mit Leonies Augen, als wäre es auch für sie neu. Und es war grandios.

Gerade als Ruby vorschlagen wollte, sie sollten reingehen und sich am Ofen aufwärmen, kam in prächtigen goldenen Bändern die Sonne heraus, und wie sie sich ringsum in den Eiskristallen an den Bäumen fing, verlieh der Szene eine schmerzhaft festliche Grußkartenschönheit. »Guck mal, Baby, da ist ein Spatz.«

»Wotkehlchen!«, rief Leonie und zeigte auf den kleinen braunen Vogel.

Sam stellte den Motor ab. Das Boot hielt auf den Treidelpfad zu, wo er an Land sprang, mit dem Hammer einen

Anlegebolzen einschlug und das Heck festmachte. »Wirf das Tau rüber«, rief er und sicherte auch den Bug. Sie hatten vor einem kleinen Tor in einer Hecke angehalten, hinter der Viehweiden lagen.

»Vertreten wir uns mal die Beine«, sagte er. »Da hinten ist ein Dorf.«

Sie gingen im Kinderschritt den Pfad entlang, der geradewegs über die Weiden zu einem Fußgängergatter hinter der zweiten führte. Eigentlich nur ein paar Minuten zu laufen, wäre nicht Leonie alle paar Meter wegen irgendetwas stehen geblieben. Das begutachtete sie dann und hielt es hoch. »Guck mal, Mama-Bi, Stock!«, »Guck mal, Mama-Bi, Stein!«

So hatten sie nach rund zwanzig Minuten gerade mal die erste Weide hinter sich gebracht und den halben Weg zum Gatter noch vor sich. »Ich lauf schon mal vor«, sagte Sam. »Hab einiges zu erledigen, okay? In einer Stunde treffen wir uns am Boot.«

»Was hast du vor? Ich dachte, wir wollten uns versteckt halten«, sagte Ruby besorgt.

»Das geht schon, solange ihr keine Aufmerksamkeit auf euch zieht. Redet möglichst mit keinem, geht in kein Geschäft. Ihr seht doch wie Touristen aus. Ich muss einen Anruf machen. Die haben glaub ich eine Telefonzelle – voriges Jahr gab's eine.«

»Wen willst du anrufen?«

»Wir brauchen Geld. Ich besorg uns welches.«

»Aber Sam …«

»Mach dir keine Gedanken. Bis dann.«

Als Sam davonging und verschwand, nahm Ruby Leonie

bei der Hand und lenkte sie in Richtung Gatter. Dahinter lag eine Straße mit alten Bruchsteinhäusern, die zu einer Dorfwiese mit einem bildhübschen Ententeich in der Mitte führte. »Enten!«, rief Leonie und rannte los.

»Bleib hier«, sagte Ruby.

Wie in Zeitlupe spielte es sich vor Ruby ab, doch sie war etwas zu weit weg, um es zu verhindern. Leonies Gummistiefel blieb am Randstein hängen, sie fiel vornüber wie ein Dominostein, die Mütze flog ihr vom Kopf, ihr Kopf traf auf einen kantigen Stein am Boden, all das in einer Sekunde, die scheinbar ewig dauerte. Als sie stürzte, streiften Rubys Finger noch den Mantel des Mädchens, doch ihre Hand griff ins Leere. Das Blut kam vor dem Schreien, es lief an ihrem Gesicht runter, in ihre Augen und ihren Mund, und färbte die Kleinkindzähne rosarot. Schon bildete sich ein dunkler Bluterguss an der verletzten Stelle, eine Beule schwoll an. Ruby nahm das Kind hoch, hielt es im Arm und suchte nach einem sauberen Taschentuch, um es auf die Wunde zu drücken. Wobei sie immer auch bemüht war, ihre Gefühle im Zaum zu halten. Denn zum ersten Mal weinte Leonie laut.

Und sie wollte sagen: Bitte weine nicht, aber ebenso gern hätte sie dem kleinen Mädchen gesagt, es solle weinen, wann immer es wollte, so laut es wollte und so viel es wollte.

Zieht keine Aufmerksamkeit auf euch. So viel dazu. Während das Baby ihr aus vollem Hals ins Ohr weinte – das war ja wunderschön, endlich traute sie sich das, bloß warum musste es jetzt sein? –, streichelte Ruby in beruhigenden Kreisen Leonies Rücken. Sie stand auf und schaute sich um, ob es einen Anhaltspunkt gab, wohin Sam gegangen sein könnte. Eine Telefonzelle sah sie nicht. An einem Fenster bewegte sich eine Gardine, und schon wollte sie umkehren, doch als sie an der Gaststätte am Rand der Dorfwiese vorbeikam, erschien eine dicke Frau in weißer Kochkleidung und gestreifter Schürze an der offenen Tür. »Alles in Ordnung, Liebes?«

»Aber ja, keine Sorge. Das ist nur ein Kratzer. Sie stellt sich an. Das ist nichts.«

Die Frau kam zu ihnen. Sie hob Leonies Pony hoch. »Mir sieht das aber nicht nach einem Kratzer aus. Muss vielleicht genäht werden. Ich würde damit ins Krankenhaus gehen. Sind Sie von hier?«

»Nein. Ja.« Was sagte man da am besten? Ruby wollte einfach nur weg.

Die Frau runzelte die Stirn und sah sich beide ein bisschen genauer an. In so einem Dorf kannte jeder jeden. Ruby lachte, eine gespielte Belustigung, die sogar ihr selbst hohl vorkam. »Entschuldigung, das war Quatsch. Ich bin nicht von hier, hoffe aber, dass sich das ändert. Wir schauen uns heute Nachmittag ein Haus an und schnuppern schon mal die Dorfluft.«

»Ach, das Simonsen-Haus interessiert Sie?«

»Ja«, sagte Ruby und dann: »Denk ich schon. Es ist ein schönes Haus. Schöne Gegend. Wunderschön.« *Brems dich, Ruby, du hörst dich überdreht an.*

»Mhm«, sagte die Frau und kniff die Augen zusammen. »Dann hat Sie das jetzt hoffentlich nicht abgeschreckt. Das Krankenhaus ist ein paar Kilometer die Hauptstraße runter. Soll ich Ihnen die Postleitzahl sagen, damit Sie es im Handy abspeichern können?«

Leonie hatte zu weinen aufgehört. Ruby staunte immer, wie schnell sie über etwas hinwegkam. Das Mädchen schmiegte sich an Rubys Brustkorb, lutschte am Daumen und sah mit großen Augen die Köchin an. Die Frau hielt sich kurz die Hände vors Gesicht. Mit einem »Buh!« nahm sie die Hände auseinander und grinste albern. Leonie lachte.

»Danke«, sagte Ruby. »Aber ich glaub, sie braucht nur ein Pflaster.«

»Wie bitte?« Die Köchin runzelte leicht die Stirn. »Sie wollen sie nicht untersuchen lassen? Mir sieht das ziemlich tief aus.«

»Ich bin Krankenschwester«, sagte Ruby etwas zu abwehrend. »Das ist oberflächlich. Haben Sie vielleicht einen Verbandskasten in der Küche?«

Der Verbandskasten enthielt Steri-Strips, mit denen Ruby die Wunde verschloss, nachdem sie sie gereinigt hatte. Die Köchin hatte recht, die Wunde war tief und hätte wahrscheinlich genäht werden müssen, aber das Krankenhaus kam natürlich nicht infrage.

»Wie alt ist sie?«

Leonie hatte eine Flasche Apfelsaft mit Strohhalm bekommen, saß auf einer Edelstahlanrichte, ließ die Beine baumeln, summte vor sich hin und schlürfte das süße Getränk.

»Knapp zwei«, sagte Ruby und dachte: *Warum bin ich hier reingegangen?* Sie musste weg, wieder zum Boot. Jede Sekunde, die sie hierblieb, jede Auskunft, die sie der Frau gab, erhöhte die Gefahr, dass sie erwischt wurden.

In dem Moment ertönten Schritte auf der Treppe über ihnen. Für Gäste war es noch zu früh. Beide blickten auf.

»Das ist der Wirt«, sagte die Köchin. »Wie heißt du, Liebes?«

»Lonie!«, rief Leonie.

»Haha«, machte Ruby, nahm sie auf den Arm und strebte zur Tür. »Keine Ahnung, warum sie das jetzt wieder sagt. In Wirklichkeit heißt sie Anna. Die kommen auf Sachen! Dann will ich mal wieder. Danke für das Verbandszeug.« Ruby eilte durch die Gaststube. Dabei fiel ihr Blick auf den Fernseher und die Nachrichtensprecherin: *Die Polizei fahndet noch immer nach einem Mann, der aus dem Krankenhaus geflüchtet ist, nachdem er dort einen Mitarbeiter schwer verletzt hat. Der Mann, der bis vor Kurzem den Namen Gregor Franks benutzte, lag im Koma, nachdem er am Freitag bewusstlos aufgefunden worden war. In diesem Zusammenhang wird die Öffentlichkeit gebeten, bei der Suche nach einer Frau zu helfen, die zuletzt mit einem kleinen Kind reiste, das möglicherweise auf den Namen Leonie hört …*

Der Blick der Köchin folgte dem von Ruby, dann schaute sie auf das Kind. Ruby sah, wie sie die Stirn runzelte, wieder zum Fernseher blickte und zurück zu ihr.

»Welches Haus wollten Sie sich noch mal ansehen, Liebes? Das von den Simonsens? Da könnte ich vielleicht ein gutes Wort für Sie einlegen.« Doch ihr Gesichtsausdruck hatte sich geändert. Sie war nicht mehr freundlich, sondern argwöhnisch.

Ohne noch etwas zu sagen, trat Ruby rückwärts durch die Schwingtür und ging. Es war schlimm genug, dass die Polizei hinter ihr her war und dass sie durch das Gespräch mit dieser Person ihren Standort verraten haben könnte.

Herzklopfen aber machte ihr der andere Teil: Gregor war nicht mehr im Krankenhaus. Er war auf der Flucht, und er würde sie suchen. Sie musste so schnell wie möglich weiter.

»He!«, rief die Köchin, als Ruby Leonie fest an sich drückte und über die Wiese zurück zum Gatter lief.

KAPITEL 44

JETZT
Der Verletzte

Von der Bank an der Dorfwiese aus beobachtet der Mann, wie das Gatter zufällt und die Frau und das Kind auf dem dahinter liegenden Acker verschwinden. Die Köchin am Eingang des Gasthofs schaut zu ihm rüber und hebt die Hand, zieht aber leicht die Stirn in Falten, als könnte sie ihn nicht recht unterbringen. Er lässt ein beruhigendes Lächeln aufblitzen, und die Köchin lächelt zurück. In solchen Dörfern wird ein Außenstehender immer erkannt, doch der Verletzte hat dafür gesorgt, dass er aussieht, als müsste er dazugehören, und darauf kommt es an. Er weiß, dass er mit seiner Tweedjacke und den Wanderschuhen wie der Inbegriff eines gutsituierten älteren Mannes aus der Mittelschicht aussieht, der nach dem Morgenspaziergang Rast macht. Die Köchin geht hinein, vergisst, als sie die Tür der Gaststube schließt, zweifellos, dass sie ihn überhaupt gesehen hat, und wendet sich in Gedanken anderen Dingen zu. Sie kann nicht ahnen, dass der Mann die Jacke und die Schuhe, die er trägt, aus der unverschlossenen Stiefelkammer eines großen Hauses fünfzehn Kilometer weiter südlich entwendet hat, dass er den Kanalweg entlanggewandert ist auf der Suche nach einem Boot, von dem er weiß, dass es bis vor Kurzem an einem Anleger bei York festgemacht war. Sie kann nicht ahnen, dass die Tellermütze eine fast kreisrunde Verletzung am Hinterkopf des Mannes verdeckt und dass seine Hände kleine Wunden haben, wo er sich den Tropf herausgerissen hat.

Der Mann verlässt die Bank, wandert langsam einmal um die Wiese und bleibt eine Weile stehen, um die Enten auf dem Teich zu bewundern. Soweit er es beurteilen kann, beobachtet ihn zwar niemand, aber falls es Gardinenzupfer in der Nähe gibt, lohnt sich ein kleiner Rundgang immer, um sicherzugehen, dass man ihn nicht für verdächtig hält. Irgendwann steigt er in seinen gestohlenen Wagen und macht sich ohne jede Eile auf den Weg zum Kanalbecken in Ripon, denn er weiß, dass er mehr als genug Zeit hat, sein Fahrzeug zu wechseln und sein Aussehen zu ändern, bevor die *Nessie* auch nur halbwegs dort ist.

KAPITEL 45

JETZT
Joanna
Donnerstag, 27. Dezember

Joanna wurde vom leisen Ping ihres E-Mail-Alerts geweckt. Ruby hatte ihr Handy eingeschaltet, und das System hatte ihr mitgeteilt, wo. Sie wusste, dass die Benachrichtigung zeitverzögert kam, aber als sie sah, wann das Handy eingeschaltet worden war, fluchte sie. Es war achtundvierzig Stunden her; in der Zeit hatte sie den Polizeifunk gehört und ausgehend vom Krankenhaus auf eigene Faust die umliegenden Wälder abgesucht. Von dem Flüchtigen keine Spur. Sie hatte gehofft, er würde tot in einem Graben aufgefunden, aber was sie von ihm mitbekommen hatte, bewahrte sie davor, ihn zu unterschätzen. Jo sprang aus dem Bett und in den Wagen.

Annähernd drei Stunden brauchte sie im dichten frühmorgendlichen Verkehr, um dahin zu kommen, wo Rubys Handy gepingt hatte, ein kleiner Kanalanleger im Sonstwo nördlich von York. Den Angaben in der Mail zufolge hatte sich das Handy am ersten Weihnachtstag beim nahegelegenen Funkmast angemeldet. Unwahrscheinlich also, dass sie noch dort war, aber immerhin ein Ausgangspunkt.

Sie parkte am Anleger und ging zum ersten Narrowboat in der Reihe, wo sie dreimal kurz ans Fenster klopfte. Der Tag war klar und kalt, bereiftes Laub, schwimmende Eisinseln auf dem Fluss. Auf dem Boot waren die Vorhänge zugezogen, aber sie klopfte trotzdem noch mal. Keine Reaktion.

Jo blickte zum Schornstein des Nachbarboots, aus dem ein Rauchkringel aufstieg. Diesmal bewegte sich ein Vorhang, als sie klopfte, und ein paar Minuten später steckte eine Frau den Kopf aus der Luke. Ihre weißen Haare waren durcheinander, und ihr Gesicht braun und runzlig wie eine Walnuss. Weiße Atemwolken schwebten zwischen ihnen.

Die Frau blinzelte in die helle, schräg stehende Sonne. »Ja?«

»Ich bin von der Polizei«, sagte Joanna. »Ich suche eine junge Frau namens Ruby. Sie ist mit einem kleinen Mädchen im Alter von anderthalb bis zwei Jahren unterwegs.«

Die Frau stieg von der Luke auf das kleine Ruderdeck und schlang in der Kälte eine Wolldecke um sich. »Soviel ich weiß, gibt es hier keinen, der so heißt.«

»Auch keinen Sam Douglas?«

»*Nessie?* Doch, der war hier.«

»Nessie?«

»So heißt das Boot«, sagte die Frau.

»Wann war er hier?«

»Vorgestern. So am, äh, späten Vormittag ist sie weg, würd ich sagen.«

»Sie? Ich denke, hier war keine Frau?«

»Ich hab das Boot gemeint.«

Joanna riss sich zusammen, aber die Bootsfrau nervte sie gewaltig. In solchen Momenten tat sie gut daran, sich die Tipps aus den beiden Höflichkeitskursen in Erinnerung zu rufen, die sie im Rahmen ihrer beruflichen Fortbildung hatte besuchen müssen.

»Nur der Klarheit halber«, sagte Joanna. »Mir geht's um Sam Douglas, den Mann, nicht um das Boot. Er spielt Geige. Kennen Sie ihn?«

»Ja. Er hat meine Küche gebaut. Sie ist spitze. Suchen Sie einen Handwerker oder einen Geiger?«

»Weder noch. Ich suche eine Frau namens Ruby und ein kleines Mädchen. Dass sie hier waren, weiß ich, weil wir einen Handy-Alert aus der Gegend bekommen haben. Sie haben sie bestimmt nicht gesehen?«

»Na ja, da ist was Komisches passiert. Sam ist ein echter Einzelgänger. Ich hab ihn noch nie in Begleitung gesehen, deshalb hab ich wohl nicht damit gerechnet. Aber vorgestern Morgen haben wir von da drüben, wo er festgemacht war, einen Schrei gehört. Ich dachte, das wäre ein Passant gewesen, ein Gaffer. Auf dem Treidelpfad gehen dauernd Leute spazieren. Besonders an Weihnachten. Morgenspaziergang mit der Familie und so. Da geht's hier zu wie am Bahnhof Paddington.«

»Sie haben einen Schrei gehört?«

»Ja. Einen sehr hohen Schrei. Nie hätte ich gedacht, der könnte von Sams Boot kommen. Ob er das auch gehört hat, konnte ich ihn nicht mehr fragen, da war er dann schon weg, was an sich nicht ungewöhnlich ist. Jedenfalls hab ich beides nicht miteinander in Verbindung gebracht. Aber jetzt, wo Sie hier sind, gibt's vielleicht doch eine. Was hat er getan, ist er mit der Frau eines anderen durchgebrannt?« Die Vorstellung schien die Frau merkwürdig zu freuen. Halb gebückt und in ihre Decke gewickelt, erinnerte sie Joanna unwillkürlich an die Hexe aus den Märchen, die sie als Kind gelesen hatte.

»Was meinen Sie, wer da geschrien hat?«

»Das weiß ich nicht. Von der Tonlage her hatte ich den Eindruck, es war ein Kind.«

»Kein Erwachsener?«

»Na, eine Frau könnte es schon gewesen sein. Meinen Sie, er hat sie gewürgt? Suchen Sie die deshalb? Ist das eine Morduntersuchung?«

Jo verzog keine Miene.

»Sie sagen, Sams Boot ist am Weihnachtsfeiertag abgefahren. Wissen Sie, wo er hin ist?«

»Da lang.« Die Frau wies auf einen der beiden einzigen Wege aus dem Anleger. »Nach Norden. Der kann nicht stillhalten. Immer unterwegs. Ich hätte aber nie gedacht, dass er ein Verbrecher sein könnte.«

Joanna sah sich die Einstiegsrampe des Bootes an, die auf dem Treidelpfad auflag. Rings herum wuchs Gras. »Sie selbst fahren nicht weg?«

»Nein. Ich bezahle den Liegeplatz, da muss ich das nicht. Manche Bootsleute legen Wert auf Beweglichkeit. Auch deswegen entscheiden sie sich für ein Leben an Bord. Das ist aber eine sehr kleine Welt, besonders im Winter. Sam hab ich hier ein paarmal gesehen. Er hat's nicht mit Aufwiedersehnsagen. Oder Hallosagen. Und Weihnachten beeindruckt ihn auch nicht weiter; kein Schmuck oder so.«

Sie betastete die schrumpeligen Beeren des Stechpalmenkranzes an ihrer Tür. »Es sind doch immer die Stillen, was? Ich hätte ihn niemals für gewalttätig gehalten.«

»Können Sie mir zeigen, wo er genau lag?«

»Gleich da drüben.« Sie wies auf die andere Seite des Anlegers, wo Platz für etwa fünfzehn Boote war. »Und bei den anderen Booten brauchen Sie gar nicht erst anzuklopfen, da ist keiner. Hauptsächlich Ferienkähne.«

Joanna lächelte knapp. »Danke für Ihre Zeit, Madam. Wir hören vielleicht noch voneinander.«

Als sie sich entfernte, rief die Frau hinter ihr her: »He, hier geht's doch nicht um die Vermisste mit dem Kind, oder? Kam in den Nachrichten.«

Ich hab doch gesagt, dass es um eine Frau und ein Kind geht, dachte Joanna. »Wieso?«

»Wenn doch, dann hab ich auf dem Treidelpfad nämlich was gefunden. Interessanter Zufall, dachte ich, dass jemand ausgerechnet so eine verliert. Vielleicht war es ja gar kein Zufall. Schauen Sie mal, ich hab sie da vorne an den Zaun gehängt. Sieht doch aus wie die Mütze, von der in den Nachrichten die Rede war, oder?«

Wo die Frau hinzeigte, hing ein rosa Etwas am Zaun. Jo nahm es herunter und wischte das Eis ab. Es war eine Wollmütze mit zwei Bommeln wie Teddyohren. Identisch mit der, die Leonie auf den Bildern von der Bahnhofsüberwachung trug. Sie steckte sie in einen Beweisbeutel.

In dem Moment klingelte Jos Handy. Es war Atkinson.

»Hallo, Chefin«, sagte er.

»Hallo, Steve. Habt ihr den Flüchtigen gefunden? Irgendwelche Hinweise?«

»Wo sind Sie?«

»Ich bin … zu Hause.«

»Sind Sie nicht. Ich steh gerade bei Ihnen vor der Tür. Ihr Wagen ist weg.«

»Wie bitte? Kontrollieren Sie mich jetzt etwa?«

»Ich wollte Ihnen sagen, dass das Überwachungssystem die Position einer mir unbekannten Nummer angezeigt hat, die ich nicht eingegeben hatte. Eddie konnte ich nicht erreichen, aber ich nahm an, es hätte was mit Ihnen zu tun. Mit dem Fall, in dem Sie nicht mehr ermitteln sollen.«

»Gut erkannt, *Detective.* Es ist Rubys Nummer. Dazu habe ich heute Morgen eine E-Mail-Benachrichtigung bekommen.«

»Sind Sie da jetzt? Ich hätte mitkommen können, wenn Sie was gesagt hätten.«

»Wahrscheinlich halten Sie sich am besten von mir fern, Steve. Sie leiten die Ermittlungen, das ist eine Chance, die Sie nicht verspielen sollten. Könnte sehr gut für Ihre Karriere sein. Bei mir liegt die Sache anders. Ich habe persönliche Gründe.«

»Bei dem Fall geht's nicht nur um das Verschwinden Ihrer Tochter, Jo. Ich habe den konservierten Finger, den wir gefunden haben, von der Gerichtsmedizin schnelltesten lassen. Er stammt, wie Sie schon vermutet hatten, von einem Kind. Etwa acht bis zehn Jahre.«

»Lässt sich feststellen, ob er von einem Jungen oder einem Mädchen ist? Wann wurde er abgetrennt?«

»Viel mehr, als dass es schon länger her ist, konnten sie nicht sagen. DNA-Untersuchung läuft, aber Thrupp denkt auch daran, mehrere damit zusammenhängende Ermittlungen einzuleiten.«

»Mehrere?«

»Eine für jedes Opfer. Sie haben gestern die Wand aufgebrochen. Zwei Leichen waren drin. Eine männliche und eine weibliche.«

Joanna überlief es kalt. Sie dachte an Gregors Mutter, die kurz nach dem Einzug so plötzlich verschwunden war. Und wie »Gregor«, als die Nachbarin anklopfte, um sich danach zu erkundigen, vergessen zu haben schien, wer die Nachbarin war.

»Ich war doch in der Wohnung. Wir beide. Man hat nichts gerochen, es gab kein Anzeichen …«

»Nein. Natürlich nicht. Die Leichen waren konserviert, ähnlich wie der Finger. Sie versuchen, das Verfahren zu ermitteln. Das könnte uns bei der Identifizierung des Täters helfen.«

Konservierung. Ein vorsätzliches Tun. Der Mörder hatte wirklich gründlich nachgedacht.

»Lassen sich die Toten identifizieren?«

»Die Gerichtsmedizin arbeitet dran. Sie meinen, es sollte ihnen möglich sein, das Gesicht des Mannes zu rekonstruieren, ein Computerbild zu erstellen und es mit dem von uns gefundenen Passfoto zu vergleichen, aber ich habe den starken Verdacht, es ist …«

»Gregor Franks. Der echte.«

Joanna ging ein Stück den Weg entlang in die Richtung, in die das Boot, auf dem sie Ruby vermutete, gefahren war. Die Stille hier draußen war entnervend, besonders für eine Frau aus der Stadt.

»Eins noch«, sagte Atkinson. »Sie haben eine Flasche gefunden mit Spuren von … Augenblick, ich lese die Beschreibung vor. ›Ein Cocktail aus flüssigem Paracetamol, Diamorphin, Valium und GHB‹. Die Flasche hatte kein Etikett und stand im Bad. Ein Löffel davon, und man ist eine Woche lang bewusstlos. Von zwei oder drei Löffeln wacht man vielleicht nie wieder auf.«

»Glauben Sie, das hatte er eingenommen?«

»Wahrscheinlich, würde ich sagen. Wenn ich auch nicht weiß, ob er es bewusst eingenommen hat.«

Joanna sah, dass sie von Anfang an richtiggelegen hatte. Wenn Ruby dem Mann eine Kopfverletzung zugefügt und ihm dieses Zeug eingeflößt hatte, dann war das aus einem sehr guten Grund geschehen.

»Sie sind hier nicht sicher, Chefin, wenn er frei herumläuft. Der Mann ist ein Mörder. Zwei Leichen sind schon da, außerdem der Finger, der Drogencocktail – alles deutet auf weitere Verbrechen hin. Und da ist Constance, die sich ins Meer gestürzt hat. Ich weiß, wir haben ihre Leiche nicht gefunden, aber es sieht ganz so aus, als ob sie sich ertränkt hat, nur um von ihm wegzukommen. So ein Mensch denkt sich nichts dabei, eine Polizeibeamtin anzugreifen.«

»Er denkt sich auch nichts dabei, eine Frau und ein Kind anzugreifen, Steve. Ich muss weiter nach Ruby und Leonie suchen.«

»Aber doch nicht allein. Das ist zu gefährlich.«

Sie legte auf.

Joanna blieb im nachlassenden Tageslicht auf dem Treidelpfad stehen und suchte auf ihrem Smartphone eine Karte der Wasserstraßen. In dieser Richtung lagen nur noch fünfundvierzig Kilometer Kanal bis zum Endpunkt in Ripon. Aus dem Schilf ragte ein Schild, das 6 Stundenkilometer als

Höchstgeschwindigkeit angab. Hätte sie ihr Rad dabeigehabt, hätte sie sie wahrscheinlich einholen können. Sollte sie sich ein Boot leihen? Da *Nessie* an die Wasserstraße gebunden war, konnte sie nicht allzu schwer zu finden sein. Andererseits waren fünfzig Kilometer ein riesiger Suchbereich, und jedes Boot im Dunkeln zu kontrollieren konnte Stunden dauern.

»Die lassen sich auch schneller finden«, sagte eine Stimme hinter ihr. Es war die Frau, mit der sie vorhin gesprochen hatte. »Falls Sie Wert darauf legen.«

»Erzählen Sie.«

»Alle Boote sind registriert, und die Leute vom Canal & River Trust überwachen, wo man ist. Das geht alles an eine Datenbank.«

»Sie überwachen, wo man ist? Wie denn?«

»Ein Mann auf dem Rad. Sie fahren hin und her, notieren die Kennzeichen, stellen sicher, dass man sich als Dauerfahrer weit genug bewegt hat. Sie sind ein bisschen wie Verkehrspolizisten.«

»Wie oft machen sie das?«

»Das weiß ich nicht so genau. Die tun ziemlich geheim. Wahrscheinlich wollen sie nicht, dass man sie austrickst. Aber gestern hab ich den Mann vorbeifahren sehen. Vielleicht mal nachfragen?«

Jo suchte die Nummer heraus, drückte die Gesprächstaste und hielt das Handy ans Ohr.

»Nimmt keiner ab«, sagte sie der Bootsfrau.

»Bürostunden, Dummchen«, erwiderte die alte Frau und verdrehte die Augen. »Versuchen Sie's morgen früh noch mal.«

Jo rief Atkinson zurück.

»Sie haben mich einfach weggedrückt«, sagte er.

»Das tut mir sehr leid, Steve. Wie sich eben herausgestellt hat, brauche ich tatsächlich Ihre Hilfe.«

KAPITEL 46

JETZT
Der Verletzte
Mittwoch, 26., bis Donnerstag, 27. Dezember

Das Boot ruht in der Dunkelheit; seine Maschine tickt, während sie abkühlt. Das Wasser ist vollkommen still, nur die gelegentlichen Bewegungen im Bootsinneren, die den Rumpf leicht schaukeln lassen, stören es und erzeugen kleine Wellen.

Der Mann sitzt in der Hocke, sein Körper ist verdeckt von den Brombeeren und durch die Dunkelheit. Ihm ist kalt, aber er rührt sich nicht.

In einem der nahen Häuser beschwert sich jemand mit schriller Stimme.

»Sie müssen da weg mit dem Boot«, schreit sie. »Hier dürfen Sie nicht anlegen. Ich ruf die Polizei. Die macht Ihnen schon Beine.«

Es stimmt, dass hier keine anderen Boote liegen, nur der uralte Rumpf eines Vergnügungsbootes und ein für den Winter mit Segeltuch abgedecktes und an Land gezogenes Schnellboot.

Ein Mann mit angegrautem Haar und Zottelbart steckt den Kopf oben zum Boot heraus. Der Verletzte sieht ihn von unten angeleuchtet durch das Licht aus der Bootskabine. Er weiß, dass der Mann Sam heißt. Erstmals aufmerksam wurde er vor knapp einem Jahr auf ihn, als die Kameras, die er in der leerstehenden Wohnung gegenüber seinem Fenster installiert hatte, beim Einzug des Mädchens ausgelöst wurden. Für diesen Fall hatte er einen Plan in petto gehabt – deshalb überhaupt die Kameras. Wenn jemand einzog, wollte er das Problem angehen, indem er den Mieter zunächst beobachtete und ihn dann beseitigte – er hatte sogar mehrere Säcke Salz für die Leiche auf Vorrat gelagert, nachdem das schon einmal so gut gelaufen war. Durch die Abhöranlage hatte er sie jedoch spielen gehört, und dieser Sirenengesang hatte ihn bewogen, seinen Plan zu ändern und trotz der Risiken einmal etwas Neues zu versuchen. Jetzt wird ihm klar, dass das die Entscheidung war, die alles geändert hat, der Punkt, an dem die Sache anfing, für den Verletzten kompliziert zu werden. Er hätte auf Kurs bleiben und das tun sollen, was er von Anfang an vorgehabt hatte. Der Verletzte mag es nicht, wenn etwas in Unordnung gerät. Und die Lage, wie sie jetzt ist, ist sehr unordentlich.

Sich mit Ruby anzufreunden war ihm anfangs als die ideale Lösung erschienen, und eine Zeit lang hatte er geglaubt, die beiden Frauen seien endlos beherrschbar. Ruby hielt Constance und Leonie bei Laune. Sie war einsam – aus ihrer Anrufliste wusste er, dass sie keine Freunde in der Nähe hatte und keine störenden Angehörigen. Und sie war ihm so vertrauensvoll, so nachgiebig vorgekommen. Selbst als sie seine Avancen zurückwies, hatte er das als Sieg betrachtet und darauf zurückgeführt, dass er ihr erzählt hatte, Constance sei noch in ihn verliebt.

Er hätte aber voraussehen müssen, dass es auf Dauer so nicht bleiben konnte. Das Kind hatte laufen gelernt, und Constance hatte angefangen zu jammern, es müsse nach draußen dürfen. Ruby empfand offenbar viel für das Kind, mehr und anders als für ihn. Gefühle dieser Art machten Leute unzuverlässig. Irgendwann wurde ihm klar, dass der ganze Schmus für ihn leicht außer Kontrolle geraten konnte und deshalb aufgegeben werden musste. Er hatte alles schon geplant, eine nach der anderen würde er sie aus dem Weg räumen, Constance zuerst, mit der Begründung für Ruby, sie komme in Behandlung. Doch gerade, als alles startklar war, hintergingen sie ihn. Bei der Erinnerung an seine Vorbereitungen ärgert sich der Mann über die vergeudete Zeit, den umsonst vergossenen Schweiß. Ein paar Kilometer von der Wohnung entfernt stehen hinter einer sicheren Tür in einem verlassenen Lagerhaus drei Badewannen bereit, und die Salzsäcke lehnen an der Wand, neben der Schaufel.

»Entschuldigen Sie bitte, wir bleiben nicht lange«, antwortet Sam der Schreihälsin, schließt die Plane und zieht den Reißverschluss zu.

Wir bleiben nicht lange, hat Sam gesagt. Ruby ist also noch an Bord. Der Mann will nicht von ihr gesehen werden, aber dass er Ruby und Leonie seit dem Dorfplatz nicht mehr zu Gesicht bekommen hat, beunruhigt ihn ein wenig. Sie beweist neuerdings ein Talent zur Täuschung, von dem er vorher nichts gemerkt hat. Bis zu dem Tag, an dem sie ihn angegriffen und sich davongestohlen haben, hatte er geglaubt, Ruby sei zumindest teilweise auf seiner Seite. Was soll's? Er kann wieder die Oberhand gewinnen. Einen Schritt wähnt er sich ihr jetzt schon voraus. Den Tracker aus dem Handy zu nehmen und im Zug zu deponieren wäre verdammt schlau gewesen, wenn er nach der Flucht aus der Klinik nicht das geklonte Handy aus dem Lagerhaus hätte holen können, mit dem er ihr aktuelles Online-Leben verfolgt. Es ist zwar ungünstig, dass er sie nicht mehr direkt verfolgen kann, aber er kann in Echtzeit dabei sein, wenn sie das Internet benutzt, um sich ihm zu entziehen. Die erste Flucht mochte ihn überrascht haben, diesmal aber weiß er, was sie vorhat. Er hat zugesehen, wie sie gestern die Tickets buchte. Sein erster Gedanke war, hinzufahren und sie dort zu erwarten, aber Rubys Lügenmanöver haben sein Vertrauen in seine Fähigkeit untergraben, voraussagen zu können, was sie als Nächstes macht. Wenn sie irgendwie erraten hat, dass er Zugang zu ihrem Suchverlauf hat, besteht die Gefahr, dass die Tickets selbst ein Köder sind, der ihn Hunderte von Kilometer in die falsche Richtung locken soll.

Im Grunde fragt er sich auch, ob er nicht einen Schlussstrich unter das Ganze ziehen soll. Die drei auf dem Boot jetzt erledigen und endgültig seiner Wege gehen, Constance vergessen. »Gregor« ist ziemlich langweilig geworden, und er hat es zwar genossen, das ganze Geld aus den Mieteinnahmen auszugeben, aber zu sehr verwöhnen darf man sich auch nicht. Es wird Spaß machen, eine andere Herausforderung, eine andere Rolle anzunehmen. Recherchiert hat er, jetzt muss er nur noch den Sprung wagen, in das neue Leben einsteigen, das auf ihn wartet – sobald er mit dem Mann fertig ist, der es im Augenblick lebt. Aufwallender Zorn trübt seine Gedanken. Die Wut, die er jetzt spürt, kommt von seiner Demütigung, dem Unrecht, das ihm geschehen ist. Er ist zum Narren gehalten worden, und er möchte

Constance nicht mehr erledigen, sondern bestrafen. Ruby und Leonie umzubringen gehört dazu, aber wenn er das hier und jetzt macht, wird sie es nie erfahren.

Die Schreihälsin unterbricht ihn in seinen Gedanken. Offenbar hat sie viel zu sagen, aber es scheint alles in die gleiche Richtung zu gehen. Der Verletzte hört nicht mehr hin.

Viele Stunden vergehen, doch der Mann schläft nicht ein. Er wartet ab, wie es weitergeht. Ruby sollte jeden Augenblick herauskommen, denkt er. Er stellt sich vor, wie sie an ihm vorbeigeht, ohne zu ahnen, dass er sich dort versteckt und bereit ist, ihr zu folgen, wohin sie auch geht.

Und dann, als die Winternacht am dunkelsten ist, hält der Verletzte die Spannung nicht mehr aus. Er kriecht aus der Deckung hervor und legt lautlos die Finger an den Reißverschluss der Regenplane des Boots.

KAPITEL 47

JETZT
Joanna
Donnerstag, 27. Dezember

Jo überschritt zweimal die Höchstgeschwindigkeit auf der Fahrt nach Ripon, dem laut Atkinson letzten aufgezeichneten Standort von Sams Boot. Sie folgte den Navi-Anweisungen zum Endpunkt des Kanals, parkte rasch direkt am Wasser und stieg aus. Der Himmel war rabenschwarz, den Kanal beleuchtete jedoch eine Handvoll um das beinah verlassene Becken verteilte Straßenlaternen. Ein kleines Stück vom Ende der Wasserstraße entfernt schwamm ein einzelnes vertäutes Narrowboat in der Dunkelheit.

Als sie dem schwarz-rot gestrichenen Boot näher kam, las Jo den Namen auf dem ins Fenster gestellten Brett, handgemalte weiße Buchstaben auf blauem Grund.

Nessie.

Über ihr schrie eine raue, körperlose Stimme: »Hat das Boot was mit Ihnen zu tun?«, und als Joanna den Kopf hob, sah sie eine Person, die sich aus dem Fenster eines Hauses auf der Kanalseite lehnte, an der *Nessie* festgemacht war.

»Hier darf keiner über Nacht liegen. Fahren Sie das Ding gefälligst weg, sonst lass ich es wegschaffen.«

»Ich bin Polizeibeamtin«, sagte Jo.

»Ah, gut. Wird's abgeschleppt? Ich kann die alte Gammelkiste nicht mehr sehn!«

»Seit wann liegt das Boot hier?«

»Seit über vierundzwanzig Stunden. Der Mann vom Canal Trust war da und hat ihnen einen Bußgeldbescheid verpasst, geschieht ihnen recht. Seitdem hab ich da ein Auge drauf.«

»Haben Sie jemanden an Bord gesehen?«

»Einen Mann, gestern. Viel gesagt hat er nicht, nur, dass er nicht abhauen will. Schön, dass sich endlich die Polizei dafür interessiert. Mein Anruf war ihnen schnurz. Wär 'ne Zivilsache, meinten sie.«

»Nur ein Mann? Sonst niemand? Wie sah er aus?«

»Ein Weißer. Zottelbart. Die sehen alle gleich aus. Bootsbewohner.«

»Danke, Madam. Gehen Sie jetzt wieder rein. Ich kümmere mich drum.«

Nachdem die Frau das Fenster geschlossen und die Vorhänge zugezogen hatte, wandte sich Jo wieder dem Boot zu.

In keinem Fenster brannte Licht, doch als sie die Hand an den Schornstein legte, war er ein kleines bisschen warm. Der Ofen war angemacht worden, am Morgen vielleicht, und wieder ausgegangen. Sie klopfte an die Wand. Kein Laut.

Am Deck war ein wasserdichtes Schutzdach angebracht, eine Plane, deren Reißverschluss offen gelassen worden war. Sie schob sie zurück, stieg an Bord und sah, dass die Luke offen stand. Schnell ging sie die Treppe hinunter in den Salon, und dort sah sie im Schein ihrer Handylampe die zusammengesackte, blutige Gestalt eines Mannes auf dem Boden der kleinen Bordküche.

»Sam Douglas?« Er lag mit dem Gesicht nach unten, sein Körper war verdreht, der eine Arm unnatürlich abgewinkelt. Sie ging in die Hocke und legte ihm die Finger an den Hals. Ein Puls, aber ganz schwach.

Joanna schaute sich im Boot um. Überall lagen Bücher herum, Kissen auf dem Boden, aus den Schränken und Schubladen gerissene Sachen. Jo sah nichts, was Ruby gehörte. Außer … unter einem Haufen Papier guckte etwas Pelziges hervor. Sie hielt den Teddybär des Kindes in den Strahl ihrer Handylampe. Sie waren mit Sicherheit hier gewesen. Gregor aber auch.

Joannas Gedanken überschlugen sich. Hatte er sie mitgenommen? Waren sie verletzt, tot?

Der Mann am Boden des Boots stöhnte leise.

»Sam? Hören Sie mich?« Sie beugte sich auf Knien über ihn, wollte, dass er sie ansah. Seine Augenlider flatterten auf.

»Jo?« Die Stimme war hauchig, fast unhörbar. Dass er sie erkannte, war allerdings ein gutes Zeichen; sie hatten sich seit Jahren nicht gesehen.

»Wer hat Ihnen das angetan, Sam?«

Sam fing an zu husten, dass sie dachte, er könnte ersticken. Er spuckte einen Mund voll Blut aus.

»Hören Sie. Sprechen Sie nicht. Blinzeln Sie nur, einmal für Ja, zweimal für Nein. War Ruby hier, als das passiert ist?«

Sam blinzelte zweimal.

Joanna spürte eine Welle der Erleichterung. Sie war entkommen. Aber wie lange war sie schon weg? Und wo wollte sie hin?

Das Blut auf den Fußbodenbrettern und die Spritzer an den Schränken waren getrocknet. Der Angriff auf Sam musste viele Stunden her sein.

»Wissen Sie, wo sie jetzt ist?«

Ein Blinzeln.

»Und haben Sie ihm gesagt, wo sie hinwollte?«

Doppeltes Blinzeln. Eine Träne lief an seiner Wange herunter. Er versuchte, etwas zu sagen, sprach aber so leise, dass sie es nicht verstand. Sie beugte sich näher zu ihm und hörte ganz schwach die Worte:

»Er wusste es schon.«

KAPITEL 48

JETZT
Der Verletzte

Der Mann steht am Fenster, spürt das mächtige Grollen der Schiffsmaschine unter seinen Füßen und schaut zu, wie die Lichter von Castlebay, schimmernde Weißgoldtupfer in der Ferne, langsam näher kommen. Die Winternacht ist vor Stunden hereingebrochen, und jetzt meint man im Weltraum unterwegs zu sein, das massive Dunkel der See hebt sich von dem des Himmels nur durch gelegentliche weiße Schaumstreifen auf den Wellen und den Widerschein der Fährenlichter auf der wogenden Dünung ab.

Er ist benommen, im Delirium von den Schmerzen, die sich stetig verschlimmert haben, seit er an Bord ist. Das Handgemenge mit Sam am frühen Morgen war schwieriger, als es hätte sein sollen. Als er sah, dass Ruby und Leonie schon weg waren, war er zu wütend gewesen, um sinnvoll zu reagieren. Er musste Sam durch ein Geräusch geweckt haben, und der hatte ein paar gute Schläge anbringen können, bis das Ganze richtig unter Kontrolle war. Völlig umsonst hatte er auf sie gewartet, in der Absicht, sich an sie zu hängen. Hätte er noch länger gewartet, hätte er womöglich die Fähre verpasst.

Die Fahrt mit dem Wagen, den er in Ripon gestohlen hatte, war beruhigend gewesen, die Landschaft mit den schottischen Lochs und Tälern angenehm dramatisch, aber auf See zu sein schien ihm irgendwie nicht zu bekommen. Auf der Fähre war er gleich im erstbesten Klo verschwunden, weil er wusste, dass Ruby und Leonie nicht weit waren. Das Versteck erwies sich als ziemlich gut gewählt, denn Minuten nach dem Ablegen der Fähre überwältigte ihn die schlimmste Seekrankheit, die er je durchmachen musste. Die Wucht des überfallartigen ersten Erbrechens war zu viel für seinen verletzten Kopf: Er hatte das Bewusstsein verloren.

In der Dunkelheit kehrten die Träume zurück. Constance stand mit festem Blick vor ihm. Sie hatte große, traurige Augen und hielt ein Baby in den Armen. Sie öffnete den Mund, um zu sprechen, doch heraus kam nur ein furchtbarer Schrei, ein schrilles, kaum menschliches Kreischen. Irgendwie trug es das Meer in sich, es klang genauso wie die Robben an dem Abend, als er sie entführte. Während er sie ansah, wurden ihre Augen vollkommen schwarz, das Weiße verschwand. Ihr Mund wurde größer, ihre Nase wuchs in die Länge, ihre Haut wurde dunkel und grau. Sie war jetzt halb Robbe, eine grässliche Chimäre mit den Beinen und dem Rumpf eines Menschen, aber einem dicken Hals und dem Kopf einer Robbe, und sie stieß diesen entsetzlichen Schrei aus. Er wollte sich die Ohren zuhalten, konnte aber die Arme nicht bewegen. Sie legte das Baby auf ihn und wandte sich ab, und er wollte rufen: *Lass das nicht hier. Ich kann es nicht gebrauchen, es ist nicht meins. Was hast du getan? Wo willst du hin? Es ist dein Baby, nimm es mit*. Aber kein Laut kam über seine Lippen, und sie entfernte sich weiter. Jetzt sah ihn mit großen, dunklen Augen das Baby an, auch es halb Robbe, Leonie und doch nicht Leonie, aber selbst wenn er es hätte an sich nehmen können, hätte er es nicht getan. Es stieß ihn ab. Komm zurück, Constance, und tu deine Pflicht, rief er, und er wusste, dass das Ding sonst sterben würde. Der Gedanke kam ihm ganz neutral, denn er konnte, würde und wollte sich nun mal auch in einer Million Jahre nicht um das Baby kümmern. Und obwohl es nicht danach aussah, als würde sie zurückkommen, wusste er tief im Innern, dass sie Leonie nicht einfach im Stich lassen würde. Er wurde sauer. Sie spielte mit ihm. Gleich würde sie umkehren. Und doch entschwand sie immer kleiner werdend in der Ferne, ohne sich auch nur einmal umzudrehen. Ihre Beine waren weg, ersetzt durch einen Robbenschwanz. Als Letztes sah er, wie sie in einem vollkommenen Bogen in die Schwärze eintauchte. Das Baby riss den Mund auf und fing an zu schreien, und der Schrei klang genau wie der ihrer Mutter: fern, schmachtend und entsetzlich laut.

Dann rief jemand, und es wurde laut geklopft. Der Mann hatte die Augen geöffnet und erinnerte sich, wo er war.

»Alles in Ordnung bei Ihnen? Soll ich einen Arzt rufen?«

»Nein«, hatte er in nicht ganz überzeugendem Ton hervorgebracht. Seine Stimme kippte, und er sagte es noch einmal energischer. »Nein danke. Mir ist nur ein bisschen übel. Bin Schiffe nicht gewohnt.«

»Na gut«, sagte die Stimme. »Wenn Sie sicher sind.«

»Ich bin sicher. Vielen Dank. Es geht schon.«

»Sie sind da schon eine halbe Stunde drin.«

»Mir ist …« Die nächste Welle der Übelkeit schnitt ihm das Wort ab, zusammengekrümmt versenkte er den Kopf in der Schüssel. Brei stieg ihm aus dem Magen hoch und klatschte in die Schüssel hinein.

»Ich schau gleich noch mal«, sagte der andere und ging.

Mit jedem Würgen verstärkte sich der Schmerz in seinem Kopf, und bei jedem grellen Aufflammen sah er Constance mit dem Stein oder was sonst sie ihm über den Schädel gehauen hatte auf sich zukommen. Dieses Bild war keine Erinnerung; der Schlag kam von hinten, er hatte gar nicht gewusst, dass sie da war. Dafür würde Constance als Erstes bezahlen, wenn Ruby ihn zu ihr geführt hatte.

Nach ein paar Stunden Fahrt hatte sich der Mann aus der Toilette herausgewagt, war aber nicht weit gekommen. Immer wieder musste er schnell zurück und den Kopf übers Becken halten, auch wenn es nach einiger Zeit meist nur noch trockenes Würgen war. Als er zuerst die Lichter der Insel erblickte, hielt er sie klar für ein Trugbild, doch im Näherkommen sah er, dass es Straßenlaternen waren, und ein paar erleuchtete Fenster stachen aus der Dunkelheit, als wären sie in massiven schwarzen Fels gehauen. Als der Mond einen Augenblick durch die Wolken brach, tauchte die Insel zugleich kleiner und größer, als er erwartet hatte, aus dem Meer auf wie der Buckel eines ungeheuer großen Wals; ein uralter, baumloser Hügel, auf dem sich die Hüttendächer gegen den Himmel abzeichneten wie riesige Napfschnecken.

Das Boot neigt sich ein wenig, und er verliert das Gleichgewicht, sodass sich mit der Bewegung sein Magen dreht, aber hochkommen kann nichts mehr. Die eine Hand ans kalte Glas gedrückt, hört der Mann ein Kind – eindeutig Leonie – hinter sich plappern, und geht unauffällig zur anderen Seite der Fähre hinüber. Die Kinderstimme ist wie ein Frühwarnsystem – so hört er sie kommen und kann ausweichen, bevor sie ihn entdecken. Nur einmal war Ruby auf dem Weg zur Toilette ohne Leonie auf ihn zugekommen, und er hatte sich rüber in den Barbereich verziehen müssen. Dort sah er, dass Leonie mit einem Mantel zugedeckt auf einer Bank am Rand schlief. Er beobachtete sie eine Zeit lang, bis er merkte, dass er seinerseits vom Barmann beobachtet wurde. Als sich ihre Blicke trafen, lächelte der Mann, aber der Barmann nicht. Er sah ihn nur fest an, während er ein Glas mit dem Tuch polierte.

»Alles okay, Kumpel?«

Der Mann war im Begriff zu antworten, es gehe ihm gut, da merkte er, dass es ihm wieder hochkam, und mit zugehaltenem Mund stürzte er zur Herrentoilette. Als die Tür zuschwang, hörte er das leise Lachen des Barmanns hinter sich, der zu einem Kollegen meinte: »Erstling, der Typ. Die erkennt man auf einen Kilometer.«

Als die Fähre anlegt, versammeln sich die meisten Leute an Bord an der Treppe zum Wagendeck. Der Mann lässt sich zurückfallen. Als Fußpassagier hat er denselben Weg wie Ruby und Leonie, möchte aber nicht riskieren, dass er an diesem entscheidenden Punkt gesehen wird. Er behält sie im Auge. Das Kind schläft beinah in Rubys Armen, den Kopf auf ihrer Schulter. Er lässt sie vorgehen, bleibt sechs oder sieben Leute dahinter. Leonies Augen schließen sich gerade, als sie ihn entdeckt. Einen Sekundenbruchteil sieht er ihr ins Gesicht, dann duckt er sich schnell und tut, als bände er sich den Schuh. Mist. Er war so nah dran. Das kann er sich doch jetzt nicht versauen lassen.

»Mama-Bi?«, hört er Leonie sagen, aber mit dem Daumen im Mund, also nicht so ganz deutlich.

»Ja, Kleines?«, sagt Ruby.

»Daddy da.«

Er hält die Luft an. Es ist keine Frage, aber Ruby antwortet, als wäre es eine. »Nein, mein Schatz, Daddy ist nicht hier …«

Als er über die Köpfe der anderen Leute hinwegschaut, sieht er, dass Ruby herumgefahren ist und auf Zehenspitzen Gesicht für Gesicht das Gedränge absucht. Er duckt sich gerade noch rechtzeitig.

»Ich ihn gesehn«, sagte Leonie. »Daddy da.«

Vielleicht wegen der Umstehenden oder um das Mädchen nicht zu ängstigen, sagt Ruby lediglich: »Scht!« In der Menge eingesperrt, blickt sie nach vorn und wiegt das Kind sanft, wenngleich er an ihrer Schulterhaltung sieht, dass sie angespannt ist. Der Mann bewegt sich raus aus Leonies direktem Blickfeld und sieht beim nächsten Hinschauen, dass sie schläft.

Klappernd öffnet sich die Bugtür, und er tritt zur Seite und lässt alle vor sich hinausgehen, um möglichst viel Abstand zwischen Ruby und sich zu legen. Vorsichtig zieht er die Baseballmütze runter, die seine Wunde bedeckt, und schlingt die Fischerjacke eng um sich, ehe er von Bord geht. Als er langsam den eisigen Anleger entlangläuft, sind die beiden im nahen Hotel verschwunden; durchs Fenster sieht er, wie Ruby mit der Rezeption spricht. Um Constance zu suchen, ist es jetzt zu spät und zu dunkel. Sie werden sich für den nächsten Tagg verabreden, und morgen früh, sobald sie aufbrechen, muss er bereit sein.

Er wartet, bis sich die Einheimischen zerstreut haben, dann probiert er die Türen der Autos, die an der Straße aus der Bucht parken. Freie Wahl. Anscheinend schließt hier niemand sein Auto ab. Das erste in der Reihe ist ein Mini, eigentlich zu klein für ihn, also geht er zum nächsten, einem großen BMW. Die Tür geht auf. Er setzt sich nach hinten, rollt sich zusammen und fällt, eingelullt vom Schlag der Wellen gegen den nahen Strand, rasch in einen unbeschwerten Schlaf.

KAPITEL 49

JETZT
Joanna
Donnerstag, 27. Dezember

Schwere Schritte draußen auf dem Treidelpfad alarmierten sie. Da Sam auf dem Boden lag, nahm Joanna eine Hockstellung ein, aus der sie sie beide verteidigen konnte. Lautlos schnappte sie sich eine zerbrochene Flasche und hielt sie schlagbereit.

»Chefin?«

Sie entspannte sich. »Steve. Sie haben mich erschreckt.«

Atkinson kam die Treppe hinuntergepoltert und leuchtete mit einer starken Taschenlampe in das verwüstete Bootsinnere.

»Schätze, der Flüchtige war schneller als wir«, sagte er. »Haben Sie Ruby und das Mädchen gefunden?«

»Nein, aber ich weiß, wo sie sind. Auf einer Fähre mitten im Meer.«

Sam stöhnte leise.

»Alles in Ordnung mit ihm?«

»Eher nicht.«

Als Sam versorgt war und die Rettungsleute ihn mitgenommen hatten, stiegen Joanna und Atkinson in den Streifenwagen und machten sich auf den Weg nach Norden, zum Hafen von Oban. Eingangs der Fernstraße reichte ihr Steve wortlos sein Handy, auf dem eine Mail der Mobilfunküberwachung ihnen mitteilte, dass Ruby ihr Handy wieder eingeschaltet hatte und sich vor der Küste befand, auf dem Weg zu den westlichen Inseln. So ein abgelegener Ort – warum musste es ausgerechnet dort sein? Die Benachrichtigung war erst eine Stunde alt. Jo griff zum eigenen Handy und wählte Rubys Nummer, und diesmal kam die Verbindung zustande. Sie hörte es dreimal klingeln, viermal, und stellte sich vor, wie ihre Tochter mit dem Telefon in der Hand überlegte, ob sie abnehmen sollte oder nicht. Dann nahm sie ab.

»Joanna?«

»Ruby.«

Eine Pause entstand, da sie beide in Tränen ausbrachen. Joanna kramte nach einem Papiertaschentuch und wischte sich schließlich die Nase am Handrücken ab. Die Entfernung zwischen Jo und Ruby war riesig: sechs Stunden Fahrt, sechs Stunden Fähre. Sie hätten auf getrennten Planeten sein können. Aber allein die Stimme zu hören gab Joanna das Gefühl, ihr so nah zu sein wie seit Jahren nicht mehr.

»Geht's dir gut?«

»Ja«, sagte Ruby. »Allerdings bin ich in Schwierigkeiten. Ich muss dir sagen …«

»Es spielt keine Rolle.«

»Doch, Joanna. Ich möchte es dir erklären.«

»Du brauchst nichts zu erklären. Ich weiß es schon.«

»Was glaubst du zu wissen?«

»Dass du das Kind an dich genommen hast, dich als eine andere ausgegeben hast.«

»Du drückst das aus, als hätte ich ein Verbrechen begangen.«

»Streng genommen hast du das auch. Aber das meine ich nicht, Ruby, mein Schatz. Können wir noch mal neu anfangen?« Warum musste es nur immer so laufen, wie sehr sich Jo auch vorsah? Atkinson blickte sie von der Seite an. Bloß kein Streit jetzt. Nicht dass sie auflegt und das Handy wieder abschaltet. Jo atmete tief durch und versuchte es noch einmal. »Ich … werfe dir nichts vor. Ich weiß, warum du das getan hast, Ruby. Und wir verhaften dich auch nicht …«

»Wir? Die Polizei, meinst du? Aber Jo, ich dachte, ich rede mit dir. Dir persönlich, nicht als Bulle.« Sie klang erst verletzt, dann wütend. »Es ändert sich nie was, oder?«

»Bitte, Ruby. Es tut mir leid. Geht's Leonie gut?«

»Ja. Sie ist wirklich das Beste, was es gibt. Im Moment schläft sie.«

»Und ihr seid auf dem Schiff?«

»Ja. Wir dürften bald anlegen.«

»Ich muss das fragen – hast du Gregor irgendwo gesehen?«

Plötzlich klang sie erschrocken. »Warum sollte ich ihn gesehen haben? Ist er in Schottland? Ich weiß, er ist aus der Klinik abgehauen, aber wegen der Verletzung hatte ich gehofft, dass er vielleicht nicht weit kommt.«

»Er war bei deinem Freund Sam …«

»Bei Sam? Geht's Sam gut? Was hat er gemacht?«

»Sam wird schon wieder. Aber Gregor … er weiß, wo du

hinwillst. Er sucht dich, und es kann sein, dass er dir was antut. Er ist wütend. Vielleicht will er sich seine Tochter wiederholen. Und er ist uns voraus, auch wenn wir kommen, so schnell wir können.«

»Ich bin doch auf einer Fähre.« Ruby klang sehr verunsichert. »Da bin ich seit fast fünf Stunden drauf, und er ist hier definitiv nicht. Ich hab ihn nicht gesehen. Obwohl …«

»Was?«

»Ach, nichts. Leonie hat mal gesagt, sie hätte ihn gesehen. Aber da schlief sie halb.«

Joanna wurde starr vor Angst. »Bist du sicher? Hast du dich überzeugt, dass er nicht da ist?«

»Ja. Bin mir sicher.«

Aber in ihrer Stimme lag ein Zittern, das sie beide nicht ansprachen. Sie musste eine Heidenangst haben. Und das kleine Mädchen war sicherlich auch traumatisiert. Kein Wunder, dass sie den Mann an jeder Ecke sah.

»Na prima«, sagte Jo. »Er wird die Fähre verpasst haben, wie wir dachten. Vielleicht will er morgen drauf, aber dann sind wir da und können ihn aufhalten. An dich lassen wir ihn nicht ran.«

»Wenn er mich kriegt, weiß ich nicht, was er anstellt.«

»Ich weiß, Schatz. Ich weiß, wozu er fähig ist. Weshalb du dich wehren musstest. Nur schade, dass du nicht fester zugeschlagen hast.«

»Ich? Du denkst, ich war das? Ich hatte keine Ahnung davon, bis ich es in den Nachrichten gesehen hab.«

Jo atmete auf. »Wusste ich doch, dass du es nicht gewesen sein konntest.«

»Aber wenn du mich für kriminell hältst …«

»Was willst du denn da oben, Ruby? Was ist auf der Insel, dass du da unbedingt hinmusst?«

»Leonies Mutter, Constance. Sie hat mich gebeten, sie zu ihr zu bringen. Ich löse also mein Versprechen ein.«

»Constance? Wir wissen doch gar nicht, ob sie noch lebt. Sie hat sich ins Meer gestürzt, Ruby. Sie hatte noch nicht mal einen Neoprenanzug.«

Als Ruby wieder sprach, war ihre Stimme voller Zweifel. »Sie hat aber gesagt, sie würde hier sein. Wegen Leonie.«

Ruby war so weit weg. Hätte sie Joanna doch nur gesagt, was sie vorhatte, dann hätte sie sie zur Vernunft bringen können, bevor es zu spät war. Constance war offensichtlich eine Frau mit schweren psychischen Problemen gewesen. Jo stöhnte frustriert.

»Selbst wenn sie da ist – hältst du sie nach dem, was sie getan hat, nachdem sie das Kind am Meer alleingelassen hat, wirklich für eine geeignete Mutter?«

Ruby schwieg. Dann: »Das fragt genau die Richtige!«

Klick.

»Ruby. Ruby? Ach, Mist.«

»Hat sie aufgelegt?«

»Ja.«

»Hm.«

»Ich sag immer das Falsche. Ich weiß nicht, warum ich einfach nicht meinen blöden Schnabel halten kann.«

Sekunden später klingelte Atkinsons Handy über die Wagenlautsprecher.

Es war DI Thrupp.

Steve legte den Finger an die Lippen, als er das Gespräch annahm.

»Was soll das heißen, Sie sind auf dem Weg zu den Äußeren Hebriden?« Thrupp brüllte nicht direkt.

»Wie gesagt«, antwortete Atkinson, »da ist Ruby hin, mit Leonie. Ich habe gerade mit ihr gesprochen, sie steigt gleich in Barra von der Fähre.«

»In welcher Verfassung ist sie? Besteht eine Gefahr für das Kind?«

»Natürlich nicht«, unterbrach Joanna. »In keiner Weise.«

Atkinson verzog das Gesicht. Still, sagte er nur mit den Lippen.

»Wer ist das denn? Steve? Wer hat da gesprochen? DS Harper, sind Sie das?«

»Ja, Sir.«

Thrupps Stimme wurde eine halbe Oktave höher. »Was fällt Ihnen ein? Kann mir mal jemand erklären, was hier läuft?«

»Nun, Sir ...«

»Sie nicht, Jo. Von Ihnen will ich nach dem, was Sie getan haben, nichts hören. Morgen früh treffe ich mich mit Hetherington zur Erörterung der Lage, aber mich würde nicht wundern, wenn er eine Suspendierung empfiehlt ...«

»Aber Sir ...«

»Aber nichts da. Seien Sie still. Lernen Sie erst mal, Anweisungen zu befolgen, ja? Steve, ich möchte, dass Sie so bald wie möglich wieder hier sind.«

»Was ist denn mit der kleinen Leonie? Sollen wir die nicht nach Hause holen?«

»Sie ist im Moment nicht unsere Priorität, sie beide nicht. Klar ist es wichtig, dass wir das Kind ausfindig machen und zurückholen. Ich setze mich mit der Nordpolizei in Verbindung, damit sie zu unserer Unterstützung ein paar Leute abstellen. Die können Ruby und Leonie aufgreifen. Wir aber haben nur begrenzte Einsatzkräfte, und vorerst muss unser ganzer Fokus darauf liegen, diesen Mann zu finden.«

»Den verfolgen wir doch, Sir. Er hat Sam Douglas angegriffen, und er ist hinter Ruby her. Wir sind ihm auf den Fersen.«

Es war kurz still. »Ist er jetzt auch auf der Insel?«

»Das nehmen wir nicht an«, sagte Atkinson. »Er hätte nur schwer die Fähre erwischen können, und Ruby hat ihn auf der Überfahrt nicht zu Gesicht bekommen.«

»Es muss so schnell wie möglich ein Beamter auf die Insel. Können Sie von Glasgow aus fliegen?«

»Ich?«, fragte Joanna.

»Einer von Ihnen. Der andere muss zum Hafen, falls er auf die nächste Fähre wartet.«

»Ich bin also wieder dran an dem Fall?«, fragte Jo.

»Vorläufig. Sie sagten, Sie haben mit Ruby gesprochen?«

»Ja, aber sie hat aufgelegt. Ich bin ein bisschen ins Fettnäpfchen getreten.«

Joanna hörte förmlich, wie Thrupp sich genervt die Hand vor den Kopf schlug. »Jo, wenn Sie nicht die einzige freie Kraft hierfür wären ...«

Als Thrupp für einen Moment verstummte, wechselten Jo und Atkinson einen Blick.

»Schön«, sagte Thrupp, »oder vielmehr, nicht schön, aber was bleibt mir anderes übrig? Jo, Sie nehmen den Flieger. Steve, Sie fahren zum Fährhafen, fangen ihn ab, wenn's geht, nehmen ihn fest. Ich schicke Verstärkung, aber das kann dauern. Halten Sie mich auf dem Laufenden.«

Ende des Gesprächs. Ein paar Minuten fuhren sie schweigend.

»Was glauben Sie, was der Mann mit ihnen vorhat? Mit Ruby und Leonie, meine ich.«

»Der Kerl ist ein Psychopath«, sagte Jo. »Wer weiß, was in ihm vorgeht? Günstig für uns ist, dass er mit einer ziemlich schweren Kopfverletzung zu kämpfen hat, und Sam sagte, er hat ihm, bevor er überwältigt wurde, ein paar Schläge verpasst. Das macht ihn hoffentlich so langsam, dass wir ihn zu fassen bekommen.«

»Genau«, sagte Atkinson, auch wenn es für Jo nicht so klang, als sei er überzeugt.

KAPITEL 50

JETZT
Der Verletzte

Dora kniet auf seinem Brustkorb und hält ihm die Augenlider zu. Runter von mir, du kleiner Kacker, will er sagen, doch sein Mund ist wie voll Watte, die Zunge zu dick, um sich richtig zu bewegen.

Ich lass das nicht zu, sagt Dora. *Du bist weit genug gegangen. Lass sie in Ruhe, hörst du?*

Es ist ein Traum. Er weiß, dass es ein Traum ist, kann ihn aber nicht abschütteln. Sie kann er nicht abschütteln; er bockt und buckelt, aber sie klammert sich an ihn. Du bist tot, will er sagen, du kannst mich an gar nichts hindern.

Dora lässt ein Augenlid des Mannes los und greift hinter sich. Als die Hand wieder nach vorn kommt, hält sie ein Taschenmesser, das er kennt. Es ist das, mit dem er ihr den Finger abgeschnitten hat, kurz bevor er sie … bevor sie so tragisch gestürzt ist.

Du hast mich gestoßen, sagt sie, als könnte sie seine Gedanken lesen. Dann stößt sie die Messerklinge in die weiche Stelle an seinem Hinterkopf, und der Schmerz explodiert wie eine Granate.

Mit dem Schmerz kehrt das klare Bewusstsein zurück. Er wehrt sich nicht mehr und liegt still. Das ist nicht real, denkt er. *Du bist nicht real. Das spielt sich alles in meinem Kopf ab.*

Dora zögert. Einen Moment scheint sie unsicher. Dann blickt er nach rechts, und neben ihr ist Constance, schwebt Constance, die untere Hälfte Fisch, die obere Hälfte Mensch. Das ist unfair, will der Mann sagen, denn jetzt sind sie zu zweit, und er kann sich noch immer nicht bewegen. Ihr seid bloß ein Traum, alle beide, denkt er. Dann sieht er, dass hinter Constance eine alte Frau steht, und hinter der alten Frau, auch wenn er ihn nicht gleich unterbringen kann, steht der Mann, dessen Namen er angenommen hat. Jetzt wird es albern, denkt er. Und Gregor und die alte Frau lachen ihn aus. Ich weiß nicht, was es da zu lachen gibt, denkt er. *Ich hab euch umgebracht.*

Wir wissen, was als Nächstes kommt, sagt die alte Frau. *Und das wird dir glaub ich nicht besonders gefallen.*

Constance kommt näher.

Was bist du?, fragt sie. *Du bist kein Mensch. Du hast meine Haut gestohlen. Du hast sie behalten.*

Du bist nicht real, will er schreien. *Keiner von euch ist real.*

Dora hockt immer noch auf ihm, die Hand an dem Messer, das aus seiner Wunde ragt. Ihre Lippe zuckt. Real ist relativ, sagt sie mit einer Drehung des Messers, und der Schmerz, den er spürt, ist unerträglich real. Das Letzte, was er sieht, ist Constance, die in die Ferne schwimmt, während Dora, Gregor und Gregors Mutter lachen.

Er erwacht im Dunkeln, erinnert sich, wo er ist, dass er in einem Auto liegt und raus muss, bevor ihn da jemand sieht. Sein Kopf pocht heftig, und als er danach tastet, merkt er, dass er mit dem Kopf auf dem Sicherheitsgurtkasten gelegen hat. Im Schlaf muss er den Kopf dagegen geworfen haben, und das hat ihn gestochen. Dora, du irre kleine Halluzination, denkt er bitter lächelnd. Dennoch rast sein Puls von der Erinnerung an die fiesen Traumbilder, und er kann das unangenehme Gefühl eine ganze Weile nicht loswerden.

Die Frau im Hotel verschränkt die Arme. »Tut mir leid«, sagt sie, »wir haben leider keinen Gast, auf den die Beschreibung passt.«

»Hören Sie«, sagt der Mann, »ich weiß, sie hat Sie vielleicht gebeten, mir nicht zu sagen, wo sie ist, aber ich bin ihr Mann. Es war nur ein kleiner Streit, ehrlich. Ich möchte mich bloß mit ihr unterhalten.«

»Ich weiß nicht, wovon Sie reden.«

»Ich hab sie doch gestern Abend hier reingehen sehen. Sie haben sie bedient. Sie erinnern sich bestimmt.«

Die Frau zuckt die Achseln.

»Ich mache mir Sorgen um sie, weiter nichts. Und um meine Tochter. Sie hängt so an ihrem Daddy. Ich fehle ihr bestimmt.«

Das scheue Lächeln, dieses schöne Lächeln, der schüchterne Blick. Das wirkt immer. Er nimmt sie ins Visier, und die Frau kann nicht wegsehen. Sie holt tief Luft und wird sichtlich sanfter. »Sie hat nur nach einem Taxi gefragt. Sie ist nicht geblieben.«

Warum hast du das denn nicht gleich gesagt? denkt der Mann. Er lächelt noch einmal, ohne seine Gereiztheit ganz zu verbergen. »Wissen Sie, wo sie mit dem Taxi hin ist?«

»Nee.« Wer soll das denn glauben? Das zweite Lächeln war offensichtlich nicht so effektiv. Sie sieht ihn an, als ob sie nur darauf wartet, dass er nachhakt.

»Ach so«, sagt der Mann. »Gut, dann danke ich Ihnen für Ihre Zeit.« Er wendet sich zum Gehen.

»Viele Möglichkeiten gibt es aber nicht, wo sie hin sein kann.«

»Nein?«

»Nur drei andere Hotels auf der Insel, und eins davon ist übern Winter dicht.«

»Danke«, sagt der Mann.

»Wir sind ein kleiner Ort«, sagt die Frau im Ton einer Warnung. »Überall Augen. Keine Polizei, aber überall Augen.«

Das ist ja interessant. »Keine Polizei?«

»Hatten wir mal. Er wollte aber einen von uns festnehmen, da haben wir ihn in sein eigenes Kittchen gesperrt. Mittlerweile überwachen wir uns selber. Seit zwanzig Jahren schon. Und wir sind sehr, sehr gut darin.« Über den verschränkten Armen neigt sie das Kinn, um ihn von unten herauf anzusehen.

Der Mann hält seine Wut im Zaum. Er atmet langsam und tief durch. Dann hebt er die Hand zum Gruß, verlässt das Hotel und geht die Treppe hinunter zur Straße.

KAPITEL 51

JETZT
Ruby
Freitag, 28. Dezember

Draußen war es stockdunkel. So hoch im Norden ist das Tageslicht im Winter auf die Mittagsstunden begrenzt; im Sommer ist es umgekehrt nur wenige Stunden dunkel. Als Ruby die Vorhänge aufzog, konnte sie kaum etwas von dem Strand erkennen, der sich vor ihnen erstreckte, bis er rechts ans Meer stieß. Das Hotel bot die beste Aussicht von den dreien auf der Insel. Sie hatte es der Lage wegen ausgewählt, nicht weit von da, wo sie sein musste, aber auch nicht so nah, dass man sie bei ihrem Tun beobachten oder ihren Plan durchkreuzen konnte.

Leonie schlief, ihr Brustkorb hob und senkte sich leicht im Licht aus dem Bad. Ruby kam der Gedanke, sie könnte schnell nach draußen huschen, den Kamm an der von Constance genannten Stelle ablegen und zurück sein, ehe das Kind aufwachte, aber im nächsten Moment verwarf sie die Idee. Leonie würde selbstverständlich mit ihr mitkommen. Auf gar keinen Fall sollte das Kind aufwachen und denken, es sei zum zweiten Mal im Stich gelassen worden. Als Ruby angezogen war, saß das Kind im Bett und rieb sich die Augen.

Auf dem Weg nach draußen ließen sie die Gaststube links liegen, aus der ihnen verlockende Frühstücksdüfte entgegenwehten.

»Habhunger, Mama-Bi«, sagte Leonie, als sich die Hoteltür schloss und Ruby, das Kind auf den Rücken geschnallt, zügig die Küstenstraße entlang nach Norden ging.

»Wir essen auch bald«, sagte sie über ihre Schulter hinweg. »Nur schnell was erledigen. Dann gibt's Frühstück, okay?«

»Hei! Frühstück!«

Als sie um eine Ecke bog, lag die Landschaft offen vor ihnen, und sie musste fast stehen bleiben, um zu Atem zu kommen. Selbst in dem schwachen Vordämmerlicht, das Gesicht von eisigem Wind gepeitscht, warf ihre raue Schönheit sie um. Die Straße war in den Fels geschnitten, der sich schroff zum Meer hinab erstreckte, dieser wogenden, blauschwarzen Unendlichkeit. Die Insel neigte sich nach einer Seite, wo Buchten und Klüfte die flachen Ränder des Machair aufbrachen, und fiel zu Stränden ab, deren Sand so weiß strahlte, als hätte er sich das Licht für Zeiten wie diese aufgehoben. Ruby eilte weiter, tröstete Leonie, die klagte, ihr sei kalt, und hielt auf die von Constance beschriebene Felsnase zu, die kahle, ungeschützte Halbinsel, auf der eine einzelne, halb verfallene Hütte stand. Sie war weiter weg, als es zunächst schien. Leonie fing leise an zu quengeln und in den Schals zu zappeln, mit denen Ruby sie sich auf den Rücken gebunden hatte.

»Ein paar Minuten noch, Baby. Keine Sorge. Sind fast da.«

Von Nahem war die Hütte noch kaputter, als sie gedacht hatte. Die Fenster mit Brettern vernagelt, die Tür an den Ecken morsch, die Farbe bis auf ein paar Stellen abgeblättert. Offensichtlich unbewohnt, und zwar seit Jahren. Ruby kniff die Augen gegen den Wind zusammen, der ihr Tränen ins Gesicht trieb, und lehnte sich in der Hoffnung auf ein bisschen Schutz gegen die Wand, aber vergebens; der Wind peitschte das Haus von allen vier Seiten. Ein Rätsel, warum es dort gebaut worden war. Wohnen konnte da niemand. Niemand hätte es gewollt. Sie ging zur Tür und klopfte, ohne eine Reaktion zu erwarten. Das Einzige, was sie hörte, war dann auch das Tosen der See, das Pfeifen des Winds. Sie trat gegen die Tür, spürte, wie die Bretter ihrem Stiefel ein wenig nachgaben. Schließlich probierte sie den Türknauf, und er drehte sich.

Froh, aus der Kälte herauszukommen, stolperten sie in die Hütte. Das einzige Möbelstück in dem einzigen Raum war ein an die Wand gerückter wackliger Tisch. Darauf lag eine wunderschöne große Muschel, die größte, die sie je gesehen hatte, doppelt so groß wie die in Gregors Bad. Der Tisch war dick mit Staub bedeckt, die Muschel selbst jedoch war makellos. Ein Ruck ging durch Ruby, und sie schluchzte auf und hielt sich an der feuchten Steinwand fest. Ihr wurde klar, dass sie bis zum Anblick der Muschel nicht ganz überzeugt gewesen war, das alles wirklich zu erleben.

»Dunkel hier, gefällt mir nich«, sagte Leonie.

»Keine Angst, wir sind gleich fertig«, sagte Ruby. Sie nahm den geschnitzten weißen Kamm aus dem Reißverschlussfach ihrer Tasche und legte ihn in die Muschel hinein. Mit einem leisen melodischen Klingen verschwand er außer

Sicht in ihrem rosa Inneren. Sie stand da, atmete und fragte sich, ob das wirklich gut ging – ob wirklich jeden Tag jemand von Constances Familie nach der Muschel schaute, wie sie es bei der Planung ihres Wiedersehens geschildert hatte. Die Familie verfügte weder über Telefon noch andere Kommunikationsmittel.

»Wir haben Leute auf der großen Insel«, hatte Constance gesagt. »Ein Teil unserer Kinder, Verwandte, die nicht in der Haut geboren wurden und nicht leben können, wo wir leben. Wie du, mein Schätzchen.« Sie hatte die in ihren Armen schlafende Leonie auf den Kopf geküsst. »Wenn der Kamm in der Muschel liegt, kommen wir zum Strand an der Robbenbucht. Es ist eine Botschaft. Den Kamm kennen sie. Ich habe ihn selbst geschnitzt.«

»Will runter, Mama-Bi«, sagte Leonie zappelnd und strampelnd. Unwillkürlich begann Ruby auf den Fersen zu wippen und zu singen. *Ionn da, ionn do …*

So weit weg von allen, in dieser Abgeschiedenheit am Rand der Welt, hätte sie am wenigsten erwartet, dass ihr Joanna durch den Kopf ging. Und doch war es, als sie aus der dunklen Hütte hinaus in den Schärenwind trat und die Tür hinter sich schloss, Joanna, nach der sie sich sehnte. Durch Leonie hatte sie gelernt, was es hieß, die Bedürfnisse eines anderen über die eigenen zu stellen. Jetzt wurde ihr klar, dass Joanna vor all den Jahren genau das versucht hatte. Jo hatte Ruby nicht im Stich gelassen. Sie hatte die Chance geopfert, eine Mutter zu sein, auf die Möglichkeit verzichtet, die Freude und die Angst einer bedingungslos Liebenden zu erleben. Mit Leonie allein auf dem Felsen wollte Ruby zu ihrer Mutter, Joanna, und ihr sagen, dass es ihr leidtat, dass ihr verziehen war – und dass es eigentlich nichts zu verzeihen gab, weil sie jetzt alles verstand. Vor allem wollte sie sie festhalten, von ihr festgehalten werden und ihr sagen, dass sie sie liebte.

Möwen kreisten über ihnen, als sie über die Felsen wanderten und dann über den Machair zur Straße. Bald würden sie wieder im warmen Hotel sein, frühstücken und warten, bis es Zeit war.

KAPITEL 52

JETZT
Joanna
Freitag, 28. Dezember

Der Flug von Glasgow nach Barra, der etwas mehr als eine Stunde dauerte, war keiner zum Sichzurücklehnen und Genießen. Joanna klammerte sich mit weiß werdenden Fingerknöcheln an die Lehne vom Sitz vor ihr und betete, dass es schnell vorbeiging.

Allerdings war sie auch vorgewarnt worden. »Es ist ein kleines bisschen windig heute«, hatte der Ticketverkäufer gesagt. »Geben Sie acht, ob der Flug verschoben oder gestrichen wird.«

»Kann er denn gestrichen werden?« Es ging nur ein Flug am Tag. Eine Stornierung war undenkbar.

Der Mann legte den Kopf schräg. »Bei Stärke 8 fliegen sie. Bei Stärke 9 nicht.«

»Wie stark ist der Wind denn jetzt?«, hatte sie gefragt. Draußen bogen sich die Bäume. Die Menschen nahmen verblüffende Schräglagen ein und klammerten ihre Mäntel an sich, während die treibende Kraft von Wind und Regen ihnen die Haare aufs Haupt klatschte.

»Acht Komma drei.« Der Mann lachte sie aus. »Gucken Sie nicht so besorgt.«

Sie hielt den Mund.

Das Flugzeug drehte sich im Kreis, und wäre Joanna nicht überzeugt gewesen, dass ihr Tod unmittelbar bevorstand, hätte sie womöglich den Augenblick zu schätzen gewusst, als das Flugzeug durch die Wolkendecke brach und die Insel in Sicht kam. Ein Flugplatz oder eine Rollbahn waren nicht zu erkennen. Sie tippte an die Zeitung des Mannes neben ihr, der das Blatt sinken ließ und fragend eine Braue hochzog.

»Wo landen wir?«, fragte sie, um eine feste Stimme bemüht. Als der Mann antwortete, war sie sicher, sich verhört zu haben, ihn wegen seiner Aussprache irgendwie falsch verstanden zu haben. Als er es dann wiederholte, begriff sie zu ihrer Bestürzung, dass sie ihn beim ersten Mal richtig verstanden hatte.

»Am Strand«, sagte er und nickte zum Fenster hinaus, als die Maschine kippend in die Kurve ging. Sie sah einen langen Streifen Sand zwischen zwei Felsnadeln. »Nur bei Ebbe wohlgemerkt. In ein paar Stunden steht das alles unter Wasser.« Grinsend kehrte er zu seiner Zeitung zurück. Gleich darauf ließ er sie wieder sinken. »Das erste Mal, nehme ich an?«

Sie nickte. »Und das letzte Mal, glaub ich.«

Er lachte tief und phlegmatisch.

Um sich abzulenken, sah sie aus dem Fenster und vergaß beinah, dass sie Angst hatte. Die Sonne war herausgekommen und hatte das Meer leuchtend blaugrün gefärbt, mit silbern funkelnden Rippeln auf dem Wasser. Der Sand an den Rändern der Insel war reinweiß. Dieses Zusammenspiel der Farben erinnerte sie an die Karibik. Die Insel selbst schien unberührt, fast frei von Zivilisation bis auf das Flughafengebäude, das unübersehbar von der Besitzergreifung durch den Menschen zeugte, auch wenn Ebbe und Flut noch die Flugzeiten vorgaben. Soweit sie den Küstenverlauf überblickte, gab es außer dem weiten weißen Strand, der als Rollbahn diente, keine zugänglichen Strände auf dieser Seite der Insel. Bei wahrscheinlich hundert oder mehr Kilometern Küstenlinie und dreizehn Kilometern Breite fragte sie sich, wie sie Ruby finden sollte. Anrufen ging nicht. Sofort nach der missglückten Unterhaltung gestern hatte Ruby ihr Handy abgeschaltet.

Als sie in den Sinkflug gingen, wandte sie sich erneut an den Zeitungsleser. »Wissen Sie, wo ich einen Wagen mieten kann?«

Er faltete das Blatt endgültig zusammen. Das Flugzeug lag jetzt tief und machte sich mit lärmenden Motoren zur Landung bereit. »Klar«, sagte er. »Ich zeig es Ihnen, wenn Sie möchten.«

»Haben Sie vielleicht die Rufnummer?« Sie nahm ihr Handy aus der Tasche und sah, dass kein Signal kam.

Der Mann lachte leise. »Bei welchem Anbieter sind Sie?«

Sie sagte es ihm, und er schüttelte den Kopf. »Da haben Sie Pech, Mädchen.«

Joannas Hoffnung schwand noch etwas mehr. Selbst wenn Ruby ihr Handy einschaltete, könnte sie sie nicht erreichen.

Das Flugzeug landete auf dem Sand, und Joanna musste sich gut festhalten, um nicht herumgeworfen zu werden, als die Bremsen aufheulten, zu einem mächtigen Crescendo kamen und verstummten. Endlich stand die Maschine still.

»Können Sie mir vielleicht noch sagen, wo die Polizeiwache ist?«

Wieder gluckste der Mann.

»Auf Barra gibt es keine Polizei«, sagte er und stand auf, um seine Tasche aus dem Gepäckfach zu holen. Er sah ihr ins Gesicht. »Überflüssig. Keine nennenswerte Kriminalität.«

»Das kann doch nicht stimmen«, sagte Jo.

»Na ja, nicht ganz. Aber so richtig mag die Polizei doch keiner, was?«

Als er sie dann vielsagend angrinste, zog sie die Brauen hoch. »Woher wissen Sie denn, dass ich bei der Polizei bin?«

»Pardon«, sagte er. »Ich wollte Ihnen nicht zu nahe treten. Hab das nur so gesagt. Aber weshalb sind Sie denn hier? Was Großes kann's nicht sein. Davon hätte ich gehört.«

»Ich will meine Tochter finden.«

Und da wurde ihr bewusst, dass sie ganz aufgehört hatte, an Ruby als Schwester zu denken oder von ihr als Schwester zu sprechen. Sie war Mutter, und ihr Kind brauchte sie. Und sie wusste, vielleicht zum allerersten Mal, dass sie da sein würde, was auch immer geschah; nur sie konnte das. Und das Gefühl stimmte.

KAPITEL 53

Auf dem Land bin ich ein Mensch
Und in der See ein Silkie,
Und bin ich fern von allem Land
Ist meine Wohnstatt Sule Skerrie.

»DER GROSSE SILKIE VON SULE SKERRIE«, SCHOTTISCH

Ruby
Freitag, 28. Dezember

Bei strahlendem Sonnenschein wanderte sie über den Machair zum Strand, Leonie wieder in der provisorischen Trage auf dem Rücken, Sams Geige über die Brust geschnallt. Ruby hörte das Meer, bevor sie es sah, das Zischen und Aufplatschen der Wellen auf dem Sand und das Kreischen der Seevögel über ihnen. Als der Horizont in Sicht kam, erblickte sie die alte Hütte, die sie am Morgen besucht hatten, geduckt und einsam auf der Landspitze.

Constance hatte das Meer an einer ganz anderen Stelle betreten, so viele Kilometer entfernt in Cleethorpes, an einem eiskalten Winterabend. Hatte sie sich je mit ihrer Familie getroffen? Hätte Ruby sie doch nur mit ihnen davonfahren sehen! Constance mit ihren Fantasiegeschichten aus alter Zeit, von gestohlenen Häuten und einer Insel, auf der menschgewordene Robben am Strand tanzten – die Bilder waren so eindringlich, und hier an Ort und Stelle verstand Ruby, dass man in dem Glauben aufwachsen konnte, die Geschichten seien wahr. Als sie Constance bei der Flucht half, hatte sie das in der Überzeugung getan, sie mit ihrer Familie zusammenzubringen. Doch in letzter Zeit waren ihr zunehmend Bedenken gekommen, ob sie nicht einfach einer Verrückten zu ihrem Tod verholfen hatte. Nach Barra zu fahren war eine aus Verzweiflung getroffene Entscheidung gewesen. Sie hatte nicht ernsthaft geglaubt, dass Constance dort sein würde, doch als Versteck vor Gregor schien es ihr so gut wie jeder andere Ort. Dann aber die Muschel, die schöne, schimmernde Muschel! Sie war der Beweis gewesen, den sie gebraucht hatte, um weiterzumachen. Es *gab* eine Kolonie, einen geheimen Insel-Clan, und Constance gehörte dazu. Ruby war ihrem Ziel jetzt ganz nah, das Baby der Mutter, den Verwandten zu übergeben, damit sie frei und unbehelligt von neugierigen Blicken ihr althergebrachtes Leben führen konnten.

Die menschenleere Bucht war makellos. Weißer Sand bis zum Meer, klares Blaugrün im hellen Wintersonnenschein. Felsnasen säumten die vollkommen halbmondförmige Bucht. Ruby wandte sich dem Wasser zu, und der direkt vom Meer kommende Wind, der ihr die Haare glatt an den Kopf drückte, pfiff an ihren Ohren vorbei. Geradeaus vor ihnen, etwa hundert Meter draußen, ragte ein von zahllosen kleinen Wellen umspülter großer Fels auf.

Leonie noch in ihrem Tragetuch auf dem Rücken, ergriff Ruby die Geige und begann zu spielen. Als Erstes spielte sie das Volkslied *Chuir iad mise dh'eilean leam fhìn*. Als Refrain spielte sie den Teil, den Sam ihr beigebracht und den er als »Lied der Robben« kennengelernt hatte. Im selben Moment wurde ihr klar, dass das Lied auf beide Arten gesungen werden konnte. Sie hatte das Gefühl, auf eine Insel geschickt worden zu sein, aber nicht in die Verbannung. Sie war aus einem bestimmten Grund hierhergekommen. Und während sie spielte, hob eine Robbe den Kopf, die wie aus dem Nichts auf dem Felsen in der Bucht erschien. Natürlich war sie die ganze Zeit da gewesen, nur eben verdeckt und ohne sich zu rühren. Lächelnd stellte Ruby sich vor, wie das Tier dachte: Wer spielt denn da unser Lied?

Leonie fiel in das Lied ein. Es versetzte Ruby in die Folk Bar zurück, in der sie es zuerst gehört hatte, und von dort in das dunkle Innere der Wohnung am New Park, die sie hoffentlich nie wiedersah. Damit, dass sie es hier spielte, war das alles weggewischt. Von jetzt an würde das Lied sie immer nur an diesen Strand, diesen perfekten Morgen erinnern.

Der Wind hätte ihnen die Töne entführen müssen, doch die Musik schien in der Bucht widerzuhallen. Als Ruby endete, ließ der Wind nach, und sie spürte die Sonne im Gesicht. Sie legte das Instrument wieder ans Kinn und spielte »Die Freude der Seehundfrau«. Die ganze bisherige Anspannung wich aus ihrem Körper. Leonie schmiegte sich an sie und sang leise: *Ionn da, ionn do …*

Der letzte Ton verklang. Eine Zeit lang hörte sie nur den Wind, das Meer und die Vögel. Dann schrie etwas, und sie erschrak.

»Wasdas, Bi?«, fragte Leonie zappelnd in den Schals, die sie an Rubys Rücken banden.

»Eine Robbe, Schatz. Kannst du sie sehen?«

Nachdem sie eine erspäht hatte, stellten sich ihre Augen darauf ein, und sie entdeckte drei große graue Robben, die ihrerseits Ruby und Leonie am Strand beobachteten. Eine öffnete das Maul und stieß wieder den Laut aus, der aber diesmal nicht wie ein Schrei klang; eher wie ein Jaulen oder ein Ausruf des Erkennens, wenn nicht sogar ein Freudenschrei. Die Robbe hievte sich vom Fels ins Wasser, wo einen Moment lang nur ihr Kopf über den Wellen zu sehen war, bevor sie verschwand.

Ruby wickelte Leonie aus und ließ sie herunter, sodass sie mit ausgebreiteten Armen aufs Meer zulief und erst kurz vor den schwappenden Wellen stehen blieb. Sie bückte sich, wollte den Saum einer Welle berühren und lachte, als sie verschwand, jagte einer zurückweichenden anderen nach und wurde nur vor einer Dusche bewahrt, weil Ruby sie hochnahm und mit ihr zurück auf den trockenen Sand lief. Weitere Wellenspielrunden folgten. Da das Kind nach unten schaute, sah es nicht den Robbenkopf, der jetzt viel näher vor ihr auftauchte und wieder verschwand.

Bald ruhten sie sich dann auf einem Felsen aus. Ruby trocknete dem Kind die Hände an einem Schal ab, und bei dem Abzählreim von den kleinen Schweinchen mussten sie beide darüber lachen, dass das kleinste Schweinchen auf dem ganzen Heimweg »Pipi! Pipi! Pipi!« rief. Als sie Leonie unter dem Kinn kitzelte, wurde Ruby plötzlich bewusst, dass sie all das nicht mehr tun würde, wenn die Roane kamen und sie sie ihnen übergab. Constance würde ihre Tochter dorthin mitnehmen, wo sie jetzt lebte, und Ruby sah sie beide dann vielleicht nie wieder. Selbstverständlich war es das Richtige für Leonie, bei ihrer Mutter und ihren anderen Verwandten zu sein. Ruby hatte nie vorgehabt, sie zu behalten, das war nicht der Plan. Bloß wünschte sie jetzt, er wäre es. Sie kniff die Augen gegen die Sonne zusammen und suchte den Strand nach Constance ab. Vielleicht kommt sie ja nicht, dachte sie.

Leonie, jetzt mit Handschuhen, tippelte zum Wasser, um nach Muscheln zu suchen. Ruby folgte ihr. Der Wind war nur noch eine leichte Brise, die See glatt und ruhig. Ein Schauer kroch ihr über den Rücken, und sie fuhr herum in der Gewissheit, beobachtet zu werden.

»Constance?«

Aber da war niemand, nur die verlassenen Dünen, die Möwen und draußen im Meer die Robben. Würde sie mit einem Boot oder einem Fahrzeug kommen? Wenn die Kolonie auf einer Insel lebte, wäre es sicher ein Boot, aber in der Bucht sah sie keins. Vielleicht gab es irgendwo außer Sichtweite einen Damm. Sie beschirmte die Augen und suchte den Horizont ab. Zwei der drei Robben, die sie gesehen hatte, waren noch auf dem Felsen. Die andere war weg.

»Mami!«, rief Leonie und lief den Strand entlang. Constance kam vom Meer her, barfuß, glücksstrahlend, und lief mit ausgebreiteten Armen ihrer Tochter entgegen. Der Anblick erfüllte Ruby mit Freude und gab ihr doch zugleich einen Stich ins Herz. Mutter und Tochter wiedervereint. So wie es sein sollte.

Das Mädchen langte bei ihrer Mutter an und fiel ihr in die Arme. Constance hob sie in die Luft, und beide jubelten. Das Haar der Frau fiel ihr, mit kleinen Muscheln durchflochten, lose den Rücken hinab, und sie trug ein ärmelloses Kleid aus grob zusammengenähten Stoffflicken. Direkt hinter sich auf den Felsen hatte sie ihren Robbenhautmantel ausgebreitet, der so gut wie neu aussah und wie poliertes Zinn in der Sonne glänzte. Mit Leonie auf der Hüfte kam Constance auf Ruby zu, und Ruby fiel auf, wie sehr ein paar Tage bei ihren Leuten sie verändert hatten. Constance wirkte zum ersten Mal, seit Ruby sie kannte, wahrhaft lebendig; ihre Augen sprühten, ihre Haut leuchtete. Was immer ihr am New Park gefehlt hatte, war wieder da. Leonie legte den Kopf an die bloße Schulter ihrer Mutter; sie trug nichts außer dem Kleid. Ruby fragte sich fröstelnd, wie Constance die Kälte aushielt.

»Du bist gekommen«, sagte Constance.

»Natürlich. Ich hatte es versprochen.«

»Danke, dass du gekommen bist, dass du sie hergebracht hast.«

Als Constance sie umarmen wollte, zuckte Ruby zurück.

»Was ist denn?«, fragte Constance, die jetzt erst sah, dass sich Rubys Miene verfinstert hatte.

»Wo warst du?«, sagte Ruby scharf. Wie konnte sie so glücklich aussehen nach allem, was sie getan hatte? »In Cleethorpes. Du hast sie alleingelassen. Wie konntest du nur?«

»Ich wollte es ja nicht. Ich hatte keine Wahl.«

Constance ließ Leonie, die ein wenig zu zappeln begonnen hatte, wieder herunter. Der Wind hatte zugenommen. Er peitschte Rubys Worte weg, nahm ihr den Atem und stach ihr in die Augen. Aber sie spürte es nicht. »Natürlich hattest du die Wahl. Du hättest dich dafür entscheiden können, sie zu schützen. Du hättest dich dafür entscheiden können, sie nicht so alleinzulassen.«

»Dazubleiben wäre mein Tod gewesen. Das weißt du doch.«

»Dein Tod? *Sie* hätte sterben können wegen dem, was du getan hast. Wie konntest du sie alleinlassen – wie konntest du dich über deine Tochter stellen, welche Mutter macht das denn?«

»Wenn die Wahl heißt, meine Tochter oder der Tod, dann ist es keine Wahl.«

»Manche würden sagen, du hast die Pflicht, dich für dein Kind zu opfern.«

Constance schnitt ein Gesicht. »Ich dachte, du verstehst. Offensichtlich habe ich mich geirrt. Noch mal muss ich mich nicht erklären.«

»Gut. Und ich muss nichts für dich oder dein Kind tun. Du behandelst mich, als wäre ich eine Idiotin. Genau wie alle anderen.«

»Du kannst tun und lassen, was du für richtig hältst, Ruby. Das war immer so.«

»Du hast mich gebeten, dir zu helfen.«

»Du hättest nicht Ja zu sagen brauchen.«

Leonie blickte von einer zur anderen. Ihre Unterlippe stand vor. »Nicht schreien«, sagte sie, und eine Träne trat ihr aus dem Auge. Beide liefen zu ihr. Ruby kam zuerst hin und nahm sie hoch.

Einen Moment lang dachte sie, das Kind würde sie zurückweisen, nach der Mutter greifen. Aber sie schmiegte sich an sie, lutschte am Daumen und sah Constance mit großen Augen an.

»Tut mir leid, Kleines«, sagte Ruby. »Wir schreien nicht mehr.«

Constance streckte die Hand aus, um ihrer Tochter den Rücken zu streicheln. Ihr Arm glänzte von Meerwasser. Sand klebte am Ellbogen und an der nackten Schulter.

»Ist dir nicht kalt?«

»Ich bin das gewohnt. Ich hab das gern.«

Ruby sah, dass Constances Haare nass waren. »Bist du etwa von der Insel hierhergeschwommen?«

Sie nickte. »Das geht am schnellsten. So weit ist es ja nicht.«

»Aber ich hab dich nicht kommen sehen.«

»Ich weiß, wie ich mich verstecken kann.« Constance wandte den Blick zum Meer. »Richtig sehen kann man die Insel von hier aus nicht – schau mal, siehst du den Felsen da ganz hinten?«

Ruby schaute. Weit draußen war ein Felsen, der hinter dem Rand der Insel verschwand, auf der sie standen.

»Den da etwa? Der ist doch kilometerweit weg.«

»Wir leben nicht nur da. Eines Tages zeige ich dir alles.«

»Muss ich dann dahin schwimmen?«

Constance lächelte.

»Mami-Mami-Mami«, sagte Leonie, und Constance übernahm sie von Ruby. »Runter«, verlangte sie sofort, sodass Constance sie an sich drückte, küsste und auf den Boden stellte, wo sie sich hinhockte und einen kleinen Stein untersuchte.

»Zurückschwimmen kannst du aber nicht, oder?«, fragte Ruby. »Nicht mit Leonie.«

Constance sah sie fest an. »Nein«, sagte sie. »Das geht nicht.«

»Guck mal, Mami«, rief Leonie und hielt für Constance eine Muschel hoch.

»Ja, Schatz, ich seh's. Schön ist die.«

Constance sah wieder Ruby an. »Ich kann sie nicht behalten«, sagte sie. Und wider Erwarten sah Ruby dabei keine Tränen auf ihren Wangen glitzern. »Sie kann nicht mit mir nach Hause kommen. Sie ist nicht in der Haut geboren. Sie muss an Land leben. Bei dir.«

In der Haut geboren, da war die Wendung wieder. Ruby nahm nicht an, dass das wörtlich zu verstehen war, wenngleich sie sich vorstellen konnte, dass Robbenfelle vielleicht früher einmal verwendet wurden, um Neugeborene aufzufangen. Sie hatte angenommen, der Ausdruck bedeute *ins harte Inselleben hineingeboren sein*. Noch einmal blickte sie zu der seidig glänzenden Robbenhaut hinter Constance und dann zu dem Felsen mitten in der Bucht, von dem aus die grauen Robben sie beobachteten.

So viele Fragen drängten sich in ihrem Kopf. »Aber …«

Die beiden Robben riefen laut und schrill, ein Warnruf.

Ruby hörte ein Geräusch hinter sich und drehte sich um. Constance schnappte nach Luft. Ruby schnürte es die Kehle zu.

Der Mann, den sie als Gregor kannten, stand nur wenige Meter von ihnen entfernt dort, wo der Strand zum Machair wurde. Sein Anblick entsetzte Ruby, sodass sie einen Moment lang weder sprechen noch sich rühren konnte. Er war schmutzig, unrasiert, ungewohnt gekleidet. Seine Lippen waren gesprungen, er hatte getrocknetes Blut am Hals, aber das war nicht so schlimm. Das Schlimmste war, dass er nicht mehr zu verbergen versuchte, wer er wirklich war. Sie schaute ihm in die Augen und sah, dass der Gregor, den sie kannte, verschwunden war, falls es ihn überhaupt je gegeben hatte. Der Mensch vor ihnen bestand nur aus Bosheit und Hass. Er sah aus, als wollte er sie umbringen, und nicht nur das, es schien, als freute er sich sogar darauf.

»Daddy«, sagte Leonie, und sie war zu weit weg, um sie abzufangen, ehe sie auf ihn zulief.

Constance rannte hinterher. Ihre Finger streiften noch Leonies Mantel, als der Mann das Kind hochhob und mehrere Schritte zurücktrat.

»Gib sie mir«, sagte Constance, und Ruby merkte, dass es sie große Anstrengung kostete, ruhig zu sprechen.

Der Mann lachte, ein raues, hämmerndes Lachen. »Was? Damit du sie wieder am Strand stehen lassen kannst? So siehst du aus. Du taugst nicht zur Mutter.«

»Gut, dann gib sie Ruby.«

»Ruby? Die haut mit ihr ab, und ich seh sie nie wieder. Mein eigenes Kind! Was hattest du überhaupt vor, Constance? Sie zu deiner kleinen Hinterwäldlersekte zu schleppen? Damit sie wie ein scheiß Müllsammler lebt? Kommt nicht infrage.«

»Sie ist dir doch vollkommen egal, Gregor. War sie schon immer. Lass sie gehen.«

»Du hast dich für besonders schlau gehalten, was? Mir heimlich eins überzubraten, als ich mich nicht wehren konnte. Aber du gewinnst hier nicht. Ich bin am Ruder. Sie gehört mir. Genau wie du.«

Der Mann hielt Leonie zu fest gepackt. »Daddy, aua! Lass mich!« Aber er ließ sie nicht los.

»Du tust ihr weh«, sagte Ruby.

Er sah Ruby an, als hätte er jetzt erst mitbekommen, dass sie da war. »Ich mach verdammt noch mal mit ihr, was ich will. Und damit du klarsiehst, mit dir hätte ich auch jederzeit machen können, was ich will. Du hast mir nichts bedeutet. Ein Spielchen, das langweilig geworden ist.«

»Von mir erfährt niemand was«, sagte Ruby. »Ich gehe weit weg mit ihr, wir fangen ein neues Leben an, mit neuen Namen und allem. Wegen uns brauchst du dir keinen Kopf zu machen. Ich hab genauso viel zu verlieren wie du, Gregor, wenn die Polizei zu mir kommt.«

Er sah sie mit zusammengekniffenen Augen an. »Erstens glaube ich dir kein Wort nach dem, was ihr mit mir gemacht habt, Süße. Und zweitens brauche ich mir keinen Kopf zu machen, was du der Polizei sagen könntest, weil du ziemlich bald keinem mehr irgendwas sagen wirst, nie wieder. Aber Hut ab vor dem Versuch.« Er wandte sich an Constance. »Kommst du jetzt mit nach Hause?«

»Niemals.«

»Mhm.« Er zuckte die Achseln. »Eigentlich wollte ich dich ja bereuen lassen, was du getan hast. Aber so ist es im Grunde vielleicht besser. Es vereinfacht die Sache für mich. So bleibt nichts offen.«

Ohne das Mädchen loszulassen, ging er mit langen Schritten von ihnen weg über das Gestein und den steilen Hang am Rand der Bucht hinauf. Ruby spürte, wie ihre Arme unter dem Drang zuckten, ihm das Baby zu entreißen. Beide Frauen setzten ihm nach, erschraken, als er das Kind beinah fallen ließ, und wagten sich nicht zu nah heran aus Angst, was er Leonie sonst antun könnte. Oben angelangt, drehte er sich zu ihnen um. Leonie hing schlaff an ihm und wimmerte lautlos, mit rot geweinten Augen. *Du hast sie wieder stumm gemacht, du Dreckskerl.*

Dann trat Ruby auf ihn zu, doch Constance gebot ihr mit erhobener Hand Einhalt. Der Mann machte noch einen Schritt nach hinten, wo der Boden senkrecht abfiel.

»Okay dann, Kind zuerst?« Er packte Leonies Mantel und hielt das Mädchen über die Kante.

»Nein!«, riefen Constance und Ruby zusammen.

Sie waren fast zwanzig Meter über dem Meer. Ein paar Schritte entfernt von einem tiefen Sturz in tiefes Wasser, aus dem Felsnadeln wie Zähne ragten.

Er machte noch einen Schritt und hielt das Kind am gestreckten Arm.

Ruby schrie auf und wollte zu ihm hinlaufen, doch wieder hielt Constance sie zurück.

»Er bringt dich um«, sagte sie.

»Mir egal.« Ruby versuchte sich von Constance loszureißen. »Lieber sterbe ich, als dass ich ihn gewähren lasse.«

»Wir sind zwei, er ist nur einer«, rief Constance laut, damit Gregor es hörte. »Wenn er sie runterwirft, schnappen wir ihn uns.« Sie wandte sich ihm zu, dem lachenden Gesicht, mit dem er sich über sie und ihre Panik amüsierte.

»Ihr seid schwach«, sagte er. »Ich habe keine Angst vor euch.«

»Wenn du ihr wehtust …«, sagte Ruby.

»Gregor«, sagte Constance, »wenn du Leonie was tust, machen wir dich fertig.«

Sein Grinsen verschwand kurz, als er auf die Felsen im Wasser schaute. Abwägend sah er nacheinander die beiden

Frauen an. Dann schwang er wie zum Wurf den Arm mit dem Kind zurück.

»Vielleicht lass ich's drauf ankommen.«

»Leonie!«, schrie Ruby. Aber um ihn aufzuhalten, war sie zu weit weg.

»Ich komme mit dir«, sagte Constance, und er zögerte und nahm den Arm herunter, sodass Leonie wie ein Gepäckstück daran baumelte.

»Du kommst mit mir?« Er blickte wieder hinter sich auf die tosenden Wellen.

»So nicht. Ich komme mit dir nach Hause.« Sie hielt den Robbenhautmantel vor sich. »Wenn du sie leben lässt.« Ihr Gesicht war wie Stein.

Er kniff die Augen zusammen, als wäre er geneigt, ihr zu glauben. Dann lachte er. »Netter Versuch. Das ist ein Trick.«

Leonie zappelte und kreischte. Ruby wollte das Herz aus dem Brustkorb springen. Sie waren jetzt so nah am Rand. »Halt still, Leonie, bitte. Nur einen Moment. Tu's für mich.« Sie hielt Blickkontakt mit Leonie, die aufhörte zu zappeln, als hätte sie verstanden. »Braves Mädchen.«

Constance trat vor, den Mantel in der Hand. »Nimm den Mantel. Ohne ihn kann ich nirgendwohin, wie du weißt. Hier.« Sie warf ihn auf den Boden, und da lag er still schimmernd, fast als wäre er lebendig.

Der Mann grinste. Seine blendend weißen Zähne blinkten in der Sonne.

»Hab ja gesagt, ich gewinne.«

Constance sagte: »Ich zähle bis drei. Dann tauschen wir. Lass sie gehen, Gregor.«

Er verdrehte die Augen, als öde ihn die ganze Situation nur noch an. »Na, wenn ihr so scharf auf sie seid.« Ruby konnte nicht glauben, dass er sie und Leonie wirklich gehen lassen würde. Er spielte mit ihnen, so wie er es immer getan hatte, seit dem Yoga, sogar vorher schon, als er die Wohnung verwanzte. Sie und Leonie waren jetzt entbehrlich, und was er vorhatte, war nicht abzusehen. Vielleicht wollte er sie bis zu dem Kind herankommen lassen, um sie dann beide in die Tiefe zu stoßen. Gregor musterte Ruby, wie sie dort stand, und alle paar Sekunden schoss seine Zunge wie die einer Schlange hervor. Wenn sie noch etwas näher herankam, würde sie Leonie anfassen, sie vielleicht sogar retten können.

Komm doch, schien er zu sagen.

Langsam stellte er Leonie auf den Boden, hielt sie aber noch an einem Arm fest. Mit der anderen Hand griff er nach dem Mantel, den Constance auf den Boden geworfen hatte. Als er mit den Fingern dran war, preschte Ruby vor, um Leonie zu holen. Sie packte sie, verlor im Kehrtmachen beinah die Balance, spürte die Finger des Mannes am Hals, als er sie festhalten wollte, und noch viel mehr den Schmerz, als er ihr eine Handvoll Haare ausriss.

»Halt! Polizei!«

Ruby warf sich mit Leonie in den Armen zu Boden und rollte von der Felskante weg. Gleichzeitig drehte sie den Kopf, um zu sehen, wer da gerufen hatte. Es war Joanna, die über den Machair auf die Felsen zulief und durch die trichterförmig um den Mund gelegten Hände noch einmal »Halt!« brüllte.

Was wollte sie denn hier?

»Nein!«, rief sie, auch wenn der Wind ihre Worte verwehte. »Bleib zurück!«

Gregor hatte die Robbenhaut aufgehoben. »Da schau, Ruby. Deine Mami ist da. Sie kommt dich retten.« Er lachte los, als hätte er noch nie etwas so Lustiges gehört. Ruby versuchte noch einmal, Joanna zu signalisieren, dass sie sich raushalten solle, dass sie alles nur schlimmer mache, dass sie sich womöglich auch selbst in Gefahr bringe. Leonies schlaff an sie gedrückter Körper zitterte im stummen Weinen.

»Auf geht's«, sagte der Mann, und Ruby spürte, wie er sie am Oberarm packte und hochzog. »Sieht aus, als ob ihr alle drei dran glauben müsst. Keine Angst, Mami ist auch bald bei dir, Ruby.«

Was dann geschah, konnte nicht länger als den Bruchteil einer Sekunde gedauert haben. Sie sah einen Blitz aus dunklen Haaren, als Constance mit gesenktem Kopf, offenem Mund, entblößten Zähnen heranflog. Sie biss den Mann ins Handgelenk, sodass er aufschrie und Ruby losließ, die ein paar Spritzer des in einem Bogen aus der Wunde schießenden Blutes ins Gesicht bekam. Ruby stolperte mit Leonie davon und beschirmte und tröstete sie, die nur noch weinte, nicht lauter als ein Lufthauch, aber so heftig, dass es sie beide schüttelte. Joanna war da. Sie schloss Ruby in die Arme, sperrte den Wind aus, sperrte die Welt aus mit den Worten: *Keine Angst, du bist sicher. Ich hab dich.*

Über Rubys Schulter hinweg sah Jo etwas, das ihr den Atem verschlug, und Ruby drehte sich gerade noch rechtzeitig um, um sie fallen zu sehen. Constance stürzte mit dem Kopf voran wie beim Hechtsprung, die Hand um den einen Arm des Mannes geklammert, den sie als Gregor kannten und dessen anderer Arm in der Luft wirbelte, während er vor Schreck die Augen aufriss. Zeitlupe: Einen Moment lang schien sein Körper in der Luft zu stehen, während seine Füße wie im Zeichentrickfilm Halt suchten, zuerst im Gras, dann am Fels, dann im Nichts. Sein Mund öffnete sich zu einem Schrei.

So schnell wie er anfing, war der Schrei vorbei. Tief unten krachte die Brandung gegen die Felsen.

Leonie stand mit großen Augen da.

»Mami Daddy weg.«

Irgendwo weit draußen rief eine Robbe. Eine andere, viel näher, antwortete. Es klang laut und furchterregend.

KAPITEL 54

Joanna

Innerhalb einer Stunde nach dem Sturz der beiden von der Felskuppe traf ein Spezialteam vom Festland per Hubschrauber auf der Insel ein. Unter Anleitung der Küstenwache bot Joanna ihre Hilfe bei der Organisation der Suchtrupps an. Rettungsschnellboote durchkämmten zusammen mit einheimischen Fischern über Nacht die umliegenden Gebiete nach den Leichen, fanden aber nichts. Gegen fünf Uhr früh, als sie beide frierend in der alten Polizeiwache auf Neuigkeiten warteten, wandte sich der Sergeant an Jo.

»Gehen Sie ins Hotel, ruhen Sie sich aus. Wenn wir fündig werden, rufe ich Sie an.«

Der Anruf kam am Morgen und riss sie aus ihrem unruhigen Schlaf. Glücklicherweise war sie zu erschöpft gewesen, um ihre Sachen auszuziehen; minutenschnell stemmte sie sich hoch und stieg in ihre Stiefel.

Eine im Wasser treibende Leiche war unweit der Küste entdeckt und von einem Fischerboot an Land gezogen worden. Jo ging dorthin, wo sie mit ausgestreckten Gliedern und dem Gesicht nach unten im Sand lag, umgeben von den

Fischern, die sie gefunden hatten, die Szene rot und orange beleuchtet vom Sonnenaufgang.

Zwei von ihnen drehten die Leiche auf den Rücken, wobei ein Arm nass aufklatschte und ihr die Schuhe bespritzte. »Isser das?«, fragte einer der Fischer.

»Ja«, sagte Joanna. Dass er tot war, rief in ihr nichts als Unmut hervor. Im Krankenhaus hatte sie zu viel Zeit damit verbracht, in dieses ausdruckslose Gesicht zu schauen und zu rätseln. So viele unbeantwortete Fragen. Jetzt gab es nicht nur keine Möglichkeit mehr, ihn zu befragen, sondern er würde für das, was er getan hatte, nie mehr zur Rechenschaft gezogen werden. Zumindest nicht in diesem Leben.

Die Fischer scharrten mit den Füßen. »Okay, Leute«, sagte ein Dicker mit Bart, anscheinend der Kapitän. »Wir sind dann weg.« Mit quietschenden Watstiefeln steuerten sie das Ruderboot an, das sie ins Seichte gezogen hatten. Der Fischkutter lag ein Stück weiter draußen vor Anker.

»Augenblick«, sagte Joanna, »Sie helfen aber doch noch suchen, oder?«

»Wonach denn?«, fragte der Käpt'n im Weitergehen. »Wir haben Ihren Mann gefunden.«

»Die zweite Leiche fehlt noch. Constance, die Frau.«

Sie blieben stehen. Zwei wechselten einen Blick. »Na, das ist doch eine Roane«, meinte der Jüngste der vier. Der Bärtige knuffte ihn in den Oberarm, die anderen zischten ihn an.

»Was sie auch sein mag, sie wird noch vermisst. Wir können die Suche nicht abblasen.«

Der Käpt'n sah sie mit unergründlicher Miene an. »Die finden Sie nicht, Detective. Da würden Sie unsere Zeit verschwenden und Ihre auch.« Er drehte sich um und watete in die Brandung, ihm nach die drei anderen.

Sie wandte sich an den Sergeant. »Lassen Sie die einfach nach Hause fahren?«

Er zuckte verlegen die Achseln. »Es sind Freiwillige. Und eben Fischer. Die haben ihre eigenen Gesetze.«

»Aber was ist denn mit der Suche? Was ist mit Constance?«

Beide sahen aufs Meer hinaus, wo das Boot der Küstenwache nur noch ein Punkt am Horizont war. »Sie ist tot, Harper. Wir können nicht unnötig Geld für die Suche nach einer Leiche ausgeben, dafür haben wir zu viele andere Fälle.«

Sie starrte ihn an. »Das glaub ich jetzt nicht …«

»So was hier kenne ich zur Genüge«, sagte der Sergeant. »Wenn die See mit ihr fertig ist, gibt sie sie wieder her. Man muss nur warten.«

Joanna dachte an das kleine Mädchen von noch nicht zwei Jahren, das jetzt eine Waise war. Ihre Eltern waren vor ihren Augen an diesem düsterschönen Ort gemeinsam in den Tod gestürzt. So etwas prägte, auch wenn Leonie es nicht bewusst in Erinnerung behielt. Das Trauma würde nachwirken und sich in Winkeln festsetzen, die die Liebe füllen sollte. Es sei denn, sie hatte Glück und die Liebe fand sich zuerst ein.

Im Hotel achtete Joanna bewusst auf Anzeichen von Stress bei Leonie, erlebte aber nur ein fröhliches Mädchen, das mit Ruby, ihrer geliebten Mama-Bi, spielte. Sie wirkten so glücklich, so vertraut miteinander. Das Band war offensichtlich.

»Was hast du, Joanna?«, fragte Ruby. »Du scheinst bedrückt zu sein. Das sieht dir nicht ähnlich.«

»Ach was. Bin nur müde.«

Wie konnte sie Ruby sagen, dass Leonie innerhalb von Stunden abgeholt werden würde, vielleicht für immer? Dass Sicherungssysteme und soziale Dienste schon jetzt berieten, was am besten für das Kind wäre, und dass einstweilen das Kind ziemlich sicher in einem Heim untergebracht werden würde? Es sei denn … die Eltern waren zwar tot, aber das galt ja nicht für die ganze Familie.

»Ich will mal sehen, ob ich die Familie finden kann, diese Roanes«, sagte sie und zog wieder los.

Jo ging von Tür zu Tür. In jedem Haus die gleiche Reaktion: verschränkte Arme, verschlossene Mienen. Da ihr nur wenig Zeit blieb, verzweifelte sie immer mehr. »Auf einer Insel in der Nähe gibt es eine Gemeinschaft. Haben Sie davon gehört? Kennen Sie den Namen Roane? Sagt er Ihnen was?« Jede und jeder Einzelne stritt es wenig überzeugend ab. Ein Mann sagte: »Ach, Sie meinen die Selkies?« Doch seine Frau zog ihn weg, ehe er mehr sagen konnte. Im Castlebay Hotel huschte ein merkwürdiger Ausdruck über das Gesicht der Betreiberin. Ihre Worte besagten, sie habe nie von dem geheimnisvollen Clan gehört, ihr Gesicht und ihre Körpersprache sagten das Gegenteil.

Sie kehrte gerade zum Strand zurück, als der Hubschrauber kam, um Ruby, Leonie und Joanna abzuholen. Als die Insel außer Sicht verschwand, betrachtete Jo das vom Fliegen begeisterte kleine Mädchen mit den viel zu großen Ohrenschützern und fand es traurig, dass sie die Insel vielleicht nie wiedersah, wenn ihre Mutter denn tatsächlich von hier stammte. Wie auch immer Leonies künftige Familienkonstellation aussah, sie würde Leonie verändern, so wie ein Bäumchen, dessen Wurzeln auf Stein treffen, danach ein für alle Mal anders wächst. Aber das macht vielleicht das Leben aus; vielleicht reifen wir alle so.

EPILOG

Drei Monate später
Joanna

Die beiden Leichen in der Wand der Penthousewohnung wurden zweifelsfrei als die von Gregor Christopher Franks, einem örtlichen Projektentwickler, und seiner betagten Mutter Eva identifiziert. Die gerichtsmedizinische Untersuchung ergab, dass sie etwa zur gleichen Zeit umgebracht und vor mindestens drei Jahren eingemauert worden waren. Der Mörder hatte mit erheblichem Aufwand dafür gesorgt, dass sie nicht verwesten, und auf Pökelverfahren zurückgegriffen, die, so der Gerichtsmediziner, »sonst eher zur Herstellung von Serrano-Schinken dienen«.

Der Gerichtsmediziner war seltsam aufgedreht, wie diese Leute es Joannas Erfahrung nach oft waren, wenn sie auf etwas Ungewöhnliches stießen. »Er muss sie ein paar Monate lang eingesalzen haben. Säckeweise Salz, denk ich mir, die Leichen ganz damit bedeckt. Im Bad wahrscheinlich. Damit die ganze Flüssigkeit rausgeht. Die alten Ägypter haben das ähnlich gemacht bei der Mumifizierung.«

»Er hat sie also mumifiziert? Warum?«

»Damit sie nicht anfangen zu stinken, denk ich mir, weil das ja auffällt. Schon raffiniert.«

»Ich weiß nicht, ob ich das so nennen würde. Krank ist das allemal.«

Beiden Leichen fehlten die Eingeweide, und da sie kopfunter an Fleischerhaken in dem gut belüfteten Hohlraum gehangen hatten, waren sie im Anschluss an das Einsalzen langsam vollständig ausgetrocknet.

Was den Mann betrifft, der sie ermordet und Franks' Identität gestohlen hatte, so erforderte es zwar eine Menge Detektivarbeit, herauszufinden, wer er eigentlich war, doch die Zuordnung zu den Verbrechen, die er begangen hatte, war viel einfacher. Abgesehen von den vielen Straftaten, die ihm anhand der Polizeidatenbank zugeordnet werden konnten, wurden seine DNA und seine Fingerabdrücke überall in einem stillgelegten Fabrikgebäude am Stadtrand gefunden, das Gregor Franks gehörte. Dem dort gelagerten Material nach sah es aus, als hätte er vorgehabt, das Gebäude zur Entsorgung mehrerer Leichen zu nutzen, drei insgesamt. Oder drei für den Anfang. Joanna hatte nicht zu dem Team gehört, das den Bau durchsuchte, und niemand sagte ihr genau, was sie gefunden hatten, doch ihre Fantasie füllte die Lücken. Und wieder machte es sie wütend, dass er tot war, denn so konnte sie ihn nicht selbst umbringen.

»Was meinst du, was er getrieben hat, wenn er uns abends immer allein gelassen hat?«, fragte Ruby.

Jo wusste dank der auf seinen Handys und anderen Geräten gefundenen Informationen genau, was er getrieben hatte. Wenn er nicht mit dem Aufbau seiner Leichenentsorgungsanlage beschäftigt war, hatte er über Online-Dating-Apps schwulen Singles nachgestellt. Mit mehreren hatte er sich getroffen, andere aber hatte er einfach beobachtet und recherchiert, um über sie herauszufinden, was er nur konnte. Er war auf der Jagd nach seiner nächsten Rolle gewesen, weg von »Gregor« und über einen gepflegten kleinen Mord hinein in ein anderes einsames Leben.

»Ich weiß es nicht«, sagte Joanna. »Schlimme Sachen wahrscheinlich.«

»Das Schlimmste ist«, sagte Ruby, »dass er von dem Moment an, als ich eingezogen bin, wusste, dass ich da war.«

Joanna kochte gerade für sie beide in ihrer Wohnung. Sie fand es schwierig zu entscheiden, was das Schlimmste war, aber diese Geschichte fiel sicher unter die Top Five.

»Angesprochen hat er mich erst im August. Ich war seit Februar da.«

Jo nickte. »Er hat dich beobachtet. Zwei Jahre bevor du die Wohnung bekommen hast, ungefähr um die Zeit, als er Frank umgebracht hat, hat er die Daten der Stadtverwaltung gehackt, um zu verhindern, dass sie jemand mietet. Ihm dürfte klar gewesen sein, dass das Wohnungsamt den Fehler früher oder später bemerkt. Deshalb hat er irgendwann in den zwei Jahren die Spyware installiert. Ich nehme an, wenn ein Fremder die Gelegenheit bekam, ihn zu beobachten, wollte er ihm wenigstens zuvorkommen.« Oder aber, und das hielt Joanna für wahrscheinlicher, er wollte sich zunächst nur amüsieren. Von den vielen Psychopathen, die ihr im Lauf der Jahre begegnet waren, wusste sie eines mit Sicherheit: dass sie sich leicht langweilten. Die Verbrechen, die sie begingen, mussten immer verstörender werden, mit zunehmender Gewalt und Perversion einhergehen, um den gleichen Nervenkitzel zu gewährleisten.

»Und ich hab immer Geige geübt und keine Sekunde gedacht, dass mir jemand zuhört. Ich wäre nie darauf gekommen, bis er mal ein Stück erwähnt hat, das ich selbst geschrieben und bei mir in der Wohnung gespielt, ihm aber nie vorgespielt habe. Danach habe ich drei kleine Kameras entdeckt. Sogar im Bad war eine.«

»Denk nicht zu sehr drüber nach. Du machst dich nur verrückt.«

Ruby schlug die Hand vor den Mund. »Oh Jo, von der Polizei musste sich das doch keiner ansehen, oder?«

Joanna schüttelte den Kopf. »Mach dir keine Gedanken. Wir haben die Filme zerstört.«

»Was mich wirklich verblüfft, ist, dass er so viel über klassische Musik wusste. Stundenlang haben wir uns über die Launen von Brahms oder unser liebstes Schubert-Lied unterhalten.«

»Ein echter Fan vermutlich«, sagte Joanna.

»Ich weiß nicht, ob überhaupt etwas an ihm echt war. Seine Hausaufgaben hatte er zwar gemacht, aber einmal bei einem Stück von Mozart dachte er, es sei von mir … Will nicht viel heißen. Ich geh wohl einfach noch mal alles durch, was er mir anfangs gesagt hat, und frage mich, wie ich darauf reinfallen konnte.«

Jo öffnete eine Flasche Roten, um ihn atmen zu lassen. »Ich sollte dir das nicht sagen, aber wir haben seine Fingerabdrücke an Tatorten in fast jeder Grafschaft gefunden. Hauptsächlich zehn Jahre zurückliegende Einbrüche. Aber auch ein oder zwei ganz komische Sachen …«

Rubys ängstlicher Gesichtsausdruck hielt sie davon ab, die Geschichte hinter dem konservierten Finger aus dem Metallkasten zu erzählen, die schließlich zur Aufdeckung der Identität des Toten geführt hatte. Während sie den Wein ausschenkte, machte sich Jo Vorwürfe wegen ihrer Geschwätzigkeit: Merk dir endlich, dass blutige Details nicht jedermanns Sache sind. Ähnlich wie die Psychopathen war sie unempfindlich gegen Horror geworden. Mit den Jahren brauchte es immer mehr Gewalt und Perversion, um sie zu schocken. Dieser Fall jedoch war ungewöhnlich, einer, den sie lange in Erinnerung behalten und von dem sie endlos angewidert sein würde.

Sie erzählte Ruby also nicht, dass DNA-Verwandtschaftstests ergeben hatten, dass der Finger einem Geschwister des Mannes gehörte, der Gregors Identität gestohlen hatte, und dass es dann nur ein kleiner Schritt gewesen war zum Durchforsten von Akten, erst über ermordete Kinder, denen Finger fehlten, dann über vermisste Kinder, deren Leichen nie gefunden wurden und über deren Finger nichts bekannt war. Glücklicherweise sind Verbrechen beider Kategorien eher selten. Sie fanden die Person, die sie für die Gesuchte hielten, fast sofort. Joanna hatte sich sämtliche Zeitungsausschnitte dazu angesehen, ehe sie mit Atkinson zur Prüfung in das Dorf gefahren war.

Die achtjährige Dora Jones hatte mit ihrer Familie auf einer abgelegenen Farm im ländlichen Wales gelebt. Sie verschwand an einem Sonnentag 1997, nachdem sie zum Spielen hinaus auf die Felder gegangen war. Die Hoffnung, sie lebend wiederzufinden, schwand nach etwa einer Woche. Die Polizei fuhr die Suche nach zwei Monaten zurück, doch die Familie und die Gemeinde suchten noch ein halbes Jahr lang täglich nach Dora, bis der harte Wintereinbruch sie zwang, es aufzugeben. Doras Eltern hörten nie auf, nach ihr zu suchen, auch wenn sich herausstellte, dass ihnen dazu nicht mehr viel Zeit blieb.

Der Tod beider Eltern zwei Jahre später wurde als Unfalltod durch Kohlenmonoxid zu den Akten gelegt, wenngleich viele in der Gegend einen Doppelselbstmord dahinter vermuteten, ausgelöst durch Kummer und Schuldgefühle wegen des Verlusts von Dora. Die Eheleute hatten sich in der sehr engen Küche mit dem neuen, aber defekten Gasherd zum Essen hingesetzt und waren tot, bevor sie ihre Würstchen verzehren konnten. Nur der ältere Bruder, Daffyd, überlebte, hatte ihn sein Vater doch losgeschickt, nach den ferkelnden Säuen zu schauen, weshalb er das Abendbrot verpasste. Als er spät nach Hause kam, fand er sie mit den Gesichtern im Kartoffelbrei.

Soweit Joanna herausfand, hatte seit der Beerdigung niemand mehr etwas von Daffyd gesehen oder gehört. Kalt wie ein Fisch, mehr konnte sie keinem, der ihn gekannt hatte, entlocken. Alle erinnerten sich an Dora, aber die meisten hatten vergessen, dass sie überhaupt einen Bruder hatte. Die meisten, aber nicht alle: Eine pensionierte Lehrerin schrak beunruhigt zusammen, als sie seinen Namen hörte. Sie sah sich ein Foto des Toten an, bestätigte, dass er es war, und legte alte Schulporträts vor, die es eindeutig bewiesen. Zum Zeitpunkt von Doras Tod musste Daffyd fünfzehn gewesen sein. Die Leiche seiner Schwester wurde nie gefunden, der Finger jedoch im Beisein derer, die sie gekannt hatten, feierlich im Familiengrab ihrer Eltern beigesetzt.

Eines Tages würde Ruby vielleicht das Ausmaß der Verbrechen des Mannes wissen wollen. Vorerst aber konnte das warten.

Joanna sah ihre Tochter an. Rubys Wangen waren rosarot. »Du siehst gut aus, Ruby. Gesund. Sam sorgt sicher gut für dich.« Ruby war wieder zu Sam auf das Hausboot gezogen, um ihn zu pflegen. Und die Beziehung hatte sich gefestigt, sie waren jetzt seit knapp zwei Monaten offiziell ein Paar.

»Genau. Er ist ein toller Koch.« Sie schaute weg, zögerte.

»Was ist?«

»Ich weiß, was du mir gleich antwortest, okay? Aber lass es mich sagen.«

»Nur zu.«

»Sam und ich, wir denken über eine Adoption nach.«

»Hoppla, Ruby. Geht das nicht ein bisschen schnell? Ihr seid doch gerade erst zusammengezogen.«

»Siehst du? Ich wusste, dass du das sagst. Du weißt aber, dass wir uns schon lange kennen. Seit neun Jahren, Jo. Ich glaube, da kann man schon absehen, ob's funktioniert.«

Jo trat an die Herdplatte und warf gehacktes Gemüse in den Wok. Ruby setzte sich auf einen Hocker an der Frühstückstheke.

»Aber … Kinder?«, sagte Jo. »Willst du dich in diesem Stadium deiner Karriere wirklich festlegen? Jetzt, wo du den Solopart hast?«

»Im hiesigen Opernverein. Nicht gerade das Royal Philharmonic Orchestra.«

»Nein, aber es ist ein Schritt in die richtige Richtung. Und das Boot scheint mir für Kinder auch nicht so das Wahre.«

Ruby wedelte mit der Hand, als wären Joannas Worte ein schlechter Geruch. »Das sind doch nur Kleinigkeiten. Aber wir müssen uns sputen, weil sie jetzt zwei ist. Die Zeit vergeht ja so schnell, wenn sie klein sind.«

Joanna stellte den Herd ab. Sie kam um die Theke herum, nahm Ruby bei der Hand, führte sie zur Couch und ließ sie sich hinsetzen.

»Du sprichst von Leonie, hm?«

»Natürlich. Von wem sollte ich denn sonst reden?«

»Schatz, es tut mir so leid. Ich wollte es dir sagen, aber ich kam nicht dazu, nie war es der richtige Zeitpunkt.«

»Was ist denn? Was ist passiert, geht's ihr gut?«

»Ihr geht's blendend, Schatz. Aber vor einem Monat ist sie zur Adoption an die Pflegefamilie vermittelt worden, bei der sie von Anfang an war. Da gibt's vielleicht sogar eine Familienverbindung. Die Mutter sagt, ihre Großtante gehörte zum Roane-Clan …« Sie brach ab, als sie Rubys Reaktion sah.

Ruby wirkte so wütend, dass Jo dachte, sie würde sie vielleicht ohrfeigen, und sich auf den Schlag gefasst machte, indem sie die Augen schloss. Als sie sie wieder öffnete, schluchzte Ruby.

»Warum hast du mir das nicht gesagt?«

Jo war, als wollte ihr das Herz zerspringen. So schuldbewusst, so machtlos. In dem Augenblick hätte sie alles getan, um mit ihrer Tochter zu tauschen, ihr etwas von dem Schmerz abzunehmen. »Es tut mir schrecklich leid.«

»Ich hab sie so geliebt.«

Jo hielt Ruby im Arm, während sie weinte. Sie hatte so etwas schon länger kommen sehen. Ruby hatte davon gesprochen, eine Besuchserlaubnis für Leonie zu beantragen, und nicht einsehen wollen, dass die Kinderschutzbestimmungen ihr als Nichtverwandter da kaum eine Chance ließen. Eine Adoption durch Ruby und Sam stand völlig außer Frage. So lief das einfach nicht.

»Wenn du so weit bist«, sagte Jo, »hab ich ein paar Fotos für dich. Die hab ich für dich aufbewahrt. Sollte es dir zu viel sein, kann ich …«

»Zeig sie mir. Bitte.«

Auf jedem einzelnen Foto war Leonie glücklich. Sie waren meist in einem großen, verwilderten Garten voller Spielgeräte aufgenommen, wo sie lachend eine Rutsche runterrutschte, lächelnd Froschlaich bewunderte oder kichernd auf einer Schaukel saß, die ein älteres Mädchen anschob.

»Das ist ihre neue Schwester, die Rothaarige«, sagte Jo. »Sie ist jetzt eine von vieren.«

»So viele Spielgefährtinnen«, sagte Ruby. »Sie sieht wirklich glücklich aus.«

»Stimmt.«

»Warum bin ich dann nur so traurig?« Neue Tränen fielen auf Rubys Knie. »Wie hast du das gemacht, Joanna?«

»Was denn?«

»Wie konntest du mich so aus der Hand geben? Ich hab Leonie nur ein paar Monate gekannt. Ich hab sie nicht zur Welt gebracht. Wie machen Leute so was? Auch Constance? Ihre Entscheidung in Cleethorpes werde ich nie verstehen.«

»Ich verstehe, warum Constance so gehandelt hat. Und so schwer es sein mag, auch du wirst Leonie loslassen. Weil du praktisch vor der gleichen Entscheidung stehst wie Constance. Sie behalten und alles opfern, was du hast, oder sie gehen lassen, damit sie woanders glücklich sein kann – damit du leben kannst. Das ist doch keine Wahl, oder? Constance wäre ihr Leben lang von dem Mann gefangen gehalten worden, wenn sie geblieben wäre. So hatte sie wenigstens ein paar Tage bei ihrer Familie, bevor sie … gestürzt ist.«

»Aber ich hätte mich um sie kümmern können. Das hatte ich Constance versprochen.«

»Du hättest dich jahrelang mit den Behörden anlegen müssen, statt dein Leben zu leben. Und Leonie wäre auch nicht frei gewesen. Schau sie dir an.«

Auf dem Foto war Leonie im Begriff, die Kerzen auf einer Riesentorte in Gestalt der Zahl Zwei auszublasen. Direkt hinter ihr war ein frecher Junge bei dem Versuch ertappt worden, ihr beim Ausblasen zuvorzukommen, und die ältere Schwester rettete die Situation, indem sie ihn mit grimmiger Miene am Kragen gepackt hielt.

»Ich sehe, dass es das Richtige für sie ist«, sagte Ruby. »Und trotzdem. Ich möchte sie bei mir haben. Sie fehlt mir. Es tut weh.«

»Und deshalb bin ich so dankbar für das, was Marianne für uns getan hat.«

»Marianne?«

»Ich musste dich nie gehen lassen, Ruby. Du warst immer da. Sie ist eingesprungen und hat uns beiden das Leben ermöglicht.«

Ruby war einen Augenblick still. »Wie geht's ihr?«

»Gut. Sie ist seit ein paar Wochen trocken. Du fehlst ihr aber.«

»Sie fehlt mir auch. Ich glaub, ich besuch sie mal. Meinst du, sie würde sich freuen?«

»Ich glaub, sie wäre die glücklichste Mutter auf der ganzen Welt. Und ich wohl auch.«

EIN JAHR SPÄTER
Ruby

Die Rückkehr hatte etwas von einer Pilgerfahrt. Die Robbenbucht war genauso, wie sie sie in Erinnerung hatte. Der schimmernd weiße Sand, der beißende Wind, der Machair. Sie wanderte durch die unberührte Landschaft zu der Hütte und sah verblüfft, dass die Muschel noch dalag, makellos mitten auf dem staubigen Tisch. Der Kamm, den sie hineinlegte, war ein billiges Plastikding von Boots, aber sie hatte keinen anderen. Sie war hier schon mal gewesen, mit den gleichen Gedanken im Kopf; Constance war fort, aber es gab keine Leiche, keine Möglichkeit nachzuweisen, dass sie tot war. Jeden Tag seit ihrem letzten Besuch der Felskuppe hatte sie an ihre Freundin gedacht und über das Geschehene gegrübelt, bis sie schließlich noch einmal herkommen musste. War Constance ertrunken? Sie hatte so gut schwimmen können, aber wenn sie auf Fels gestürzt war, hatte sie keine Chance gehabt. Ruby zögerte, bevor sie in ihre Tasche griff und die mitgebrachten Fotos herausholte. Der Abzug, den sie auswählte, war verknickt, eins der drei kostbaren Bilder, die sie besaß. Es zeigte die glückliche Leonie im großen Garten beim Ausblasen der Kerzen auf dem Kuchen. *Und wenn sie nicht kommt?* Anderen Vertretern der Roane würde das Foto nichts sagen, aber Constance würde es die

Welt bedeuten. Sie küsste das Foto und legte es vorsichtig in die Muschelschale. Als sie die anderen Fotos wegsteckte, streiften ihre Finger den Rand des kleinen braunen Umschlags, den man ihr in der Vorwoche im Krankenhaus mitgegeben hatte. Sie lächelte, als sie daran dachte, was drin war: der Schwarz-Weiß-Scan, die Sprungfeder neuen Lebens mit dem Daumen im Mund. Dieses Bild, ähnlich einer Zauberbohne mit neuen Sprossen, hatte sie sich bis ins Detail eingeprägt.

Wieder am Strand, setzte sich Ruby hin und nahm ihre Geige heraus. Als sie anfing, die von ihrer seltsamen Freundin gelernte Melodie zu spielen, erwachte der Felsen in der Mitte der Bucht zum Leben. Sie sah fünf, sechs, sieben graue Robben die Köpfe heben und ihren Ruf anstimmen. Eine ließ sich ins Wasser fallen und verschwand. Dann ein Ruck in Rubys Innerem, und sie schrie vor Überraschung, vor Freude auf. Ein winziger Fisch hatte sich gedreht, und zum ersten Mal hatte sie es gespürt, ihr kleines Akrobatchen.

Die eine Hand auf ihrem Bauch, wartete Ruby dort, wo der Ozean aufs Land traf, was passieren würde. Sie sah den Kopf der grauen Robbe noch einmal auftauchen und fragte sich, was wohl in jener anderen Welt geschah, gleich unter der Oberfläche.

ANMERKUNG DER AUTORIN

Volksmärchen leben überall um uns herum. Wenn wir genau hinschauen, finden wir eins im Kern jeder Erzählung, jeder Klatschgeschichte, jedes Films, den wir uns ansehen, jedes Buchs, das wir lesen. Die Saat dieses Buchs ging auf, als ich ein Volksmärchen über eine Selkie las, aber es kann sein, dass die Geschichte immer schon in meinem Kopf darauf gewartet hat, von mir gehegt zu werden, damit der Roman daraus werden konnte, den Sie gerade gelesen haben.

Das fragliche Märchen heißt »Die Nixenfrau« und soll von der Insel Unst stammen, der nördlichsten Insel Shetlands und damit der Britischen Inseln. Unst liegt am Rand einer der wenigen Weltgegenden, wo der Himmel im Sommer flüchtig von den erstaunlichen und rätselhaften Nordlichtern erhellt wird. Merkwürdige Ereignisse und sonderbare Dinge, die vom Meer herkommen, sind dort nicht ungewöhnlich, und es wird erzählt, dass eines Abends vor sehr langer Zeit ein Einheimischer auf eine Gruppe im Sand tanzender Selkiefrauen stieß. Er sah ihre Robbenhäute in der Nähe liegen und nahm eine an sich, sodass eine Selkie, als sie ihn erblickten, die Flucht ergriffen und vor der Brandung ihre Häute überstreiften, nicht mitfliehen konnte. Wie in vielen Märchen wurde die Schönheit der Selkiefrau ihr zum Verhängnis: Obwohl der Mann sah, dass sie todunglücklich war, konnte er sich nicht überwinden, ihr ihre Haut zurückzugeben und sie freizulassen, sondern hüllte die Weinende in Menschenkleider und nahm sie mit nach Hause. Da ihr keine andere Wahl blieb, lebte die Frau viele Jahre mit ihm zusammen und gebar mehrere Kinder. Der Geschichte zufolge fügte sie sich schließlich in ihr Los, auch wenn es heißt, dass sie oft stundenlang hinaus aufs Meer schaute. Eines Tages, als der Mann draußen bei der Arbeit war, stießen die Kinder auf eine in der Scheune versteckte alte Robbenhaut. Sie brachten sie ihrer Mutter, die sich hellauf erfreut darauf warf, ein letztes Mal ihre Kinder umarmte und zum Wasser lief, wo sie ihre Haut anlegte und davonschwamm.

Die Geschichte sprach mich auf besondere Weise an. Ich hatte das Gefühl, der Grund dafür sei in der Kindheit zu suchen, in den Geschichten, die viele von uns kennen, in einer Art halb bewusstem, halb erinnertem kollektiven Wissen, das die Menschen zu solchen Dingen hinzieht. Volksmärchen werden weltweit in verschiedenen Varianten erzählt. Als Kinder bekommen wir so viel Geschichtenmusik zu hören, dass wir manchmal, ohne es zu ahnen, eine Geschichte wiedergeben, die immer schon erzählt worden ist.

Selkies gibt es in der Folklore Irlands, Englands, Schottlands und Islands sowie der skandinavischen Länder, deren Strände an diesen Teil des Erdballs grenzen. Sie sind verwandt mit dem Flossenvolk, vielleicht auch mit Schwanenjungfrauen und anderen Geschöpfen aus Mythen und Legenden auf der ganzen Welt, die zwischen Tier- und Menschengestalt wechseln können. Wie »Die Nixenfrau« erzählen viele Versionen der Selkie-Geschichten von einem weiblichen Zauberwesen in der Gewalt eines Menschenmannes, der sie zwingt, ihn zu heiraten und seine Kinder zu gebären. Manchmal scheint sie mit ihrem Los zufrieden, bis sie ihre gestohlene Haut findet, das Mittel zur Heimkehr. An diesem Punkt entflieht sie nach einem kurzen, bedauernden Blick zurück auf ihre erdgeborenen Kinder oft fröhlich ins Meer. Ich war begeistert von diesem Aspekt der Legende, weil er so tabu zu sein schien. Eine Frau, die ihre Kinder verlässt? Unerhört! Aber ist es das wirklich? Sollte es das sein? Wenn die Frau gefangengenommen und jahrelang gegen ihren Willen festgehalten worden ist? Und wäre es unerhört, wenn ein Mann so handelte? Constance hat es sich nicht ausgesucht, schwanger zu werden oder zu gebären, aber sie liebt ihre Tochter. Das hat sie mit Generationen von Frauen auf der ganzen Welt gemein, ihre Geschichte ist deren Geschichte. Es ist meine Geschichte und die Geschichte meiner Ahnen.

Wissen kann man es nicht, aber ich stelle mir gern vor, dass die Selkie-Sage ihre Wurzeln in realen Ereignissen hat. Denken Sie sich eine Fischer- und Bauerngemeinschaft auf einer abgelegenen Insel in einem fernen Jahrhundert. Eines Tages taucht aus den Wellen eine Frau in Robbenhäuten auf, die eine Sprache spricht, die niemand versteht. Auf einer nahen Schäre liegen die großen grauen Robben, die mit ihren intelligenten Augen alles verfolgen. Der Betrachter blickt von den Robben zu der Frau und stellt die Verbindung her, sieht das Naheliegende: Sie ist eine Robbe. Moderne, logische Köpfe könnten eine profanere Erklärung vorschlagen; dem Betrachter ist vielleicht entgangen, dass die Frau von einem Schiffswrack gekommen ist, dass sie immer ein

Mensch war. Der Rest der Geschichte bleibt sich aber gleich: Sie weint, als ihr die Robbenhaut weggenommen wird. Widerstrebend wird sie seine Frau. Er versteckt ihre Haut, weil er natürlich davon ausgeht, dass sie versuchen wird, zum Meer zurückzukehren, wenn er sie ihr lässt, ungeachtet der Liebe zu ihren Kindern, die sie an ihn und ans Land bindet. Vielleicht würde sie das tun. Die Frage ist, könnte man es ihr verdenken?